Ein Dorn im Herzen

Johanna Lindsey

Ein Dorn im Herzen

Roman

Aus dem Amerikanischen von Elisabeth Spang

RONDO

Die Originalausgabe erschien unter dem Titel
»Joining« bei Avon Books, New York

Besuchen Sie uns im Internet:
http://www.heyne.de

Umwelthinweis:
Dieses Buch wurde auf chlor- und säurefreiem Papier gedruckt.

Rondo ist ein Unternehmen der Heyne Verlagsgruppe, München
Satz: Leingärtner, Nabburg
Druck und Bindung: Graph. Betrieb, Pößneck
Printed in Germany

ISBN 3-453-16573-X

1

England 1214

Walter de Roghton saß im Vorzimmer des Thronsaals und wartete. Zunächst war er voller Hoffnung, daß ihm die zugesagte Audienz gewährt werden würde, aber als aus Minuten Stunden wurden und er noch immer nicht hereingerufen worden war, begann er zu zweifeln, ob dies heute abend überhaupt geschehen würde. Andere Lords, die etwas von König John wollten, warteten ebenfalls voller Hoffnung. Walter war der einzige unter ihnen, der nicht nervös zu sein schien. Er war es dennoch. Es gelang ihm nur weitaus besser als den anderen, dies zu verbergen.

Und es gab allen Grund, nervös zu sein. John Plantagenet war einer der meistgehaßten Könige der gesamten Christenheit, durch und durch falsch und heimtückisch. Er schreckte nicht davor zurück, unschuldige Kinder, die er als Geiseln genommen hatte, aufhängen zu lassen, um seine Feinde einzuschüchtern. Als Abschreckung hatte diese abscheuliche Tat allerdings versagt. Statt dessen hatte sie seine Barone in Furcht und Entsetzen gestürzt und nur noch mehr gegen ihn aufgebracht.

König John hatte zweimal vergeblich versucht, seinem eigenen Bruder, Richard Löwenherz, die Krone zu entreißen. Dieser Verrat war ihm nach Einschreiten ihrer beider Mutter beide Male verziehen worden. Doch als ihm nach Richards Tod endlich die Krone zufiel, hatte er den einzigen anderen Thronanwärter, seinen jungen Neffen Arthur, umgehend ermorden lassen und Arthurs Schwester

Eleanor für mehr als die Hälfte ihres Lebens ins Gefängnis gesteckt.

Mancher hatte John bedauert, weil er der jüngste von König Henrys vier Söhnen war. Nachdem Henrys Königreich unter den älteren Brüdern aufgeteilt worden war, war für John nichts mehr übriggeblieben. Infolgedessen hing ihm lange Zeit der Spitzname John »Ohneland« an. Aber nun, da er als König herrschte, war er kaum mehr zu bedauern. Seinem Land hatte er durch seine Fehde mit der Kirche für viele Jahre die Exkommunikation beschert. Der Bann war erst vor kurzem wieder aufgehoben worden. Wahrlich, es gab viele Gründe, diesen König zu hassen und zu fürchten.

Während Sir Walter über König Johns zahlreiche Missetaten nachdachte, wurde er zunehmend nervöser. Zum tausendsten Mal fragte er sich, ob die Sache es eigentlich wert sei. Was, wenn der Plan, den er vorzuschlagen hatte, schiefging?

Sir Walter hätte leicht den Rest seines Lebens in Frieden verbringen können, ohne jemals die Aufmerksamkeit des Königs auf sich zu ziehen. Schließlich war er nur ein unbedeutender kleiner Baron, dessen Erscheinen bei Hofe nicht erforderlich war. Aber eben das war sein wunder Punkt. Er war kaum von Bedeutung … und das wollte er ändern.

Schon vor Jahren hätte alles anders werden sollen. Er hatte die ideale Erbin entdeckt und sie mit Eifer umworben, doch ein Lord mit höherem Titel hatte sie ihm vor der Nase weggeschnappt. Diese Frau, Lady Anne von Lydshire, hätte ihm als seine Gemahlin mit den Ländereien ihrer Mitgift zu Macht und großem Reichtum verholfen. Statt dessen war sie mit Guy de Thorpe, dem Grafen von Shefford vermählt worden, hatte de Thorpes Landbesitz mehr als verdoppelt und dadurch seine Familie zu einer der mächtigsten Englands gemacht.

Die Frau hingegen, die Walter letztendlich bekommen hatte, war, wie sich später herausstellte, in jeder Hinsicht eine schlechte Partie – was wiederum Salz in seine Wunde streute und seinen Groll verschärfte. Der Landbesitz, den sie mitbrachte, war zur Zeit der Eheschließung durchaus akzeptabel gewesen, aber unglücklicherweise lagen diese Ländereien in La Marche und gingen verloren, als König John den Großteil seines Herrschaftsbereiches in Frankreich verlor. Sir Walter hätte das Land behalten können, wenn er bereit gewesen wäre, dem französischen König die Treue zu schwören, aber dann hätte er sein Lehen in England aufgeben müssen, und dieser Besitz war der größere.

Außerdem hatte ihm seine Gemahlin keine Söhne geboren, sondern nur eine einzige Tochter. Diese Frau war wirklich zu nichts nutze. Seine Tochter Claire allerdings könnte seinen Zwecken dienlich sein, nachdem sie nun endlich das heiratsfähige Alter von zwölf Jahren erreicht hatte.

Also wollte Sir Walter mit seinem Besuch bei König John zwei Fliegen mit einer Klappe schlagen. Er wollte sich für die lange zurückliegende Kränkung rächen, daß er als Bewerber um Lady Anne übergangen worden war, und zugleich wollte er ihren Besitz und weitere Ländereien Sheffords an sich bringen, indem er Claire mit Sheffords einzigem Sohn und Erben verheiratete.

Das war ein brillanter Plan, und der Zeitpunkt, ihn auszuführen, schien ideal. Gerüchte besagten, daß König John bald einen neuen Versuch unternehmen würde, die Länder im Angevin zurückzuerobern, die er einst verloren hatte. Und Sir Walter hatte einen Köder, den er dem König unter die Nase halten wollte. Ach, wenn er nur eine Gelegenheit bekäme, dem König seinen Plan zu unterbreiten!

Endlich öffnete sich die Tür zum Thronsaal und Chester, einer der wenigen Grafen, denen König John uneingeschränkt vertraute, führte Sir Walter hinein. Eilig kniete er vor dem König nieder, und sogleich wurde ihm ungeduldig bedeutet, daß er sich wieder erheben solle.

Der Raum war nicht so leer, wie Sir Walter gehofft hatte. König Johns Gemahlin Isabelle war mit einer ihrer Hofdamen anwesend. Sir Walter hatte die Königin noch nie von nahem gesehen, und als er einen Blick auf sie warf, erstarrte er einige Augenblicke lang gedankenverloren vor Ehrfurcht. Wahrhaft, die Gerüchte über sie waren nicht übertrieben. Falls sie nicht gar die schönste Frau der Welt war, so war sie doch zumindest die schönste Frau in ganz England.

König John war mehr als doppelt so alt wie sie. Er hatte Isabelle geheiratet, als sie eben zwölf Jahre alt war. Die meisten Adeligen, die sich eine so junge Braut nahmen, warteten mit dem tatsächlichen Vollzug der Ehe noch einige Jahre. Nicht so König John, denn Isabelle war früh gereift und viel zu schön, als daß ihr ein Mann, der vor seiner Heirat ein berüchtigter Schürzenjäger gewesen war, hätte widerstehen können.

War er auch nicht so hochgewachsen wie sein Bruder Richard, so sah König John mit seinen sechsundvierzig Jahren doch nach wie vor gut aus. Er war der einzige Dunkelhaarige in seiner Familie, wenngleich sein schwarzes Haar mittlerweile grau meliert war, und hatte die grünen Augen sowie den leicht untersetzten Körperbau seines Vaters.

König John lächelte nachsichtig, als er Sir Walters Blick und dessen Erstaunen bemerkte. Diese Reaktion kannte er, und sie befriedigte ihn. Er war stolz auf die Schönheit seiner jungen Frau. Sein Lächeln währte jedoch nur kurz, denn es war schon spät, und Sir Walter war ihm unbekannt. Sein Schreiber hatte ihm nur gesagt, daß einer seiner Barone dringende Neuigkeiten für ihn hätte.

So war seine Frage knapp und sachlich. »Kenne ich Euch?«

Sir Walter errötete beschämt, daß er sich, wenn auch nur für wenige Augenblicke, vom Zweck seines Besuches hatte ablenken lassen. »Nein, Euer Gnaden, wir sind uns noch nie begegnet, denn ich komme nur selten an den Hof. Ich bin Walter de Roghton und halte ein kleines Lehen vom Grafen Pembroke.«

»Hättet Ihr Eure Neuigkeiten dann nicht auch Graf Pembroke mitteilen können, damit er sie an mich weiterleitet?«

»Die Angelegenheit ist nicht von der Art, als daß man sie irgendeinem anderen hätte anvertrauen können, Eure Exzellenz, und – und es handelt sich im Grunde auch nicht um eine Neuigkeit«, mußte Walter zugeben. »Ich sah lediglich keine andere Möglichkeit, Eurem Schreiber den Anlaß meiner Aufwartung zu erklären.«

König John war über diese geheimnisvolle Antwort pikiert. Er war selbst ein Mann, der sich gerne in Andeutungen und Spitzfindigkeiten erging. »Keine Neuigkeiten, aber etwas, wovon ich wissen sollte und was Ihr nicht einmal Eurem Lehnsherrn anvertrauen könnt?« Er lächelte. »Wahrhaft, spannt mich nicht länger auf die Folter!«

»Wenn wir unter vier Augen miteinander sprechen könnten?« flüsterte Sir Walter und sah zur Königin hinüber. König John verzog das Gesicht, ging jedoch mit Sir Walter zur Fensternische auf der anderen Seite des Raumes hinüber. Er sprach über viele Dinge mit seiner reizenden jungen Frau, aber er mußte zugeben, daß man manche Angelegenheiten besser nicht mit einer Frau erörterte, die bekanntermaßen gerne klatschte.

König John nahm ein Glas Wein mit sich. Walter hatte er nichts dergleichen angeboten. Seine Ungeduld war offensichtlich.

Als sie in der tiefen Fensternische einander gegenübersaßen, kam Walter gleich zur Sache: »Ihr wißt ja wahrscheinlich von der Verlobung zwischen dem Shefford-Erben und Crispins Tochter, die vor Jahren mit dem Segen Eures Bruders Richard geschlossen wurde?«

»Ja, ich glaube, davon habe ich schon einmal gehört. Eine Verbindung, die törichterweise mehr aus Freundschaft als um des Gewinns willen zustande kam.«

»Nicht ganz, Euer Gnaden«, sagte Walter vorsichtig. »Vielleicht ist Euch nicht bekannt, daß Nigel Crispin mit einem wahren Vermögen aus dem Heiligen Land zurückgekehrt ist und daß ein guter Teil davon über die Braut mit in die Ehe fließen wird?«

»Ein Vermögen?«

Johns Interesse war plötzlich geweckt. Ihm hatten schon immer die Mittel gefehlt, sein Königreich angemessen zu regieren, da sein Bruder Richard die königlichen Schatztruhen für seine blutigen Kreuzzüge geplündert hatte. Aber was ein kleiner Baron wie Walter für ein Vermögen hielt, war wahrscheinlich von dem, was ein König beachtenswert finden würde, weit entfernt.

Das wollte er klären: »Was versteht Ihr unter einem Vermögen? Ein paar hundert Goldmark und einige goldene Becher?«

»Nein, Euer Gnaden, das Lösegeld für einen König und mehr.«

König John sprang auf. Er war fassungslos. Jedes Lösegeld für einen König, das ihm gegenüber erwähnt wurde, konnte nur auf das Lösegeld anspielen, das man für seinen Bruder Richard verlangt hatte, als jener auf seinem Rückweg aus dem Heiligen Land von einem seiner Feinde gefangengenommen worden war.

»Mehr als hunderttausend Goldmark?«

»Leicht doppelt soviel«, antwortete Walter.

»Wie kommt es, daß Ihr davon wißt, während mir bislang nichts Derartiges zu Ohren kam?«

»Unter Lord Nigels engen Bekannten ist es kein Geheimnis. Nur zu gerne erzählt er die Heldengeschichte, wie er zu seinem Vermögen kam, indem er Eurem Bruder das Leben rettete. Es will es nur nicht gerade überall herumposaunt haben, und das zu Recht, da so viele Diebe das Land unsicher machen. Ich habe selbst nur zufällig davon erfahren, als ich hörte, wieviel von diesem Vermögen Sheffords zukünftige Braut als Mitgift bekommt.«

»Und wieviel wäre das?«

»Fünfundsiebzigtausend Goldmark.«

»Unerhört!« rief John aus.

»Aber verständlich, da Crispin im Gegensatz zu Shefford keine großen Ländereien besitzt,. Crispin könnte reich an

Land sein, wenn er dies wollte, aber er ist ein bescheidener Mann, so scheint es zumindest, der mit seiner kleinen Burg und ein paar anderen geringfügigen Besitztümern vollauf zufrieden ist. Wahrhaft, nur wenige sind sich darüber im klaren, wie mächtig Crispin im Grunde ist. Mit seinem unermeßlichen Reichtum könnte er eine gewaltige Armee aufstellen, wenn es nötig wäre.«

König John hatte genug gehört. »Und wenn diese beiden Familien sich durch eine Heirat zusammenschlössen, wären sie sogar mächtiger als Pembroke und Chester.«

Was er nicht aussprach, war, daß sie sogar mächtiger werden könnten als er selbst, zumal so viele Barone seine Forderungen nach Unterstützung ignorierten oder sich ihm offen widersetzten. Aber das wußte Sir Walter genausogut wie König John selbst.

»Ihr seht also auch die Notwendigkeit, diese Verbindung zu verhindern?« wagte sich Sir Walter weiter vor.

»Was ich sehe, ist, daß Guy de Thorpe mir nie seine Unterstützung verweigert hat, wenn ich darum ersuchte, daß er stets meine Kriege unterstützt hat und oftmals sogar seinen Sohn mit einer gut ausgerüsteten Armee von Rittern aussandte, um meine Reihen aufzufüllen. Was ich noch sehe, ist, daß dieser nahezu landlose Nigel Crispin von nun an angemessene Steuern zahlen wird. Aber was ich auch sehe, ist, daß wenn ich diese Eheschließung verbiete, diese beiden *Freunde*«, und das sagte er voller Abscheu, »erst recht einen Grund hätten, sich zusammenzutun – und zwar gegen mich.«

»Aber wenn etwas oder jemand anders als Ihr selbst diese Verbindung vereiteln würde?« fragte Sir Walter gerissen.

König John brach in lautes Gelächter aus und zog einen kurzen, neugierigen Blick seiner Frau von der gegenüberliegenden Seite des Raumes auf sich. »Das würde ich nicht im geringsten bedauern.«

Sir Walter lächelte hocherfreut, denn genau darauf hatte er gehofft. »Es hätte sogar noch einen weiteren Vorteil, Euer

Gnaden. Wenn Shefford sich eine neue Braut suchen müßte, könntet Ihr ihm ein Mädchen mit Mitgift-Ländereien jenseits des Kanals vorschlagen. Es ist bekannt, daß er für Eure Kriege in England und Wales Ritter aussendet. Für Eure Kriege in Frankreich hingegen schickt er nur die Pflichttaxe, weil er dort keine persönlichen Interessen hat. Wenn aber die Gemahlin seines Sohnes Mitgift-Ländereien in, sagen wir mal, La Marche hätte, dann hätte er ein persönliches Interesse daran, daß der Graf von La Marche Euch künftig keinen Ärger mehr macht. Und dreihundert Ritter sind mehr wert als die eintausend Söldner, die Ihr von der Pflichttaxe entlohnen könntet, da werdet Ihr mir doch beipflichten.«

König John lächelte ebenfalls, denn dies war in der Tat wahr. Ein treuer, kampferprobter Ritter war weit mehr wert als ein halbes Dutzend Söldner. Und dreihundert kampferprobte Ritter – so viele konnte Shefford aufbieten – konnten bei einem wichtigen Gefecht den entscheidenden Ausschlag geben.

»Ich nehme an, Ihr habt eben solch eine Tochter mit Mitgift-Ländereien in La Marche?« fragte König John, nur der Form halber. Er hatte die Antwort schon erraten.

»In der Tat, Eure Exzellenz.«

»Dann sähe ich keinen Grund, sie nicht zu empfehlen, wenn sich der junge Shefford tatsächlich anschickte, eine neue Braut zu suchen.«

Das war zwar nicht direkt ein Versprechen, aber auf König Johns Versprechungen war ohnehin nicht viel zu geben.

Sir Walter war zufrieden.

2

»Du kennst meine Gefühle in dieser Angelegenheit, Vater. Es fiele mir nicht schwer, zahlreiche Erbinnen zu benennen, die als Ehefrauen für mich passender wären, eine oder zwei von ihnen nähme ich sogar wirklich gerne, aber du hast mich ja bereits an die Tochter deines Freundes gebunden, die uns bloß Geld einbringt, das wir gar nicht nötig haben.«

Guy de Thorpe sah seinen Sohn nachdenklich an und seufzte. Wulfric war erst spät aus seiner Ehe hervorgegangen, zu einer Zeit, da er die Hoffnung auf einen Sohn bereits aufgegeben hatte. Seine beiden ältesten Töchter waren schon verheiratet, bevor Wulfric überhaupt zur Welt kam. Sir Guy hatte sogar Enkelkinder, die älter waren als sein Sohn. Aber in Anbetracht der Tatsache, daß er sein einziger Sohn war – zumindest sein einzig legitimer Sohn –, fand Guy an ihm kaum etwas auszusetzen, abgesehen von seiner Dickköpfigkeit und dem Hang, seinem Erzeuger zu widersprechen.

Wie Sir Guy selbst war Wulfric ein großer, muskulöser, kampferprobter Mann. Beide hatten das kräftige schwarze Haar und die blauen Augen von Sir Guys Vater geerbt. Sir Guys Augen waren allerdings von einem helleren Blau, während Wulfrics eine dunklere Färbung hatten, und Sir Guys volles Haar war inzwischen mehr grau als schwarz. Das kantige, willensstarke Kinn hatte Wulfric eher von Lady Anne, und auch die gerade, aristokratische Nase kam von ihrer Seite der Familie. Dennoch sah Wulfric seinem Vater sehr ähnlich, und die Damen hatten ihre Freude an seinem Anblick.

»Bist du deshalb du von einem Schlachtfeld zum nächsten

gezogen, seit das Mädchen volljährig ist, Wulf? Weil du dich davor drücken willst, sie zu heiraten?«

Wulfric war ehrlich genug, um zu erröten, denn genau das war der Fall. Aber er verteidigte sich: »Als ich ihr einst begegnet bin, hat sie ihren Falken auf mich gehetzt. Die Narbe sieht man heute noch.«

Sir Guy konnte es kaum glauben. »Und deshalb hast du dich immer geweigert, mich noch einmal nach Dunburh Castle zu begleiten? *Himmel*, Wulf, sie war damals ein kleines Kind! Hegst du einen Groll gegen ein Kind?«

Wulfric stieg die Zornesröte ins Gesicht, als er sich erinnerte. »Sie war eine echte Kratzbürste, Vater. Wahrlich, sie benahm sich eher wie ein Junge als wie ein Mädchen, indem sie ohne Rücksicht auf Größe oder Alter fluchend jeden herausforderte und angriff, der es wagte, ihr zu widersprechen. Aber das ist nicht der ausschlaggebende Grund. Ich will Agnes von York heiraten.«

»Wieso?«

Die unerwartete direkte Frage verschlug Wulfric einen Moment lang die Sprache. »Wieso?«

»Ja, wieso? Liebst du sie?«

»Ich weiß, daß ich gerne mit ihr ins Bett ginge, aber sie lieben? Nein, ich glaube nicht.«

Sir Guy lachte leise, voller Erleichterung. »Sinneslust ist nichts Verkehrtes. Sie ist eine gesunde Regung – ungeachtet dessen, was fromme Priester darüber sagen. Ein Mann kann sich glücklich schätzen, wenn er sie in seiner Ehe findet, und noch glücklicher, wenn er dort zudem auch der Liebe begegnet. Aber du weißt ebensogut wie ich, daß keine Heirat vonnöten ist, um das eine oder das andere zu erleben.«

»Dann bin ich also ein Sonderling, da ich es vorzöge, meine Ehefrau mehr zu begehren als ihre Mägde?« fragte Wulfric hartnäckig weiter.

Nun war es an Sir Guy zu erröten. Es war ein offenes Geheimnis, daß er für seine Ehefrau Anne keine große Liebe empfand. Aber er war ihr zugetan und zollte ihr jeden Respekt; dazu gehörte auch, daß er seine Mätressen aus ihrem Umkreis fernhielt. Anders als sein Freund Nigel, der seine Gemahlin von Herzen geliebt hatte und bis zum heutigen Tage ihren Verlust betrauerte, hatte Sir Guy dieses Gefühl für eine Frau nie gekannt, und er bedauerte auch nicht, es nie kennengelernt zu haben. Sinneslust hingegen war etwas anderes. Er hatte im Lauf der Jahre viele Mätressen gehabt, zu viele, um sie zu zählen, und selbst wenn Anne nicht von ihnen gehört haben sollte, sein Sohn hatte es sicherlich.

Dennoch lag in Wulfrics Blick kein Tadel. Da er selbst schon früh hinter jedem Rock hergejagt war, stand es ihm nicht an, den ersten Stein zu werfen. Insofern hatte Sir Guy auch keine Veranlassung, seinem Sohn zu erklären, wie leicht das Begehren eines Mannes sich befriedigen ließ, ob nun mit der eigenen Frau oder mit einer anderen. Was man sich wünschte, war selten das, was man tatsächlich bekam. So war das im Leben nun mal.

Statt dessen sagte er: »Ich will keine Schande über unsere Familie bringen, indem ich den Verlobungsvertrag breche. Du weißt, daß Nigel Crispin mein bester Freund ist. Du weißt auch, daß er mir das Leben gerettet hat, als mein Pferd so auf mich gestürzt war, daß ich nicht entkommen konnte, als ein Sarazene drauf und dran war, mir mit seinem Krummschwert den Kopf abzuschlagen. Es gab damals nichts, was ich hätte tun können, um Nigel seine Tat zu vergelten. Als er später Töchter zeugte, habe ich ihm in erster Linie aus Dankbarkeit angeboten, was mir das Liebste war, nämlich dich. Der Zusammenschluß unserer Familien war für mich zweitrangig, und was er zu dieser Verbindung beisteuern konnte, nebensächlich – zumindest damals.«

»Damals? Willst du damit sagen, jetzt wäre es von Bedeutung?« fragte Wulfric spöttisch.

Guy seufzte erneut. »Wenn der König nur die ihm zustehenden vierzig Tage Dienst von uns forderte, wäre es nicht von Bedeutung, aber er verlangt mehr als das. Hättest du nur pflichtschuldig vierzig Tage für ihn abgeleistet, wäre es nicht von Bedeutung, aber du hast viel mehr für ihn getan. Auch jetzt kommst du eben erst aus dem Kampf zurück und sprichst doch schon wieder davon, daß du mit dem König auf seinem nächsten Feldzug den Kanal überqueren willst. Genug ist genug, Wulf. Wir können nicht länger unsere eigenen Leute ernähren und die Armee des Königs dazu.«

»Du hast mir nie gesagt, daß wir am Hungertuch nagen«, antwortete Wulfric beinahe vorwurfsvoll.

»Ich wollte dich nicht beunruhigen, als du fort warst, um in König Johns Schlachten zu kämpfen. Und unsere Verhältnisse sind auch nicht beängstigend, sondern lediglich schwierig. In den letzten zehn Jahren ist zu viel geschehen, was unsere Reserven erschöpft hat. Der Besuch des Königs mit seinem ganzen Hofstaat im letzten Jahr hat unserer Kasse sehr geschadet – wie nicht anders zu erwarten. Es ist überall dasselbe, wohin er auch kommt, und deshalb kann er auch nie lange an einem Ort bleiben. Sehr geschadet haben uns auch die Feldzüge in Wales, wo es weit und breit keine Farm gab, um deine Männer zu verpflegen, und wo sich die Waliser in den Hügeln versteckt hatten ...«

Sir Guy ließ es dabei bewenden, denn Wulfrics Miene hatte sich verfinstert, als er daran dachte, wie unglücklich der Krieg gegen die Waliser verlaufen war, weil sie der königlichen Armee nicht auf dem Schlachtfeld gegenübergetreten waren, sondern sie langsam, aber sicher aus dem Hinterhalt dezimiert hatten. Wulfric hatte viele seiner Männer in Wales verloren.

»Alles was ich damit sagen will, Wulf, ist, daß die Mitgift deiner Gemahlin ...«

Wulfric unterbrach ihn trotzig: »Noch ist sie nicht meine Gemahlin!«

Sir Guy fuhr fort, als ob er das nicht gehört hätte, doch er betonte: »Deine *Gemahlin* bringt uns genau das, was wir zur

Zeit notwendig brauchen. Mächtige Verbündete haben wir zuhauf. Deine fünf Schwestern wurden strategisch außerordentlich günstig verheiratet. Landbesitz haben wir im Überfluß, aber erst, wenn du geheiratet hast, können wir mehr kaufen, weitere Burgen bauen und Ausbesserungen vornehmen lassen ... *Herr im Himmel*, Wulf, sie bringt uns ein Vermögen ein, und das ist wahrlich nicht zu verachten.« Sir Guy nahm einen großen Schluck Wein, ehe er das Schlimmste von allem zur Sprache brachte. »Außerdem hast du sie schon so lange warten lassen, daß es mittlerweile eine schwere Beleidigung wäre, von der Verlobung zurückzutreten. Aufgrund deiner Verzögerungstaktik ist sie inzwischen weit über das heiratsfähige Alter hinaus. Schluß damit. Es ist an der Zeit, daß du es hinter dich bringst und sie abholst! Sieh zu, daß du dich noch im Lauf dieser Woche auf den Weg nach Dunburh machst.«

»Ist das ein Befehl?« fragte Wulfric scharf.

»Wenn es sein muß, ja. Ich werde den Vertrag nicht brechen, Wulf. Es ist einfach zu spät dafür, nachdem das Mädchen jetzt schon achtzehn Jahre alt ist. Willst du mir Schande machen, indem du es tust?«

Wulfric konnte, wenngleich wutentbrannt, darauf nur antworten: »Nein, ich hole sie. Ich werde sie sogar heiraten. Aber ob ich mit ihr auch zusammenlebe, bleibt abzuwarten.«

Mit diesen Worten stolzierte er erhobenen Hauptes aus dem Saal. Sir Guy sah ihm nach, bis er außer Sichtweite war, dann wandte er sich um und starrte in die Flammen des großen Kamins. Es war spät geworden. Er hatte gewartet, bis Lady Anne und ihre Hofdamen den Saal verlassen hatten, ehe er Wulfric zu sich gerufen hatte. Vielleicht hätte er doch lieber seine Gemahlin um Unterstützung bitten sollen.

Wulfric widersprach seiner Mutter nie so wie seinem Vater. Ja, er schien ihr freudig jeden Wunsch zu erfüllen, denn er liebte sie von Herzen. Und Lady Anne lag im

Grunde weit mehr daran, daß die Hochzeit endlich stattfand, als Sir Guy. Sie hatte ihn unablässig gedrängt, doch mit Wulfric zu sprechen, bevor er sich wieder auf einen neuen Kriegszug davonmachte. Zweifellos hoffte sie von der Mitgift auch ihre eigenen Schatztruhen auffüllen zu können. Sicher hätte sie ihren Sohn zur Eheschließung überreden können, ohne daß er sich anmerken ließ, wie sehr ihm diese Heirat widerstrebte.

Guy seufzte zum wiederholten Mal und fragte sich, ob er Nigel Crispins Tochter nicht womöglich einen schlechten Dienst erwies, indem er seinen Sohn zwang, sie zu heiraten.

3

Die Reise nach Dunburh dauerte eineinhalb Tage, selbst in Begleitung von zwanzig bewaffneten Männern und mehreren Rittern. Diese Leute dienten nicht Wulfrics eigenem Schutz, sondern sie reisten mit, weil sie auf dem Rückweg eine Dame und deren Gefolge zu begleiten hatten. Es gab viele Straßenräuber in König Johns Reich.

Einige von König Johns Baronen, die ins Exil verbannt worden waren, hatten ihren Krieg auf die Straßen verlegt und überfielen diejenigen, die noch in des Königs Gunst standen. Wulfric hätte deshalb auf alle Fälle entsprechende Vorsichtsmaßnahmen getroffen, auch wenn Sir Guy nicht darauf bestanden hätte. Er wollte sich von seinem Vater nicht vorwerfen lassen, seine zukünftige Braut durch Fahrlässigkeit verloren zu haben, ganz gleich, ob ihm das nun gelegen käme oder nicht.

Seine zukünftige Braut... Allein beim Gedanken an diesen dürren, kleinen Satansbraten drang ein leises Knurren aus seiner Kehle, das seinen Halbbruder dazu veranlaßte, fragend die Augenbrauen hochzuziehen.

Es war der zweite Tag ihrer Reise. Sie hatten gerade das Lager abgebrochen und sich wieder auf den Weg gemacht. Bisher kamen sie gut voran. Da es keine leichte Aufgabe war, für so viele Männer eine Unterkunft zu finden, hatte Wulfric es am Vorabend für das beste gehalten, direkt an der Straße zu kampieren. Auf der Rückreise allerdings würde er eine angemessene Herberge auftreiben müssen, da *sie* bestimmt darauf bestehen würde, in einem Bett zu schlafen.

»Du hast dich wohl immer noch nicht mit dem Gedanken an diese Heirat abgefunden?« fragte ihn Raimund, während sie nebeneinanderher ritten.

»Nein, und das werde ich wahrscheinlich nie!« gab Wulfric zu. »Ich komme mir vor, als wäre ich gekauft worden – ein scheußliches Gefühl, um es gelinde auszudrücken.«

Raimund schüttelte den Kopf. »Obwohl unser Vater das Angebot gemacht hat und nicht ihrer? Wäre es andersherum gewesen, könnte ich deine Ansicht ja vielleicht teilen. Aber so ...«

»Pah, ich will nicht weiter darüber reden ...«

»Es ist besser, die Geschichte jetzt zu besprechen, bevor du es mit ihr persönlich zu tun bekommst«, warnte Raimund. »Was bereitet dir eigentlich solches Unbehagen an dieser Partie?«

Wulfric seufzte. »Als sie ein Kind war, war nichts Liebenswertes an ihr, nur viel Abstoßendes. Ich glaube kaum, daß ein paar Jahre sie verändert haben. Ich fürchte, ich werde meine Ehefrau hassen.«

»Es wäre nicht das erste Mal, daß so etwas vorkommt«, sagte Raimund mit leisem Lachen. »Wenn du auf einer Liebesheirat bestehst, mußt du zu den Leibeigenen gehen. Sie können sich ihre Frauen aussuchen. Adelige genießen dieses Privileg nicht.«

Raimund sagte das mit so unverhohlener Schadenfreude, daß Wulfric seinem Bruder mit der Faust drohte. Der konnte sich das Lachen nicht verkneifen, als er dem Schlag auswich. »Du brauchst mich nicht daran zu erinnern, daß du dir deine Frau selbst ausgesucht hast und sie von Herzen liebst«, knurrte Wulfric. »Und du bist *kein* Leibeigener«, fügte er noch lauter brummend hinzu.

Raimund lächelte seinen Bruder liebevoll an. Nur wenige würden ihn so zweifelsfrei als Adeligen anerkennen, wie Wulfric es tat. Raimunds Mutter war tatsächlich eine Leibeigene gewesen. Das brachte ihn in die wenig beneidenswerte

Lage, weder von den Leibeigenen noch von den Adeligen als ihresgleichen anerkannt zu werden. Aber Raimund hatte mehr Glück gehabt als die meisten unehelichen Kinder. Sir Guy hatte ihn als seinen Sohn anerkannt, hatte ihn sogar erziehen und zum Ritter ausbilden lassen, und nach dem Ritterschlag hatte er ihm ein kleines Lehen zuteil werden lassen, das er sein eigen nennen konnte.

Mit diesem Eigentum war er in der Lage gewesen, die Frau seiner Wahl als Braut zu gewinnen, Sir Richards Tochter Eloise. Sir Richard war ein Ritter aus Lord Guys Gefolge, der selbst kein Land besaß. Deshalb hatte er wenig Hoffnung gehabt, für sein einziges Kind einen Mann mit Landbesitz zu finden, und war daher über Raimunds Werbung hocherfreut gewesen. Nein, Raimund beneidete seinen Bruder nicht darum, der einzige legitime Sohn des Grafen zu sein. Er lebte einfach und bescheiden, und so mochte er es. Wulfrics Leben hingegen würde wahrscheinlich in jeder Hinsicht viel komplizierter werden.

»Wieviel Zeit ist vergangen, seit du ihr zum ersten Mal begegnet bist?« wagte sich Raimund weiter vor.

»Beinahe zwölf Jahre.«

Raimund verdrehte die Augen. »Lieber Himmel, glaubst du etwa, sie hätte sich in dieser langen Zeit nicht verändert? Kein anständiges Benehmen gelernt, das ihrer Stellung entspricht? Sie wird dich wahrscheinlich um Vergebung bitten für das, was deine Abneigung hervorgerufen hat, was immer es auch gewesen sein mag – übrigens, was war es denn eigentlich?«

»Sie war damals sechs Jahre alt, ich dreizehn. Und ich wußte, welche Bedeutung sie für mich hatte, auch wenn ihr das noch nicht klar war. Ich besuchte sie, um sie kennenzulernen, und fand sie in den Stallungen Dunburhs mit zwei in etwa gleichaltrigen Burschen. Sie führte ihnen einen großen Jagdfalken vor und behauptete, er gehöre ihr. Sie hatte den Vogel sogar auf ihrem Arm sitzen. Er war verdammt noch mal beinahe so groß wie sie selbst.«

Nun, als er diese Geschichte erzählte, stand ihm der Tag, an dem er seine Verlobte kennengelernt hatte, wieder klar vor Augen. Sie war ungewaschen, sah aus, als ob sie sich im Dreck gewälzt hätte, und ihr apartes Gesicht war voller Schmutzflecken. Gemessen an ihrem kleinen Körper hatte sie außergewöhnlich lange Beine, die nur allzu deutlich sichtbar waren, da sie nicht so gekleidet war, wie es sich geziemt hätte. Vielmehr trug sie kreuzgeschnürte, enganliegende Beinkleider und einen groben Kittel, genauso wie die Burschen, die bei ihr waren.

Er hatte zunächst Mühe gehabt herauszufinden, welche dieser drei Gestalten seine Verlobte war. Was ihre Kleidung betraf, war er von den Leuten, bei denen er sich nach ihrem Aufenthaltsort erkundigt hatte, vorgewarnt worden. Das gemeine Volk von Dunburh Castle hielt es offenbar für einen tollen Witz, daß die Tochter ihres Herrn in einem solchen Aufzug herumlief – und das freiwillig.

Höchstens Leibeigene würden ihre Töchter so herumlaufen lassen – und auch das nur, wenn sie gerade Jungenkleider übrig hätten und sich Mädchenkleider nicht leisten konnten. Da sie ihr langes braunes Haar nach hinten gebunden hatte und derart verdreckt war, hätte Wulfric ohne fremde Hilfe niemals herausgefunden, wer von den dreien seine Verlobte war.

Doch dann rief jemand sie beim Namen, und er sah, daß sie einen riesigen Vogel auf dem Arm hielt. Der Falke hatte nicht einmal eine Haube auf, und Wulfrics erste Regung war es, sie zu beschützen. Sie wußte wohl nicht, wie gefährlich Jagdvögel waren, und sie war noch viel zu jung, um in deren Nähe kommen zu dürfen. Zweifelsohne hatte sie sich dort hineingeschlichen, während der Falkner fort war.

Und dann hörte er sie vor ihren leichtgläubigen jungen Freunden prahlen: »Er gehört jetzt mir. Er nimmt sein Futter nur von mir!«

Ihr Falke? Wulfric konnte ein ungläubiges Prusten nicht unterdrücken. Das Geräusch erregte ihre Aufmerksamkeit, doch es war bloße Neugierde. Sie war noch zu jung, um zu begreifen, daß er sie genaugenommen der Lüge bezichtigt hatte.

»Wer bist du?« fragte sie lediglich.

»Ich bin der Mann, den du heiraten wirst, wenn du alt genug dazu bist.«

Er konnte sich nicht erklären, warum diese Worte, die doch nur der Wahrheit entsprachen, sie so beleidigten, aber so war es. Die Art, wie ihre hellgrünen Augen aufblitzten und sich mit goldener Glut füllten, verriet ihm, welch ungeheurer Zorn in ihr auf loderte.

»Sie bekam einen Wutanfall, nannte mich einen Lügner und belegte mich mit einem halben Dutzend der übelsten Schimpfworte, die ich je gehört habe«, erzählte er Raimund. »Dann befahl sie mir, ihr aus den Augen zu gehen.«

Raimund versuchte, sein Lachen zu unterdrücken, aber es gelang ihm nicht ganz. »*Jesus*, und das alles von einem sechsjährigen Kind?«

»Ein sechsjähriger Satansbraten«, antwortete Wulfric. »Als ich nicht fortging – ehrlich, ich war so fassungslos, daß ich mich nicht von der Stelle rühren konnte –, kniff sie die Augen zusammen, sah mich an und hob ganz leicht den Arm, um den Falken geradewegs auf mich zu hetzen. Ich nahm die Hand hoch, um ihn abzuwehren, und das war mein Fehler. Er grub den Schnabel zwischen meine ersten beiden Finger und ließ nicht mehr los.«

Raimund pfiff leise. »Du hast Glück gehabt, daß er dir keinen Finger abgehackt hat.«

»Der Fetzen Haut, den er mir herausgerissen hat, als ich ihn endlich abschütteln konnte, indem ich ihn gegen die Wand warf, war groß genug, um eine Narbe zu hinterlassen. Ich weiß nicht, ob ich ihn dadurch getötet habe, aber die kleine Hexe nahm das zweifellos an, denn sie ging augenblicklich auf mich los und hämmerte mit ihren kleinen Fäusten auf mich ein. Damit hätte sie normalerweise nicht viel ausrichten können – wie du weißt, war ich ziemlich groß für mein Alter, und sie reichte mir kaum bis zum Hosenbund –, aber einer ihrer Schläge landete an meiner empfindlichsten Stelle und zwang mich in die Knie.«

Raimund grinste. »Nun ja, da ich weiß, daß du seitdem überall höchst befriedigte Frauenzimmer zurückgelassen hast, kann die Verletzung wohl kaum allzu schwerwiegend gewesen sein.«

Wulfric warf ihm einen zornigen Blick zu. »Das war überhaupt nicht lustig, Bruder. Es hat höllisch weh getan, und sie schlug immer noch auf mich ein, und da ich auf gleicher Höhe mit ihr war, prasselten ihre Schläge nur so auf meinen Kopf. Sie hätte mir beinahe ein Auge ausgeschlagen und hat mir das ganze Gesicht zerkratzt.«

In Wirklichkeit war es noch schlimmer gewesen, auch wenn er das nicht gerne zugeben wollte. Er hatte heftige Schmerzen von dem Schlag in seinen Unterleib gehabt. Aus der Wunde an seiner Hand war das Blut über den ganzen Boden, auf ihn selbst und auch auf sie herabgetropft. Zudem war sie in ihrem Fausthagel so flink wie ein Wirbelwind gewesen, so daß es ihm weder gelungen war, ihre Hände zu packen, um ihr Einhalt zu gebieten, noch sie mit seiner unverletzten Hand lange genug zurückzuhalten, um sich eine Erholungspause zu verschaffen.

Er hätte sie ordentlich verhauen sollen, so wie sie es verdiente, aber er hatte noch nie ein Kind geschlagen oder sonst jemanden, der so viel kleiner war als er selbst, und erst recht kein Mädchen.

Der Versuch, ihr nicht weh zu tun, hatte ihm selbst nur weitere Verletzungen eingebracht, und schließlich hatte er sie recht unsanft von sich wegstoßen müssen, damit er sich aufrappeln und die Flucht ergreifen konnte.

Er war froh und dankbar, ihr nie wieder begegnet zu sein. Dafür hatte er zu sorgen gewußt. Er hatte seinem Vater die verwundete Hand verheimlicht und um Erlaubnis gebeten, zu Lord Edward Fitzallen zurückkehren zu dürfen, bei dem er seit seinem siebten Lebensjahr erzogen wurde. Dort hatte er auch seinen Bruder Raimund kennengelernt, der ebenfalls zu Lord Edward in die Ausbildung geschickt worden war, und sich mit ihm angefreundet. Wann immer Nigel Crispin mit seiner Familie nach Shefford Castle zu Besuch gekommen war, war Wulfric darauf bedacht gewesen, nicht anwesend zu sein, und er hatte seinen Vater auch nie wieder nach Dunburh begleitet.

»Dir ist doch sicher klar«, brachte Raimund vor, »daß sie jetzt nicht mehr so ist. Bestimmt hat sich jemand ihrer angenommen und ihr beigebracht, sich wie eine echte Dame zu benehmen.«

»Ja, ich weiß. Sie wird nicht wieder mit den Fäusten auf mich losgehen – das würde sie nicht wagen. Aber wie willst du einem Frauenzimmer abgewöhnen, sich wie eine Kratzbürste aufzuführen, wenn es als Kratzbürste geboren wurde?«

»Vielleicht mit süßen Worten und indem man ihr keinen Anlaß gibt, kratzbürstig zu werden?«

Wulfric schnaubte. »Ich habe nicht gefragt, wie ich ihr das abgewöhnen könnte, sondern wie sie es gelernt haben soll. Sie mag nun wie eine Dame aussehen, daran zweifle ich nicht, aber ich fürchte, in Wirklichkeit wird sie nach wie vor nichts weiter sein als ein Teufelsweib. Sollte sie mir gegenüber auch nur ein einziges Mal ihre katzengrünen Augen zusammenkneifen, dann …«

»Was dann?«

Wulfric seufzte. »Wenn ich das nur wüßte.«

4

»Wenn ich mich recht erinnere, müßten wir binnen einer Stunde in Dunburh Castle sein«, bemerkte Wulfric, als er sich in der Gegend umsah. »Es liegt gleich hinter der Hügelkuppe dort hinten. Wir könnten eine Abkürzung durch den Wald nehmen, dann sparen wir Zeit, denn die Straße macht einen weiten Bogen, ehe sie auf Dunburh zuführt.«

Ein deutlich sichtbarer Pfad, den zweifellos schon andere als Abkürzung benutzt hatten, führte durch den Wald. Zu dieser Jahreszeit waren kaum noch Blätter an den Bäumen, die die Sicht behindert hätten, und obwohl der Wald dicht war, konnte man auf der gegenüberliegenden Seite deutlich eine Wiese und dahinter ein Dorf sehen.

»Zwölf Jahre lang meidet er diesen Ort, aber jetzt ist er plötzlich ganz erpicht darauf, dorthin zu kommen«, zog Raimund ihn auf.

»Ganz erpicht auf ein warmes Feuer, das ist alles«, verbesserte ihn Wulfric mit strafendem Blick.

Raimund ignorierte den Blick, war aber ebenfalls der Meinung, daß ein Feuer jetzt guttäte. Der Himmel war klar, doch die Luft war im Laufe des Vormittags deutlich kühler geworden. Sie alle könnten ein warmes Feuer gebrauchen – oder ein bißchen Bewegung.

»Was hältst du davon, doch auf der Straße zu bleiben und die letzte Wegstunde um die Wette zu reiten?« schlug Raimund vor.

Wulfric verdrehte nur die Augen. »Wenn du es darauf anlegst, die Tore einer Burg auf schnellstem Wege vor dir zu verschließen, dann brauchst du nur draufloszustürmen, solange sie nicht wissen, wer du bist. Nein, das bringt uns um keinen Deut schneller ans Feuer. Wir nehmen die Abkürzung durch den Wald und gelangen durch das Dorf zur Rückseite der Burg.«

Er wartete nicht auf weitere Vorschläge, sondern bog in den schmalen Pfad ein. Die Wiese war bald erreicht, und auch das Dorf, das sie allerdings umgingen, um die Dorfbewohner nicht in Unruhe zu versetzen. Da keine Felder zu bestellen waren, waren an so einem kalten Morgen ohnehin nicht viele Leute draußen.

Die Burg lag noch ein Stück entfernt, hinter einer weiteren Baumgruppe, doch über den Wipfeln waren ihre Türme schon zu sehen. Als sie die Hälfte des Weges zwischen dem Dorf und der Burg zurückgelegt hatten, hörten sie das Klirren von Waffen. Wulfric lächelte bei dem Klang. Er war ein Krieger, hatte die meiste Zeit seines Lebens hart trainiert und sich im Kampf ausgezeichnet. Deshalb hatte er Freude daran, was er gelernt hatte, auch umzusetzen. Raimund teilte diese Einstellung, und sie grinsten einander an, bevor sie ihren Pferden die Sporen gaben und um die nächste Biegung des Pfades galoppierten.

Sie stießen tatsächlich auf ein Scharmützel. Zuerst dachten sie, es sei vielleicht nur eine Übung, aber dafür waren die Kämpfenden zu zahlreich, und außerdem stand eine Frau mitten unter ihnen.

Vier Reiter kämpften gegen sieben unberittene Männer, zu denen die Frau wohl gehörte. Alle trugen dicke Winterumhänge und waren so in den Kampf verstrickt, daß schwer auszumachen war, wer die Leute aus Dunburh und wer die Angreifer waren. Aus diesem Grund konnte Wulfric nicht einfach vorpreschen und drauflosschlagen.

Er ließ seine Männer anhalten, doch sie wurden nicht bemerkt, jedenfalls nicht so rasch, wie ihm recht gewesen wäre. Deshalb ritt er vor und rief: »Wer braucht hier Hilfe?«

Wulfric mußte zweimal rufen, so laut klirrten die Schwerter. Sein zweiter Ruf jedoch erregte allgemeine Aufmerksamkeit. Plötzlich starrten alle die Neuankömmlinge an, und einen Augenblick lang herrschte völlige Stille.

Dann nahmen die vier Männer zu Pferde Hals über Kopf Reißaus und verschwanden zwischen den Bäumen rechts und links des Pfades. Waren sie aus Dunburh und wollten zur Burg fliehen, weil sie glaubten, daß die Angreifer Verstärkung bekommen hatten? Nein, das war unwahrscheinlich, vor allem, weil die Frau dageblieben war und nun vortrat, um vor Wulfric zu knicksen.

Beim Knicks öffnete sich ihr Umhang und enthüllte ein kostbares Gewand. Sie war also eine Dame, und eine Schönheit noch dazu. Wulfric widmete ihr seine volle Aufmerksamkeit. Sie war furchtbar erschrocken. Erst langsam kehrte die Farbe wieder in ihr Gesicht zurück. Ihr Schleier war zur Seite gerutscht und zeigte ihr dunkles, nußbraunes Haar. Als sie nun zu ihm aufblickte, sah sie ihn aus grünen Augen von so heller Färbung an, daß sie kristallklaren Peridot glichen …

Grüne Augen? *Jesus*, war sie das etwa? Seine Verlobte, die demütig ihre Dankbarkeit bekundete? Nein, so viel Glück konnte er nicht haben! Sie konnte sich doch nicht dermaßen verändert und sich in so ein süßes Weibsbild verwandelt haben!

Sogar ihre Stimme klang sanft und mild, als sie zu ihm sagte: »Ihr kamt gerade im rechten Augenblick, Mylord, und voller Dankbar …«

Seine Dame konnte den Satz nicht vollenden, denn sie wurde von einem jungen Burschen grob beiseite geschubst, der Wulfric zornig anfunkelte und rief: »Hängt hier nicht rum wie ein Mehlsack, reitet ihnen nach! Sie müssen festgenommen werden!«

Wulfric erstarrte. Schlimmer war er noch nie beleidigt worden. Dieser unverfrorene Bursche konnte kaum älter sein als vierzehn und war nicht besser gekleidet als der armseligste Leibeigene. Mehr fiel Wulfric nicht an ihm auf, da er schon im Begriff war, vom Pferd zu steigen, um dem Kerl an die Gurgel zu gehen.

Aber noch ehe er ganz aus dem Sattel war, hörte er dieselbe verächtliche Stimme knurren: »Taugenichtse, die sich Ritter nennen! Erst bietet Ihr Hilfe an und dann – Pustekuchen!«

Wulfric schwang sich wieder in den Sattel und trieb sein Pferd vorwärts. Der dumme Junge hatte nicht einmal Verstand genug, um davonzurennen, bevor das Pferd ihn erreichte. Statt dessen wartete er trotzig an Ort und Stelle, und forderte Wulfric damit heraus, sich von seiner schlechtesten Seite zu zeigen. Tapferkeit fand stets Wulfrics Bewunderung, aber Dummheit nun wirklich nicht. Dieser Kerl war wohl nicht ganz richtig im Kopf, so mit einem Ritter zu Pferde zu sprechen. Nur diese Überlegung gebot seiner Hand vorerst noch Einhalt, denn er schlug keine Kinder, Frauen oder Schwachköpfe, die nicht wußten, was sie taten.

Also sagte er in gemessenem Ton: »Du hättest wohl lieber da weitergemacht, wo ihr gerade wart, und den Kampf verloren? Ich habe den Angriff abgewehrt. Mehr hatte ich nicht zu tun gedacht.«

»Ihr habt sie entkommen lassen!«

»Ich bin kein Sheriff, der Räubern nachjagt! Und wenn du noch ein weiteres Wort zu mir sagst, Bube, dann werde ich deine Zunge zum Mittagessen verspeisen!«

Nun trat die Dame vor den Burschen und streckte Wulfric beschwichtigend die Hände entgegen. »Bitte«, beschwor sie ihn, »keine Gewalt mehr!«

Da sie versuchte, ihn zu beschützen, mußte der Junge wohl ihr Diener sein. Und Wulfric war so erfreut darüber, wie sehr sie sich verändert hatte, daß er ihr in diesem Augenblick jeden Wunsch erfüllt hätte.

»Wie Sie wünschen, Mylady. Darf ich Euch nach Dunburh zurückbringen? Das ist das Ziel meiner Reise.«

Sie nickte schüchtern und fragte: »Seid Ihr gekommen, um meinen Vater zu sehen?«

Wulfric schenkte ihr ein strahlendes Lächeln. Falls er noch Zweifel gehabt hätte, daß dies seine Verlobte war, so hatte sie diese soeben restlos zerstreut.

Er hob sie behutsam vor sich in den Sattel. Sie wog nicht mehr als ein Kind. Sie duftete nach Sommerrosen. Himmel, was war er für ein Glückspilz!

»Ich bin in der Tat hier, um Lord Nigel zu sehen – und Euch!« sagte er, nachdem sie sich zurechtgesetzt hatte. Sie wandte sich zu ihm um, und ihre lieblichen Augen sahen ihn voller Erstaunen an. »Mich?«

»Vielleicht hätte ich mich schon eher vorstellen sollen.« Er grinste. »Ich bin Wulfric de Thorpe, und es ist mir das größte Vergnügen, Euch – wieder – zu sehen, Mylady.«

Jemand schnappte hörbar nach Luft. Er sah sich um, weil er wissen wollte, wer bei der Nennung seines Namens so erschrocken war, sah aber nur den schwachsinnigen Jungen in Richtung Burg davonlaufen.

Mit gerunzelter Stirn blickte er dem Burschen nach und nahm sich vor, mit Lord Nigel über ihn zu sprechen, damit der ihm eine Lektion erteilte. Da hörte er seine Dame sagen: »Aber wir sind uns noch nie zuvor begegnet.«

Wulfric lächelte in sich hinein. Hervorragend. Sie erinnerte sich nicht an ihre erste, unglückselige Begegnung vor all den Jahren, und da auch er diesen Vorfall am liebsten so schnell wie möglich vergessen wollte, hatte er nicht die Absicht, ihn ihr ins Gedächtnis zu rufen.

Also sagte er: »Dann habe ich mich wohl getäuscht, aber wie dem auch sei, es ist mir ein Vergnügen, Demoiselle. Ich nehme an, Ihr wollt, ebenso wie ich, Euren Vater davon in Kenntnis setzen, was hier geschehen ist. Also laßt uns zur Burg reiten!«

Sie brauchten nur wenige Minuten in flotter Gangart, um dorthin zu gelangen. Der Ort, wo der Überfall stattgefunden hatte, lag sowohl vom Dorf als auch von der Burg weit genug entfernt, so daß niemand das Klirren der Waffen hatte hören können. Absicht? Wahrscheinlich. Wulfric wünschte nun doch, er hätte seine Männer den Missetätern hinterhergeschickt. Immerhin hatten sie seine Verlobte angegriffen, was er allerdings erst begriffen hatte, nachdem sie schon lange geflohen waren. Und ob nun mit Absicht oder aus Versehen, niemand griff sein Eigentum an, ohne daß dies ernste Folgen haben würde.

Sobald er die Feste erreicht hatte, entschuldigte sich die Dame eilig und hastete in den Bergfried. Wulfric hingegen mußte erst mit Lord Nigels Seneschall über die Unterbringung seines Gefolges sprechen, ehe er sich ihr anschließen konnte. Und er sandte einige seiner Männer noch einmal zurück, damit sie nach Spuren der Angreifer suchen und ihnen folgen sollten. Es wäre sicher nicht von Nachteil, Lord Nigel bei ihrer Ergreifung zu helfen.

Dunburh war nicht mehr so, wie er es in Erinnerung hatte. Tatsächlich war es jetzt viel größer als bei Wulfrics letztem Besuch. Es war eine gewaltige Festung für einen so unbedeutenden Baron wie Nigel Crispin, aber andererseits war wohl kaum ein Mann im ganzen Königreich so unermeßlich reich wie er.

Ein dicker Schutzwall, der die Größe des Innenbezirkes mehr als verdoppelte, war zu Dunburhs Verteidigungsanlage hinzugefügt worden. Die alte, einfache Wehrmauer stand auch noch, und zwischen den beiden Mauern waren viele neue Gebäude errichtet worden. Wahrhaft, hier gab es mehr als genug Häuser, um ohne Gedränge eine große Armee unterzubringen und ihr auf zwei Turnierplätzen Bewegung zu verschaffen. Daneben lag sogar noch ein Gelände, auf dem man Bogenschießen üben konnte.

Wulfric drängte es danach, sich seiner Verlobten wieder anzuschließen und sie näher kennenzulernen, und so betrat auch er bald den alles überragenden Hauptteil der Burg. Er konnte sein Glück noch immer kaum fassen. Daß sie sich derart verändert hatte! In der Tat hatte sich jemand ihrer angenommen und ihr beigebracht, sich wie eine echte Dame zu benehmen. Er hätte sich keine idealere Ehefrau vorstellen können. Höflich, zurückhaltend und wohlgestaltet!

Sie war viel hübscher als Agnes von York, ihre Haut war weicher, ihr scharfgeschnittenes Gesicht faszinierend. Sie hatte sein Verlangen nicht auf die gleiche Art erregt, wie Agnes es tat, aber er zweifelte kaum daran, daß ihr dies gelänge. Er war nur einfach so überrascht und entzückt von ihr gewesen, daß für andere Gefühle wenig Raum geblieben war.

Die innere Treppe, die zum großen Saal hinaufführte, war von Fackeln hell erleuchtet. Auch die Kapelle lag dort oben im Vorbau, und beide Räume hatten ihren Zugang von einem großzügigen Vorzimmer aus. Eine weitere Treppenflucht führte ins vierte Geschoß des Bergfrieds hinauf.

In seiner Eile stieß Wulfric beinahe mit einer kleinen Gestalt zusammen, die eben aus der Kapelle kam. Er brauchte nur eine Sekunde, bis er erkannte, um wen es sich handelte, und schon sträubten sich ihm erneut die Nackenhaare. Dieser Diener mochte nicht ganz bei Verstand sein – es gab gar keine andere Erklärung für die Art und Weise, wie er mit einem Ritter des Königreichs zu sprechen gewagt hatte –, aber offenbar hatte er sich einer Bestrafung entzogen, und das empörte Wulfric.

Deshalb fragte er spöttisch: »Wohl um Vergebung für dein loses Mundwerk gebetet?« Er hoffte, der Bursche würde sein Fehlverhalten erkennen und sich vor schlimmen Folgen fürchten, so daß derlei nie wieder vorkäme.

Statt dessen sah ihm der Junge frech ins Gesicht. »Gebetet, daß Ihr verschwindet. Aber wie ich sehe, wurden meine Gebete nicht erhört.«

Das ging zu weit. Der Kerl war ein Diener! Jeder Diener würde für eine solche Unverschämtheit einem Adeligen gegenüber geohrfeigt. Wulfric holte mit der Hand aus, um eben das zu tun, doch der Junge hatte sich bereits abgewandt und war in den Saal gegangen, wo er kurzerhand verschwand. Er war offenbar derart daran gewöhnt, sagen zu können, was er wollte, daß er keinerlei Befürchtungen hegte, dafür zur Verantwortung gezogen zu werden.

Kochend vor Wut folgte Wulfric ihm auf dem Fuß. Er wäre dem Burschen nötigenfalls bis in die Küche hinunter nachgejagt, aber andere Männer im Saal hatten ihn schon gesichtet, und Lord Nigel winkte ihm zu, so daß er gezwungen war, all seine Aufmerksamkeit seinem Gastgeber zu widmen.

Als er allerdings seine Verlobte neben ihrem Vater sah, nahm dies seinem Zorn den Stachel, und er ging sogleich zum großen Kamin hinüber, um sich zu ihnen zu gesellen. Auch in diesem Bereich der Burg hatte es Verbesserungen gegeben, die Nigel Crispins Reichtum zuzuschreiben waren. Hier stand nicht nur ein hochlehniger Stuhl, wie er üblicherweise dem Burgherrn vorbehalten war, sondern es gab gleich vier solcher Stühle, und alle waren dick mit Pelzen belegt, so daß man noch bequemer darauf saß. Ein niedriger, kunstvoll geschnitzter Tisch stand in der Mitte und darauf ein Tablett mit Erfrischungen. Andere Hocker und Bänke reihten sich ringsum an und zeugten davon, daß sich viele Bewohner der Burg hier aufzuhalten pflegten.

Das Feuer knisterte leise und strahlte für diejenigen, die gerade von draußen hereinkamen, die ersehnte Wärme aus. Doch auch im übrigen Teil des geräumigen Saales war es nicht kalt. Die Fenster, die reichlich Licht hereinließen, waren allesamt mit teurem Glas bestückt, das die beißende Kälte abhielt. Riesengroße Wandteppiche bedeckten die steinernen Wände und dienten ebenfalls diesem Zweck.

Es war ein Saal wie viele andere, darauf eingerichtet, den Großteil des Burgvolkes gleichzeitig zu beherbergen, doch er war um vieles luxuriöser und komfortabler als alle, die

Wulfric je gesehen hatte. Der König selbst würde über diesen Raum vor Neid erblassen, dachte er, und fragte sich, ob König John hier wohl schon jemals zu Gast gewesen war. Wahrscheinlich nicht, denn sonst hätte er bestimmt einen Grund gefunden, die Burg zu beschlagnahmen.

Es ging Wulfric gegen den Strich, einem König treu zu dienen, für den er keinerlei Sympathie empfand. Seine Gefühle unterschieden sich kaum von denen der anderen Adeligen des Landes. König John hatte sich wenig Freunde und viele Feinde gemacht, aber er war immerhin ihr König, und Männer von Ehre würden ihm die Treue halten – bis sie ihn nicht länger ertragen konnten.

Sir Nigel kam Wulfric auf halbem Weg entgegen und geleitete ihn zurück zum Kamin. Er schien über Wulfrics Ankunft hoch erfreut zu sein und hieß ihn überschwenglich willkommen.

»Es beglückt mein Herz, Wulfric, daß Ihr endlich hier seid, um unsere Familien miteinander zu vereinen. Euer Vater sandte Nachricht, daß Ihr kommen würdet, aber wir hatten Euch so bald noch nicht erwartet, sonst hätte ich meine Tochter aufgefordert, sich vorzubereiten. Aber wie ich sehe, seid Ihr einander bereits begegnet.«

Sie hatten den Kamin erreicht, vor dem die erwähnte Dame stand und sie nervös erwartete. Wulfric beeilte sich, ihr die Befangenheit zu nehmen, indem er sie freundlich anlächelte und ihre zitternde Hand ergriff, um sie an seine Lippen zu führen.

»Ja, wir sind uns begegnet, Mylord«, sagte er zu Sir Nigel, während sein Blick weiterhin auf der Dame ruhte. »Obgleich wir einander noch nicht offiziell vorgestellt wurden.«

»Ich bin nicht Eure Verlobte, Lord Wulfric.«

Sie errötete, als sie dies sagte. Es war ihr peinlich, daß sie es ihm nicht schon zuvor im Wald gestanden hatte, wie sie es eigentlich hätte tun sollen. Ihre Schüchternheit hatte ihr den Mund verschlossen, ihre Angst, daß er zornig werden könnte. Er war ein so großer Mann, daß sie es niemals wagen würde, ihn zu verärgern, denn wütende Männer versetzten sie in Angst und Schrecken.

Offensichtlich war er jetzt reichlich verwirrt. Das tat ihr leid, und deshalb fügte sie zur Erklärung schnell hinzu: »Ich bin ihre Schwester Jhone.«

Sir Nigel, nun ebenfalls verwirrt, sah Wulfric fragend an. »Aber Ihr seid Milisant doch begegnet – oder nicht? Ihr habt erst eben mit ihr zusammen den Saal betreten!«

Wulfric blickte zum Eingang zurück. Er war mit niemandem gekommen, nur mit diesem ... Jungen. *Herr im Himmel*, nein! Bitte nicht! Das konnte sie nicht gewesen sein! Das würde ja heißen, daß sie sich in all den Jahren um keinen Deut verändert hatte ... das würde heißen, daß er nun schließlich doch das Teufelsweib am Hals hatte, genau wie er befürchtet hatte.

5

»Hol sie herunter, Jhone, und sieh zu, daß sie einmal im Leben ordentlich angezogen ist.«

Mit diesem Befehl hatte Nigel seine Tochter ausgesandt, die Tochter, von der Wulfric einige Stunden zuvor irrtümlicherweise angenommen hatte, sie solle die Seine werden. Aber offensichtlich hatte Milisant Crispin nicht die Absicht herunterzukommen, ob nun ordentlich angezogen oder nicht. Einmal im Leben? *Herr im Himmel*, sollte das etwa heißen, dieses Frauenzimmer kleidete und benahm sich überhaupt niemals wie die Dame, die sie eigentlich sein sollte?

Wulfric hielt seine Zunge in Zaum, um den engsten Freund seines Vaters nicht zu beleidigen, aber es fiel ihm schwer, seinen Ärger darüber zu verbergen, daß die Frau, die er heiraten mußte, alles andere als weiblich war. *Wie* in aller Welt hatte dieser Mann es zulassen können, daß seine älteste Tochter, immerhin seine Erbin, derart verwilderte – und damit auch noch ungestraft davonkam?

Während sie warteten, hatte Sir Nigel versucht, Wulfric mit Geschichten über König Richard, den er sehr bewundert hatte, und Anekdoten aus den vielen Kriegen, an denen er teilgenommen hatte, zu unterhalten. Er war ein alter Ritter, der, wie man an seinen vielen Narben erkennen konnte, schon manche Schlacht geschlagen hatte. Er war etwa fünf Jahre jünger als Wulfrics Vater und als die beiden zusammen auf Kreuzzug waren, noch ein junger Mann gewesen. Sir Guy hatte bereits zwei seiner Töchter unter die Haube gebracht, bevor er ins Heilige Land zog. Sir Nigel hingegen hatte nur seine Gemahlin zurückgelassen und erst Kinder gezeugt, nachdem er nach England zurückgekehrt war.

Wulfric erinnerte sich nun undeutlich, daß es da noch eine andere Tochter gegeben hatte. Als sie damals erwähnt worden war, hatte er dem nicht viel Aufmerksamkeit gezollt, da Sir Nigels übrige Kinder ihn nicht interessierten. Er hatte auch gewußt, daß Sir Nigels Gemahlin wenige Jahre nach Milisants Geburt gestorben war, aber der bloße Umstand, daß das Mädchen keine Mutter gehabt hatte, um ihr damenhafte Manieren beizubringen, war keine Entschuldigung für die Art und Weise, wie sie sich entwickelt hatte. Viele Frauen starben im Kindbett, und ihre Töchter wurden dennoch anständig erzogen.

Während sie weiterhin warteten, herrschte bedrückendes Schweigen. Diener kamen und gingen. Die Eßtische wurden aufgestellt, als die Abendessenszeit näherrückte, und noch immer kehrten die beiden Frauen nicht in den Saal zurück.

Schließlich seufzte Nigel und sagte mit einem verlegenen Lächeln: »Vielleicht bin ich Euch hinsichtlich meiner ältesten Tochter Milisant eine Erklärung schuldig. Sie ist nicht so, wie man es von einer jungen Frau ihres Alters erwarten würde.«

Das war stark untertrieben, doch Wulfric erwiderte lediglich: »Das ist mir aufgefallen.«

Selbst diese zurückhaltende Antwort ließ Sir Nigel zusammenzucken. »Ich habe nie ganz verstanden, warum, aber sie wäre immer lieber mein Sohn gewesen als meine Tochter. Es macht keinen Unterschied, sie ist ohnehin meine Erbin, aber sie sieht das anders. Sie würde am liebsten ein Schwert zur Hand nehmen und ein Ritter werden, wenn sie nur die Kraft hätte, es zu schwingen. Es erzürnt sie, daß ihr die Körperstärke fehlt, um so zu sein, wie sie es gerne wäre. Also betätigt sie sich statt dessen in anderen männlichen Bereichen, in denen sie erfolgreicher ist.

Wulfric hatte beinahe Angst, zu fragen, aber er mußte es wissen: »In anderen männlichen Bereichen?«

»Zum Beispiel geht sie auf die Jagd, nicht so, wie eine Dame es täte, sondern wie ein echter Jäger. Sie ist eine Meisterin im Bogenschießen. Wahrhaft, ich kenne keinen Mann, der treffsicherer wäre als sie. Sie hat ganz alleine ausgetüftelt, wie sie Dunburh Castle am besten verteidigen könnte, falls sie dazu gezwungen wäre. Obwohl es bestimmt niemals nötig sein wird, ist sie doch stolz darauf, dazu in der Lage zu sein. Sie beschäftigt sich außerdem mit Tieren, die in ihren Augen kein Jagdwild sind. Es ist schon beinahe unheimlich, wie sie mit ihnen umgehen kann. Sie hatte schon immer ein besonderes Talent, wilde Tiere zu zähmen, selbst als kleines Kind.«

Wulfric spürte, daß er rot wurde, als er letzteres hörte. Er mußte sich jetzt eingestehen, daß der Falke damals möglicherweise wirklich der kleinen Milisant gehört hatte und daß sie ihn vielleicht tatsächlich selbst gezähmt hatte.

»Sie hat also eine Vorliebe für männliche Tätigkeiten. Heißt das, daß sie weibliche Aufgaben verachtet?«

»Sie verachtet sie nicht nur, sondern sie weigert sich strikt, auch nur das geringste damit zu tun zu haben«, sagte Sir Nigel mit einem weiteren Seufzer. »Euch ist sicherlich ihre Kleidung aufgefallen. Obwohl ich mich durchaus darum bemüht habe, ist es mir nicht gelungen, sie dazu zu bewegen, Frauenkleider zu tragen, wie es ihr anstünde. Ich gebe ihr keinen Heller, damit sie sich eigene Kleider kauft, sondern lasse ihre Gewänder für sie anfertigen. Sie jedoch tauscht sie bei den Leibeigenen gegen die Art von Kleidung ein, die ihr lieber ist. Wenn ich ihr diese Sachen wegnehme, tauscht sie frisches Fleisch aus unserer Küche gegen neue. Und wenn ich ihr auch diese wieder wegnehme ... *Jesus*, in dem Sommer, als ich versucht habe, Milisant diese Marotte abzugewöhnen, hatten meine Leibeigenen zuletzt fast nichts mehr anzuziehen und sind allesamt halb nackt herumgelaufen.«

Es wäre mehr als unhöflich gewesen, Sir Nigel zu fragen, warum er dem Mädchen nicht befohlen hatte, ihm gefälligst zu gehorchen. Wulfric fürchtete zu hören, daß sie so wenig

Respekt vor ihrem Vater hatte, daß sie seine Befehle schlichtweg mißachtete.

»Weiß sie nicht, daß sie lächerlich wirkt, wenn sie sich anzieht wie ein Mann?«

»Meint Ihr, das würde sie stören? Nein, sie gibt keinen Pfifferling auf ihre äußere Erscheinung. Ihr fehlt jene Eitelkeit, wie man sie bei einer Frau erwarten würde.«

Nun seufzte Wulfric. Es half alles nichts, er mußte die Frage stellen: »Wie konnte es dazu kommen? Warum wurde ihr Benehmen nicht schon früher gemaßregelt, bevor es so – unweibliche Züge annehmen konnte?«

Wie erwartet, brachte diese Frage Sir Nigel reichlich in Verlegenheit. »Es war mein Fehler, wie Ihr mit Recht annehmen werdet. Meine einzige Entschuldigung ist, daß ich erst erfuhr, daß Mili tat, was sie wollte, als schon alles zu spät war. Als meine Frau starb, hat mich das beinahe um den Verstand gebracht. Selbst wenn ich körperlich anwesend war, war ich im Geiste doch abwesend. Ihr könnt Euch vermutlich kaum vorstellen, in welche Abgründe meine Trauer mich gestürzt hat. Ich kann mich an die ersten Jahre nach ihrem Tod überhaupt nur noch bruchstückhaft erinnern.«

»Mein Vater hat mir erzählt, daß Ihr Eure Frau von Herzen geliebt habt«, bemerkte Wulfric unsicher, denn Sir Nigel machte ein Gesicht, als ob er gleich von neuem in dieser Trauer versinken wollte.

»Ja, ich habe sie geliebt, aber ich wußte gar nicht, wie sehr ich sie liebte, bis ich sie verlor. Mein Bruder Albert, Gott habe ihn selig, lebte damals bei uns. Ich verließ mich darauf, daß er sich um meine Töchter kümmerte, doch er war selbst Witwer. Und – und er fand Milisants jungenhafte Art amüsant und bemühte sich deshalb auch nicht, ihr Zügel anzulegen.«

»Aber Ihr habt doch gesagt, Ihr wart anwesend ...«

»Ja, aber ich war nur selten nüchtern, mein Junge«, gab Sir Nigel zu. »Und meine Töchter taten oft so, als ob die eine die andere wäre. Das war eines ihrer Lieblingsspiele. Wenn ich Jhone sah, so dachte ich zuweilen, es sei Milisant, und merkte deshalb nicht, daß etwas nicht stimmte, bis es, wie gesagt, zu spät war. Als ich endlich erkannte, was aus ihr geworden war, hatte sich ihre Eigenart schon verfestigt, und Milisant widersetzte sich jeglicher Erziehung.

Wulfric verhärtete sich leicht: »Sie widersetzte sich?«

»Sie hat ein feuriges Temperament, meine Milisant, ganz anders als ihre Schwester Jhone, die eher zaghaft ist. Den Hitzkopf und den Mut hat sie von ihrer Mutter geerbt. Das ist auch einer der Gründe, warum ich es nicht fertigbrachte, ihr gegenüber allzu strenge Maßnahmen zu ergreifen. Ich fürchte, sie weiß, wie sehr sie mich an ihre Mutter erinnert, und zieht ihren Vorteil daraus.«

Es war im Grunde nicht die Aufgabe eines Vaters, sich der Erziehung seiner Töchter in demselben Maße zu widmen, wie er es bei einem Sohn getan hätte; und um fair zu sein, sagte Wulfric: »Niemand hätte von Euch erwartet, sie zu erziehen. Aber gab es denn keine Damen in dieser Burg, die sich darum hätten kümmern können?«

Nigel schüttelte den Kopf. »Seit dem Dahinscheiden meiner Frau waren keine Damen von entsprechendem Rang mehr hier, nur die Ehefrauen meiner Ritter. Keine von ihnen hätte die Kraft gehabt, es mit Milisant aufzunehmen. Als ich endlich wieder hinreichend bei Sinnen war, um zu erkennen, daß Milisant nicht die Erziehung bekam, deren sie bedurfte, schickte ich sie in der Hoffnung, daß Lord Hughs Gemahlin sie in den Griff bekäme, nach Fulbray Castle. Aber da war es bereits zu spät. Sie war schon zu lange ihrer eigenen Wege gegangen, und nach mehreren Jahren vergeblichen Bemühens schickte man sie mit der Bemerkung zurück, sie sei ein hoffnungsloser Fall. Man hatte alles versucht, was gerade noch möglich war, ohne ihr ernsthaft weh zu tun. Und milde Strafen hatten bei ihr nichts bewirkt.«

Wulfric fragte sich, ob dem alten Herrn klar war, daß er

damit eine Frau beschrieben hatte, die als Ehefrau vollkommen untauglich war. Kein Mann, der noch alle Sinne beisammen hatte, würde ein so unnatürliches Weib nehmen wollen …

Himmel, das war der Ausweg, auf dem er dieser Heirat entkommen könnte! Sir Nigel selbst würde sich verpflichtet fühlen, ihn von dem Verlobungsvertrag zu entbinden. Er mußte ihn nur darauf hinweisen! Und genau das tat Wulfric: »Ich danke Euch für Eure Offenheit, Lord Nigel. Glaubt Ihr wirklich, Eure Tochter würde unter diesen Umständen eine gute Ehefrau abgeben?«

Zu seiner größten Enttäuschung lächelte Sir Nigel hierauf: »Ja, ich bin davon überzeugt, daß es nichts weiter braucht als Kinder und einen Ehemann, den sie liebt, um ihre Ecken und Kanten abzuschleifen und sie zur Einsicht zu bringen.«

»Wie könnt Ihr Euch da so sicher sein?«

»Weil es bei ihrer Mutter genauso war und sie die Tochter ihrer Mutter ist. Ich sagte, meine Frau sei hitzköpfig gewesen, aber – um der Wahrheit die Ehre zu geben – sie war ein regelrechter Drache, als wir uns kennenlernten. Sie war jähzornig und stolz und hatte Haare auf den Zähnen. Sie konnte einen mit Worten verletzen wie mit Pfeilen, und tat das auch. Die Liebe jedoch hat sie vollkommen verwandelt.«

Es fiel Wulfric schwer, wirklich sehr schwer, dazu keine spöttische Bemerkung abzugeben. »Ihr geht also davon aus, daß sie mich lieben wird?«

Zu Wulfrics weiterer Verblüffung lachte Sir Nigel leise und sagte: »Ich kann keinen Fehler an Euch entdecken – ganz im Gegenteil. Oder wollt Ihr mir erzählen, daß Ihr mit Frauen Schwierigkeiten hättet?« Und als Wulfric errötete, fügte er hinzu: »Seht Ihr, das dachte ich mir. Wenn Ihr meiner Tochter etwas Zeit laßt, wird es Euch mit ihr auch nicht anders ergehen, sobald Ihr erst einmal zum Mittelpunkt ihres Lebens geworden seid. Wahrlich, meine Älteste würde ich keinem anderen als Sir Guys Sohn anvertrauen, denn wenn Ihr auch nur die entfernteste Ähnlichkeit mit Eurem Vater habt, bin ich davon überzeugt, daß Ihr der Richtige für sie seid.«

Damit schwand Wulfrics letzte Hoffnung, Sir Nigel zur Annullierung des Vertrags überreden zu können. Er hatte das Teufelsweib am Hals – gerade weil er der Sohn seines Vaters war und nicht so ein ungehobelter Klotz wie mancher andere Ritter, gerade weil er Frauen und Schwächere nicht schlug, so wie viele Männer es taten, denn sein Vater hatte es ihn anders gelehrt.

Er war verständlicherweise verbittert, weil er nicht der Dompteur seiner eigenen Frau sein wollte. Aber so wie es aussah, würde er das wohl werden müssen.

»In der Zwischenzeit, bis diese vielversprechende Verwandlung stattfindet, muß ich irgendwie mit ihr zurechtkommen, Lord Nigel. Wenn sie Eure Befehle schon mißachtet, was verleitet Euch dann zu der Annahme, daß sie mir gehorchen wird?«

»Bei mir weiß sie, wie weit sie gehen kann, ohne bestraft zu werden. Im Umgang mit Euch hat sie diesen Vorteil nicht. Sie ist keineswegs dumm, mein Junge, ganz im Gegenteil. Sie ist lediglich ... sonderlich im Hinblick auf das, was ihr wichtig erscheint – bis jetzt. Aber was ihr heute wichtig ist, wird es bald nicht mehr sein, wenn sie sich erst in die Ehe eingelebt hat.«

Der Vater war zuversichtlich. Wulfric hingegen konnte diese Zuversicht nicht teilen.

6

Jhone fiel es verteufelt schwer, ihre Schwester aufzuspüren. Milisant hätte die Treppe zum nördlichen Turmzimmer hinaufgehen können, das die Schwestern miteinander teilten, aber wie Jhone ganz recht vermutete, war sie statt dessen durch den Korridor zur westlichen Turmtreppe gegangen, die wieder nach unten und aus der Burg hinaus ins Freie führte. Und Dunburh war kein kleiner Ort, wo man sie leicht finden konnte, wenn sie es nicht wollte.

Jhone entdeckte sie aber schließlich doch, im Stall, wo sie gerade dabei war, sich mit Wulfric de Thorpes schwarzem Hengst anzufreunden. Es war keiner der riesengroßen Destrier, die fürs Schlachtfeld gezüchtet und im Krieg eingesetzt wurden, weil sie aggressiv waren und alles niedertrampelten, was ihnen in die Quere kam. Destrier waren keine guten Reisepferde, vor allem wegen ihrer todbringenden Veranlagung, und deshalb zog jeder Ritter, der auch ein sanftmütigeres Pferd besaß, es vor, seinen Destrier nur als Schlachtroß zu reiten. Wulfrics Pferd war dennoch ein großes Tier und hatte, da es ein Hengst war, auch keinen besonders zutraulichen Eindruck gemacht – bis jetzt.

»Du versuchst doch nicht etwa, ihn gegen seinen Besitzer aufzubringen, oder?« fragte Jhone ihre Schwester beunruhigt, während sie sich der Box näherte.

»Ich habe daran gedacht.«

Bei dieser mürrischen Antwort mußte Jhone lächeln. »Aber du hast es dir anders überlegt?«

»Ja. Ich möchte nicht, daß der Hengst leiden müßte, und das würde bestimmt geschehen, wenn dieser Bastard auf einmal keine Kontrolle mehr über ihn hätte. Er neigt dazu, gewalttätig zu werden und anderen weh zu tun, wie ich aus eigener Erfahrung weiß.«

»Das ist doch schon lange her, Mili«, erinnerte Jhone sie sanft. »Er war damals noch ein Junge und kein erwachsener Mann, so wie jetzt. Bestimmt hat er sich verändert...«

Milisants Kopf fuhr hoch, und ihre Augen füllten sich mit goldener Glut, als sie ihre Schwester unterbrach. »Du hast es ja selbst gesehen, da draußen auf dem Waldweg. Er hätte mich *geschlagen*, wenn du nicht im rechten Augenblick vorgetreten wärst!«

»Aber er wußte doch gar nicht, wer du bist.«

»Bin ich nicht trotzdem viel kleiner als er, ganz gleich, wofür er mich gehalten hat?«

Dem konnte Jhone schwerlich widersprechen, also sagte sie: »Ich war aber dabei, und ich habe sein Entsetzen gesehen, als ihm klar wurde, wer du wirklich bist.«

»Gut so«, gab Milisant zurück. »Dann werde ich, sobald ich in den Saal zurückkehre, zu hören bekommen, daß dieser alberne Vertrag für null und nichtig erklärt wurde.«

»Da bin ich mir nicht so sicher«, sagte Jhone und biß sich auf die Unterlippe. »Steht das in seiner Macht? Einen Vertrag zu brechen, den sein Vater abgeschlossen hat?«

Milisant runzelte die Stirn. »Nein, wahrscheinlich nicht. Dann muß ich eben dafür sorgen, daß Papa ihn bricht. Das wollte ich sowieso, ich hätte nur nicht gedacht, daß es so bald schon nötig wäre.« Und dann schnaubte sie: »Wie sollte ich auch? Er hätte in den vergangenen sechs Jahren jederzeit kommen und Anspruch auf mich erheben können, aber das hat er nicht getan. Wirklich, ich hatte ihn schon beinahe ganz vergessen.«

Das entsprach nicht ganz der Wahrheit, und das wußten sie beide. Milisant hatte ihr Herz an einen anderen verloren, den sie allerdings nicht heiraten konnte, ehe der alte Vertrag, demzufolge sie Wulfric de Thorpe versprochen war, aufgelöst wurde. So war sie nicht umhingekommen, gelegentlich an ihren langjährigen Verlobten zu denken, auch wenn dies keineswegs angenehme Gedanken gewesen waren.

»Er mag reichlich verspätet erschienen sein, aber er ist erschienen. Und was, wenn du ihn nach wie vor heiraten mußt?«

»Lieber würde ich von dem Turm dort drüben springen!«

»Milisant!«

»Ich sagte nicht, ich *werde*, sondern ich *würde*!«

Jhone lehnte sich an die Bohlen vor der Pferdebox. Sie wußte nicht, wie sie ihrer Schwester helfen sollte, und zerbrach sich den Kopf über deren inneren Aufruhr. Es war herzlos von de Thorpe gewesen, sie so lange warten zu lassen, ohne jede Nachricht, ohne einen einzigen Besuch, der ihnen die Möglichkeit gegeben hätte, einander besser kennenzulernen und sich mit dem Gedanken an ihre Verbindung anzufreunden. Sein einziger Besuch vor all den Jahren, der bei ihrer Schwester einen so unauslöschlich bitteren Nachgeschmack hinterlassen hatte, zählte in ihren Augen nicht.

Trotzdem war es angesichts Wulfrics bisherigem Desinteresse kein Wunder, daß Milisant ihr Denken und Fühlen inzwischen einem anderen jungen Ritter zugewandt hatte, einem, den sie schätzte und überaus gern hatte, einem, dem es nichts ausmachte, daß sie nicht so war wie andere Mädchen. Die beiden waren gute Freunde, und Jhone wußte aus eigener Erfahrung, daß es von unschätzbarem Vorteil war, sich mit dem zukünftigen Ehemann schon vor der Hochzeit anzufreunden, weil es der Braut viele Ängste nahm.

Jhone war selbst vor zwei Jahren mit einem jungen Mann verheiratet worden, der nach ihrer Verlobung, als sie zehn Jahre alt war, häufig zu Besuch gekommen war. Auf diese Weise hatte sie sechs Jahre Zeit gehabt, ihn kennenzulernen, und er hatte ihr überaus gut gefallen. Kurze Zeit nach der Hochzeit war er gestorben, und sie trauerte noch immer um ihn.

Jhone war die jüngere der Schwestern, und es war für sie ein seltsames Gefühl gewesen, vor Milisant zu heiraten. Sie hatte sich des Eindrucks nicht erwehren können, daß dieser Umstand auch ihre Schwester etwas in Verlegenheit gebracht hatte und sie dies als weiteren Minuspunkt für Wulfric verbuchte. Milisant hatte allerdings niemals zugegeben, auch nur im mindesten peinlich berührt gewesen zu sein. Sie hatte ihre Gefühle gut zu verbergen gewußt.

»Glaubst du wirklich, daß Papa einer Auflösung des Vertrages zustimmen wird, jetzt, wo der Bräutigam endlich gekommen ist, um deine Hand zu fordern?«

Niedergeschlagen lehnte Milisant ihre Stirn an die des Hengstes. »Das wird er«, sagte sie so leise, daß Jhone es kaum hören konnte und an der Überzeugung hinter diesen Worten zweifeln mußte, und dann lauter, als sie wieder aufsah: »Er muß! Ich kann dieses Scheusal nicht heiraten, Jhone! Er würde versuchen, mir das Rückgrat zu brechen! Er würde mich vernichten! Wenn Papa erst weiß, daß ich einen anderen liebe, wird er ein Einsehen haben. Daß Wulfric de Thorpe sich endlich blicken läßt, entschuldigt sein spätes Kommen noch lange nicht, und eben diese Verspätung war der Grund dafür, daß ich mich inzwischen anderweitig umgesehen habe.«

Das klang einsichtig und entsprach der Wahrheit. Bis vor zwei Jahren hätte Milisant nie daran gedacht, den Vertrag zu brechen, der bereits seit dem Jahr ihrer Geburt bestand. Sie hatte den Gedanken an diesen Vertrag gehaßt und auch ihren Verlobten, aber sie hatte sich ihrem Schicksal ergeben – bis weitere Zeit vergangen war und Wulfric noch immer keine Aufwartung gemacht und keinerlei Erklärungen abgegeben hatte. Und der Vater beugte sich oft Milisants Wünschen oder besser gesagt, er gab den Versuch, ihr seinen Willen aufzuzwingen, meist recht bald wieder auf.

Trotzdem hatte Jhone aus irgendeinem Grund das ungute Gefühl, daß Milisant diesmal bei ihrem Vater keinen Erfolg haben würde. Verträge waren für Männer etwas Unantastbares. Frauen konnten deren Berechtigung nicht beurteilen, weil sie bei ihrem Zustandekommen niemals zu Rate gezogen wurden. Und irgendwie ahnte sie, daß dies ihrer Schwester ebenso klar war. Wahrscheinlich war das einer der Gründe, warum die Wut derart in ihr brodelte. Jhone konnte diese Wut deutlich spüren.

Ein weiterer Grund war zweifellos dieser Überfall auf dem Waldweg. Angst war dort die erste Regung gewesen, doch Angst schlug häufig in Wut um, wenn der erste Schreck überwunden war. Und wer hätte denn auch einen solchen Überfall so nahe bei Dunburh erwartet? Milisant hatte nicht einmal ihre Waffen bei sich gehabt, da sie ja nur ins Dorf gehen wollten.

»Ich habe Papa erzählt, was auf dem Waldweg geschehen ist«, sagte Jhone. »Er hat Sir Milo ausgesandt, um diese Männer aufzuspüren.«

»Gut.« Milisant nickte. »Milo ist ein fähiger Ritter – im Gegensatz zu manchen anderen«, fügte sie brummend hinzu.

Jhone weigerte sich, auf diese »manchen anderen« einzugehen. »Ich kann mir nicht vorstellen, wer diese Leute waren und warum sie es anscheinend auf dich abgesehen hatten.«

»Ist dir das auch aufgefallen?« fragte Milisant mit nachdenklichem Stirnrunzeln. »Ich dachte schon, ich hätte mir vielleicht nur eingebildet, daß sie meiner habhaft werden wollten.«

Jhone schüttelte den Kopf. »Doch, so war es. Aber warum nur?«

Milisant zuckte die Schultern. »Lösegeld, was sonst? Nach all den aufwendigen Verbesserungen, die wir in den letzten zehn Jahren an Dunburhs Verteidigungsanlage vorgenommen haben, ist es ja wohl kaum noch ein Geheimnis, daß Papas Schatztruhen schier überquellen. Und ich bin schließlich seine Erbin.«

Jhone kicherte. »Ja, aber wer sollte dich als die Erbin erkennen, wenn er dich so sieht?«

Milisant grinste. »Stimmt. Doch in Dunburh verkehren viele reisende Kaufleute und Spielmänner und vor allem Söldner, die Arbeit suchen. Jeder von ihnen hätte herausfinden können, wer ich bin. Wahrscheinlich waren es Söldner, die abgewiesen worden sind und meinten, mich zu entführen, sei ein leichter Weg, zu Geld zu kommen.«

Jhone nickte nachdenklich. Das schien die einleuchtendste Erklärung zu sein.

»Nichtsdestotrotz wirst du von nun an vorsichtiger sein müssen«, warnte sie ihre Schwester. »Und das bedeutet, daß du nicht mehr wie sonst alleine auf die Jagd gehen kannst.«

»Wenn ich meinen Bogen bei mir gehabt hätte, hätten sie uns niemals so nahe kommen können, das weißt du genau.«

Das stimmte zwar, aber Jhone war deshalb noch lange nicht davon überzeugt, daß keine Vorsicht geboten war. »Heute waren es nur vier Männer. Nächstes Mal könnten sie zahlreicher sein. Es würde nicht schaden, wenn du vorerst aufs Jagen verzichten würdest oder ein paar Wachen mitnähmest – wenigstens so lange, bis diese Kerle hinter Schloß und Riegel sind.«

»Mal sehen«, war alles, was Milisant versprach, eine höchst unbefriedigende Antwort.

Jhone kannte ihre Schwester viel zu gut, als daß sie versucht hätte, Druck anzuwenden, um ihren Willen durchzusetzen. Bei Milisant war eine weitaus geschicktere Taktik erforderlich. Deshalb sagte sie nichts mehr zu diesem Thema – vorläufig. Außerdem mußte sie sich dem vordringlichen Problem widmen, um dessentwillen sie ihre Schwester eigentlich aufgesucht hatte. Wie sie *dieses* Thema allerdings anschneiden sollte, ohne daß Milisant trotzig wurde, wußte sie beileibe nicht.

Also wählte sie fürs erste einen Gesprächsgegenstand außerhalb dieses Zusammenhangs und bemerkte: »Stampfer wird eifersüchtig werden, wenn du diesem Hengst in seiner Gegenwart all deine Aufmerksamkeit widmest.«

Milisant lächelte zu dem viel größeren Pferd auf der anderen Seite des Ganges hinüber, das geduldig auf einen kleinen Liebesbeweis von ihr wartete. »Aber nein, er weiß, daß er nicht zu kurz kommt, auch wenn er meine Liebe mit anderen teilen muß.«

Dennoch verließ sie das Abteil, um das andere Pferd zu besuchen, doch Wulfrics Hengst versuchte, ihr zu folgen. Dessen gewahr, hielt sie inne und sagte ihm ein paar sanfte Worte. Als sie sich dann erneut zum Gehen wandte, blieb er bereitwillig, wo er war.

Jhone hatte derlei schon viele Male beobachtet. Seit sie sich erinnern konnte, hatte Milisant eine besonders innige Beziehung zu Tieren gehabt. Es hatte den Anschein, als würden die Tiere ganz genau verstehen, was sie zu ihnen sagte. Es hatte den Anschein, als nähme Milisant den Schmerz und die Angst eines Tiers genauso wahr wie ihre eigenen Gefühle und als spürten die Tiere dies und beruhigten sich dadurch und fühlten sich getröstet. In Wirklichkeit konnte das natürlich nicht sein. Es wäre ja albern, so etwas zu glauben. Sie hatte Tieren gegenüber einfach ein besonderes Einfühlungsvermögen und verstand es, sich mit ihnen anzufreunden, weil sie keine Furcht vor ihr hatten. Sogar auf der Jagd bat sie ein Tier um Verzeihung, bevor sie es tötete, und gab dem Wild nur allzu oft Gelegenheit, ihren Pfeilen zu entkommen. Vielleicht, weil sie die Jagd als Nahrungserwerb betrieb und niemals als Sport.

Auch Jhone hatte ein besonderes Einfühlungsvermögen, aber nicht Tieren, sondern Menschen gegenüber. Zumindest schien sie die Gefühlsregungen ihrer Mitmenschen wesentlich stärker wahrzunehmen als die meisten. Das war einer der Gründe, warum der Zorn großer Männer ihr solche Angst machte. Sie empfand diesen Zorn beinahe so intensiv wie ihren eigenen, und das erschreckte sie.

Deshalb hatte sie auch ihren Ehemann William so sehr geliebt und ihren Vater nach seinem Tod gebeten, alle anderen Bewerber abzulehnen. William hatte nie Zorn verspürt. Er war viel zu unbeschwert und sorglos gewesen, als daß er jemals irgend etwas hinreichend ernst genommen hätte, um zornig zu werden. Und er hatte sie von Herzen geliebt, was sie ebenfalls überaus deutlich gespürt hatte. So einen Mann wie William könnte sie bestimmt nicht noch einmal finden, und folglich wollte sie auch keinen anderen.

Nachdem Milisant dem anderen Pferd ein paar gute Worte gesagt und es liebevoll gestreichelt hatte, schickte sie sich an, den Stall zu verlassen. Da sagte Jhone endlich: »Papa hat mich ausgesandt, um dich in den Saal zu bringen – und zwar angemessen gekleidet.«

Schnaubend hielt Milisant inne. »Ein Bliaud anziehen, für ihn? Nur wenn du mir eines gibst, das aus Nesseln gemacht ist!«

Jhone hielt sich rasch die Hand vor den Mund, aber Milisant hatte ihr Grinsen schon gesehen. »Nun, ein solches habe ich nicht, doch ich habe ein paar Bliauds für dich aufgehoben – weil ich weiß, daß du auch die letzten, die Papa für dich hat anfertigen lassen, schon wieder verbrannt hast.«

»Dann zieh du eines an und tu so, als wärest du ich! Ich werde nicht freiwillig hinaufgehen und mit diesem Grobian reden.«

Das war keine abwegige Bitte. Sie hatten in der Vergangenheit oft so getan, als ob die eine die andere wäre. Es war ein Spiel, das sie als Kinder gerne getrieben hatten und an dem Jhone immer viel Spaß gehabt hatte. Denn wenn sie vorgab, Milisant zu sein, schienen auch deren Mut und Kühnheit auf sie überzugehen, Eigenschaften, die ihr sonst bedauerlicherweise selbst fehlten. Andererseits hatten sie schon seit mehreren Jahren nicht mehr die Rollen getauscht, und in diesem Fall, da es galt, de Thorpe an der Nase herumzuführen, nein, das konnte sie nicht tun. Er jagte ihr zu große Angst ein.

»Mili, das kann ich nicht. Ich würde vor Angst zittern – und du willst doch bestimmt nicht, daß er solch einen Eindruck von dir gewinnt, oder? Außerdem würde Papa es bestimmt merken. Er wird etwas in der Art erwarten.«

Milisant machte ein finsteres Gesicht. »Dann erzähl Papa, daß du mich nicht gefunden hättest und daß ich wahrscheinlich die Burg verlassen hätte. Ich habe keinen Anlaß, mich mit de Thorpe abzugeben, da ich vorhabe, den Vertrag aufheben zu lassen – und zwar sobald ich eine Gelegenheit finde, mit Papa unter vier Augen zu sprechen.«

»Papa wird böse werden, wenn ich ohne dich in den Saal zurückkomme«, prophezeite Jhone.

»Papa ist oft böse auf mich. Es hält nie lange an.«

Jhone war sich nicht sicher, ob das dieses Mal auch der Fall sein würde. Wulfric de Thorpe war schließlich kein gewöhnlicher Besucher. Ihr Vater würde ihm alle Ehren erweisen wollen, die ihm als Sohn eines Grafen gebührten, nämlich dieselben Ehren wie einem Grafen, und das waren beinahe dieselben, die einem König gebührten. Und *Herr im Himmel*, sie hatte noch nicht einmal ein Zimmer für ihn herrichten lassen!

Jhone erbleichte bei diesem Gedanken und sagte rasch zu ihrer Schwester: »Ich werde es ihm mitteilen, aber gefallen wird es ihm nicht. Warte lieber nicht zu lange damit, mit ihm zu sprechen und seinen Ärger zu besänftigen!«

Sie eilte aus dem Stall, während Milisant ihr stirnrunzelnd nachblickte und murmelte: »Besänftigen? Seit wann habe ich jemals etwas anderes getan, als seinen Zorn zu entfachen?«

Und dann schrie sie hinter ihrer Schwester her: »Du bist diejenige, die ihn besänftigen kann, nicht ich!« Doch Jhone war bereits außer Hörweite.

7

Milisant ging zur Waffenkammer, um sich einen Bogen zu holen. Sie wollte lieber nicht riskieren, die Burg zu betreten, um ihren eigenen mitzunehmen. Dann schlich sie sich aus dem Seitentor, von dem aus sie rasch im Wald verschwinden konnte. In ihr tobten die unterschiedlichsten Gefühle, und keines von ihnen war angenehm.

Ein Hase kam auf sie zu, um sie zu begrüßen, und sie kniete sich hin und kraulte ihn am Kinn. Im Lauf der Jahre hatte sie in diesem Wald und auf den dahinterliegenden Wiesen viele Freunde gewonnen. Manche nahm sie mit in die Burg, aber in den meisten Fällen ging das nicht. Es waren einfach zu viele.

Das Tier spürte jedoch ihre düstere Stimmung und hoppelte bald wieder davon. Sie seufzte und ging lautlosen Schrittes weiter. Tief im Wald kletterte sie auf einen Baum und setzte sich auf einen starken Ast. Aus der Vogelperspektive betrachtete sie die Umgebung und sah manches Tier in der Nähe, das keine warme Höhle zum Überwintern gefunden hatte. Sie hatte Lust zu töten, und gerade deshalb wollte sie es nicht tun. Sie jagte niemals, wenn sie wütend war. Sie hatte Pfeil und Bogen lediglich zu ihrem eigenen Schutz mitgenommen, weil sie wußte, daß die Angreifer vom Vormittag in diesen Wald geflohen waren.

Auch sie war auf der Flucht und versuchte einer Erinnerung zu entkommen, die sie heute in aller Deutlichkeit eingeholt hatte – das hatte sie *ihm* zu verdanken. Wenn nicht so viel Schmerz mit dieser Erinnerung verbunden wäre, könnte sie sich an jenen Tag wahrscheinlich gar nicht mehr erinnern, denn es war schon sehr lange her und sie war damals noch ein Kind gewesen.

Sie hatte ihren Freunden voller Stolz ihre jüngste Meisterleistung vorgeführt, die Zähmung von Rhiska. Der Falkner hatte das Tier bereits aufgegeben, da Rhiska nicht von Menschen großgezogen worden war und sich menschlicher Führung verweigerte. Der Falkner hatte den Vogel schon den Köchen übergeben wollen – zumindest hatte er etwas Derartiges gesagt, und Milisant war erst viel später klargeworden, daß dies nur ein Scherz gewesen war. Ihr Stolz hatte zum Teil auch daher gerührt, daß sie geglaubt hatte, dem Vogel dadurch, daß sie ihn gezähmt hatte, das Leben gerettet zu haben.

Aber dann war *er* aufgetaucht, hatte durch ein Geräusch ihre Aufmerksamkeit erregt und sie angesehen, als habe sie etwas Schlimmes angestellt. Und da sie Rhiska ohne Wissen des Falkners gezähmt hatte und in sein Reich eingedrungen war, obwohl ihr der Zutritt ausdrücklich verboten worden war, wußte sie wohl, daß sie in der Tat etwas Schlimmes angestellt hatte. Sie hatte sich nur nicht vorstellen können, woher dieser Fremde das wissen sollte.

Und als er zu ihr sagte: »Ich bin der Mann, den du heiraten wirst, wenn du erst alt genug dazu bist«, war dies das Schlimmste, was er hätte sagen können. Gutaussehend war er ja. Ein anderes Mädchen wäre über eine solche Aussage aus seinem Mund vielleicht begeistert gewesen. Aber Milisant hatte gerade in dieser Woche den Beschluß gefaßt, niemals zu heiraten.

Einige Tage zuvor hatte ein Leibeigener aus dem Dorf seine Frau so furchtbar geschlagen, daß sie am nächsten Tag an den Folgen der Prügel gestorben war.

Das Getuschel, das diesem Vorfall folgte, hatte Milisant in ihrem zarten Alter große Angst eingeflößt.

»Sie hat es nicht anders verdient.« »Es war sein gutes Recht, sein eigenes Weib zu züchtigen.« »Er hätte nicht gar so hart zuschlagen sollen. Wer wird denn nun für ihn kochen?« »Eine Frau sollte so klug sein, ihren Ehemann nicht zu erzürnen.«

In Milisants kindlicher Denkungsweise schien der beste Weg, all dies zu vermeiden, darin zu bestehen, niemals zu heiraten. Das war die einfachste Lösung, und sie fragte sich, warum nicht mehr Frauen auf diesen Gedanken kamen. Von Wulfric de Thorpe hatte sie zu diesem Zeitpunkt noch nichts gehört. Sie wußte noch nicht, daß sie ihm bereits zur Ehe versprochen war. Also wähnte sie sich vor handgreiflichen Ehemännern in Sicherheit – bis er auf einmal vor ihr stand und im Brustton der Überzeugung behauptete, sie werde ihn heiraten.

Natürlich war er ein Lügner, und das sagte sie ihm auch. Weil er aber so selbstsicher klang, hatten seine Worte ihr angst gemacht. Es war für sie in jeder Hinsicht ein schlechtes Jahr gewesen, denn in diesem Jahr hatte sie herausgefunden, daß sie die meisten Dinge, die sie gerne tun wollte, niemals würde tun können. Und in diesem Jahr hatte sie oder vielmehr hatten ihre Freunde entdeckt, daß sie schrecklich jähzornig war und erst noch würde lernen müssen, ihr Temperament zu beherrschen.

Der Lügner bekam eine Kostprobe davon, denn als sie ihm befahl zu gehen, blieb er einfach stehen und starrte sie an. Das brachte das Faß zum Überlaufen. Sie wollte ihn aus der Burg werfen und das Tor hinter ihm verriegeln lassen.

Sie wollte Rhiska auf seine Stange zurück setzen, um die Stallungen zu verlassen und eine der bewaffneten Wachen zu rufen, damit man sich um den Fremden kümmerte. Sie war fuchsteufelswild, daß er ihre Anordnung mißachtet hatte. Immerhin war sie die Tochter des Burgherrn und dieser Kerl war ein Fremder. Aber Rhiska spürte ihren Zorn und reagierte darauf, indem er geradewegs auf Wulfric losging.

Milisant war überrascht und dies noch mehr, als der dumme Junge seine unbehandschuhte Hand erhob, um den

Falken abzuwehren. Der Falke war nicht zur Jagd abgerichtet und hatte deshalb auch nicht gelernt, auf Zuruf zurückzukommen. Alle Falken waren jedoch von Natur aus Jäger, allerdings griffen sie normalerweise keine Menschen an. Rhiska tat es aber doch und biß sich regelrecht in der Hand des Jungen fest. Milisant sprang vor und wollte den Vogel mit guten Worten dazu bewegen, wieder loszulassen, aber der Junge reagierte schneller und schleuderte Rhiska gegen die Wand.

Der Vogel starb beinahe im selben Augenblick. Milisant brauchte ihn gar nicht erst näher zu untersuchen, um festzustellen, daß er tot war. Sie hatte gespürt, wie der Lebenshauch ihn verlassen hatte, und im Augenblick dieses Verlustes geriet sie schier außer sich. In dem Verlangen, ihn zu töten, so wie er ihren Vogel getötet hatte, stürzte sie sich auf den Jungen.

Sie war so rasend vor Verzweiflung, daß sie gar nicht wußte, was sie tat, bis er sie durch einen heftigen Stoß rückwärts in eine der Vogelstangen schleuderte. Sie knickte mit dem Fuß um, hörte, wie das Gelenk knackte, und wurde vom Schmerz überwältigt. Das Entsetzen über ihren gebrochenen Fuß war stärker als jeder Schmerz, denn sie wußte, daß solche Brüche nicht heilten und daß jeder, dem so etwas geschah, für den Rest seines Lebens lahmen würde. Lahme aber wurden nicht bemitleidet, sondern mißachtet. Sie galten so wenig, daß sie gesellschaftlich noch unter den Leibeigenen standen – sie wurden zu Bettlern.

Sie schrie nicht, gab keinen Laut von sich, vielleicht infolge des Schocks. Und bis zum heutigen Tag wußte sie nicht, wie sie den Schmerz hinreichend hatte bezwingen können, um den Knochen wieder in seine richtige Position zu bringen. Sie wußte auch nicht, warum sie das überhaupt getan hatte. Vielleicht aus Angst vor der Vorstellung, für den Rest ihres Lebens lahm zu sein.

Ihre beiden Freunde hatten rasch Hilfe geholt, und man hatte sie in den Bergfried getragen. Der Fremde war verschwunden, sobald er den Schaden angerichtet hatte. Sie hatte ihn nie wiedergesehen. Aber weil sie keinen Laut von sich gab, hatte man ihre Verletzung ironischerweise nicht allzu ernst genommen, sondern für eine Verstauchung gehalten, die bald verheilen würde.

Nur Jhone hatte es besser gewußt und Milisants abgrundtiefe Angst vor der zu erwartenden Lähmung geteilt. Nicht einmal der Hausarzt hatte den Ernst der Lage erfaßt; ihm war nichts anderes eingefallen, als seine Blutegel zu einem Aderlaß anzusetzen. Er hatte nicht einen einzigen Blick auf ihren Fuß geworfen. Andererseits fiel ihm bei keiner Krankheit etwas anderes ein. Seine verdammten Blutegel waren stets wohlgesättigt.

Drei Monate lang vermied es Milisant, mit dem gebrochenen Fuß aufzutreten. Drei Monate lang zog sie auch den Stiefel nicht aus, den sie fest um ihr Gelenk geschnürt hatte, weil sie Angst davor hatte, wie es darunter aussehen könnte. Nur weil Jhone sich schließlich darüber beklagte, nachts im Bett zu häufig mit dem Stiefel getreten zu werden, hatte Milisant ihn endlich entfernt und entdeckt, daß sie wider Erwarten kein Krüppel war.

Seitdem sprach Milisant täglich ein Dankgebet dafür, daß ihr Fuß wie durch ein Wunder von selbst verheilt war und sie nicht lahmte. Erst zwei Jahre später hatte sie erfahren, um wen es sich bei diesem Fremden gehandelt hatte und daß sie ihm wirklich zur Ehe versprochen war. Er hatte also nicht gelogen, aber er hatte sich bei ihr auch nicht gerade beliebt gemacht, indem er Rhiska getötet und sie selbst beinahe zum Krüppel gemacht hatte – ganz im Gegenteil. Sie verabscheute ihn, und allein bei der Vorstellung, ihn heiraten zu müssen, wurde ihr übel.

Nachdem sie die Wahrheit erfahren hatte, war sie jahrelang voller Sorge gewesen. Erst als sie vierzehn war, hörte sie auf, sich Gedanken zu machen. Wulfric war nicht wieder nach Dunburh Castle gekommen, und es sah auch nicht so aus, als habe er vor, jemals wiederzukommen. Deshalb hatte sie beschlossen, ihren Freund Roland zu heiraten, sobald er alt genug dazu wäre.

Ihr Vater mußte in dieser Angelegenheit einfach ein Einsehen haben. Mit Roland könnte sie glücklich werden, davon war sie überzeugt, denn sie bewunderte ihn von ganzem Herzen, und sie waren bereits gute Freunde. Mit Wulfric jedoch – sie wagte sich kaum auszumalen, was für ein elendes Leben sie mit so einem brutalen Kerl wie ihm würde führen müssen.

Er war durchaus ansehnlich, das war er schon als Junge gewesen und als Mann um so mehr. Und doch konnte er sich mit Roland nicht messen, der das Gesicht eines Engels hatte und den Körper eines Riesen – ganz wie sein Vater, dem Milisant einmal begegnet war, als er Roland in Fulbray besuchte.

Sie und Roland waren beide in Fulbray erzogen worden. Die meisten Jungen wurde für ihre Ausbildung zum Ritter außer Haus gegeben, da man davon ausging, daß die eigenen Gefolgsleute und Eltern zu sanft mit ihnen umspringen würden. Abhärtung war das, was zukünftige Ritter brauchten. Auch viele Mädchen wurden außer Haus erzogen, einfach weil es so Sitte war. Vor allem Mädchen, deren Mütter gestorben waren oder mehr Zeit am Königshof als zu Hause verbrachten, wo sie ihre Töchter hätten selbst unterrichten können.

Roland hatte Milisant von Anfang an fasziniert, weil er etwa genauso alt war wie sie – acht Jahre waren es damals – und doch so groß, daß er die anderen Jungen, mit denen er trainierte, um Haupteslänge überragte. Er hatte eine rasche Auffassungsgabe und war geschickt in allem, was er tat. Anfangs hatte sie ihn um seine Mühelosigkeit in all den Fertigkeiten, die sie selbst gerne erlernt hätte, beneidet.

So hatten sie sich kennengelernt. Milisant hielt es im Bergfried bei den Damen nicht aus, wo sie Nähen, Sticken, höfische Umgangsformen und derlei Dinge lernen sollte, die sie nicht im mindesten interessierten. Was sie begeisterte, spielte sich draußen auf den Turnier- und Übungsplätzen ab. Die Schönheit eines gutgezielten Pfeils, die Kraft einer Lanze, die genau richtig gehalten wurde, die tödliche Präzision eines exakt abgepaßten Schwerthiebes – da sah man den Vorteil und den Lohn von Mühe und Übung, da ging es um Leben und Tod.

Zwei Jahre lang versteckte sie sich vor Lady Margaret, deren undankbare Aufgabe es war, ihr nachzuspüren, um sie ins Sonnenzimmer der Damen zurückzuzerren, und deren Suche in der Regel ergebnislos blieb. Währenddessen lernte Milisant bei einem Bogenmeister, der sie wohl für einen jungen, wißbegierigen Pagen hielt, ihre eigenen Pfeile und Bögen anzufertigen.

Sie und Roland hatten eines gemeinsam und deshalb wurden sie auch so schnell gute Freunde. Sie hoben sich beide von den übrigen Gleichaltrigen ab, Milisant aufgrund ihrer Verachtung für alles Damenhafte und Roland aufgrund seiner enormen Körpergröße und seiner außergewöhnlichen Fähigkeiten.

Zuletzt hatte Roland sie vor einigen Jahren besucht, als er zu Beginn seiner Ferien auf dem Heimweg nach Clydon in Dunburh Station gemacht hatte. Im Gegensatz zu ihr lebte er nach wie vor in Fulbray und würde bis zum Ritterschlag dort bleiben.

Vielleicht war er schon zum Ritter geschlagen worden, ohne daß sie davon erfahren hatte? Sie schrieben sich nur unregelmäßig, da es sehr kostspielig war, Briefe schreiben und zustellen zu lassen. Nun hatte sie ihm schon seit einiger Zeit nicht mehr geschrieben, denn sie wollte ihm vorschlagen, sich ehelich miteinander zu verbinden, war sich aber noch nicht ganz sicher, wie sie das einfädeln sollte.

Sie grübelte gerade darüber nach, wie ihr Vater diese Angelegenheit wohl handhaben würde, wenn sie ihn erst überredet hatte, den Vertrag mit de Thorpe zu annullieren, da hörte sie ein Pferd herankommen. Dann sah sie, wie es sich mit seinem Reiter langsam dem Baum näherte, auf dem sie saß. Der Reiter hatte den Blick zu Boden gerichtet, und es war unwahrscheinlich, daß er sie bemerken würde. Es dauerte einen Moment, bis sie erkannte, daß es sich um einen Ritter aus Wulfrics Gefolge handelte.

Sie war überrascht, als er direkt unter ihrem Baum anhielt und sie ihn sagen hörte: »Glaubt Ihr, dieser Ast trägt Euch, ohne zu brechen?«

Milisant erstarrte. Nie zuvor war sie entdeckt worden, nicht einmal von dem Falkner, der in diesem Wald seine Falken zur Jagd abrichtete und deshalb häufig nach oben schaute. Dieser Ritter jedoch hatte nicht einmal zu ihr hinaufgesehen. Jetzt tat er es allerdings, mit dunkelblauen Augen – nicht ganz so dunkel wie *seine*, aber den seinen sehr ähnlich.

»Ihr seid wohl nicht de Thorpes Bruder?« mutmaßte sie. »Er ist der einzige Sohn. Vielleicht sein Vetter?«

Er war verblüfft, faßte sich schnell wieder und antwortete mit einem Lachen: »Die meisten Leute, die uns kennen, können keine Familienähnlichkeit zwischen uns feststellen. Wie kommt Ihr darauf?«

Zugegebenermaßen sahen sie einander wirklich nicht sehr ähnlich. Dieser Mann war deutlich kleiner als Wulfric und auch deutlich schlanker. Er hatte hellbraunes Haar, während Wulfrics Haare tiefschwarz waren. Auch die Gesichtszüge unterschieden sich sehr, das Kinn dieses Mannes war weicher, die Nase breiter, die Augenbrauen waren gerade und buschig und nicht so stark geschwungen wie die Wulfrics.

Und doch glaubte sie, mit ihrer Vermutung nicht falsch zu liegen. Darum sagte sie: »Ihr habt seine Augen, nicht ganz so dunkel, aber trotzdem.«

Er nickte gedankenvoll. »Wohl wahr. Wir haben denselben Vater, nur daß ich im Dorf geboren wurde.«

Ein uneheliches Kind also, das war keine Seltenheit. Manche erbten sogar – wenn es keinen legitimen Erben gab. Also doch ein Bruder, und Milisant wunderte sich, warum sie ihm gegenüber nicht denselben Haß empfand wie Wulfric gegenüber. Vielleicht, weil dieser hier eigentlich ganz nett zu sein schien. Die Lachfältchen um seine Augen zeigten, daß er Humor hatte. Er machte gewiß keinen bedrohlichen Eindruck, und vielleicht waren die beiden einander vom Wesen her gar nicht ähnlich.

»Was macht Ihr hier draußen im Wald?« fragte sie neugierig.

»Ich suche nach denen, die so dumm sind, eine Dame zu bekämpfen.«

Jhone war offenbar die Dame, von der er sprach, und die Angreifer vom Waldweg vermutlich diejenigen, nach denen er suchte. Hatte Sir Milo ihn um Unterstützung gebeten? Das konnte sie sich kaum vorstellen, denn Dunburh hatte viele Ritter und es gab mehr als fünfzig bewaffnete Wachen.

»Wollt Ihr nicht lieber herunterkommen, bevor der Ast bricht?« schlug er vor.

»Ich bin nicht so groß, als daß er brechen würde.«

»Ja, Ihr seid eher klein«, pflichtete er bei und fügte dann geheimnisvoll hinzu: »Aber älter, als es den Anschein hat, dünkt mir.«

»Warum sagt Ihr das?«

»Ihr seid zu aufgeweckt für einen Leibeigenen, zumindest für einen, der so jung ist, wie Ihr erscheint.«

Da wurde ihr klar, daß er ebensowenig wußte, wer sie war, wie sein Bruder anfangs.

Er fügte jedoch hinzu: »Und zu wagemutig für einen Leibeigenen. Was seid Ihr also, Bursche? Ein Freisasse?«

»Ein Freisasse wäre besser dran als ich. Nein, ich bin Nigel Crispins Tochter.«

Er zuckte zusammen, und sie hörte ihn murmeln: »Armer Wulf!« Das klang so beleidigend, daß es sicher nicht für ihre Ohren bestimmt gewesen war. Er bedauerte also seinen Bruder dafür, daß er verpflichtet war, sie zu heiraten. Mit ihr hatte er kein Mitleid, obwohl sie einen gefühllosen Grobian heiraten mußte – natürlich nicht. Wann machten sich Männer schon jemals Gedanken über das Los einer Frau?

Mit sicheren Bewegungen kletterte Milisant den Baumstamm hinab und sprang vor seinem Pferd zu Boden, so daß es ein Stück zurückscheute. Einen Moment lang wandte sie sich teilnahmsvoll dem Tier zu, hielt ihm die Hand entgegen und sagte ein paar beruhigende Worte auf angelsächsisch. Daraufhin kam es einen Schritt näher und beschnupperte sie zärtlich.

Der Ritter blinzelte, als traue er seinen Augen kaum. Das fiel ihr aber erst auf, als sie mit funkelndem Blick zu ihm aufsah und zum Abschied sagte: »Ja, Euer Bruder ist zu bedauern, denn er wird keine ruhige Minute mehr haben, wenn man mich zwingt, ihn zu heiraten!«

Sie wandte sich ab, um wieder im Wald zu verschwinden, da hörte sie seine Stimme erneut: »Tragt Ihr diesen Schmutz zur Tarnung, oder gehört Ihr zu den Leuten, die glauben, daß Baden ungesund ist?«

Sie fuhr herum. Als ob ihn das etwas anginge …

»Welchen Schmutz?« fragte sie herausfordernd.

Da lächelte er, und wieder erschienen die Lachfältchen um seine Augen. »Der Schmutz in Eurem Gesicht und an Euren Händen, Demoiselle, der alles übertüncht, was sonst womöglich für weibliche Haut gehalten werden könnte. Eine gelungene Tarnung, die einen in der Tat erst einmal daran hindert zu bemerken, daß Ihr tatsächlich eine Frau seid. Tut Ihr das mit Absicht? Oder ist es vielleicht schon eine Weile her, seit Ihr zuletzt in den Spiegel gesehen habt?«

Milisant knirschte mit den Zähnen. »In den Spiegel zu sehen ist pure Zeitverschwendung! Und auch wenn es Euch nicht das geringste angeht, ich bade öfter als die meisten, nämlich einmal in der Woche!«

Er lachte nun offen heraus. »Dann ist es wohl wieder einmal Zeit für ein Bad!«

Sie beherrschte sich, um nicht mit dem Ärmel über ihr Gesicht zu wischen und nachzusehen, ob Schmutz daran hängenbliebe. Sie zweifelte allerdings kaum daran, daß dem so sein würde. Jhone versuchte immerzu, Schmutzflecken von ihrem Gesicht zu entfernen – sobald Milisant lange genug still stand. Sie war es nur nicht gewöhnt, daß jemand sie so offen darauf ansprach. Als ob ihr das etwas ausmachen würde, dachte sie trotzig. Wie albern und – und weibisch, sich der Eitelkeit hinzugeben. Und selbst falls ihr wöchentliches Bad tatsächlich fällig sein sollte, jetzt würde sie erst recht nicht baden, zumindest so lange nicht, bis Wulfric Dunburh Castle wieder verlassen hatte, und das konnte ihrer Meinung nach gar nicht zeitig genug geschehen. Wenn sein Bruder bemerkt hatte, wie schmutzig sie war, dann würde es *ihm* wahrscheinlich auch auffallen. Um so besser. So hätte er sicher nichts dagegen, mit einem aufgelösten Vertrag wieder heimgeschickt zu werden.

Deshalb lächelte sie beim Abschied und sagte: »Kümmert Euch lieber um Eure eigenen Badegewohnheiten, Bube, denn Ihr werdet hier wahrscheinlich nicht genügend Zeit verbringen, um eine heiße Wanne zu finden!«

Mit diesen Worten schlüpfte sie ins Dickicht und war seinem Blick bald entschwunden.

8

Milisant knurrte der Magen, weil sie an diesem Tag sowohl das Mittag- als auch das Abendessen versäumt hatte, aber sie war zu aufgeregt, um in die Küche zu gehen, ehe sie mit ihrem Vater gesprochen hatte. Er war ein Gewohnheitstier, und es gehörte zu seinen Gewohnheiten, sich jeden Abend um dieselbe Zeit zurückzuziehen, ganz gleich ob er nun Gäste hatte oder nicht. Sie wollte ihn genau im rechten Augenblick abpassen, wenn er zwar schon allein in seinem Zimmer, aber noch nicht eingeschlafen war.

So schlüpfte sie in den kleinen Vorraum, in dem seine Knappen schliefen, und wartete darauf, daß sie das Zimmer ihres Vaters verließen, nachdem sie ihm beim Ausziehen und der Abendtoilette geholfen hatten. Sie mußte nicht lange warten. Bald tauchten die beiden Knappen auf. Sie erkannten Milisant und sahen ihr bloß neugierig nach, als sie an ihnen vorbeiging und die Innentüre hinter sich schloß.

Die schweren Vorhänge am Bett ihres Vaters waren geschlossen, um die Zugluft abzuhalten, und so räusperte sie sich, um ihn wissen zu lassen, daß er nicht allein war. Sie mußte sich keine Gedanken darüber machen, ob jemand bei ihm sein könnte.

Soweit sie wußte, hatte er sich nie eine Geliebte genommen. Statt dessen schlief er mit Erinnerungen an seine verstorbene Frau ein, die er nach wie vor vermißte.

Milisant bedauerte zutiefst, ihre Mutter kaum gekannt zu haben, eine Frau, die selbst lange nach ihrem Tod noch so hingebungsvoll geliebt wurde. Sie selbst war erst drei Jahre alt gewesen, als ihre Mutter starb, und konnte sich an nichts anderes mehr erinnern als an süße Wohlgerüche und eine sanfte Stimme, die alle Ängste vertreiben konnte.

»Ich habe dich erwartet«, sagte der Vater, als er den Vorhang beiseite schob und neben sich auf das Bett klopfte.

Sie näherte sich zögernd. Aus seinem Tonfall konnte sie nicht heraushören, wie verstimmt er war. Sie wußte, daß er außer Jhone auch noch andere ausgesandt hatte, um nach ihr zu suchen, denn sie hatte diesen Spähern im Laufe des Tages wiederholt ein Schnippchen geschlagen.

»Bist du noch nicht zu müde, um mit mir zu sprechen?« fragte sie behutsam, als sie neben ihm saß.

»Gespräche mit dir sind immer interessant, Mili, weil du nie so denkst, wie man es erwarten würde. Also nein, ich bin niemals zu müde, um mit dir zu reden.«

Sie runzelte die Stirn. »Du findest mich interessant, ja? Aber ich könnte schwören, du bist nicht der Meinung, daß andere diese Auffassung teilen.«

»Falls du hoffst, daß ich das abstreite, muß ich dich enttäuschen. Andere finden dich in der Tat – eher sonderbar als interessant. Es ist gut, daß du dir in dieser Hinsicht nichts vormachst, und dich dadurch nicht kränken läßt. Solange du dich mit aller Kraft bemühst, etwas anderes zu sein, als du bist, meine Tochter, mußt du auch die Konsequenzen tragen. Es entspricht nun mal der menschlichen Natur, an Normen und Traditionen festzuhalten und alles, was davon abweicht, in Frage zu stellen, ja sogar zu fürchten.«

»Ich bin nicht gefürchtet!« spottete sie.

»Nein, nicht bei denen, die dich gut kennen. Für sie bist du normal, weil sie dich schon lange so erleben, wie du bist. Diese Akzeptanz hat dich zu dem Glauben verleitet, daß du ewig so weitermachen kannst, wie es dir gefällt. Aber dem ist nicht so, Mili.«

Ihr fiel auf, wie traurig er klang, als er das sagte. Dennoch nahm sie sich seine Worte nicht zu Herzen. Sie würde ihr Auftreten nicht ändern, bloß weil einige Leute ihr Benehmen ungewöhnlich fanden – für eine Frau. Sie hatte ihr Leben lang gegen derlei engstirnige Beschränkungen gekämpft. Warum sollte sie diesen Kampf nun aufgeben? Sie wußte ganz genau, warum ihr Vater gerade jetzt wollte, daß sie sich änderte. Wegen de Thorpe.

Im gleichen Tonfall fuhr er fort: »Du bist nun alt genug und sicher auch intelligent genug, um zu wissen, daß es Vorteile mit sich bringt, wenn man bereit ist, Kompromisse einzugehen.«

Sie versteifte sich. »Was soll das heißen?«

»Das soll heißen, daß es dich nicht viel gekostet hätte, angemessene Kleidung anzulegen, um auf deinen zukünftigen Ehemann einen vorteilhaften Eindruck zu machen. Sein Wohlgefallen hervorzurufen wäre wahrhaft ein großer Gewinn für dich. Statt dessen läßt du dich nicht einmal blicken. War es notwendig, mich vor dem Sohn meines Freundes derart in Verlegenheit zu bringen?«

»Nein. Papa, du weißt, daß das nicht in meiner Absicht lag!« protestierte Milisant.

»Und doch war es so«, antwortete er. »Hätte es dir wirklich solche Unannehmlichkeiten bereitet, unseren Gast mit dem ihm gebührenden Respekt zu behandeln?«

»Ich schulde ihm keinen Respekt«, murmelte sie.

Nigel runzelte die Stirn. »Du schuldest ihm allen Respekt. Er ist dein Verlobter und wird bald dein Gemahl sein.«

»Ich will das aber nicht!«

»Nicht?«

Nun war sie beim Grund ihres nächtlichen Besuches angelangt und wollte so schnell wie möglich alles sagen, ehe er sie unterbrechen konnte. »Ich will ihn nicht heiraten, Papa. Allein der Gedanke jagt mir Angst ein. Ich würde …«

»Das ist ganz normal.«

»Nein, ist es nicht, denn es ist nur *seinetwegen*. Heute morgen auf dem Waldweg wollte er mich niederschlagen und hätte es auch getan, wenn Jhone nicht eingegriffen hätte, und das bloß, weil ich ihn gefragt habe, warum er die Angreifer nicht verfolgen ließ, ehe sie entkommen konnten.«

Ihr war klar, daß sie ihren Vater in die Irre führte. Sie hätte erwähnen sollen, daß Wulfric nicht wußte, wer sie war. Unglücklicherweise kam ihr Vater aber von selbst darauf.

»Er hielt dich für einen Burschen, Mili, noch dazu für einen Leibeigenen. Du weißt selbst, daß Leibeigene schwer bestraft werden können, wenn sie es wagen, ihre Herren zu kritisieren. Manche sind schon für weniger aufgehängt worden. Mir scheint, es war äußerst milde von ihm, dich nur schlagen zu wollen.«

Sie wurde rot vor Zorn. »Findest du es in Ordnung, daß er mich schlagen will?«

Nigel schnaubte. »Ich bezweifle, daß er das jemals tun wird. Nun sei mal ehrlich, Tochter. Du forderst ihn absichtlich heraus, und es ist letztlich deine freie Entscheidung, ob du mit ihm in Frieden leben willst oder nicht.«

»Ich will überhaupt nicht mit ihm leben! Ich will Roland Fitz Hugh von Clydon heiraten. Ihn kenne ich gut, und wir sind Freunde.«

»Ist das nicht Lord Ranulfs Sohn?«

»Ja.«

»Und ist der nicht einer von Guy de Thorpes Lehnsmännern?«

»Ja, aber ...«

»Du willst, daß ich dich mit dem Sohn eines Vasallen verheirate, wenn du statt dessen den Sohn des Grafen selbst heiraten kannst? Sei doch keine Närrin, Mili.«

»Wärest du nicht mit de Thorpe befreundet, und hättest du ihm nicht das Leben gerettet, wäre ich für seinen kostbaren Erben niemals in Betracht gekommen! Das weißt du.«

»Um so mehr ein Grund, sich geehrt zu fühlen, daß du in Betracht kommst. Er hat selbst das Angebot gemacht, und solch ein Angebot abzulehnen wäre die denkbar schwerste

Beleidigung gewesen. Du solltest hocherfreut sein. Du wirst die Ehefrau eines Grafen werden!«

»Was kann mir ein Titel bedeuten, wenn ich weiß, wie elend ich mich fühlen werde? Willst du mir das antun? Mich zu einem Leben verdammen, das ich hassen werde?«

»Nein, ich will, daß du glücklich wirst, Mili. Aber im Gegensatz zu dir weiß ich, daß du glücklich sein wirst, wenn du nur erst einmal diese alberne Vorstellung überwindest, Wulfric nicht lieben zu können. Es gibt keinen Grund für dich, ihn nicht zu lieben.«

Es lag ihr auf der Zunge, ihm einen triftigen Grund zu nennen, nämlich daß Wulfric innerhalb weniger Sekunden nicht nur eines ihrer Tiere getötet, sondern sie selbst um Haaresbreite für den Rest ihres Lebens zum Krüppel gemacht hatte. Aber ihr Vater hatte ja von dem gebrochenen Fuß nie etwas erfahren. Jhone hatte damals Milisants Rolle gespielt, damit sie während jener drei Monate, die sie in ihrem Zimmer geblieben war, um gesund zu werden, nicht vermißt wurde. Deshalb war es unwahrscheinlich, daß er ihr diese Geschichte nun glauben würde. Und selbst wenn er ihr Glauben schenkte, würde er es abtun, weil Wulfric damals noch ein Junge war und weil Jungen die Missetaten ihrer Kinderzeit schließlich zu verzeihen waren.

Also schob sie einen anderen Grund vor, wenngleich der im Augenblick nicht ganz der Wahrheit entsprach. »Ich kann Wulfric de Thorpe nicht lieben, weil ich bereits Roland liebe und weiß, daß ich mit ihm sehr glücklich werden könnte. Vor ihm hätte ich nichts zu befürchten. Er wäre mir ein guter und nachsichtiger Ehemann, so wie du mir ein guter und nachsichtiger Vater warst.«

Sir Nigel schüttelte bedächtig den Kopf. »Du sprichst von Gefühlen, die du als Kind entwickelt hast. Das ist nicht Liebe ...«

»Ist es doch!«

»Nein, du hast ihn ja seit beinahe zwei Jahren nicht einmal

mehr gesehen. Ich erinnere mich an seinen Besuch hier. Ein feiner Kerl. Zweifelsohne wäre er dir ein nachsichtiger Ehemann. Aber ich habe dir mit meiner jahrelangen Nachsicht deinen Marotten gegenüber keinen Gefallen getan. Noch mehr Nachsicht ist mitnichten, was du jetzt brauchst. Es ist vielmehr an der Zeit, daß du akzeptierst, daß du eine Frau bist, die demnächst eine Ehefrau und nicht viel später auch eine Mutter sein wird – und daß du dich dementsprechend zu benehmen hast. Oder hast du die Absicht, mir für den Rest meiner Tage nichts als Schande zu bereiten, so wie bisher?«

Sie erbleichte. So hatte er noch nie mit ihr gesprochen. Er hatte schon häufig erwähnt, daß ihm ihre unnatürlichen Neigungen peinlich seien, aber ihr war es immer so vorgekommen, als hätte er das nicht wirklich so gemeint. Sie hatte ihn nicht ernst genommen. Aber jetzt ...

»Schämst du dich für mich?« fragte sie niedergeschlagen.

»Nein, mein Kind, ich schäme mich deiner nicht, aber ich bin sehr enttäuscht, daß du dein von Gott gegebenes Los nicht würdig annehmen kannst. Und ich habe es satt, daß du nicht auf mich hörst. Du weißt wohl gar nicht, wie respektlos es ist, wenn du meinen Anweisungen zuwiderhandelst und daß auch Außenstehende dies bemerken und infolgedessen ebenfalls die Achtung vor mir verlieren ...«

»Nein, das stimmt nicht!«

»Leider doch, Mili. Wenn ein Mann nicht einmal seine eigene Tochter dazu bringt, ihm zu gehorchen, wie kann er dann erwarten, daß Männer ihn respektieren und auf sein Kommando hören? Nicht ein einziges Mal hast du getan, was dir gesagt wurde. Aber nun verlange ich etwas von dir, ein allerletztes Mal, bevor du mein Haus für immer verläßt. Achte diesen Vertrag, der mit den besten Absichten für dich geschlossen wurde und der dir solche Ehre erweist. Tu es für mich, wenn schon nicht für dich selbst.«

Wie sollte sie sich da weigern? Andererseits konnte sie sich nicht freiwillig dazu verdammen, einen Mann zu heiraten, den sie aus tiefstem Herzen verabscheute. Ihr Zwiespalt war wohl offensichtlich, denn Sir Nigel fügte hinzu: »Du mußt ihn ja nicht gleich morgen heiraten. Würde es dir helfen, noch etwas Zeit zu haben, um ihn kennenzulernen? Einen Monat vielleicht, damit du zu der Einsicht kommen kannst, daß er dir tatsächlich ein guter Ehemann sein wird?«

»Und wenn ich nach Ablauf eines Monats nicht zu diesem Schluß komme?« fragte sie.

Sir Nigel seufzte. »Ich kenne dich, Tochter. Du bist außerordentlich dickköpfig. Könntest du das nicht mal beiseite lassen und unvoreingenommen noch einmal von vorne beginnen? Könntest du nicht so fair sein, ihm eine echte Chance zu geben, deine Meinung über ihn zu ändern?«

Könnte sie das? Gefühle waren schwer zu mißachten, besonders wenn sie so mächtig waren. Sie konnte auf diese Frage keine ehrliche Antwort geben und sagte deshalb: »Ich weiß es nicht.«

Er lächelte, wenn auch nur andeutungsweise. »Das ist zumindest besser als ein Nein.«

»Und wenn es mir nicht gelingt, ihn je zu mögen?«

»Wenn ich weiß, daß du es versucht hast, daß du dir wirklich Mühe gegeben hast … nun, wir werden sehen.«

Das war nur ein winziger Hoffnungsschimmer, doch sie befürchtete, daß sie mehr nicht erreichen würde, nachdem ihr Vater sich diese Verbindung nun einmal so fest in den Kopf gesetzt hatte.

9

Nachdem sie ihrem Vater gute Nacht gesagt hatte, ging Milisant in die Küche hinab. Nicht weil sie noch hungrig gewesen wäre, sondern nur, weil sie es sich vorher vorgenommen hatte. Der Appetit war ihr vollständig vergangen – kein Wunder, nachdem ihr fast die Galle überlief.

Schließlich fand sie sich mitten in der Küche wieder und hatte keine Ahnung, was sie hier eigentlich wollte. Sie wußte nicht einmal mehr, wie sie hergekommen war, so sehr drehte sich ihr der Kopf von dem, was sie gerade mehr oder minder versprochen hatte.

Ihm eine Chance geben? Hatte sie wirklich zugestimmt, das zu tun? Obwohl sie bereits wußte, wie er war? Jungen änderten ihren Charakter nicht, wenn sie zu Männern wurden. Den Beweis dafür hatte sie erst an diesem Morgen gesehen. Es entsprach offenbar Wulfrics Wesensart, mit seiner übermächtigen Körperkraft einfach zuzuschlagen – und wehe dem, gegen den er sie anwandte.

»Hier habt Ihr Euch also den ganzen Tag lang versteckt?«

Milisant fuhr herum, fassungslos. Da stand er im Türrahmen und füllte ihn mit seiner gewaltigen Erscheinung aus. Der Raum war warm durch die vielen Öfen, in denen für die Nacht das Feuer mit Asche bedeckt war, aber nur spärlich beleuchtet, so daß Wulfrics riesenhafte Silhouette um so bedrohlicher erschien. Sein schulterlanges Haar glänzte tiefschwarz, und seine blauen Augen waren überschattet, so daß sie ebenfalls schwarz wirkten. Was ihr jedoch vor allem Furcht einflößte, waren seine breiten Schultern und seine kräftigen Arme.

Roland war etwa um einen halben Fuß größer als Wulfric. Er war ein wahrer Riese, genau wie sein Vater, doch er wirkte überhaupt nicht furchterregend auf sie. Sie haßte es, daß dieser Mann hier ihr Angst einjagen konnte, obwohl sie sonst so unerschrocken war. Sicher lag das an den Schmerzen, die sie seinetwegen in ihrer Jugend hatte erleiden müssen, und an der lebhaften Erinnerung daran – es konnte gar nichts anderes sein. Doch allein das reichte schon aus, damit sie sich in seiner Gegenwart verkrampfte und beinahe anfing zu zittern.

Sie sollte ihm eine Chance geben, ihr zu beweisen, daß er ihre Wertschätzung verdient hätte? Heilige Mutter Gottes, wie sollte das gehen? Er lähmte sie. Der einzige Augenblick, in dem sie sich an diesem Tag nicht vor ihm gefürchtet hatte, war, als sie ihn heute morgen angeschrien hatte, und das auch nur deshalb, weil sie so wütend darüber war, daß er jene Männer nicht verfolgt hatte. Zorn war ein Puffer gewesen, mit dessen Hilfe sie ihm hatte gegenübertreten können. Aber Zorn stand ihr als Waffe nicht mehr zur Verfügung, wenn sie der Anordnung ihres Vaters Folge leisten wollte.

»Soll ich Schwerhörigkeit mit auf die Liste setzen?« fragte er in das Schweigen hinein, das nach seiner ersten Frage entstanden war.

Milisant erstarrte. »Auf die Liste meiner Fehler? Ja, fügt es ruhig hinzu, es klingt wie ein triftiger Minuspunkt. Und nein. Hier hatte ich mich nicht versteckt. Aber was wollt Ihr hier? Habt Ihr heute nichts zu essen bekommen?«

»Mir war bislang nicht nach Essen zumute. Jetzt schon. Fragt mich lieber, warum mir nicht danach war!«

Milisant zog die Augenbrauen hoch. Sie spürte deutlich seinen Zorn, und ihr war klar, daß er ihr die Schuld gab. Vielleicht war sie ja wirklich dafür verantwortlich, daß er noch nichts gegessen hatte. Auf jeden Fall war er heute die Ursache ihrer eigenen Appetitlosigkeit gewesen.

Also sagte sie: »Wenn Euch der Gedanke an unsere Verbindung ebenso bestürzt wie mich, kann ich es gut verstehen.«

Er nickte. »So ist es!«

Anstatt sich beleidigt zu fühlen, schöpfte Milisant Hoffnung. Wenn ihm der Gedanke an ihre bevorstehende Heirat ebenso mißfiel wie ihr, könnte er ja vielleicht mit seinem Vater darüber sprechen. Ihre Aussprache mit ihrem Vater hatte nicht viel genützt, aber möglicherweise hatte er ja mehr Glück. Vielleicht könnten sie sich mit vereinten Kräften sogar aus dieser Zwickmühle befreien. Sollte dies der Fall sein, wäre es im Moment wohl das beste, ihm gegenüber aufrichtig zu sein.

Behutsam versuchte sie es. »Ihr habt vielleicht bereits bemerkt, daß ich Euch nicht heiraten möchte.« Um den Schlag etwas zu lindern, fügte sie beschönigend hinzu: »Es liegt nicht an Euch persönlich – ich liebe nun mal einen anderen.«

Scheinbar war dies nicht zartfühlend genug gewesen, denn seine Miene verfinsterte sich. »Ich auch. Aber was macht das schon? Wir werden eben eine ganz normale Ehe führen.«

»Die Ehe meiner Eltern war nicht so«, erklärte sie ihm knapp, »und ich erhoffe für mich selbst auch etwas Besseres.«

Er schnaubte. »Eure Eltern waren eine seltene Ausnahme und nicht der Normalfall. Ihr wißt ebensogut wie ich, daß die Ehen zwischen Adeligen politische Bündnisse sind und nichts anderes. Liebe spielt dabei nie eine Rolle.«

»Das sollte aber anders sein!«

»Aber so ist es, und es ist kindisch von Euch, etwas anderes zu erwarten.«

»Kindisch! Euch ist es doch ebenso unangenehm wie mir«, führte sie aus. »Also warum nehmt Ihr es einfach hin? Warum sprecht Ihr nicht mit Eurem Vater darüber, den Vertrag aufzulösen?«

»Denkt Ihr, das hätte ich nicht bereits getan?«

Sie sah ihre Hoffnung dahinschwinden. Auch er hatte seine Meinung bereits kundgetan, genau wie sie – und es klang so, als habe auch er damit kein Glück gehabt.

»Ihr habt Euch zu früh geschlagen gegeben, wenn Ihr mich fragt«, murmelte sie bitter, wohl wissend, daß man das auch von ihr sagen könnte.

»Ich habe Euch aber nicht gefragt, Weib, und würde es auch nicht tun, denn Euer Verhalten zeigt, daß Ihr noch immer ein Kind seid. Die Meinung eines Kindes zählt für mich nicht.«

Das war also der Mann, dem sie eine Chance geben sollte? Eine Chance, sie zu beleidigen und herabzusetzen? Oh ja, er wäre ein würdiger Ehemann – etwa so würdig wie die Schlammsäue im Pferch hinter der Küche.

Ihr Gesicht glühte vor Zorn, als sie fragte. »Würdet Ihr eine andere Meinung überhaupt als solche erkennen, wenn Ihr eine zu hören bekommt? Kaum zu glauben! Männer wie Ihr neigen doch dazu, nur ihren eigenen Gedanken zu lauschen!«

Dieser Rückschlag hatte ins Schwarze getroffen. Sein Gesicht war jetzt genauso rot, wie ihres sich anfühlte. Aber er tat auch einige Schritte vorwärts, so daß er ihr unangenehm nahe kam. Sie hatte außer acht gelassen, wie er auf Worte reagierte, die er nicht gerne hörte – nämlich mit seinen Fäusten.

Dennoch wich sie nicht vor ihm zurück. Dafür war sie viel zu wütend. Selbst dann nicht, als er die Hand hob und sie fest, wenn auch nicht schmerzhaft, am Kinn packte. Sie stellte fest, daß sie seinem warnenden Blick nicht ausweichen konnte.

»Ihr werdet lernen müssen, freundlich mit mir zu sprechen, Weib, oder gar nicht!«

»Werde ich das?«

Er lächelte über das Beben in ihrer Stimme. Es war jedoch kein freundliches Lächeln; es zeugte von Heimtücke und Niedertracht, und ihr wurde übel davon.

Aus dieser Nähe fühlte sie sich von seiner Körpergröße überwältigt. Warum fühlte sie sich nie so klein, wenn sie neben Roland stand, der doch eigentlich größer war? Vielleicht, weil sie Roland niemals so intensiv wahrgenommen hatte wie Wulfric in diesem Augenblick.

Nun neigte er sich sogar noch näher zu ihr, um auf ihre Frechheit zu antworten. »Ja, das werdet Ihr! Und Ihr werdet als allererstes lernen müssen, daß ich nicht Euer Vater bin. Also bildet Euch nur nicht ein, daß Ihr bei mir Euren Kopf durchsetzen könnt, wie Ihr es bei ihm getan habt.«

»Ihr wißt doch gar nicht, was mir erlaubt war und was nicht!«

»Ich kann sehen, was Ihr Euch alles erlaubt habt, und es gefällt mir gar nicht! Ich erwarte, daß Ihr angemessen gekleidet seid, wenn ich Euch das nächste Mal sehe. Ich kann nicht beurteilen, was ich mir mit Euch einhandle, wenn Ihr daherkommt wie der letzte Bettler!«

Sie schnappte nach Luft, schob sich an ihm vorbei und stürzte aus dem Raum. Hinter sich hörte sie ein leises Lachen, gefolgt von der Frage: »Was? Wollt Ihr Eurem künftigen Gemahl nicht etwas zu essen bringen?«

Sie wartete, bis sie den Fuß der Treppe, die nach oben zum Saal führte, erreicht hatte, ehe sie zurückrief: »Nur wenn Ihr Eure eigene Zunge serviert bekommen wollt!«

10

»Es ist Zeit, Mylady!«

»Wirklich?« murmelte Milisant in ihr Kopfkissen.

»Ja, seht zum Fenster hinaus«, sagte die Magd. »Die Sonne geht auf.«

»Schau du hinaus, Ena, ich schlafe noch ein Weilchen.«

»Aber Ihr schlaft doch sonst niemals lang!«

Es wurde an der Decke gezerrt. Milisant zog sie leise knurrend zurück. »Sonst leide ich auch nie an Schlaflosigkeit, aber gestern abend war das der Fall, und was mir an Schlaf fehlt, werde ich jetzt nachholen. Verschwinde, Ena, komm in einer Stunde zurück, oder in zwei … oder drei. Ja, drei Stunden klingt ganz gut.«

»Ts, ts, ts«, machte es, dann schloß sich die Tür hinter der Magd. Milisant seufzte und schlief gleich wieder ein. Es dauerte nicht lange und schon wurde von neuem hartnäckig an ihrer Bettdecke gezerrt.

»Wenn Ihr jetzt nicht aufsteht, versäumt Ihr das Dinner«, lautete die Warnung.

Milisant fuhr hoch und schnappte nach Luft. »Dinner? So lange hast du mich schlafen lassen?«

Das Dinner war die größere der beiden Hauptmahlzeiten des Tages und wurde kurz vor der Mittagszeit serviert. Sie hatte noch nie im Leben länger als bis zur Terz, der neunten Stunde, geschlafen, geschweige denn bis zur Sext, drei Stunden später.

Die Magd warf ihr einen leidenden Blick zu, der zu sagen schien: Ich habe es ja versucht, aber leider vergebens. Die junge Ena war eine hervorragende Zofe und diente den beiden Schwestern nun seit vielen Jahren, sie hatte jedoch oft eine etwas herablassende Art, wohl in Folge ihrer langen Dienstzeit.

Milisant beachtete sie nicht weiter und bahnte sich ihren Weg aus dem großen Bett, das sie mit ihrer Schwester teilte. Jhone war natürlich zur gewohnten Zeit aufgestanden und hatte zweifellos den Morgen über die Gäste unterhalten, eine der vielen Pflichten einer Burgherrin, und Jhone wurde als Burgherrin angesehen. Milisant hatte diese Stellung nie angestrebt, und nach dem Tod ihrer Mutter hatte es sonst keine andere Frau gegeben, die diese Pflichten hätte übernehmen können.

Sie ließ das Nachtgewand, in dem sie während der Wintermonate schlief, auf dem Weg zum Kleiderhaken fallen, wo sie sich einen sauberen Kittel und Hosen schnappte. Sie war schon halb angekleidet, als ihr einfiel, daß sie heute eigentlich etwas anderes als ihre übliche Kluft anziehen sollte. Genaugenommen hatte sie es ihrem Vater versprochen. Aber sie schüttelte diesen Gedanken rasch wieder ab und fuhr fort, ihre Hosen mit der silbernen Kordel kreuzweise zu schnüren. Etwas anderes anziehen, nur weil Wulfric es ihr befohlen hatte? Nachdem er sie mit der Bemerkung, sie sähe aus wie ein Bettler, derart beleidigt hatte?

Sie schnaubte vor sich hin, bevor sie sich im Zimmer nach ihrer Fußbekleidung umsah. Als sie sie nirgends entdecken konnte, fragte sie Ena: »Wo sind meine Stiefel?«

»Unter dem Bett, wo Ihr sie gelassen habt.«

»Da lasse ich sie niemals. Sie stehen immer bei der Waschschüssel. Du weißt, daß ich mit dreckigen Füßen nicht schlafen kann. Du machst mir doch selbst immer das Wasser heiß.«

Das war ein Tick von ihr, seit sie vor so vielen Jahren den Stiefel von ihrem verheilten Fuß entfernt hatte und riechen mußte, wie er stank, nachdem sie den Stiefel drei Monate lang angehabt hatte. Seit dieser Erfahrung konnte sie sich abends erst schlafen legen, wenn sie sich vor dem Zubettgehen beide Füße gewaschen hatte.

Ena bückte sich beim Bett und erhob sich mit den gesuchten Stiefeln in der Hand und einem Hab-ich-es nicht-gesagt-Lächeln um die Lippen. »Vielleicht konntet Ihr deshalb gestern abend nicht einschlafen?«

Milisant errötete. Sie war am Abend zuvor so aufgebracht gewesen, daß sie es vergessen hatte! Sie erinnerte sich nur noch, daß sie gerne mit Jhone gesprochen hätte, ja sogar das dringende Bedürfnis danach verspürt hatte, aber ihre Schwester hatte fest geschlafen und sie hatte sie nicht aufwecken wollen. So war sie zu Bett gegangen, ohne ihren Kummer mit jemandem zu teilen, und infolgedessen hatten die Sorgen sie um so mehr gequält.

Ihr Magen erinnerte sie lautstark daran, daß sie gestern nicht sehr freundlich zu ihm gewesen war, und sie zog sich eilends fertig an, um das wiedergutzumachen. Als sie jedoch nach ihrem dicken wollenen Umhang griff, hielt die Magd ihr einen anderen entgegen.

»Wenn Ihr schon nicht vorhabt, Euch so zu kleiden, wie Euer lieber Papa es wünscht, dann tragt zu Ehren der Gäste unten zumindest dies hier!«

Sie hielt Milisant einen langen Mantel hin, der eher zu einem Bliaud gepaßt hätte. Es war ein edles Stück aus kostbarem blauem Samt, mit schwarzem Pelz eingefaßt. Milisant meinte dieses Zugeständnis machen zu können und nickte, so daß die Zofe ihr den Mantel um die schmalen Schultern legte und die goldenen Klammern und Ketten schloß, die ihn am Herabfallen hindern sollten.

Der Mantel erzielte allerdings nicht den Effekt, den die Magd sich erhofft hatte, und auch ihre Herrin mußte feststellen, daß er über dem himmelblauen Bliaud, zu dem er angefertigt worden war, viel besser ausgesehen hätte. So blieb Ena seufzend zurück, als Milisant aus dem Zimmer hastete.

Der große Saal war voller Lärm, das Burgvolk versammelte sich bereits zur Mittagsmahlzeit. Milisant rannte beinahe die letzten Stufen des Nordturms hinab, da ihr knurrender Magen sie zur Eile antrieb. Sie blieb jedoch abrupt stehen, als sie die Vorhalle erreichte und am Fuß der Treppe auf Wulfric stieß, der dort stand, als habe er auf sie gewartet. Daß er ihr tatsächlich aufgelauert hatte, wurde ihr klar, als seine Augen langsam an ihr hinabwanderten und er dann ebenso langsam den Kopf schüttelte.

»Nur halbe Arbeit, Weib. Ihr werdet Euch wieder nach oben begeben und die andere Hälfte auch noch erledigen!«

Ihr Rücken versteifte sich, sie biß trotzig die Zähne zusammen, ihre Augen blitzten. Eben wollte sie eine scharfe Antwort geben, da fuhr er fort: »Es sei denn, Ihr wünscht meinen Beistand. Also geht jetzt und kleidet Euch anständig, oder ich werde Euch selbst anziehen!«

»Das würdet Ihr nicht wagen!« zischte sie.

Daraufhin lachte er leise. »Ach nein? Fragt Euren Priester nach Eheverträgen, und Ihr werdet hören, daß wir so gut wie verheiratet sind, wahrhaft, es fehlt nur die Hochzeitsnacht. Und das bedeutet, daß ich Euch gegenüber Rechte habe, Weib, die weit über die Rechte Eures Vaters hinausgehen. Als Ihr mir vertraglich versprochen wurdet, gab dies meiner Familie die Vormundschaft über Euch, sofern sie es gewünscht hätte. Mein Vater hätte über Eure Erziehung, Euren Aufenthaltsort und alles, was sonst noch mit Eurer Ausbildung zu tun hat, bestimmen können. Er hätte Euch sogar bis zur Hochzeit in ein Nonnenkloster stecken können. Daß er Euch in der Obhut Eurer Familie ließ, war offenbar ein Fehler, aber einer, den zu berichtigen ich durchaus imstande bin. So werdet Ihr mir heute die Ehre erweisen und als die Dame erscheinen, die Ihr sein solltet. Wenn ich Euch dabei behilflich sein muß, so sei es. *Braucht* Ihr meine Hilfe?«

Milisant stand da wie vom Donner gerührt. Außer sich vor Wut öffnete sie den Mund, um ihn mit Schimpfwörtern zu überhäufen, da bemerkte sie ihren Vater, der sie von der anderen Seite der Vorhalle her mit gerunzelter Stirn ansah, und schloß den Mund wieder. Sie bedachte Wulfric mit dem bitterbösesten Blick, den sie zustande brachte, aber sie drehte sich wirklich auf dem Absatz um und stieg die Treppe wieder hinauf.

Das war unerträglich. Dieser Mann hatte keinerlei Feingefühl, keinen Takt, kein Verständnis. Immer, wenn er das Wort an sie richtete, geschah es in der Absicht, Streit mit ihr anzufangen. Hoffte er, daß sie einen Wutanfall bekäme, so daß er eine Ausrede hätte, um sie erneut zu schlagen? Sie zweifelte nicht daran. Nichts war so abscheulich, daß es ihm nicht zuzutrauen war, diesem ungehobelten Flegel.

11

Wulfric lächelte zufrieden vor sich hin. Lord Nigel hatte tatsächlich recht gehabt. Das Mädchen würde ihm gehorchen, einfach weil sie ihn nicht kannte und deshalb nicht wußte, wie weit sie bei ihm gehen konnte. Sie wußte auch nicht, welche Mittel er im Zweifelsfall anwenden würde, um sich ihr gegenüber durchzusetzen, und sie wäre sicher nicht erpicht darauf, es herauszufinden.

Er war noch immer alles anderes als glücklich mit ihr und zweifelte daran, es jemals zu werden. Sie würde ihm nie die liebevolle Fürsorge entgegenbringen, die man von einer Ehefrau erwarten durfte. *Jesus*, sie gab unumwunden zu, daß sie einen anderen liebte! Unter diesen Umständen würde auch sie in der Ehe mit ihm niemals glücklich werden, und es war unwahrscheinlich, daß sie ihn dies je vergessen lassen würde. Ihre Umgangsformen waren nervenaufreibend. Er konnte sich jetzt schon auf einen nie enden wollenden Kampf mit ihr einstellen. Aber er würde eine Dame aus ihr machen. Er konnte es nicht zulassen, daß sie ihm Schande bereitete.

Lady Jhone eilte an ihm vorbei und die Treppe hinauf. Ihr Gesichtsausdruck ließ Besorgnis erkennen, woraus er schloß, daß sie seine Auseinandersetzung mit ihrer Schwester beobachtet hatte. Er seufzte voller Bedauern, daß nicht sie die älteste Tochter war, denn sie war in jeder Hinsicht liebenswert und hätte wirklich eine hervorragende Ehefrau für ihn abgegeben. Sie war einfühlsam, freundlich, eifrig darauf bedacht, zu gefallen – in jeder Hinsicht das Gegenteil ihrer Schwester.

Lord Nigel wollte ihn zu Tisch bitten, doch Wulfric lehnte vorerst ab. Er würde seine Stellung an der Treppe nicht aufgeben, damit sich das Weib an ihm vorbeischleichen und wieder für den Rest des Tages verschwinden konnte. Plötzlich fiel ihm ein, daß sie am Tag zuvor diese Treppe hinaufgegangen war und die Burg verlassen hatte, ohne hier wieder heruntergekommen zu sein. Also fragte er einen der Diener nach der Lage des Ausgangs und begab sich dann zur Treppe neben der Kapelle.

Und wirklich hörte er bald die leichten Schritte einer Frau diese Treppe herunterkommen. Sie war schlau, das mußte er zugeben, und gewitzt. Er war gestern abend tatsächlich einigermaßen amüsiert über ihre Abschiedsworte zu Bett gegangen. Ihm seine eigene Zunge servieren, also wirklich!

Aber er hatte sich im Hinblick darauf, wer da die Treppe herunterkam, getäuscht. Es überraschte ihn, nicht Milisant, sondern Jhone zu sehen – und dann kam ihm ein anderer Gedanke.

»Es sieht so aus, als hätte ich meinen Posten zu spät hierher verlegt«, sagte er, als sie den Treppenabsatz erreicht hatte. »Sie war gar nicht oben, oder?«

»Sie?«

»Ihr braucht ihretwegen keine Ausflüchte zu machen, indem Ihr so tut, als wärt Ihr schwer von Begriff, Jhone. Sie will sich also einen weiteren Tag lang vor mir verstecken? Das wird sie nicht …«

»Ihr seid im Irrtum.«

»So?« Er zog die Augenbrauen hoch und forderte sie mit einer Handbewegung auf, ihm voran die Treppe hinaufzugehen. »Dann werdet Ihr mir zeigen …«

»Das habe ich bereits getan«, antwortete sie geheimnisvoll, glitt an ihm vorbei und eilte in den Saal.

Seine Miene verfinsterte sich. Er konnte Rätsel nicht leiden, und sie hatte ihn soeben vor ein Rätsel gestellt. Nun haderte er mit sich, ob er selbst die Stufen erklimmen und nach seiner Verlobten suchen sollte, obwohl er schon jetzt davon überzeugt war, sie dort oben nicht zu finden, oder ob er ihrer Schwester folgen sollte, um dahinterzukommen, was sie wohl gemeint hatte.

Mit einem verbitterten Seufzen folgte er der Dame, ging in den Saal – und mußte feststellen, daß es zwei davon gab. Er hielt inne und starrte die beiden Frauen, die rechts und links neben ihrem Vater saßen, fassungslos an. Beide trugen Gewänder aus himmelblauem Samt mit dunkelblauen Blusen darunter, beide trugen blaue Schleier, beide waren einander vollkommen gleich.

Lag es an der Beleuchtung? Natürlich, so mußte es sein! Aber durch die Fenster fiel helles Tageslicht herein, das keinerlei Schatten warf. Er trat ein paar Schritte näher und konnte doch keinen Unterschied zwischen den beiden Frauen erkennen. Beide hatten denselben Körperbau, beide waren gleich gekleidet, beide waren unglaublich schön, beide waren – einander vollkommen gleich. Als er noch ein paar Schritte näher kam, bemerkte er, daß eines der Gewänder am Halsausschnitt und den Ärmeln mit goldenem Garn bestickt war, das andere hingegen mit silbernem. Aber das war auch der einzige Unterschied. Ihre Gesichter glichen einander wie ein Ei dem anderen – sie sahen beide vollkommen gleich aus.

Warum war ihm das nicht schon früher aufgefallen? Aber dann fiel es ihm wie Schuppen von den Augen. Jedesmal, wenn er Milisant Crispin angesehen hatte, war ihm vor allem ihre unmögliche Aufmachung ins Auge gestochen, und er hatte sie selbst gar nicht näher betrachtet. Er hatte auf ihre Beine geschaut, die sich unter den enganliegenden Beinkleidern deutlich abzeichneten, und sich darüber geärgert, daß jeder andere Mann sie ebenfalls sehen konnte. Er hatte den Schmutz auf ihrer Haut gesehen und nicht wahrgenommen, was unter dem Schmutz lag. Und jedesmal war sein Blick vom Zorn getrübt gewesen, weil sie genau so war, wie er es befürchtet hatte.

Nun setzte er seinen Weg zu dem Podium fort, auf dem der Tisch des Burgherrn stand, und es erfüllte ihn mit Unbehagen, daß er nicht wußte, neben welche der beiden Frauen er sich zu setzen hatte. Keine von beiden sah ihn an und hätte ihm dadurch vielleicht einen Hinweis gegeben.

Wulfric war selten unsicher und mochte dieses Gefühl ganz und gar nicht. Auch kam er sich nicht gerne wie ein Idiot vor, aber genauso fühlte er sich jetzt, weil er nicht gewußt hatte, daß Nigel Crispins Töchter Zwillinge waren. Sein eigener Vater hatte es ihm gegenüber bestimmt einmal erwähnt, aber entweder hatte er nicht richtig zugehört, oder es hatte ihn sowenig interessiert, daß er es wieder vergessen hatte. So oder so war er für seine Unwissenheit selbst verantwortlich.

Die Chancen, die richtige Wahl zu treffen, ohne sich zum Narren zu machen, standen gleich. Also ging er auf den Platz zu, der ihm am nächsten lag.

Sie war jedoch so freundlich, ihn zu berichtigen, indem sie sich zu ihm umwandte und flüsterte: »Seid Ihr sicher, daß Ihr *hier* sitzen wollt?«

Offenbar war dies nicht die Richtige, und so ging er zu dem leeren Sitzplatz neben dem anderen Zwilling weiter. Aber noch ehe er sich setzen konnte, wandte auch sie sich zu ihm um und flüsterte: »Ich bin Jhone, Lord Wulfric. Wollt Ihr nicht neben Eurer Verlobten sitzen?«

Ihm schoß das Blut ins Gesicht, als er den anderen Zwilling kichern hörte. Lord Nigel hüstelte, er wußte wahrscheinlich, was Milisant getan hatte, und war an derlei Possen seiner Töchter schon gewöhnt.

Wulfric war alles andere als amüsiert, weil er nun gezwungen war, umzudrehen und zum anderen Ende des Tisches zurückzukehren. Er konnte nur froh sein, daß er der ersten Zwillingsschwester für ihre irreführende Warnung nicht auch noch gedankt hatte, denn das hätte die Peinlichkeit der Situation auf die Spitze getrieben.

Als er wieder bei ihr ankam, hob er die Bank, auf der Milisant saß, buchstäblich vom Boden, als er sie zurückschob, um sich hinzusetzen. Er merkte, wie sie nach Luft schnappte und sich am Tisch festhielt. Als er sich neben sie setzte, fühlte er sich schon besser. Sie funkelte ihn zornig an, was erst recht dazu beitrug, seinen Ärger zu besänftigen. »Gebt nächstes Mal Bescheid, bevor Ihr die Möbel rückt!«

Er zog eine Augenbraue hoch. »Gebt nächstes Mal nicht vor, eine andere zu sein!«

»Ich habe gar nichts vorgegeben«, beharrte sie. »Ich habe Euch nur eine vernünftige Frage gestellt. In Anbetracht all der bösen Blicke, die Ihr mir seit Eurer Ankunft zugeworfen habt, nahm ich an, Ihr hättet wenig Verlangen danach, dieses Mahl mit mir zu teilen.«

»Wenn Ihr Euch anzieht wie ein Leibeigener, Weib, so muß man ja befürchten, sich Läuse von Euch zu holen. Kein Wunder, daß Ihr ablehnende Blicke hervorruft!«

Jetzt war es an ihr, tief zu erröten. »Glaubt Ihr vielleicht, ich würde die Läuse allein durch Wechseln der Kleider loswerden?

Er lachte leise. »Nein, wohl kaum. Muß ich denn damit rechnen, mir von Euch welche einzufangen?«

Sie lächelte verkniffen. »Man darf die Hoffnung niemals aufgeben!«

Er kam nicht dazu, eine passende Antwort zu geben, denn nun wurde von einer ganzen Schar Küchenbediensteter das Essen in den Saal gebracht, und ein Diener lehnte sich zwischen sie, um einen großen Laib Brot abzulegen, den sie als Tischnachbarn freundschaftlich zu teilen hatten. Ein anderer Diener kam, um Wein einzuschenken, wieder ein anderer …

Wulfric gab den Gedanken an weitere Konversation fürs erste auf und setzte sich zurück, um abzuwarten, bis ihr Schneidebrett gefüllt war. Er mußte beinahe lächeln und staunte über seine eigene Heiterkeit, nachdem er sich beim Gang zu Tisch derart zum Narren hatte halten lassen.

Wer hätte gedacht, daß er Milisant Crispin amüsant finden würde? Ihr Verhalten fand er nicht amüsant. Ihre Angewohnheiten auch nicht. Und doch, wenn sie den Mund aufmachte, erregte sie entweder seinen Zorn, oder sie erheiterte ihn. Er hätte auch nicht sagen können, warum sie ihn amüsierte, wo dies doch gewiß nicht in ihrer Absicht lag. Nein, sie hatte ihn ganz eindeutig beleidigen wollen, sowohl gestern abend als auch jetzt eben.

Ihre Beleidigungen waren als solche bestenfalls armselig. Andererseits war er noch nie zuvor von einer Frau beleidigt worden. Die Fähigkeit, jemanden zu beleidigen, war nicht gerade eine Kunst, die Frauen im allgemeinen zu vervollkommnen strebten, da eine echte Beleidigung schnell zum Kampf führen konnte.

Höfischer Sitte gemäß hätte er seine Dame füttern müssen, indem er die erlesensten Happen aussuchte und sie ihr darreichte. Als die Diener endlich nicht mehr dauernd um sie herumwieselten, konnte Wulfric der Versuchung nicht widerstehen, Milisant zu fragen: »Nachdem Ihr so gern die männliche Rolle übernehmt, wollt Ihr mir nicht die Ehre erweisen und mich füttern?«

Sie warf ihm einen Blick zu, den man als Ausdruck unschuldiger Neugierde hätte deuten können, bis sie gelassen sagte. »Ich wußte gar nicht, daß Ihr so mutig seid, meinen Dolch so nahe an Euer Gesicht heranzulassen.« Daraufhin spießte sie einen Happen Fleisch auf ihren Eßdolch, starrte ihn einen Moment lang versonnen an und führte ihn dann auf Wulfrics Mund zu. Der ergriff rasch ihren Arm, um ihn zurückzudrücken. Als er aber den herausfordernden Blick ihrer grüngoldenen Augen bemerkte, ließ er sie los. Unglaublich, sie stellte sein Vertrauen auf die Probe, nachdem sie gerade erst angedeutet hatte, daß er ihr keineswegs vertrauen könne. Er bereute es schon, sie überhaupt gereizt zu haben.

Also sah er ihr weiterhin gerade in die Augen, ohne sich von ihrem Dolch ablenken zu lassen. Er warnte sie jedoch:

»Denkt daran, daß jede Tat eine Reaktion hervorruft. Wenn Ihr mit diesem Dolch ungeschickt umgeht, wird Euch der meinige auch nicht wohlgesonnen sein.«

»Ungeschickt?« Sie schnaubte. »Wer spricht hier von Ungeschicklichkeit? Ich habe die Vertrauensfrage nur gestellt, weil meine Hand Euch viel lieber ein Stück aus der Haut schneiden würde, als Euch zu füttern! Ich ging davon aus, daß Ihr klug genug wäret, um Euch darüber im klaren zu sein – nachdem Ihr mich in diese verfluchten Kleider gezwungen habt!«

Verfluchte Kleider? Also deshalb war sie so verstimmt. Er hätte sich gleich denken können, daß sie in diesem Punkt nicht bereitwillig nachgeben würde.

»Wie könnt Ihr diese Kleider verabscheuen, wenn Ihr doch so hinreißend darin ausseht?«

Erst nachdem er diese Worte ausgesprochen hatte, fiel ihm auf, wie sehr diese Feststellung der Wahrheit entsprach. Sie sah wirklich genauso aus wie Jhone, von der er gestern so entzückt gewesen war, als er sie für seine Verlobte gehalten hatte. Wenn er sich die beiden jetzt ansah, konnte er keinen Unterschied mehr zwischen ihnen erkennen. Milisant erfreute seine Augen ebensosehr wie ihre Schwester. Nur wenn sie den Mund aufmachte, um zu sprechen... In dieser Hinsicht bestand ein himmelweiter Unterschied zwischen den beiden Frauen.

»Es hat etwas mit Bequemlichkeit und Bewegungsfreiheit zu tun«, erklärte sie ihm. »Warum versucht Ihr nicht selbst einmal, ein Bliaud mit Bluse zu tragen, um zu beurteilen, wie es Euch gefiele, wenn all dieser Stoff bei jedem Schritt um Eure Beine schlackert?«

»Ihr übertreibt. Priester haben keine Schwierigkeiten mit ihren Roben.«

»Priester gehen auch nicht auf die Jagd.«

Er lachte leise und stimmte ihr in diesem Punkt mit einem Nicken zu. Sie starrte ihn einen Augenblick lang neugierig an, so als ob er sie überrascht hätte.

Das beunruhigte ihn und ließ ihn hinzufügen, was ohnehin auf der Hand lag: »Frauen brauchen auch nicht auf die Jagd zu gehen.«

»Es gibt Notwendigkeiten, und es gibt Bedürfnisse. Wenn ich Euch den Unterschied erst erklären muß, werdet Ihr ihn wohl sowieso kaum begreifen.«

»Wenn Ihr damit sagen wollt, daß Jagen das einzige ist, was Euch glücklich macht, dann habt Ihr recht. Eine solche Einstellung könnte ich weder verstehen – noch würde ich glauben, daß es stimmt.«

Sie wirkte nachdenklich. »Die meisten Männer beharren auf ihrer Meinung, selbst wenn ihnen der Gegenbeweis auf einem goldenen Tablett serviert wird. Schwarz bleibt weiß und weiß bleibt schwarz, weil sie es so sagen. Zumindest wenn die gegenteilige Meinung von einer Frau vertreten wird. Habt Ihr selbst nicht gerade den Beweis dafür geliefert?«

Wäre es ihr nicht offensichtlich so ernst damit gewesen, hätte er laut gelacht. Glaubte sie wirklich, daß Männer nicht in der Lage wären, ihren Standpunkt zu ändern, wenn ihnen das Gegenteil bewiesen wurde, und zwar unabhängig von der Geschlechtszugehörigkeit ihres Gesprächspartners?

»Ich glaube, Ihr übertreibt. Ich denke, daß es viele verschiedene Dinge gibt, die einen glücklich machen können. All sein Glück von einer einzigen Sache abhängig zu machen ist – albern.«

»Und wenn ich Euch sage, daß es nicht albern ist, werdet Ihr mir natürlich widersprechen, da Eure Meinung ja die einzig richtige ist, nicht wahr?«

»Es sieht so aus, als wärt Ihr wild entschlossen, mit mir zu streiten, ganz egal, was ich sage.«

»Nein, es sieht so aus, als wärt Ihr wild entschlossen, mir zu widersprechen, ganz egal, was ich sage.«

»Das stimmt nicht. Ich habe Euch zugestimmt, daß Priester sich auf der Jagd mit ihren Roben schwertäten.«

Sie schnaubte. »Für ganze fünf Sekunden wart Ihr meiner Meinung, nur um dann gleich zu betonen, daß Frauen derlei Schwierigkeiten aber nicht haben, weil sie ja nicht auf die Jagd gehen.«

Jetzt knurrte er beinahe. »Warum gebt Ihr nicht zu, daß es nicht Aufgabe einer Frau ist, für den Lebensunterhalt zu sorgen?«

»Weil nicht jede Frau jemanden hat, der sie ernährt.«

»Das ist nicht wahr! Wenn es die Männer ihrer eigenen Familie nicht tun, dann tun es die Männer aus der Familie ihres Ehemannes! Wenn keiner dieser beiden Fälle zutrifft, kann sie sich an ihren König wenden, der ihr einen Vormund zur Seite stellen wird.«

Milisant verdrehte die Augen. »Ihr sprecht von Damen mit Eigentum, die doch nicht mehr sind als Handelsware – für Männer. Was ist mit den Frauen aus den Dörfern und Städten, die ihre Verwandtschaft verlieren? Warum werden so viele von ihnen zu Bettlerinnen oder Huren, nur um etwas zu essen auf den Tisch zu bringen? Sie könnten ebenso leicht lernen, sich durch die Jagd zu ernähren!«

Wulfric hatte inzwischen einen hochroten Kopf. »Klären wir jetzt alle Mißstände dieser Welt in einem einzigen Gespräch? Ich ahnte ja nicht, daß ein schlichtes Kompliment über Euer hinreißendes Aussehen in eine tiefschürfende Erörterung über die Ungerechtigkeiten der ...«

»Falsch, ihr wollt gar keine Erörterung, Ihr wollt lediglich eine Bestätigung Eurer eigenen Ansichten!« sagte sie verächtlich. »Sehr wohl, sollen wir statt dessen lieber über das Essen sprechen? Oder vielleicht über das Wetter? Wären derlei Themen unverfänglich genug für Euren Geschmack? In solchen Belanglosigkeiten könntet Ihr mein Einverständnis finden, aber erwartet es nicht in irgendwelchen anderen ...«

»Genug!« schnappte er. »Vielleicht können wir uns auf eine Redepause einigen, bevor mein Appetit ebenso abgekühlt ist wie unser Essen mittlerweile.«

Sie lächelte ihn an. »Gewiß, Wulfric. Da ich ja nur eine Frau bin, läge es mir fern, Euch zu widersprechen.«

Mit finsterem Blick fragte er sich, ob sie es nicht von Anfang an darauf angelegt hatte, ihm die Stimmung zu verderben. Falls ja, so hatte sie zweifellos eine außergewöhnliche und sehr geschickte Methode herausgefunden, genau das zu tun.

12

Zur Unterhaltung seiner Gäste schlug Sir Nigel vor, am Nachmittag auf die Jagd zu gehen. Es sollte jedoch nicht die Art von Jagd werden, an der Milisant Freude hatte, da ihr Vater es vorzog, ausschließlich mit Falken zu jagen, und folglich die Falken nicht nur die ganze Arbeit, sondern auch das ganze Vergnügen hatten.

Jhone war gern bereit mitzukommen. Sie hatte ein niedliches, wohlerzogenes Falkenmännchen, das sie bei solchen Gelegenheiten einsetzte. Es war nicht wirklich als Jagdfalke einzuordnen; als solche galten nur die viel größeren und weitaus aggressiveren Weibchen der Spezies.

Milisant hingegen wollte an dieser Jagd nicht teilnehmen. Sie hatte heute schon mehr als genug Umgang mit ihrem Verlobten gehabt, und außerdem hatte sie ihrem eigenen Vogel das Jagen nie beigebracht, sondern ihn nur als Haustier gehalten. Er war nach ihrem ersten Falken benannt, den Wulfric getötet hatte, und sie verhätschelte diesen zweiten Rhiska mehr, als gut für ihn war. Im übrigen glaubte sie nicht, daß ihr Vater es gerne sähe, wenn sie statt des Vogels ihren Bogen mitnähme. Folglich konnte sie sich an dieser Jagd nicht beteiligen und sah keinen Sinn darin mitzureiten.

Wulfric jedoch dachte anders darüber. Nachdem das Mahl beendet war, schickte Milisant sich an, den Saal zu verlassen, da hielt er sie auf: »Ihr werdet mitkommen!«

Zwei Befehle von ihm an ein und demselben Tag! Wollte er jede ihrer Bewegungen kontrollieren? Oder meinte er, sie sei unfähig, selbst vernünftige Entscheidungen zu treffen?

Sie schuldete ihm keine Erklärung. »Ich ziehe es vor, hierzubleiben«, sagte sie. Das sollte eigentlich genügen. Aber nein, ihm genügte es nicht.

»Euer Vater ließ mich wissen, daß ihr einen Monat Zeit erbeten habt, um Euch an mich zu gewöhnen, ehe wir heiraten. Wenn dem so ist, werdet Ihr Euch zu diesem Zweck dazu herablassen müssen, mit mir zusammenzusein. Andernfalls muß ich davon ausgehen, daß Ihr doch keine Zeit mehr braucht und wir zum Traualtar schreiten können.«

Sie hätte gerne geantwortet, daß nun wirklich nicht alle wachen Stunden eines jeden Tages erforderlich seien, um einander kennenzulernen, aber das war zu gewagt. Ihm Gesellschaft zu leisten oder unverzüglich zu heiraten war also die Alternative, vor die er sie stellte, und natürlich würde sie sich in diesem Fall für das kleinere Übel entscheiden.

So begaben sich alle in den Burghof, wo die Falken und Pferde fertiggemacht wurden. Milisant mußte ihr Pferd selbst holen, da sogar die Stallburschen Stampfer das Futter nur von weitem zuwarfen. Sie hätte normalerweise zur Jagd ein kleineres Reittier genommen, aber Stampfer brauchte Bewegung.

Alle, die in Dunburh lebten, kannten die Geschichte, wie sie zu dem Destrier gekommen war. Es war für Milisant keine angenehme Erinnerung. Stampfer war ein jahrelang mißhandeltes Pferd, das einem durchreisenden Ritter gehört hatte. Um das Tier zu beherrschen, hatte er rohe Gewalt angewandt. Er hatte dies jedoch ein Mal zu oft getan. Es war eine Ironie des Schicksals, daß das Pferd ausgerechnet in Milisants Beisein durchgegangen war und versucht hatte, den Ritter totzutrampeln. Nach diesem Vorfall hatte das Tier für den Ritter nicht mehr den geringsten Wert gehabt, deshalb hatte er es töten lassen wollen. Da hatte Milisant sich eingemischt und behauptet, sie könne den Destrier zähmen. Der Ritter hatte sie natürlich ausgelacht und ihr scherzhaft angeboten, wenn ihr das wirklich gelänge, könne sie das Pferd behalten.

Vielleicht war es unklug von ihr gewesen, das Tier so rasch zu besänftigen. Der Ritter war außer sich geraten vor Wut, als er sah, wie leicht sie mit Stampfer fertig wurde. Milisant hatte die Vorstellung, daß dieser bösartige Mensch überhaupt ein Tier besitzen sollte, abscheulich gefunden. Dennoch hatte sie dem Mann angeboten, ihm den Destrier zurückzugeben; ihr Vater hatte nämlich gehofft, diesen Ritter für sein Gefolge anheuern zu können. Dessen Stolz hatte ihm jedoch verboten, ihr Angebot anzunehmen, und er war auch nicht in Dunburh geblieben, sondern unverzüglich abgereist.

Ihr Vater war natürlich sehr böse auf sie gewesen. Später allerdings hatte er sich bei ihr entschuldigt, denn er hatte erfahren, daß eben dieser Ritter in einer anderen Burg Anstellung gefunden und seinen Herrn verraten hatte, indem er ein angreifendes Heer in den Bergfried einließ.

Seitdem setzte Milisant Brutalität mit Falschheit gleich und hielt jeden, der solche Züge aufwies, für nicht vertrauenswürdig. In ihren Augen gehörte auch ihr Verlobter zu dieser Sorte Mensch.

Wie üblich brauchte sie eine Weile, um ihr Pferd zu satteln, denn auch dies mußte sie selbst tun, nur der Sattel wurde ihr gebracht. Anschließend mußte sie das Pferd mit den Röcken vertraut machen, die es an ihr nicht kannte.

Sie trug allerdings ihre Beinklieder und Stiefel unter dem fraulichen Gewand und bestieg Stampfer im Herrensitz, so wie sie es gewohnt war. Ihr Bliaud war ohnehin seitlich geschlitzt und weit genug, um ihre Beine größtenteils zu bedecken, so daß *er* keinen Anstoß daran nehmen konnte.

Stampfer war so riesengroß, daß sie das Treppchen benutzen mußte, das neben seinem Stall aufbewahrt wurde, um seinen Rücken zu erklimmen. Dann ritt sie aus dem Stall und sprach währenddessen besänftigend auf ihn ein, damit er im Gedränge des Burghofs ruhig blieb. Sie war jedoch kaum ins Freie gelangt, als sie von seinem Rücken gezerrt und angeschrien wurde: »Habt Ihr völlig den Verstand verloren, oder seid Ihr überhaupt bar jeder Vernunft!?«

Es ging alles so schnell, daß sich ihre Füße nicht gleich aus den Steigbügeln lösten und trotz der Stiefel von dem Metall gequetscht wurden. Der Arm um ihre Taille umklammerte sie wie ein Schraubstock, raubte ihr im ersten Moment den Atem und tat ihr regelrecht weh, als sie roh weggeschleift wurde. Ein paar Sekunden lang war sie ganz benommen, ehe ihr klar wurde, was überhaupt vorging, nämlich daß sie »gerettet« worden war. Im Geiste verdrehte sie die Augen.

»Mich dünkt, Euer Vater hätte Euch schon vor langer Zeit einsperren sollen, zu Eurer eigenen Sicherheit!« hörte sie Wulfric schimpfen. »Noch nie im Leben habe ich etwas so Törichtes gesehen!«

Danach rief er einem Diener zu: »Du da, bring das Tier in den Stall zurück!«

Sie wußte auch ohne hinzusehen, daß niemand dieser Anordnung Folge leisten würde. Wulfric mußte dies auch einsehen, nachdem er denselben Befehl einigen anderen erteilt, aber nichts als erschrockenes Kopfschütteln geerntet hatte.

Da setzte er sie wieder ab und hob ihr Kinn an, damit sie ihm in sein zorniges Gesicht sehen mußte. »Wie zum Teufel habt Ihr es geschafft, einem Schlachtroß nahe zu kommen und aufzusitzen, ohne daß es Euch totgetrampelt hat?«

So gelassen und humorvoll wie sie nur konnte, antwortete sie: »Vielleicht, weil es meins ist?«

Er schnaubte ungläubig, doch als er sich umwandte, um den Destrier selbst in den Stall zurückzubringen, sah er, daß das Pferd bereits neben ihm stand. Es war Milisant gefolgt. Das überraschte ihn zwar, brachte ihn aber nicht von seinem Vorhaben ab. Er griff nach den Zügeln.

Milisant konnte nur ausrufen: »Tut das nicht!«, als Stampfer im selben Moment bereits versuchte, die Hand, die er nicht kannte, zu beißen. Wulfric fluchte und hob sogleich die Faust, um das Pferd zu schlagen. Da verlor auch Milisant die

Beherrschung, schob ihn energisch beiseite und stellte sich zwischen ihn und das Tier. Stampfer legte seinen großen Kopf über ihre Schulter, und sie beruhigte ihn, indem sie seine Nase tätschelte.

Ohne Rücksicht darauf, wer alles zuhören konnte, fauchte sie ihren Verlobten so laut sie konnte an: »Nie wieder werdet Ihr einem meiner Tiere weh tun! Wenn ich sage, daß etwas mir gehört, dann lüge ich nicht! Und wenn hier irgend jemand bar jeder Vernunft ist, dann seid Ihr das! Denn wenn ich dieses Pferd reiten kann, was ich ja offensichtlich getan habe, dann kann man daraus doch wohl schließen, daß es mir gegenüber zahm ist!«

Da er den Beweis für diese Behauptung unmittelbar vor Augen hatte, konnte Wulfric nicht länger an ihren Worten zweifeln. Nichtsdestotrotz war er keineswegs beschwichtigt. Also wandte er sich an Sir Nigel, der hinzugekommen war, um Milisant wieder aufs Pferd zu helfen: »Warum laßt Ihr Eure Tochter derart gefährliche Tiere halten?«

Sir Nigel nahm ihn ein Stück beiseite, ehe er antwortete: »Weil sie für Milisant keine Gefahr darstellen. Ich habe Euch ja gesagt, daß sie ein besonderes Talent im Umgang mit Tieren hat! Ob groß oder klein, ob wild oder nur verängstigt, spielt keine Rolle, sie kann alle zähmen. Macht Euch also keine Sorgen, Wulfric, dieses Pferd wird ihr niemals etwas zuleide tun. Was Euch selbst betrifft, solltet Ihr es jedoch wie jeden anderen Destrier behandeln, nämlich mit größter Vorsicht. Ihre Tiere sind zwar ihr gegenüber zahm, aber anderen gegenüber nicht unbedingt.«

Milisant bebte noch immer vor Erregung. Er hatte wieder gezeigt, daß er kein Herz für Tiere hatte, daß sie ihm nichts bedeuteten, sofern sie nicht seinen persönlichen Bedürfnissen dienten, und selbst *dann* machte er sich wahrscheinlich nichts aus ihnen. Sie zu töten, sie zu schlagen, was machte das schon? Es waren ja nur Tiere. So einen Mann sollte sie heiraten? Niemals!

13

»Du hättest ihn in Gegenwart seiner Männer nicht anschreien sollen, Mili.«

Milisant drehte sich um und sah, daß Jhone auf ihrem kleinen Zelter herangekommen war. Sie waren beide ein Stück weit hinter den anderen zurückgeblieben, so daß ihr Gespräch nicht belauscht werden konnte. »Glaubst du vielleicht, es macht mir etwas aus, ob ich ihn in Verlegenheit bringe oder nicht?« antwortete sie ihrer Schwester.

»Das sollte es aber. Manche Männer nehmen einer Frau so etwas sehr übel und rächen sich dann auf die eine oder andere Weise dafür. Wir wissen noch nicht, ob er zu dieser Sorte gehört.«

Milisant runzelte die Stirn. Bei ihrer Auseinandersetzung im Burghof waren mehrere Ritter Wulfrics in der Nähe gewesen, unter ihnen auch sein Bruder Raimund. Folglich war die Situation für Wulfric wahrscheinlich durchaus peinlich gewesen, sofern er dies in seinem Zorn überhaupt bemerkt hatte.

»Hätte ich ihm etwa dafür danken sollen, daß er Stampfer beinahe geschlagen hätte?«

»Nein, natürlich nicht. Du solltest aber darauf achten, daß niemand mithört, wenn du ihm etwas zu sagen hast, das alles andere als schmeichelhaft ist.«

Milisant grinste und antwortete: »Alles andere als schmeichelhaft, wie? Wahrlich, dann werde ich wohl nur noch im Flüsterton mit ihm sprechen können!«

Jhone lächelte zurück. »Du beliebst zu scherzen, aber behalt es im Kopf und beherrsch dich ein bißchen. Einer

Frau fällt es doch leichter, ihren Ärger hinunterzuschlucken, als einem Mann.«

»Tatsächlich? Da wir den schlankeren Hals haben, hätte ich eher angenommen, es sei genau andersherum.«

»Pfui, du willst heute aber auch gar keinen guten Rat annehmen! Ich bin einfach nur …«

»Guter Rat stößt bei mir im Moment auf taube Ohren«, fiel Milisant ihr ins Wort, »denn ich muß mich gerade mit aller Kraft zusammennehmen, um nicht in Tränen auszubrechen, nachdem ich eben mit ansehen mußte, wie gemein dieser Mann sein kann.«

Jhones Augen weiteten sich. »Bist du wirklich so unglücklich?«

»Innerhalb weniger Stunden droht er mir erst Prügel an, wenn ich mich nicht seinem Geschmack entsprechend kleide, und dann die sofortige Hochzeit, wenn ich ihn nicht auf die Jagd begleite. Er will mich zu seiner Marionette machen! Wie soll ich da mit ihm glücklich werden?«

Ihre Schwester erkannte klugerweise, daß aus dieser Antwort mehr Zorn als Unglück sprach. »Du bist daran gewöhnt, zu tun, was du willst, weil Papa dich hat gewähren lassen. Mit einem Ehemann wird das anders sein – mit jedem Ehemann.«

»Nicht mit Roland.«

»Freunde geben einander keine Befehle, aber wenn aus einem Freund erst ein Ehemann geworden ist – Mili, glaub doch nicht, daß Roland nie versuchen würde, deine Handlungen zu lenken. Er wäre milder, gewiß, aber dennoch gäbe es auch im Zusammenleben mit ihm Gelegenheiten, bei denen er dir etwas befehlen und auch erwarten würde, daß du ihm gehorchst. Durch eine Heirat werden wir den Männern nicht ebenbürtig. Wir wechseln nur von einer Herrschaft unter eine andere.«

»Und das kannst du einfach so hinnehmen?« fragte Milisant mit schneidender Bitterkeit.

»Was soll man denn machen, wenn es nun mal so ist und schon immer so war und auch immer so sein wird?«

Genau das war der Grund, warum Milisant den Körper, in dem sie geboren worden war, so verachtete. So sollte es eben nicht sein! Sie war eine erwachsene Frau und durchaus in der Lage, vernünftig und logisch zu denken. Sie wollte selbst bestimmen können, was für ein Leben sie führte, genauso wie ein Mann das tat. Daß Männer größer und stärker waren, bedeutete schließlich noch lange nicht, daß sie intelligenter waren oder mehr gesunden Menschenverstand hatten als Frauen. Sie bildeten sich nur ein, daß dem so wäre.

»Hat William dich während Eurer kurzen Ehe so behandelt? Hat er dir befohlen, dies oder das zu tun, nur weil er das Recht dazu hatte?« fragte Milisant neugierig.

Jhone lächelte. »William hat mich geliebt und daher alles getan, um mich glücklich zu machen. Und hierin liegt auch der Schlüssel zu deinem Glück. Du mußt deinen Ehemann dazu bringen, daß er dich liebt.«

Milisant schnaubte. »Als ob mir an seiner Liebe etwas läge.«

»Aber das ist der springende Punkt! Nur wenn er dich liebt, wird er sich bemühen, dich glücklich zu machen, und du wirst viel mehr Freiheiten genießen. Siehst du denn nicht, wie einfach es sein könnte? Und ich habe nicht gesagt, daß du seine Liebe erwidern mußt, sondern lediglich, daß es dir zum Vorteil gereichen würde, die seine zu gewinnen.«

»Mag sein, falls ich wirklich gezwungen bin, ihn zu heiraten. Aber ich habe weiterhin vor, das zu verhindern. Papa hat mir eine Frist von einem Monat eingeräumt, ehe ich heiraten muß. Er glaubt, ich würde meine Meinung über Wulfric während dieser Zeit ändern, doch das wird nicht geschehen.«

Jhone seufzte. »Nein, das wird es natürlich nicht, wenn du es noch nicht einmal versuchst.«

Milisant versteifte sich deutlich. »Willst *du* etwa, daß ich ihn heirate?«

»Nein, es ist nur so: Im Gegensatz zu dir glaube ich nicht, daß es sich irgendwie vermeiden läßt, und da es nun einmal unumgänglich ist, möchte ich, daß du einen Weg findest, damit glücklich zu werden. Hat Papa tatsächlich gesagt, daß er von dem Vertrag zurücktreten wird, sofern du nach Ablauf dieses Monats mit Wulfric nicht einverstanden bist?«

»Nicht ganz, aber er hat gesagt, dann könnten wir weiterreden.«

»Wenn du mich fragst, hat Papa das nur deshalb gesagt, weil er davon überzeugt ist, daß du deine Meinung ändern wirst. Es wäre besser, Mili, du gäbest dir Mühe, Wulfric in einem besseren Licht zu sehen.«

»Der strahlendste Sommertag könnte dafür nicht hell genug sein!«

»Ts, ts, ts«, machte Jhone. »Es gibt bestimmt etwas, was du an ihm mögen könntest. Er ist doch eine Augenweide, so gut wie er aussieht. Seine Zähne sind nicht schlecht, sein Atem riecht nicht unangenehm. Er ist jung, und sein Körper ist weder schief gewachsen noch fett. Wirklich, es gibt an ihm nicht das geringste auszusetzen ...«

»Bis zu dem Augenblick, in dem er den Mund aufmacht oder die Faust erhebt«, fiel ihr Milisant ins Wort. »Dann finde ich ihn so widerwärtig wie eine Ratte im Rinnstein.«

Jhone schüttelte den Kopf und wollte schon aufgeben, aber dann fiel ihr noch etwas ein. »Du kannst fast jedes wilde Tier zähmen, so daß es dir aus der Hand frißt. Wieso sollte dir das nicht auch bei diesem Ritter gelingen?«

Milisant blinzelte erstaunt mit den Augen. Auf diesen Gedanken war sie noch gar nicht gekommen. »*Ihn* zähmen?«

»Ja, nach deinen Wünschen.«

»Aber – er ist doch kein Tier!«

Jhone verdrehte die Augen. »Wenn man so hört, wie du über ihn redest, könnte man meinen, er sei eines.«

»Ich wüßte ja nicht einmal, wie ich das anfangen sollte, selbst wenn mir daran läge.«

»Du gibst doch den Tieren das, was sie am meisten brauchen, nicht wahr?« sagte Jhone. »Vertrauen, Mitgefühl und eine liebevolle Hand, so daß sie keine Angst vor dir haben.«

»Dieser Mann braucht kein Mitgefühl, und er braucht mir auch nicht zu vertrauen. Was könnte ich ihm denn schon zuleide tun? Und ich bezweifle, daß er eine liebevolle Hand spüren würde, selbst wenn ich ihm damit auf den Kopf schlüge.«

Jhone kicherte. »Nennst du das etwa liebevoll?«

»Nein, ich meine bloß, er würde eine liebevolle Hand überhaupt nicht erkennen. Was braucht er so sehr, daß ich ihn zähmen könnte, indem ich diese Lücke fülle?« Jhone zuckte mit den Schultern. Dann grinste sie. »William pflegte gern zu sagen, alles was ein Mann braucht, ist eine gute, herzhafte Balgerei im Bett.«

»Jhone!«

»Nun ja, das hat er gesagt.«

»Und mehr war nicht nötig, um ihn glücklich zu machen?« fragte Milisant ungläubig.

»Nein, er war einfach glücklich, mit mir zusammenzusein, aber er war ja auch sehr verliebt. Wenn du Wulfrics Liebe nicht willst, dann würde es völlig genügen, ihm zu geben, was ihn bei Laune hält, um ein angenehmes Leben mit ihm zu führen.«

Milisant lächelte ihre Schwester an. »Ich weiß deine Bemühungen zu schätzen, Jhone, wirklich, und falls ich nicht umhin komme, mit ihm zu leben, könnte dein Rat durchaus hilfreich sein. Aber anders wäre es mir lieber. Mit einem Mann leben, bei dem ich damit rechnen muß, daß er die Hand gegen mich erhebt? Er wurde dazu erzogen, gewalttätig zu sein. Er war es als Junge und ist es nach wie vor.«

»Auch das ließe sich im Zaum halten, wenn du ihn zähmst und besänftigst«, erklärte Jhone ihrer Schwester.

»Mag sein, aber das ist nicht sein einziger Fehler. Er hat

seinerseits genau das vor, was ich deiner Meinung nach mit ihm machen sollte, nämlich mich nach seinen Wünschen zu zähmen. Meinst du, ich könnte solchen Zwang ertragen, ohne bald dahinzuwelken?«

»Es muß doch einen Mittelweg geben, Mili!«

Milisant schnaubte. »Dazu wäre ein gewisses Maß an Ebenbürtigkeit erforderlich, und du hast gerade selbst darauf hingewiesen, daß es eben dies in einer Ehe nicht gibt! Er muß mir gegenüber keine Zugeständnisse machen. Er ist der Mann, nur seine Meinung zählt, er kann jede seiner Launen durchsetzen, während ich weniger bin als nichts, eine Frau, die immer nachgeben und sich selbst verleugnen muß. Herr im Himmel, wie ich das hasse!«

Jhone machte ein ratloses Gesicht. Sie hörte nicht zum ersten Mal, wie sehr ihre Schwester die Frauenrolle verabscheute. Und sie wußte jetzt ebensowenig zu sagen, was es Milisant leichtergemacht hätte, diese Rolle anzunehmen, wie die vielen Male zuvor.

Es war nicht zu bestreiten, daß ein Mann über sein Tun und Lassen selbst entscheiden konnte – zumindest in den meisten Fällen. Eine Frau hatte jedoch keine Wahl. Die meisten Frauen hinterfragten gar nicht erst, mit welchem Recht sie als Eigentum behandelt wurden, von der Kirche, von ihrem König, von ihren Familien – und von ihren Ehemännern. Diejenigen, die es doch taten, so wie Milisant, würden mit ihrem Los niemals glücklich werden.

14

Sie hielten auf einer kleinen Lichtung an, um die Falken auf die Jagd anzusetzen. Es gab zu dieser Jahreszeit nur wenige Vögel als mögliche Beute und eigentlich auch nicht viele Kleintiere, aber was auch immer da war, die Falken würden es von hoch oben aus den Lüften entdecken und auf ihr Opfer herabstoßen.

Für einen Jäger war es ein fesselndes Schauspiel, einen prächtigen Falken in Aktion zu sehen. Obwohl Milisant es vorzog, bei der Jagd ihre eigenen Fertigkeiten anstelle derer eines Vogels zu entfalten, wußte sie den Anblick eines geborenen Jägers, der sein Können durch Training vervollkommnet hatte, durchaus zu schätzen.

Die Ritter aus Dunburh hatten alle ihre eigenen Vögel bei sich, die Gäste jedoch nicht. Viele Leute nahmen ihre Falken mit auf Reisen, Wulfric und seine Männer hingegen hatten nicht an eine Jagd gedacht, als sie aufbrachen.

Die meisten Adeligen, sowohl Männer als auch Frauen, besaßen Jagdvögel, und manche wurden so hoch geschätzt und geliebt, daß man sie niemals zu Hause zurückließ. Viele dieser Vögel wurden sogar regelmäßig mit zu Tisch gebracht und von Hand mit den erlesensten Fleischstücken gefüttert, ganz gleich, wo man zu Gast war. Der hochgeschätzte Falke saß üblicherweise auf dem Handgelenk seines Besitzers oder auf dessen Stuhllehne.

Wie Milisant selbst war auch Wulfric bei dieser Jagd nur ein Zuschauer. Seltsamerweise ertappte sie sich dabei, daß sie ihn und nicht den Flug der Falken beobachtete.

Sie wünschte, Jhone hätte sie nicht darauf hingewiesen,

wie gut er doch aussah, denn sie mußte zugeben, daß man das nicht bestreiten konnte. Seine Gesichtszüge waren markant und männlich, obwohl er nach alter normannischer Sitte sein Kinn und seine Wangen rasierte. Die Haare trug er etwas länger als üblich, sie waren tatsächlich genauso lang wie Milisants. Das berührte sie irgendwie eigenartig. Obgleich sie ihm die vollen, glänzenden, rabenschwarzen Lokken nicht mißgönnte, verspürte sie bei deren Anblick den Wunsch, ihr eigenes Haar möge ein bißchen länger sein – genaugenommen sehr viel länger, was doch wirklich albern war.

Er wirkte geradezu hoheitsvoll, wie er da auf dem edlen schwarzen Hengst saß und sein weiter grauer Umhang sich bis zur Hälfte des Schweifs über die Kruppe des Tieres breitete. Selbst wenn er entspannt war, war seine Haltung aufrecht und betonte seine breiten Schultern und seine schlanke Taille.

Jhone hatte recht gehabt, es war kein Gramm Fett zuviel an seinem Körper, und seine Muskeln waren auffallend gut ausgeprägt. Sie bewegten sich leicht unter seinem schwarzen Waffenrock und fielen an seinen langen Beinen deutlich ins Auge. Selbst seine kniehohen Stiefel lagen über den kräftigen Waden eng an.

Er war wirklich eine Augenweide. Zu dumm nur, daß er so ein typischer grober Ritter war und sie sich als Ehemann etwas weitaus Besseres wünschte. Sie wußte, daß es unrealistisch war, sich einen Mann zu wünschen, der *nur* auf dem Schlachtfeld gewalttätig war, aber das wünschte sie sich nun einmal – und könnte es auch bekommen, wenn sie Roland nähme anstelle von Wulfric de Thorpe.

Sie hatte Wulfric zu lange angestarrt. Er mußte ihren Blick gespürt haben, denn er richtete seine dunkelblauen Augen plötzlich auf sie und betrachtete sie eingehend, als wolle er sich ein Bild von ihr machen, so wie sie es eben mit ihm getan hatte. Es war ein sonderbares Gefühl für sie, sich das vorzustellen, und dieses Gefühl verstärkte sich noch, als er keine Anstalten machte, näher zu kommen, sondern sie einfach nur weiter unverwandt ansah.

Sie wollte wegschauen, aber es gelang ihr nicht. Sein Blick war geradezu magnetisch. Sie spürte die Kälte kaum noch, ihr war eher warm … Diese Erkenntnis allerdings ließ sie frösteln und ihren Umhang enger um den Körper schlingen. Da lächelte er, als ob er wüßte, daß er ihr Unbehagen verursacht hatte.

Dann kam er näher. Es überraschte sie, daß er damit so lange gewartet hatte, nachdem er ihre Anwesenheit bei der Jagdpartie *befohlen* hatte.

Er brauchte einige Augenblicke, um an ihre Seite zu gelangen, da sie sich so weit wie irgend möglich von ihm entfernt gehalten hatte, so weit, daß sie gerade noch als anwesend gelten konnte. Als er bei ihr ankam, wollte er gebührenden Abstand zu Stampfer wahren. Sein Hengst allerdings dachte ganz anders darüber und steuerte ungeachtet Wulfrics Bemühungen, ihn fernzuhalten, geradewegs auf Milisants Hand zu und wollte von ihr gekrault werden.

Sie hörte Wulfric fluchen, als er das Tier nicht unter Kontrolle bringen konnte. Dann fragte er: »Himmel, was habt Ihr mit meinem Pferd gemacht?«

»Nichts weiter, als mich mit ihm angefreundet«, antwortete sie und lächelte den Hengst freundlich an, während sie ihn streichelte. Stampfer warf nur einmal kurz den Kopf zur Seite, um sich zu vergewissern, daß sie nicht bedroht wurde.

»Eure Art, mit Tieren umzugehen, grenzt an Hexerei.«

Milisant prustete und wünschte im nächsten Augenblick, sie hätte das nicht getan. Vielleicht wäre es ganz vorteilhaft, wenn Wulfric sie für eine Hexe hielte. Er konnte sie nicht allzu hart anfassen, wenn er annehmen mußte, daß sie ihm dies auf magische Weise heimzahlen könnte. Das war eine Vorstellung, die ihr gut gefiel.

»Die Tiere, mit denen ich mich anfreunde, wissen eben, daß ich ihnen niemals weh tun würde. Denkt Euer Hengst auch so über Euch?«

»Warum sollte ich ihm weh tun?«

»Ihr habt es gerade getan«, sagte sie spitz, »als Ihr versucht habt, ihn von mir fernzuhalten.«

Er lief rot an und machte ein böses Gesicht. »Lady, Ihr stellt meine Geduld auf eine harte Probe!«

Sie nickte nachdenklich und lächelte. Seine Miene verfinsterte sich noch mehr. Ihr Lächeln strahlte um so heller. Vielleicht war es unklug, ihn zu reizen, selbst auf so subtile Weise, aber sie konnte der Versuchung einfach nicht widerstehen.

Er versuchte neuerlich, seinen Hengst zurückzulenken, diesmal weniger rabiat, aber wieder ohne Erfolg. Schließlich befahl er ihr: »Befreit ihn von Eurem Bann!«

»Ich halte ihn nicht in meinem Bann«, antwortete sie gelassen. »Vielleicht würde er Euch gehorchen, wenn Ihr Euch bei ihm dafür entschuldigt, daß Ihr ihm weh getan habt, und ihm zeigt, daß Ihr ihn gern mögt.«

Da knurrte Wulfric, stieg ab und führte den Hengst am Zügel ein Stück beiseite. Milisant konnte ihr Kichern nur mit Mühe unterdrücken, als sie sah, wie schwer er sich tat, und sie rief: »Vergeßt die Entschuldigung nicht!«

Er beachtete sie nicht – zumindest sah er sie nicht an. Er sprach ein paar Worte mit dem Pferd, die sie nicht verstehen konnte. Wahrscheinlich waren es Warnungen und abscheuliche Drohungen, ihm nicht noch einmal solche Schande zu machen.

Nach einigen Minuten saß er wieder auf und versuchte aufs neue, sich ihr zu nähern. Er achtete darauf, genügend Abstand zu halten, und brachte den Hengst in eine teilweise abgewandte Position, so daß das Tier Milisant kaum sehen konnte.

Diesmal klappte es, und der Ritter konnte sich wieder entspannen. Und aus diesem Grund erkannte Milisant auch auf den Moment genau, wann ihm klar wurde, daß sie auf ihn herabblickte.

Aufgrund der ernormen Größe des Destriers reichte Wulfrics Körpergröße nicht aus, um mit Milisant auf gleicher Augenhöhe zu sein, und es war ganz offensichtlich, daß es ihm nicht behagte, zu ihr aufblicken zu müssen, selbst wenn es sich nur um ein paar Zentimeter handelte.

Trotzig richtete sich Milisant im Sattel auf und gewann dadurch zusätzlich ein paar Zentimeter. Als Wulfric dies sah, gab er einen Laut voller Widerwillen von sich und wendete seinen Hengst, um sie allein zu lassen.

Da schrie sie vor Schmerz laut auf.

Es geschah ganz unwillkürlich. Sie hatte gewiß nicht die Absicht, ihn zurückzurufen. Sie war bloß so überrascht, als sie den Pfeil heranzischen hörte und gleich darauf seine Spitze an ihrem Oberarm spürte. Er streifte sie nur und bohrte sich dann in einen nahestehenden Baum. Sie starrte immer noch ungläubig auf das Blut, das sich auf ihrem Umhang ausbreitete, als Wulfric zu ihr zurückkehrte.

Er reagierte sehr viel rascher auf den Anblick des Blutes als sie selbst. Innerhalb weniger Augenblicke hatte er sie schon von Stampfers Rücken geholt und hüllte sie zwischen seiner Brust und seinen Armen in seinen Umhang. Sein Ruf: »Zu den Waffen!« folgte unmittelbar darauf und ließ die Ritter sich um ihn scharen.

Vergebens bemühte sie sich, in dem großen Umhang der sie umgab, eine Öffnung zu finden, so daß sie wenigstens den Kopf herausstecken könnte, und dann galoppierte der Hengst auch schon davon, und sie gab den Versuch auf.

Milisant fühlte sich ein wenig benommen, und ihre Bemühungen hatten dies noch verschlimmert. Sie spürte auch, daß der brennende Schmerz in ihrem Arm bei der Erschütterung von Sprung zu Sprung auf diesem wilden Ritt zur Burg zurück immer stärker wurde.

Als die Zugbrücke erreicht war, hatte Milisant das Bewußtsein verloren. Zum ersten Mal in ihrem Leben war sie ohnmächtig geworden, nicht vor Schmerz – sie konnte Schmerzen besser ertragen, als die meisten –, sondern infolge des hohen Blutverlusts. Da sie unter Wulfrics Umhang verborgen war, hatte keiner von beiden sehen können, wieviel Blut sie unaufhörlich verloren hatte.

15

»Warum kommt denn der Bader nicht endlich?« fragte Wulfric.

»Vermutlich, weil ich gar nicht nach ihm geschickt habe«, gab Jhone gelassen zur Antwort.

»Das hättet Ihr nach Eurer Ankunft gleich als erstes tun sollen. Kümmert Euch jetzt darum!«

Milisant versuchte, die Augen zu öffnen, um die beiden zu sehen, aber sie konnte einfach nicht die Kraft dazu aufbringen. Sie wußte nur, daß sie ganz in ihrer Nähe waren. Noch immer war sie stark benommen und hatte das Gefühl, daß sich alles um sie herum drehte. Das Klingeln in ihren Ohren machte ihr das Hören schwer. Sie wußte, daß sie Schlaf brauchte, um wieder zu Kräften zu kommen, doch der brennende Schmerz in ihrem Arm hielt sie davon ab.

»Wenn Ihr ihn holt, verriegele ich die Tür!« sagte Jhone zu dem Ritter. »Er kann für Mili nichts tun, was ich nicht auch tun könnte. Seht sie Euch nur an! Sie hat schon genug Blut verloren, sie kann es sich nicht leisten, noch mehr zu verlieren!«

»Unsinn ...«

»Denkt, was Ihr wollt, aber meine Schwester und ich haben die Erfahrung gemacht, daß ein Aderlaß bei gewissen Krankheiten und Entzündungen zwar guttun mag, weil er das Gift aus dem Körper schwemmt, aber bei einfachen Verletzungen und sauberen Wunden haben wir nie beobachtet, daß sich der Zustand des Kranken dadurch verbessert. Im Gegenteil, der Aderlaß verschlimmert ihn. Außerdem haßt meine Schwester Blutegel, und sie wäre Euch bestimmt alles andere als dankbar, wenn Ihr welche bringen laßt, solange sie zu schwach ist, um sie sich abzureißen.«

»Mir geht es nicht um ihre Dankbarkeit, sondern um ihre Gesundung«, sagte Wulfric förmlich.

»Dann laßt mich allein, damit ich sie pflegen kann. Wenn Ihr Euch nützlich machen wollt, so sagt meinem Vater, daß es sich um eine einfache Wunde handelt und Mili nach ein paar Tagen Bettruhe wieder wohlauf sein wird.«

Es folgte ein Augenblick unentschlossenen Schweigens. Dann sagte Wulfric: »Ihr werdet mich wissen lassen, wenn ihr Zustand sich verändert?«

»Gewiß.«

»Ich will sie sehen, wenn sie aufwacht.«

»Sobald sie bereit ist, Euch zu sehen.«

Wulfric schnaubte ärgerlich und befahl: »Ich bitte nicht um ihre Erlaubnis. Laßt mich rufen!«

Zum Zeichen, wie sehr er sich gerade über Jhone geärgert hatte, fiel die Tür laut hinter ihm ins Schloß. Milisant hatte nicht die Kraft, die Augen zu öffnen, um sich zu vergewissern, daß er gegangen war, aber sie brachte es fertig, die Lippen zu bewegen. »Laß ihn ... nicht rufen«, flüsterte sie.

Schon legte ihr Jhone beruhigend die Hand auf die Stirn und beschwichtigte sie. »Pst! Du wirst fast eine Woche lang schlafen. Er wird wohl kaum so ungehobelt sein, deinen Schlaf zu stören.«

»Wird ... er ... nicht?«

»Ts, ts, ts«, machte Jhone. »Ich werde dafür sorgen, daß er es nicht tut. Komm du erst einmal wieder zu Kräften! Zum Glück bist du nicht aufgewacht, als ich deine Wunde genäht habe, aber ich muß dich noch verbinden.«

»Wie viele?«

»Ich habe sechs Stiche gemacht«, antwortete Jhone, die die Frage gleich verstanden hatte. »Ich habe darauf geachtet, daß sich keine häßliche Narbe bildet.«

Milisant hätte gerne gelächelt, wenn das nicht viel zu

anstrengend gewesen hätte. Jhone würde nicht von ihrer Seite weichen, bis sie wieder ganz gesund war, daran bestand kein Zweifel.

Sie war schon fast im Begriff einzuschlafen, als sich ihr noch eine Frage aufdrängte: »Haben sie ihn gefunden?«

Wieder brauchte Jhone gar nicht erst nachzufragen. »Nein, bislang nicht. Papa gab Anweisungen für die Suche, als ich die Lichtung verließ. Er ist fuchsteufelswild, Mili, daß einer unserer Jäger so unvorsichtig sein konnte, und das zu Recht.«

»Das war kein Jäger... und kein Unfall«, sagte Milisant mit letzter Kraft, und die folgenden Worten waren nur noch undeutlich zu verstehen: »Jemand trachtet mir nach dem Leben.«

»Wulfric hat Wachen vor der Tür postieren lassen – nein, kein Grund zur Beunruhigung. Sie sollen dich nicht daran hindern, das Zimmer zu verlassen, sondern alle anderen fernhalten.« Jhone flüsterte, so als ob jene Wachen sie hören und jedes ihrer Worte melden könnten. »Er hat sich zu Herzen genommen, was du gesagt hast.«

Milisant setzte sich im Bett auf, in dem sie die letzten drei Tage zugebracht hatte. Die Ruhe hatte ihr gutgetan. Bis auf die Schmerzen in ihrem Arm fühlte sie sich fast so wie immer.

»Was ich gesagt habe? Was habe ich denn gesagt?«

»Daß es kein Unfall war, daß dieser Pfeil dich getroffen hat«, erklärte Jhone. Ich habe Papa davon berichtet – in Wulfrics Beisein. Sie sind beide deiner Meinung. Es geschah zu rasch nach dem ersten Angriff, als daß dieser zweite ein Zufall sein könnte.«

»Nicht nur das – an diesen Zusammenhang hatte ich zunächst noch gar nicht gedacht. Aber ich kenne unsere eigenen Jäger ebenso gut wie die unserer Nachbarn. Keiner dieser Männer ist unvorsichtig. Keiner von ihnen würde es wagen, irgendwo in der Nähe zu jagen, wenn Papa gerade in diesem Gebiet auf die Jagd geht, und Papas Jagdgesellschaft war an jenem Tag unmöglich zu überhören oder zu übersehen.«

Jhone rang die Hände, ehe sie ausrief: »Ich hasse es! Wahrhaft, noch nie im Leben war mir etwas so zuwider wie diese Gefahr, in der du schwebst. *Warum* sollte irgend jemand dir etwas antun wollen, Mili? Du hast keine Feinde.«

»Nein, aber er hat wahrscheinlich welche. Und wie könnte man ihm wirkungsvoller schaden als damit, zu vereiteln, daß er durch meine Mitgift ein Vermögen kassiert?«

»Das kann ich mir nicht vorstellen. Es klingt zu weit hergeholt«, sagte Jhone und schüttelte den Kopf. »Viel einfacher wäre es doch, den Feind selbst zu töten! Auf Wulfric gab es aber keine Anschläge – zumindest keine, von denen wir wüßten.«

»Diese Angriffe begannen am Tag seiner Ankunft, Jhone. Wenn ich nicht glaube, daß einer seiner Feinde sie arrangiert hat, muß ich davon ausgehen, daß Wulfric selbst dahintersteckt.«

Jhone schnappte nach Luft. »Das kann nicht dein Ernst sein!«

Milisant zog eine Augenbraue hoch. »Warum nicht? Nachdem er mir gestanden hat, daß er eine andere liebt? Nachdem er zugegeben hat, seinen Vater gebeten zu haben, ihn von dem Eheversprechen zu entbinden? Nur hat er damit leider auch nicht mehr Glück gehabt als ich. Mich aus dem Weg zu räumen, käme seinen Wünschen sehr entgegen, oder nicht?«

»Lord Guy ist ein Ehrenmann, und ich muß annehmen, daß auch sein Sohn dazu erzogen wurde, ein Mann von Ehre zu sein. Es ist eine abwegige Vorstellung, daß er sich aufs Morden verlegen könnte.«

Milisant zuckte mit den Schultern. »Aus Liebe sind schon viel merkwürdigere Dinge geschehen. Aber ich bin geneigt, dir zuzustimmen, und deshalb glaube ich auch, daß einer seiner Feinde hier am Werk ist. Wir müssen nur herausfinden, wer.«

Jhone nickte. Dann sagte sie mit ernstem Blick: »Da ist noch etwas.«

»Noch etwas?«

»Er ist davon überzeugt, daß er dir hier keinen ausreichenden Schutz bieten kann. Dunburh ist groß, und es gibt zu viele Söldner hier, sagt er. Angeheuerte Männer sind nicht gerade für ihre überragende Treue berühmt, sondern vielmehr dafür, daß sie dem Herrn dienen, der sie am besten bezahlt.«

»Du meinst Verräter?«

»Nicht ich meine das, sondern Wulfric. Ich gebe nur wieder, was er zu Papa gesagt hat. Shefford hingegen ist mit Rittern bemannt, die dem Grafen treu ergeben sind. Dort gibt es keine Söldner, und die Burgritter, die sich dort ihren Lebensunterhalt verdienen, haben Shefford schon viele Jahre treu gedient.«

»Mit anderen Worten, er vertraut all den bewaffneten Männern dort, während wir hier seiner Meinung nach scharenweise von Männern umgeben sind, die sich bestechen oder bezahlen ließen, um einen Mord zu begehen.« Milisant schnaubte empört. »Hat Papa dieser Argumentation etwa Glauben geschenkt?«

»Er konnte sie nicht ganz von der Hand weisen. Er mußte zugeben, daß viele Fremde hier verkehren, da Dunburh bekanntlich ein geeigneter Ort ist, um Arbeit zu finden. Das Ganze läuft darauf hinaus, daß wir morgen früh nach Shefford abreisen.«

»Was?! Mir wurde eine Frist gewährt! Papa kann das jetzt nicht zurücknehmen, nur weil …«

»Diese Frist wird dir nach wie vor gewährt, aber eben nicht hier, sondern dort.«

Milisant blickte finster drein. Sie war noch lange nicht beruhigt, und die Sache gefiel ihr gar nicht, vor allem, weil es seine Idee war. »Du sagtest: ›wir‹?«

Jhone grinste. »Ich habe Papa erzählt, daß du noch nicht hinreichend genesen wärst, um ohne mich reisen zu können. Also war er einverstanden, daß du Dunburh nur in meiner Begleitung verläßt.«

Milisant nahm Jhones Hand und drückte sie. »Danke!« Dann fügte sie in verschwörerischem Flüsterton hinzu: »Tu doch so, als ob du auch krank wärst, damit wir beide daheim bleiben können.«

Jhone schüttelte den Kopf. »Was macht es schon für einen Unterschied, ob hier oder dort? Die festgesetzte Frist bleibt dir so oder so.«

»Shefford ist sein Reich. Ich werde mich dort unwohl fühlen.«

»Mich dünkt, du wirst dich überall unwohl fühlen, wo er ist. Also nochmals, was macht es schon für einen Unterschied?«

»Du hast recht«, räumte Milisant ein und seufzte. »Morgen früh – solltest du nicht allmählich anfangen zu packen?«

16

»Was zum Teufel ist denn das?«

Milisant folgte Wulfrics Blick zu den Dienern, die mit vier Käfigen verschiedener Größe herbeikamen. Man hatte sich im Burghof versammelt, wo schließlich zwei Gepäckwagen bereitgestellt werden mußten, um alles unterzubringen, was den Zwillingen für die Reise unentbehrlich schien. Milisants Tiere wurden zuletzt aufgeladen.

Sie war sehr stolz auf die hölzernen Käfige, die sie als Kind selbst angefertigt hatte. Sie hatte sie für ihren Ausbildungsaufenthalt in Fulbray Castle gebaut, da es für sie nicht in Frage gekommen war, ihre Haustiere zurückzulassen. Sie würde sie auch jetzt mitnehmen.

Als Antwort auf Wulfrics Frage sagte Milisant: »Meine Tiere reisen bequemer in ihren Käfigen, zumindest einige von ihnen.«

Seine dunkelblauen Augen wandten sich ihr wieder zu. Sie saß am Ende des Gepäckwagens, in dem sie mitfahren würde.

»Ihr haltet Euch *vier* Haustiere?«

»Na ja, eigentlich sind es mehr, aber nur diese vier sperre ich ein.«

Er blickte wieder zu den Käfigen, die inzwischen so nahe gekommen waren, daß er hineinsehen konnte. »Eine Eule? Warum macht ihr aus einer Eule ein Haustier?«

»Ich habe eigentlich gar nichts gemacht. Heuler hat mich zu seiner Besitzerin gewählt. Er ist mir nach Hause gefolgt und hat so lange im Vorhof sein Unwesen getrieben, bis ich einverstanden war, ihn zu behalten.«

»Bis Ihr einverstanden wart ...« Nach dieser Wiederholung ihrer Worte brach er ab und beschloß, es lohne sich nicht, dem weiter nachzugehen. Wieder starrte er die Käfige an und fragte: »Meint Ihr, Ihr würdet bei mir nichts zu essen bekommen, daß Ihr Euer eigenes Dinner mitbringt?«

Diesmal schnappte sie nach Luft. »Wagt so etwas nicht einmal zu denken! Eggie ist schon bei mir, seit sie ein Küken war. Sie ist nicht zum Essen da!«

»Hühner sind keine Schoßtiere!« beharrte er verzweifelt.

»Dieses schon!« erwiderte Milisant hartnäckig.

»Und was ist diese Fellkugel, wenn ich fragen darf?«

Sie kicherte nun und begann sich an seiner Verwunderung, oder vielmehr seiner Bestürzung, zu weiden. »Das ist gar kein Fell, es sind Stacheln – das ist mein Igel. Ich nenne ihn Schläfer, weil er die meiste Zeit des Jahres schlafend verbringt.«

Wulfric verdrehte die Augen und runzelte die Stirn, als er sah, daß Stampfer auf der anderen Seite des Gepäckwagens angebunden war. Aber das war noch gar nichts im Vergleich zu dem Gesicht, das er machte, als er Knurrer sah, der eben seine Nase zwischen Milisants Arm und ihrer Taille durchsteckte, um zu sehen, mit wem sie sprach.

»Ein Wolf? Ihr haltet Euch einen wilden Wolf?«

»Knurrer ist vollkommen zahm. Er ist zu allen Leuten furchtbar freundlich.«

»Warum nennt Ihr ihn dann Knurrer?«

Der Wolf wählte unglücklicherweise genau diesen Moment, um als Reaktion auf Wulfrics Tonfall zu knurren. Milisant grinste, ehe sie antwortete. »Er war nicht immer so freundlich und kann es bis heute nicht leiden, wenn jemand mich anschreit.«

»Ich habe nicht geschrien! Ich sollte es eigentlich tun, verdammt noch mal, aber ich habe es nicht!«

»Wahrhaft, ich höre, wie Ihr – nicht schreit«, antwortete sie sanft.

Er sah sie böse an. »Diese Tiere bleiben hier!«

Sie versteifte sich. »Dann bleibe ich auch hier.«

»Das steht nicht zur Diskussion.«

»Stimmt – steht es nicht.«

Kopfschüttelnd trat Jhone zu ihnen. »Die Tiere meiner Schwester werden die Reise nicht behindern, Wulfric. Bestimmt werdet Ihr gar nicht merken, daß sie dabei sind, wenn sie sich erst eingewöhnt haben. Aber verlangt nicht von ihr, sie hierzulassen, wo sie doch so an ihnen hängt. Wirklich, sie kümmert sich um sie und beschützt sie, als wären es ihre Kinder.«

Er wollte weiter dagegenhalten und hatte schon den Mund geöffnet, aber dann änderte er offenbar seine Meinung und lächelte Jhone statt dessen an. Milisant sah nicht zum erstenmal, wie er ihrer Schwester zulächelte. Bisher war es ihr nur nie so deutlich aufgefallen.

Für jeden, der Augen im Kopf hatte, war offensichtlich, daß Wulfric Jhone als Braut bei weitem vorgezogen hätte. Sie fragte sich, ob Jhone wohl etwas dagegen hätte, mit ihr den Platz zu tauschen. Sie hatten schon so oft die Rollen getauscht, ohne daß es jemand gemerkt hatte. Es wäre ganz einfach.

Als dieser Gedanke Gestalt annahm und die damit verbundenen Möglichkeiten sie zunehmend begeisterten, schlich sich das Bild, wie Jhone und Wulfric einander umarmten, in ihren Kopf und versetzte ihr einen schmerzhaften Stich. Sie blinzelte ein paar Mal, um diese Vorstellung aus ihrem Bewußtsein zu verbannen. Dann schob sie den Gedanken an einen Rollentausch mit einem lautlosen Seufzen ein für allemal beiseite. Das war nicht gerade eine Glanzidee gewesen, ganz einfach weil sie einen Grobian wie Wulfric, der sich außerdem zunehmend als Tyrann entpuppte, niemandem an den Hals wünschen würde und schon gar nicht ihrer Schwester – dies zumindest versicherte sie sich selbst.

Wulfrics Aufmerksamkeit wurde für einige Augenblicke abgelenkt, weil er einem seiner Männer mehrere Fragen zu beantworten hatte. Als er sich den Schwestern wieder zuwandte, wurden die Käfige gerade hinter Milisant auf den Gepäckwagen gestellt. Mit einem angewiderten Seufzer fügte er sich in die Mitnahme der Tiere.

Er verabschiedete sich jedoch mit einer Frage von Milisant, die sie – zumindest aus seinem Munde – überraschte, nachdem er darauf bestanden hatte, schon an diesem Morgen abzureisen: »Fühlt Ihr Euch wirklich wohl genug, um zu reisen?«

Sie versicherte ihm, daß dem so sei, und er ging rasch davon. Einen Moment lang verstand sie seine Frage als Ausdruck echter Besorgnis, und das verwirrte sie. Aber dann gewann ihr gesunder Menschenverstand die Oberhand. Wahrscheinlich machte er sich nur Sorgen, daß ihr Gesundheitszustand den Verlauf der Reise verzögern könnte.

Sie selbst behinderte das Vorankommen zwar nicht, aber die beiden Gepäckwagen taten es. Die eineinhalbtägige Reise würde nun bestimmt zwei volle Tage in Anspruch nehmen – so sah es zumindest aus, bis es am späten Nachmittag zu schneien begann. Es schneite nicht allzu heftig, doch es wurde merklich kälter, und die Weiterreise wurde immer unangenehmer.

Eingemummt in ihre Umhänge, konnten die Schwestern, selbst mit zwei zusätzlichen Decken, die nasse Kälte nicht von sich fernhalten. Den Reitern erging es nicht besser, und so beendete Wulfric die Etappe für diesen Tag vorzeitig, als sie Norewich Abbey erreichten. Die Mönche hatten natürlich nicht für alle eine angemessene Unterkunft, aber ihr Stall war warm, und es gab genügend Zimmer um die beiden Frauen und die Ritter unterzubringen.

Wohl wissend, daß die freundlichen Mönche es vorzögen, mit Frauen nicht in Berührung zu kommen, wenn es sich vermeiden ließ, nahmen Jhone und Milisant ihre Mahlzeit in dem Raum ein, der ihnen zugewiesen worden war. Nach dem Essen gingen sie gleich zu Bett, da Wulfric angekündigt hatte, am nächsten Morgen weitaus früher aufbrechen zu wollen als an diesem Tag.

Milisant wäre ohnehin früh schlafen gegangen. Sie war erschöpfter, als sie zugeben wollte, und von dem Unfall noch immer geschwächt. Sie hätte diese Reise wirklich um ein paar Tage aufschieben sollen, zumindest bis ihr Arm nicht mehr weh tat. Nachdem sie den ganzen Tag lang auf der holprigen Fahrt heftig durchgerüttelt worden war, pochte er jetzt ziemlich schmerzhaft, aber zum Glück war sie viel zu müde, als daß sie das am Einschlafen hätte hindern können.

17

Milisant hätte nicht sagen können, was sie mitten in der Nacht aufgeweckt hatte. Was auch immer es gewesen war, es löste in ihr ein deutliches Unbehagen aus, so als ob etwas Ungewöhnliches geschehen wäre. Und deshalb konnte sie, selbst als sonst weiter nichts Beunruhigendes geschah, nicht wieder einschlafen.

Sie mußte sich selbst vergewissern, daß alles so war, wie es sein sollte, daß nur sie selbst und ihre Schwester in dem stillen, fensterlosen Raum waren und sonst niemand. Es war so dunkel, daß man nicht einmal schemenhaft etwas erkennen konnte. Das Feuer war zu einer schwachen Glut heruntergebrannt, die so gut wie kein Licht ausstrahlte, und die Kerze, die neben dem schmalen Bett auf dem Tisch stand, hatte Milisant vor dem Schlafengehen ausgelöscht.

Also nahm sie die Kerze, krabbelte vorsichtig über ihre Schwester hinweg, flüsterte »Sch, sch!« für den Fall, daß Jhone davon aufwachte, und tappte zu der Feuerstelle auf der anderen Seite des Bettes, um die Kerze an der Glut zu entzünden.

Sie erwartete nicht wirklich, etwas zu finden. Sie war eher darauf eingestellt, sich selbst für ihre alberne Unruhe zu schelten und gleich wieder schlafen zu gehen. Deshalb war es ein heftiger Schock für sie, als sie im Kerzenschein am Fußende des Bettes einen stämmigen Kerl stehen sah, der einen Dolch in der Hand hielt.

Sie war sicher, ihn noch nie zuvor gesehen zu haben, denn sie hätte ihn bestimmt nicht vergessen, da er eine breite Narbe im Gesicht hatte, die sich wie ein Furche durch seinen wilden Bart zog. Offensichtlich war er von draußen hereingekommen. Auf seiner wollenen Kappe und auf seinen breiten Schultern schmolzen noch die Schneeflocken.

Jhone war tatsächlich aufgewacht, als Milisant über sie hinweggeklettert war und hatte, noch im Halbschlaf, stillschweigend abgewartet, was dieses »Sch, sch!« wohl zu bedeuten hatte. Als die Kerzenflamme den Eindringling sichtbar machte, schnappte sie nach Luft und setzte sich im Bett auf.

Der Mann starrte von einer Schwester zur anderen. Aus seinen dunklen Augen leuchtete nicht gerade viel Verstand. Ob das für den Umgang mit ihm nützlich oder eher hinderlich sein würde, blieb abzuwarten. Im Augenblick sah er einigermaßen verdattert aus.

»Welche von Euch ist die Ältere?« fragte er.

Da er einen Dolch in der Hand hielt, beeilte sich Milisant, ihre Schwester zu schützen, und sagte die Wahrheit: »Ich!« Jhone hatte sich allerdings auch schon zusammengereimt, was der Kerl im Schilde führte, und sagte deshalb fast im gleichen Atemzug genau dasselbe.

Da knurrte er in ohnmächtiger Wut. »Die Wahrheit! Sonst müßt ihr beide sterben! Besser nur eine von Euch als alle zwei, hä?«

Am besten keine von beiden. Aber ihm das zu erklären dürfte wohl zwecklos sein. Milisant wußte nicht, wie sie mit ihm fertig werden sollte. Und eigentlich sollte das auch nicht ihre Aufgabe sein. Pfui, Wulfrics Art, sie zu beschützen, ließ reichlich zu wünschen übrig. Das würde er von ihr noch zu hören bekommen! Zu Hause in ihrem eigenen Schlafzimmer wäre sie wenigstens sicher gewesen, denn Knurrer und Rhiska würden jeden Eindringling in Stücke reißen, der es wagte, sie zu bedrohen. Hier jedoch waren die beiden Tiere im Stall untergebracht und konnten ihr in keiner Weise helfen.

Die Zwillinge hatten keine Möglichkeit, den Mann abzuwehren, ohne dabei das Risiko einzugehen, ernsthaft verletzt zu werden. Er war einfach zu groß und zu kräftig, und er hielt einen Dolch in der Hand, während die Schwestern keinerlei Waffen bei sich hatten. Milisants Bogen war im Gepäckwagen geblieben, weil sie nicht angenommen hatte, daß sie ihn in einer Abtei benötigen würde.

Infolgedessen blieb nur die Möglichkeit, den Mann durch gutes Zureden zur Vernunft zu bringen. Also sagte Milisant in gebieterischem Ton: »Ich wäre bereit, Euch in meine Dienste zu nehmen, Bursche, und ich werde Euch viel dafür bezahlen, mehr als Ihr Euch jemals hättet träumen lassen.«

Er blinzelte. »In Eure Dienste?«

»Ja, als Beschützer für meine Schwester und mich. Ihr scheint ein ganz fähiger Bursche zu sein, und bestimmt seid Ihr schlau genug, um zu erkennen, was Euch zu größerem Vorteil gereicht. Oder seid Ihr vielleicht nur ein niederer Leibeigener, der lebenslänglich an *einen* Herrn gebunden ist?«

Die Geringschätzung, die sie absichtlich in ihren Tonfall gelegt hatte, ließ ihn erröten, und er knurrte: »Ich bin ein freier Mann!«

»Dann solltet Ihr Eure eigenen Interessen wahren«, betonte sie nachdrücklich, »und den größeren Gewinn im Auge haben, nicht wahr?«

Sein gieriger Gesichtsausdruck verriet, daß Milisants Vorschlag ihm recht verlockend erschien. Er war in Versuchung geführt. Dann aber malte er sich wohl aus, was geschehen würde, wenn er dieser Versuchung nachgäbe, und welche Art von Vergeltung er zu erwarten hätte, denn auf einmal machte er ein sehr ängstliches Gesicht. Schließlich verflog auch diese Regung, und im nächsten Moment wirkte er wieder außerordentlich bedrohlich und war offenbar entschlossen, seinen ursprünglichen Plan auszuführen.

»Ehre und Treue zählen mehr als Geld, Lady«, sagte er, um die Blöße, die er sich gegeben hatte, zu vertuschen.

»Diese Verräter ernähren Euch doch nicht, und reich machen sie Euch auch nicht!« gab Milisant zu bedenken.

»Was ist aller Reichtum wert, wenn man nicht mehr am Leben ist, um ihn zu genießen?« antwortete er.

»Ach, darum geht es also. Ihr habt bloß Angst vor Eurem Auftraggeber«, sagte sie verächtlich.

Da lief er wieder rot an, diesmal allerdings vor Zorn. »Mich deucht, es wird mir ein Vergnügen sein, mein Werk hier zu Ende zu bringen!« sagte er und sah sie unverwandt an.

Doch noch ehe er einen Schritt auf sie zu machen konnte, fiel ihm offenbar wieder ein, daß es ja zwei von ihrer Sorte gab. Er sah erneut zu Jhone hinüber und begriff, daß er nach wie vor in der Klemme steckte. Milisant wußte genau, was ihm durch den Kopf ging. Wenn er jetzt nämlich versuchte, eine von ihnen beiden zu töten, könnte die andere währenddessen entkommen. Und wenn er Pech hatte, war diejenige, die entfloh, genau diejenige, die er eigentlich aus dem Weg räumen sollte.

Sie nutzte sein Zögern und fragte: »Wer hat Euch diesen Auftrag erteilt? Nennt uns einen Namen!«

»Glaubt Ihr, ich wäre ein Narr?« Er schnaubte. »Das geht Euch gar nichts an.«

»Ihr hättet ja einfach sagen können, Ihr wüßtet es nicht«, höhnte sie mit unverhohlener Verachtung.

Das ärgerte ihn nur noch mehr, und sein Zorn kündigte an, daß Milisants Zeit abgelaufen war.

Kaum hatte er einen Schritt auf sie zugemacht, warf sie die Kerze nach ihm. Die Flamme erlosch im Flug, aber er war nicht schnell genug, um der Kerze auszuweichen. Sein Aufschrei zeugte davon, daß das heiße Wachs seine bloße Haut getroffen hatte, wahrscheinlich im Gesicht. Während er dadurch noch abgelenkt war, nahm sie die Bettdecke hoch und warf sie in seine Richtung. Sein gedämpftes Fluchen ließ erkennen, daß sie auch diesmal gut gezielt hatte.

Schon als sie die Kerze nach ihm warf, hatte sie Jhone zugerufen, sie solle Hilfe holen. Zum Glück hatte Jhone blitzschnell reagiert. Nur wenige Augenblicke, nachdem die Dekke auf dem Kerl gelandet war, wurde die Tür aufgerissen.

In dem schwachen Lichtschein, der von draußen hereinfiel, konnte Milisant immerhin den Umriß des Bettes erkennen. Sie hechtete auf die andere Seite, um den Raum zu verlassen, ehe sich der Mann von der Decke befreit hatte, aber auch er mußte quer durch den Raum gehechtet sein, denn noch ehe sie die offene Tür erreicht hatte, spürte sie, wie seine Hand ihre Wade packte. Mitten im Türrahmen stürzte sie hart zu Boden und fiel dabei auf ihren verwundeten Arm.

Tränen des Schmerzes füllten ihre Augen und nahmen ihr einen Moment lang die Sicht. Sie hörte ihre Schwester um Hilfe rufen. Sie hörte, wie Türen sich öffneten. Nur konnte sie nicht sehen, ob wirklich jemand zu Hilfe eilte. Der Mann hatte einen Dolch. Dieses Wissen entfachte eine verzweifelte Angst in ihr, und sie trat mit aller Kraft gegen seine Hand. Dabei keuchte sie vor Anstrengung so laut, daß sie seinen Schmerzensschrei kaum hörte.

Sie spürte jedoch, wie seine Hand erschlaffte und sie freigab. Sie überlegte nicht lange, an welcher Körperstelle sie ihn wohl getroffen hatte, Hauptsache, er hatte sie losgelassen. Sie sprang auf die Füße, um zu fliehen, und prallte mit Wulfric zusammen, noch ehe sie Zeit gehabt hatte, seine Anwesenheit zu bemerken. Gleich darauf umklammerte sein Arm ihre Taille, und halb führte er sie, halb zerrte er sie fort. »Keine Angst«, war alles, was er sagte, um sie wissen zu lassen, daß er es war und kein anderer Angreifer.

Die Gästezimmer in diesem Teil der Abtei gingen auf einen eingefriedeten Garten hinaus, der zu dieser Jahreszeit kahl und leer war. Da kein Mond schien, war es im Freien nicht viel heller als in ihrem Schlafraum. Wulfric führte sie ins Nachbarzimmer, wo sein Bruder schon eine Kerze angezündet hatte.

Jhone war hier, eingehüllt in eine Decke, die man ihr gegeben hatte, und versuchte den halbnackten Ritter, der nur seine Hosen trug, nicht anzustarren. Sie stürzte Milisant entgegen, um sie von Wulfric loszueisen, und schloß sie mit in ihre Decke. Auch in diesem Raum brannte kein Feuer mehr, und keine von ihnen war für die Kälte, die zur offenen Tür hereinkam, ausreichend angezogen.

»Bist du verletzt?«

»Die Naht an meinem Arm ist vielleicht aufgeplatzt, aber sonst geht es mir gut«, versicherte Milisant ihrer Schwester.

Sie wandte sich um und sah, daß Wulfric regungslos dastand. Dabei hätte er sofort zurückeilen sollen, um den Angreifer gefangenzunehmen! Einen Augenblick lang war sie abgelenkt, denn auch er trug nur seine Hosen, und der Anblick von so viel männlicher Haut, *seiner* männlichen Haut, war zuviel für ihre Sinne.

Unter Aufbietung ihrer ganzen Willenskraft wandte sie den Blick von seinem breiten, muskulösen Brustkorb ab, um herauszufinden, warum er noch immer da war. Sie zögerte allerdings, ihn an seine Pflicht zu gemahnen, weil sie sich noch allzu gut daran erinnerte, wie er an jenem Tag auf dem Waldweg reagiert hatte, als sie von ihm verlangt hatte, jemanden zu verfolgen.

Also hielt sie sich zurück und bemerkte lediglich: »Er wird entkommen.«

»Er wird nirgendwo hingehen – nie wieder«, antwortete Wulfric.

Da erst fiel ihr auf, daß die Spitze seines Schwertes mit Blut befleckt war. »Himmel, habt Ihr ihn getötet? Findet Ihr nicht, es wäre sinnvoller gewesen, ihn erst zu verhören?«

»Mag sein, doch die Zeit war zu knapp für lange Überlegungen, da die Waffe in seiner Hand gerade auf Euch niederfahren wollte.«

Die Erkenntnis, dem Tod so nahe gewesen zu sein, versetzte Milisant einen Schock. Sie hatte es geahnt, sie hatte

Todesangst verspürt in jenem Augenblick, aber zu erfahren, daß es wirklich so gewesen war …

Mit einem Nicken stimmte sie ihm zu. Danken würde sie ihm allerdings nicht dafür, daß er ihr das Leben gerettet hatte. Schließlich war er ja für ihren Schutz verantwortlich. Immerhin hatte er sie eigens zu diesem Zweck von zu Hause fortgebracht. Bislang leistete er als Beschützer allerdings ziemlich schlechte Arbeit. Darüber konnte sie sich eher beschweren, und das tat sie auch.

»Ihr bringt mich aus der Sicherheit meines Zuhauses fort …«

»Euer Zuhause war nicht sicher.«

»Diese Abtei ist es auch nicht. Es hätte wenigstens ein Mann vor meiner Tür Wache stehen sollen.«

»Es stand einer da.« Sie blinzelte ungläubig, aber Wulfric achtete nicht darauf, sondern schaute seinen Bruder an und sagte: »Sieh nach, was mit ihm geschehen ist.«

Raimund nickte und verließ sofort den Raum. Als er fort war, zog Jhone Milisant näher zu der Kerze und schob unter dem Schutz der Decke den Ärmel ihres Nachtgewands hoch, um die Wunde zu untersuchen.

»Es sind nur ein paar Blutstropfen zu sehen«, flüsterte Jhone, die von dem nächtlichen Überfall arg mitgenommen war. »Die Wunde hat sich ein wenig geöffnet, aber die Naht hat gehalten.«

Milisant lächelte müde und dankbar. Es hätte ihre Kräfte überstiegen, die Wunde noch in dieser Nacht erneut nähen zu lassen.

Raimund kam bald zurück, und seine Botschaft lautete, wie schon fast erwartet: »Er ist tot, Wulf. Ein Dolch direkt ins Herz – allem Anschein nach geworfen. Danach ist er weggeschleppt und hinter dem Baum im Vorhof abgesetzt worden.«

Wulfric runzelte nachdenklich die Stirn. Dann sah er Milisant an. »Wer trachtet Euch nach dem Leben?«

»Diese Frage hättet Ihr schon früher stellen sollen, findet Ihr nicht?«

Er achtete nicht auf ihre Worte. »Wer?«

Sie zuckte mit den Schultern. »Offensichtlich jemand, der unsere Heirat verhindern möchte.«

»Offensichtlich ist das nicht, aber es könnte möglich sein. In diesem Fall sollten wir uns unverzüglich trauen lassen. Und auch anderenfalls sollten wir uns unverzüglich trauen lassen, damit ich mir um die Kompetenz der Männer, die ich zu Eurem Schutz abstelle, keine Sorgen mehr machen muß. Dann werde ich Euch nämlich selbst bewachen.«

»Es besteht keine Notwendigkeit, derart drastische Maßnahmen zu ergreifen«, versicherte sie rasch. »Ich werde in Zukunft einfach meine Tiere bei mir behalten. Sie reichen zu meinem Schutz völlig aus.«

Er schüttelte nur den Kopf bei dieser Vorstellung. »Sie können ebenso leicht sterben wie Ihr.«

»Sie können ebenso leicht töten wie Ihr«, entgegnete sie und reckte eigensinnig das Kinn vor.

Seine Miene verfinsterte sich für einen Augenblick, aber dann seufzte er. »Sehr wohl, ich werde für den Rest der Nacht vor Eurer Tür Wache halten, und wir werden morgen nicht rasten, ehe wir Shefford erreicht haben, ganz gleich, wie rauh das Wetter auch sein mag, und selbst wenn wir erst spät in der Nacht dort ankommen!«

Dem stimmte sie bereitwillig zu. Offenbar war ihm der Gedanke an eine überstürzte Heirat auch nicht viel angenehmer als ihr selbst. Gott sei Dank gab es diesmal noch eine Alternative.

18

Die letzten zwei Stunden reisten sie durch die Dunkelheit. Wulfric hielt sein Wort. Sie legten an diesem Tag nicht einen einzigen Halt ein, nicht einmal, um zu essen. Statt dessen kauten sie unterwegs knuspriges Brot und Käse, den sie von den Mönchen gekauft hatten. Es schneite nicht mehr, und der wenige Schnee, der auf der Erde liegengeblieben war, schmolz im Laufe des Vormittags. Insofern zumindest verlief die Reise weniger unangenehm als am Vortag.

Da sie aber bereits bei Morgengrauen aufgebrochen waren, war der Großteil der Leute am Abend, als sie endlich die Zugbrücke von Shefford Castle überquerten, völlig erschöpft. So erging es auch Milisant, die in der vergangenen Nacht nicht wieder hatte einschlafen können. Und das war Wulfrics Schuld gewesen. In dem Wissen, daß er vor ihrer Tür Wache hielt, hatte sie sich schlichtweg nicht entspannen können. Statt ihr ein Gefühl der Sicherheit zu vermitteln, hatte seine Anwesenheit sie eher beunruhigt.

Sie wußte nicht einmal genau, was ihr eigentlich solches Unbehagen bereitet hatte. Selbstverständlich hatte sie nicht geglaubt, daß er hereinkommen und ihr etwas antun würde. Selbst wenn er hinter diesen Anschlägen auf ihr Leben stecken sollte, würde er es gewiß nicht wagen, die Tat persönlich auszuführen.

Falls er ihren Tod wünschte, wäre es außerdem viel vorteilhafter für ihn, sie erst zu heiraten und ihre Mitgift einzustreichen, bevor er sie aus dem Weg räumen ließ. Sie kam sich nun fast ein wenig albern vor, ihn überhaupt verdächtigt zu haben, insbesondere da einer seiner Männer ums Leben gekommen war und Wulfric selbst den Eindringling getötet hatte.

Zwar waren Wulfric und sie sich während der langen Jahre ihrer Verlobungszeit erfolgreich aus dem Weg gegangen, doch hatten ihre Familien einander häufig besucht, mal in Shefford, mal in Dunburh, und zwar jeweils für mehrere Wochen. Von daher war Milisant mit Shefford Castle wohlvertraut, und sie hätte sich dort wie zu Hause fühlen können, wäre der Anlaß ihres Aufenthaltes nicht die ungewollte Heirat gewesen. Sie kannte Wulfrics Eltern gut und war deshalb nicht sonderlich überrascht, als sie beim Aufwachen Anne de Thorpe in ihrem Zimmer vorfand.

Beide, Lady Anne und Sir Guy, hatten sie wahrscheinlich am vergangenen Abend willkommen geheißen, aber Milisant war viel zu erschöpft gewesen, um noch irgend etwas aufnehmen zu können. Sie hatte nur noch möglichst schnell ein Bett für die Nacht finden wollen. Und wenn es nach ihr gegangen wäre, hätte sie auch jetzt länger geschlafen. Wulfrics Mutter ließ das jedoch nicht zu.

Lady Anne sprach von den Hochzeitsvorbereitungen und über die Gäste, die eingeladen werden sollten, unter ihnen der König. Sie sprudelte vor Begeisterung geradezu über und schien sehr glücklich zu sein, die Feier ausrichten zu können. Jhone, die bereits aufgestanden und angezogen war, hielt sich noch in dem Zimmer auf, das die Schwestern miteinander teilten, und war der Lady eine hingebungsvolle Zuhörerin. Milisant hingegen hätte am liebsten ihren Kopf unter dem Kissen versteckt.

Sie wollte nichts über diese großartigen Vorbereitungen zu der Feier hören, die sie an Wulfric de Thorpe fesseln sollte. Andererseits wollte sie seine Mutter auch nicht beleidigen, indem sie ihr ins Gesicht sagte, wie sehr sie ihren kostbaren, einzigen Sohn verabscheute. Das wäre zwar eine sichere Methode gewesen, um aus dem Ehevertrag herauszukommen, aber das konnte sie ihrem Vater nicht antun. Sie brauchte einen guten Grund, der weder auf Wulfrics Eltern zurückfiel, noch ihrem Vater Schande machte.

Am besten wäre es wahrscheinlich, ihre Liebe zu Roland anzuführen. Das würde bestimmt helfen, wenn es nur wahr wäre! Doch darüber wollte sie sich später den Kopf zerbrechen. Der Zeitpunkt, Roland ins Spiel zu bringen, war noch nicht gekommen. Um die Unterstützung ihres Vaters zu gewinnen, mußte sie erst diesen Monat hinter sich bringen und Wulfric eine Chance geben, sich als ihrer würdig zu erweisen. Es würde ein sehr langer Monat werden.

Selbst nachdem Lady Anne das Zimmer verlassen hatte, konnte Milisant nicht wieder einschlafen. Als Jhone erwähnte, daß sie von Knurrers Geheul im Vorhof aufgeweckt worden war, fiel Milisant wieder ein, daß sie sich nach ihrer Ankunft nicht mehr um ihre Tiere gekümmert hatte. Ihre Erschöpfung war keine Entschuldigung dafür, daß sie nicht wenigstens Stampfer in einen warmen Stall gebracht hatte, zumal sie sehr wohl wußte, daß sich kein anderer in seine Nähe wagen würde, um ihn zu versorgen.

Sie fand all ihre Tiere im Stall. Zu ihrem Erstaunen war selbst der Destrier in einem eigenen Abteil untergebracht und futterte vergnügt vor sich hin. Als sie einen Stallburschen fragte, wer es fertiggebracht hatte, das Pferd in den Stall zu bringen, war sie nicht wirklich überrascht zu hören, daß es Wulfric gewesen war. Also suchte sie Stampfer sogleich nach Peitschenstriemen und anderen Wunden ab, und war allerdings sehr verblüfft, als sie nichts dergleichen finden konnte.

Sie wollte es jedoch nicht dabei bewenden lassen und einfach nur froh sein, daß ihr Tier gut versorgt worden war. Deshalb tat sie etwas, was sie von sich selbst niemals erwartet hätte – sie suchte tatsächlich Wulfric auf.

Nachdem sie sich bei den Burgbewohnern durchgefragt hatte, fand sie ihn in seinem eigenen Zimmer. Es kam ihr nicht in den Sinn, daß es sich für sie noch nicht schickte, dort hineinzugehen. Sie hatte eine Frage an ihn, und wie es so ihre Art war, hatte der gerade Weg Vorrang vor höfischen Sitten.

Im ersten Moment war er überrascht, als sie eintrat. Er war gerade dabei, sich zu rasieren. Die scharfe Klinge in seiner Hand hielt einen Augenblick inne.

Milisants Gedanken gerieten ins Stocken. Sie hatte nicht erwartet, ihn halb nackt anzutreffen. Wahrhaft, ihn ein zweites Mal so zu sehen, kam sie ebenso hart an wie das erste Mal. Sie konnte sich kaum konzentrieren, solange seine nackte Brust und seine nackten Arme ihre Blicke auf sich zogen.

Der Klang seiner Stimme erinnerte sie schließlich an den Grund ihres Kommens. »Ich wage kaum zu fragen, ob Ihr hier richtig seid oder Euch nur verlaufen habt.«

Sie achtete nicht auf seinen trockenen Ton und antwortete ernst: »Wie sollte ich mich in Shefford verlaufen, nachdem ich im Laufe der Jahre schon so oft hiergewesen bin?« Dann konnte sie es sich aber doch nicht verkneifen hinzuzufügen: »Aber das könnt Ihr natürlich nicht wissen. Ihr wart ja nie anwesend, wenn ich hier war.«

Er lächelte. »Ihr unterstellt, daß eine Absicht dahintersteckte. Ich kann Euch versichern, daß dem in der Tat so war. Vielleicht werdet Ihr mich eines Tages fragen, warum, und wir können diese Frage ohne Groll erörtern. Aber ich glaube kaum, daß dies jetzt der richtige Augenblick dafür ist.«

Milisant hätte beinahe losgeprustet. Was sie selbst betraf, so glaubte sie kaum, daß dieser Augenblick jemals kommen würde, doch sie verkniff es sich, ihm das zu sagen. Ihre Fragen erschienen ihr auf einmal weit weniger dringlich als ein rascher Rückzug. Obgleich sein Zimmer recht geräumig war, wirkte es plötzlich viel zu intim, so ganz alleine mit ihm, und es behagte ihr gar nicht, wie nervös er sie machte, wenn sie keinen Zorn empfand, der sie wie ein Schutzschild gegen derlei Gefühle abschirmte.

Sie wollte nur die eine Frage stellen, die sie am brennendsten interessierte, und dann so rasch wie möglich wieder gehen. »Man sagte mir, daß Ihr mein Pferd in den Stall gebracht habt. Warum habt Ihr das getan?«

Er zuckte lässig mit den Schultern. »Es hat mich eben gestört, ihn noch im Vorhof stehen zu sehen, nachdem Eure Diener all Eure anderen Tiere versorgt hatten.«

Nach ihren Schlußfolgerungen in bezug auf seinen Umgang mit Tieren hatte sie gehofft, daß seine Begründung nicht womöglich einen Funken von Anstand erkennen ließe. Nun, er hatte von einer Störung gesprochen. Wären da also keine anderen Tiere mit im Spiel gewesen, die versorgt worden waren, hätte er an Stampfer wahrscheinlich keinen zweiten Gedanken verschwendet. Sie mußte sich davor hüten, ihm liebenswerte Eigenschaften zuzuschreiben, die er in Wirklichkeit gar nicht besaß.

Er hatte sich jedoch um ihr Pferd gekümmert, obwohl er dies nicht hätte tun müssen, und ihre Wangen glühten vor unfreiwilliger Dankbarkeit. Sie verschluckte sich beinahe an den Worten, die nun gesagt werden mußten: »Ich danke Euch.«

Er sah ihr an, was sie empfand, und grinste. »Das fiel schwer, nicht wahr?«

»Ja, aber wahrscheinlich ist es Euch genauso schwergefallen, mit Stampfer zurechtzukommen«, entgegnete sie.

»Das Pferd hat mir eigentlich keine Schwierigkeiten gemacht, nachdem es einmal den Zucker gerochen hatte, den ich ihm angeboten habe.«

Deshalb waren also keine Striemen von einer Peitsche zu sehen gewesen. Er war schlau genug, um Verführungskünste anstelle von Gewalt einzusetzen. Zu dumm, daß er es bei ihr nicht auch auf diese Weise versucht hatte. Nicht, daß sie so leicht zu gewinnen wäre, aber alles andere wäre besser gewesen, als seine ständige Drohung: »Tu, was ich sage, sonst...« Doch das war natürlich nur aus ihrer Sicht so. Aus seiner Sicht erreichte er mit seinem »Tu, was ich sage, sonst...« ja genau, was er wollte.

Das rückte ihren Ärger über ihn wieder in den Vordergrund, und sie sagte barsch: »Ich will Euch nicht länger belästigen, Lord Wulfric.«

Sie hatte sich bereits zur Tür gewandt, als er sie mit der Bemerkung aufhielt. »Findet Ihr nicht, es wäre an der Zeit, mich Wulfric zu nennen? Einfach nur Wulf würde auch genügen.«

Das fand sie ganz und gar nicht. Ihn beim Vornamen zu nennen wäre ein Zeichen von Freundschaft oder zumindest guter Bekanntschaft. So standen die Dinge aber nicht zwischen ihnen.

Statt ihn jedoch schon am frühen Morgen zu beleidigen, indem sie ihn darauf hinwies, wandte sie sich ihm mit einer neuen Frage wieder zu: »Das ist ein alter englischer Name, für einen Normannen eher ungewöhnlich. Wie kamt Ihr dazu?«

»Soweit mein Vater erzählt, kam in der Nacht, in der ich geboren wurde, ein Rudel Wölfe an den Rand des Waldes von Shefford und heulte stundenlang – bis ich zur Welt kam und noch lauter heulte als die Wölfe. Für ihn war es ein Zeichen, daß das Rudel in dem Moment, als es mich hörte, verstummte. Deshalb nannte er mich Wulfric, obwohl meine Mutter mich lieber nach ihrem Vater benennen wollte. Im Grunde war es ein Kompromiß, denn mein Vater hatte mich einfach nur Wolf nennen wollen.«

Da sie Tiere sehr liebte, fand Milisant diese Geschichte amüsant. Sein mürrischer Tonfall hingegen ließ darauf schließen, daß er diese Meinung nicht teilte, und so sagte sie lediglich: »Eine ungewöhnliche Geschichte, die gut zu einem ungewöhnlichen Namen paßt.« Dann drehte sie sich wieder um und wollte gehen.

Aber er hielt sie erneut auf, indem er fragte: »Wohin so eilig, Milisant? Immer scheint Ihr in Eile zu sein. Ich frage mich, ob Ihr Euch jemals die Zeit nehmt, Euch an blühenden Blumen zu erfreuen?«

Was für eine sonderbare Frage aus seinem Munde. Sie antwortete jedoch wahrheitsgemäß: »Wenn um diese Jahreszeit Blumen blühten, ja, dann würde ich mir die Zeit nehmen, an ihnen zu riechen. Im Grunde fühle ich mich in der freien Natur viel mehr zu Hause als in einem kalten Gebäude aus Stein.«

Im nächsten Augenblick ärgerte sie sich schon darüber, ihm etwas so Persönliches erzählt zu haben. Das ging ihn doch überhaupt nichts an.

»Wie kommt es nur, daß mich das kaum überrascht?« sagte er sanft und kam einen Schritt näher.

Alarmglocken schrillten in Milisants Kopf. Ihrer Vorstellung nach konnte er keine andere Veranlassung haben, ihr so nahe zu kommen, als sie durch seine Körpergröße einschüchtern zu wollen. Das tat er ohnehin schon, ob er nun auf der anderen Seite des Zimmers stand oder direkt vor ihr. Doch wie es aussah, wollte er direkt vor ihr stehen ...

Sie hätte Reißaus nehmen sollen. Das wurde ihr später klar. Er hätte sie feige genannt, und das hätte sie nicht im mindesten gestört – wenn ihr dadurch die Erfahrung erspart geblieben wäre, wie sich ein Kuß von ihm anfühlte.

Aber sie nahm nicht Reißaus. Sie war wie hypnotisiert von dem sinnlichen Ausdruck, der auf einmal in seinem Blick lag und sein Antlitz vollkommen veränderte. Er sah ohnehin gut aus, und nun verfügte er plötzlich über eine zusätzliche Anziehungskraft, die sie verwirrte und ungeahnte Gefühle in ihr wachrief. Sie fühlte sich, als sei sie in eine Falle geraten, als zapple sie an einem geschickt ausgeworfenen Angelhaken, der sie einem ungewissen Schicksal entgegenzog.

Erst die Berührung seiner Lippen mit den ihren brach den Bann. Sie zuckte zurück und unterbrach den Kuß. Seine Hände auf ihren Schultern zogen sie jedoch umgehend zurück, diesmal noch näher, und er machte ihrem der Form halber geäußerten Protest vorläufig ein Ende, als sein Mund den ihren ganz in Besitz nahm.

Ihr schossen verschiedene Bilder durch den Kopf: verschlungen zu werden. Ein Hase in einer Falle. Ein Falke, der auf seine Beute herabstößt. Nicht eines dieser Bilder zeigte einen Ausweg, sondern jedes einzelne lähmte sie vor Angst – aber da war noch etwas anderes. Sie hätte es gerne verdrängt, und doch zweifelte sie daran, daß sie es jemals vergessen könnte. Es war der leise Anflug der Versuchung, sich ihm hinzugeben und ihm zu Willen zu sein.

Sein Kuß schmeckte – angenehm. Die Glut seiner Lippen war – angenehm. Wie sein Körper sich an sie preßte, war – mehr als angenehm. In Anbetracht ihrer Gefühle für ihn sollte das alles aber ganz und gar nicht so sein, und das fand sie mit Recht verwirrend. Dieser Gedanke kam ihr allerdings erst später. Solange der Kuß andauerte, dachte sie gar nichts, und daß ihr Verstand wie ausgeschaltet gewesen war, machte ihr im nachhinein am meisten angst. Sie kam nicht umhin, sich zu fragen, was wohl geschehen wäre, wenn dieser Kuß noch länger gewährt hätte.

Zum Glück wurde er unterbrochen, als ein Diener laut an die Tür klopfte. Wulfric ließ sie los und trat einen Schritt zurück. Sie hatte den flüchtigen Eindruck, daß er leicht verlegen wirkte.

Milisant war selbst noch ganz benommen und dachte deshalb nicht lange nach, ehe sie unverblümt fragte: »Warum habt Ihr das getan?«

»Weil ich es darf.«

Hatte sie eine romantischere Antwort von ihm erwartet? Das wäre albern gewesen. Auf diese Antwort hin allerdings röteten sich ihre Wangen vor Zorn. Das war so typisch Mann. Ich darf es, also tu ich es. Eine Frau könnte so etwas niemals sagen, ohne daß ihr gleich jemand erklären würde, warum sie kein Recht dazu hatte.

Als sie Wulfric mit dem Diener allein ließ, der hereinkam, als sie die Tür öffnete, gab sie ihm, so spöttisch sie nur konnte, seine eigene Antwort zurück: »Wie kommt es nur, daß mich das kaum überrascht?«

19

Weil ich es darf?

Manchmal mußte sich Wulfric über sich selbst wundern, und dies war eine dieser Gelegenheiten. Eine dümmere Antwort hätte er Milisant wirklich nicht geben können, zumal sie kaum der Wahrheit entsprach. Die Wahrheit überraschte ihn jedoch selbst. Er konnte sich nicht erklären, warum ihn ein so plötzliches und so heftiges Verlangen nach ihr überkommen hatte. Es gab doch im Grunde kaum etwas, was er an ihr mochte. Nein, das stimmte nicht ganz.

Sie war ein außerordentlich hübsches Weib, wenn sie nicht gerade mehr Dreck als Kleider am Leib hatte. Sie hatte Witz und Verstand, was ihn in zunehmendem Maße erheiterte. Freilich verwandte sie diese Gaben darauf, ihn bei jeder sich bietenden Gelegenheit zu reizen und zu beleidigen, aber die Kühnheit, die darin zum Ausdruck kam, amüsierte ihn ebenfalls.

Sie war außergewöhnlich, soviel stand fest. Sie hatte zuviel Stolz. Sie war zu eigensinnig. Ihre Lieblingsbeschäftigungen waren unziemlich bis zum Äußersten. Dennoch war er mittlerweile davon überzeugt, daß es ihn keine Überwindung kosten würde, mit ihr ins Bett zu gehen. Nein, er war sich sogar sicher, daß es ihm große Freude bereiten würde. Und obgleich er von dem Gedanken an die bevorstehende Heirat nach wie vor nicht gerade begeistert war, konnte er wiederum nicht behaupten, daß er die Vorstellung immer noch ganz und gar abstoßend fand.

Nur deshalb nahm er wahrscheinlich davon Abstand, seine Vorbehalte im Gespräch mit seiner Mutter zu erwähnen, als er sich vor dem Mittagessen am großen Kamin zu ihr gesellte, obwohl er zuvor daran gedacht hatte, sie um Beistand zu ersuchen. Ihr konnte schließlich kaum entgangen sein, in welch verdrießlicher Stimmung er vergangene Woche aufgebrochen war, um Milisant abzuholen, auch wenn sie es, wie es so ihre Art war, sicher gleich verdrängt hatte. Solange seine Mutter mit einer unangenehmen Situation nicht direkt konfrontiert wurde, fiel es ihr immer recht leicht, alle bedrohlichen Anzeichen einer bevorstehenden Katastrophe mit einer harmlosen Erklärung abzutun.

Hätte er also mit seiner Mutter über die zahlreichen Gründe gesprochen, aus denen Milisant keine passende Ehefrau für ihn war – und deren gab es immer noch viele –, wäre sie vorgewarnt gewesen. Wulfric zog es jedoch vor, einen geeigneteren Moment abzuwarten und vorerst über dieses Thema zu schweigen, wohl wissend, daß wahrscheinlich allein die noch allzu frische Erinnerung an Milisants Kuß ihn zu diesem Entschluß bewegte.

Nicht ohne Zynismus fragte er sich, wie viele Entscheidungen von großer Tragweite wohl den sexuellen Bedürfnissen eines Mannes entsprangen, ohne daß es ihm selbst überhaupt klar war. Bestimmt viel zu viele. Selbst Könige waren gegen sexuelle Begierden nicht immun. König John war ein Paradebeispiel dafür.

Wulfric hätte sich allerdings denken können, daß seine Mutter über nichts anderes reden wollte als über die Hochzeit und die Braut. Als er sich auf ihrer Lieblingsbank neben sie setzte, begrüßte sie ihn kaum, ehe sie sich in eben jenen Themen erging.

»Ach, ich bin froh, daß du kommst, ehe der Saal sich zum Essen füllt. So kann ich dir sagen, wie sehr ich mich freue, daß du deine Verlobte endlich zu dir geholt hast. Du hast wirklich Glück, Wulf. Sie ist so ein reizendes Mädchen. Wahrhaft, als wir dich bei ihrer Geburt mit ihr verlobt haben, konnten wir ja nicht wissen, wie sie sich entwickeln würde, nicht wahr? Und doch hat sich herausgestellt, daß wir eine außerordentlich gute Wahl getroffen haben.«

Wulfric konnte das Lachen gerade noch unterdrücken. Hatte sie wirklich keine Ahnung, wie sehr Milisant aus der Art geschlagen war? Aber dann begriff er, daß sie das unter Umständen wirklich nicht wußte. Trotz allem war das Mädchen durchaus imstande, sich anständig zu kleiden und sich zu benehmen, wenn sie es wollte, und möglicherweise hatte sie das auch getan, wann immer sie im Lauf der Jahre mit seiner Mutter zusammengekommen war.

Und hatte er selbst sich nicht auch täuschen lassen und nur Gutes über Milisant gedacht, solange er sie mit Jhone verwechselt hatte? Wie oft waren auch andere schon auf diese Weise zum Narren gehalten worden?

Er hätte die Bemerkung seiner Mutter kommentarlos stehenlassen können, aber er war doch zu neugierig, ob seine Mutter sich – wie so oft – nur selbst etwas vormachte oder ob sie Milisant von der Seite, von der sie sich ihm gezeigt hatte, wirklich nicht kannte. So fragte er ohne Umschweife: »Was hältst du von ihrer Art, sich zu kleiden?«

Lady Anne zog zunächst die Augenbrauen hoch, so als ob sie seine Frage nicht verstanden hätte, dann aber lächelte sie. »Ach, du meinst wohl, daß sie als Kind mit Vorliebe die Sachen ihrer Spielkameraden trug? Diese Marotte hat sie inzwischen natürlich hinter sich gelassen.«

»In Wirklichkeit, Mutter ...«

Rasch schnitt sie ihm das Wort ab. Er hätte klüger sein sollen, als so etwas zu sagen wie: »In Wirklichkeit«. Das klang in den Ohren seiner Mutter viel zu beunruhigend.

»Und sie geht leidenschaftlich gern auf die Jagd«, sagte Lady Anne. »Das müßte dir doch gefallen, nachdem du selbst so gerne jagst.«

»Sie jagt nicht mit Falken.«

»Nicht? Aber ich erinnere mich, daß ihr Vater mehr als einmal erwähnt hat ...«

»Daß sie ganz ausgezeichnet mit Pfeil und Bogen schießen kann?«

Lady Anne kicherte. »Sei nicht albern, Wulf. Natürlich jagt sie nicht mit Pfeil und Bogen. Außerdem habe ich ihren Falken selbst gesehen. Ein herrlicher Vogel. Ich glaube, sie nennt ihn Rhiska, nach einem Falken, den sie als Kind besessen hat und den irgendein brutaler Kerl aus reiner Boshaftigkeit ums Leben gebracht hat. Aber diese Geschichte hat sie dir bestimmt schon erzählt, und falls nicht, wird sie es sicher noch tun. Es muß eine wirklich schmerzliche Erfahrung für sie gewesen sein. Wenn sie dir davon berichtet, wird euch das einander sicher näherbringen.«

Schockiert hielt Wulfric den Atem an. Wenn sein Verdacht stimmte, daß er selbst dieser Junge war, von dem seine Mutter eben gesprochen hatte und der Milisants ersten Falken Rhiska getötet hatte, war es kein Wunder, daß sie ihn haßte.

»Brutaler Kerl« waren bestimmt die Worte des Mädchens gewesen und nicht die seiner Mutter. Lady Anne verwendete keine Schimpfworte oder Charakterisierungen dieser Art. Demnach mußte Milisant selbst Lady Anne diese Geschichte erzählt und sich lediglich darüber ausgeschwiegen haben, wer dieser »brutale Kerl« gewesen war. Denn wenn sie versucht hätte, Lady Anne weiszumachen, daß ihr eigener Sohn der Übeltäter war, hätte diese ihr bestimmt nicht geglaubt.

Himmel, er wünschte, er hätte früher gewußt, was er an jenem Tag angerichtet hatte, indem er den angreifenden Falken abgeschüttelt hatte. Er hatte gewiß nicht die Absicht gehabt, ihn zu töten. Aber wie hätte er das Tier, das mit aller Kraft versuchte, ihm die Finger abzuhacken, sonst loswerden sollen?

Trotzdem, hätte er gewußt, daß der Vogel den Aufprall an die Wand nicht überlebt hatte, wäre er wahrscheinlich noch dageblieben und hätte versucht, das wutentbrannte Mädchen irgendwie über den Verlust hinwegzutrösten. Dann wäre ihnen beiden dieser Tag vielleicht nicht in so furchtbar schlechter Erinnerung geblieben.

»Da wir gerade von Vögeln sprechen«, sagte er zu seiner Mutter, »hast du all ihre Haustiere gesehen?«

»Alle?«

Wieder zog sie zunächst die Augenbrauen hoch und lächelte gleich darauf wieder, als sie zu verstehen glaubte, worauf er anspielte. Wie üblich hatte sie falsch geraten.

»Den Wolf meinst du? Ein ungewöhnliches Haustier, aber so freundlich. Glaub mir, ich hätte weniger Angst vor ihm als vor den Hunden deines Vaters. Einmal hat er zu meinen Füßen geschlafen, wußtest du das? Ich habe ihn gar nicht bemerkt, bis ich ihn versehentlich mit dem Fuß angestoßen habe, und er hat nicht einmal geknurrt – ach ja«, fügte sie kichernd hinzu, »so nennt sie ihn doch, nicht wahr? Knurrer? Dieser Name paßt eigentlich gar nicht zu ihm, wo er doch so zahm ist wie ein kleines Kätzchen.«

Wulfric hatte den Eindruck, seine Mutter meinte, er mache sich Sorgen wegen des Wolfs. Er hätte klarstellen sollen, daß er auf die große Anzahl von Milisants Haustieren angespielt hatte und nicht auf eines im besonderen. Seine größte Sorge war, daß sie das eheliche Schlafzimmer in einen Stall verwandeln würde, aber er hielt es für sinnlos, diesen Punkt noch weiter zu verfolgen. Seine Mutter würde all seine ernsthaften Bedenken zu belanglosen Nebensächlichkeiten herunterspielen. Er liebte sie wirklich von ganzem Herzen, doch ihre Art brachte ihn manchmal zur Verzweiflung.

Es war auch ganz einerlei. Er hatte ohnehin nicht vorgehabt, sich über seine zukünftige Braut zu beklagen, zumindest nicht gerade jetzt. Der Kuß war ihm noch zu lebhaft in Erinnerung, und seine Gedanken kreisten nur um die Frage, wann er eine günstige Gelegenheit finden könnte, eine weitere Kostprobe dieser Art zu erhaschen, um sich zu vergewissern, daß dieser erste Kuß wirklich so süß geschmeckt hatte und er sich das nicht etwa bloß einbildete.

Nichtsdestotrotz mußte er seine Mutter von den Anschlägen auf Milisant in Kenntnis setzen. Da sie sich wahrscheinlich häufig in Gesellschaft des Mädchens aufhalten würde, war dies eine Angelegenheit, über die er sie nicht im unklaren lassen durfte, nur um ihr Kummer zu ersparen.

Also sagte er ohne lange Vorrede: »Ich will dich nicht unnötig beunruhigen, Mutter, aber du mußt wissen, daß jemand Milisant nach dem Leben trachtet.«

Sie schnappte nach Luft. Es war kein Wunder, daß sie ihm nicht glaubte. »Wulf! Mit so etwas scherzt man nicht!«

»Wenn es doch nur ein Scherz wäre! Aber es gab innerhalb weniger Tage zwei, ja wahrscheinlich sogar drei Anschläge auf sie. Ich erzähle dir das nur, weil du sicher viel mit ihr zusammensein wirst. Du solltest ein wachsames Auge auf jeden haben, der sich ihr nähert und den du nicht kennst.«

Lady Anne wurde so blaß, daß Wulfric wußte, daß sie ihn diesmal ernst nahm.

»Wer? *Herr im Himmel*, warum?«

Er zuckte mit den Schultern. »Ich habe keine Ahnung, wer, und was die Frage nach dem Warum betrifft: Sofern sie nicht einen Feind hat, über den sie nicht sprechen will, nehme ich an, daß entweder jemand versucht, mir Schaden zuzufügen, indem er ihr etwas antut, oder daß jemand unsere Hochzeit verhindern will.«

»Dann müßt ihr auf der Stelle heiraten!«

Er lachte. »Damit wird sie wohl kaum einverstanden sein. Den Vorschlag habe ich auch schon gemacht.«

»Ich werde mit ihr sprechen ...«

»Das wird nichts helfen, Mutter.«

»Natürlich wird es das«, sagte sie zuversichtlich. »Sie ist ein einsichtiges Mädchen. Wenn dadurch den Überfällen ein Ende gemacht werden kann, muß sie damit einverstanden sein.«

Einsichtig? Wulfric fürchtete nun wirklich, daß seine Mutter Milisant mit Jhone verwechselte. Aber es war völlig sinnlos, ihr die Wahrheit ins Gesicht zu schleudern, daß Milisant ihn nicht heiraten wollte. Das würde seine Mutter schon selbst merken, sobald sie versuchte, den Hochzeitstermin vorzuverlegen.

Also sagte er nur: »Tu, was du für richtig hältst.«

So wie er seine Mutter kannte, tat sie das ohnehin. Und solange sie gewarnt war, auf mögliche Verdächtigen ein Auge zu haben, war er es zufrieden.

20

»Idioten seid ihr, alle miteinander! Ich gebe euch einen einfachen Auftrag – und es war wirklich ein ganz einfacher Auftrag –, und ihr vermasselt ihn immer wieder! Wofür, frage ich euch, bezahle ich euch eigentlich? Nur um zu erfahren, wie unfähig ihr seid?«

Ellerys erster Gedanke war, künftig nicht mehr in Herbergen zu übernachten, wo Walter de Roghton ihn so leicht aufspüren konnte. Sein zweiter Gedanke war, Sir Walter ebenso bald zu töten wie das Mädchen, mit dessen Ermordung Sir Walter ihn beauftragt hatte. Aber das würde natürlich seinem Ruf schaden, und es war bloß ein Gedanke, wenngleich ein angenehmer.

Er ließ auch nicht beschämt den Kopf hängen, obwohl er wußte, daß der Lord genau dies von ihm erwartete. Seine beiden Komplizen, Alger und Cuthred, sahen drein wie geprügelte Hunde und taten Sir Walter damit vollkommen Genüge. Ellery sah ihn jedoch unverwandt an und zuckte nur gleichgültig die Schultern.

»Widrige Umstände, Mylord«, war alles, was er als Entschuldigung vorbrachte. »Nächstes Mal werden wir es besser machen.«

»Nächstes Mal?« kreischte Sir Walter, hochrot vor Zorn. »Welches nächste Mal? Ihr hattet leichten Zugang zu Dunburh Castle, aber Shefford wird bewacht wie eine Festung im Belagerungszustand. Dort werdet ihr nicht hineinkommen. Niemandem wird dort Zutritt gewährt, der nicht von Rechts wegen in der Burg zu tun hat. Sogar Kaufleute werden abgewiesen, wenn sie den Wächtern nicht bekannt sind.

»Man wird dort auch Leute anheuern …«

»Ihr hört mir wohl nicht zu! Shefford ist eine Grafschaft. Ein Graf heuert keine Leute an. Er zieht seinen Vasallen und die Leute aus den Dörfern zu den Dienstleistungen heran, die man ihm schuldig ist.«

»Es gibt immer einen Weg, um das Nötige zu erreichen, Mylord – wenn nicht durch Bestechung und Erpressung, dann durch Betrug und Diebstahl. Es wird Dorfbewohner geben, die kommen und gehen. Die gibt es immer. Es wird Wagen geben, die hineinfahren – und Huren. Ich kenne ein Frauenzimmer, auf das ich im Notfall zurückgreifen kann. Sie hat schon früher für mich gearbeitet und kennt sich mit Gift gut aus. Ihr braucht mir nicht zu erzählen, wie ich meine Arbeit zu machen habe.«

Ellery war es völlig einerlei, daß es ein Lord war, den er da so geringschätzig behandelte, auch wenn er selbst keinen derartigen Titel für sich in Anspruch nehmen konnte. Er war ein freier Mann, und seiner Ansicht nach gab ihm das jedes Recht, Adeligen und Leibeigenen gleichermaßen die Meinung zu sagen. Er war der Sohn einer Londoner Hure, hatte keine Ahnung, wer sein Vater war, und noch ehe er ganz von der Mutterbrust entwöhnt gewesen war, hatte man ihn auf die Straße gesetzt. Er hatte Hunger und Schläge überlebt und so manches Mal im tiefsten Winter in der Gosse schlafen müssen. Ein tobender Lord konnte ihn nicht beeindrucken.

Dieser Sir Walter sah so aus, als ob ihm gleich der Schaum vor den Mund treten würde, während er Ellery in aller Deutlichkeit zu verstehen gab, daß er es nicht gewohnt war, daß jemand, der in seinen Augen weit unter ihm stand, es wagte, in diesem Ton mit ihm zu reden. Sein Pech. Wenn Ellery im Leben etwas gelernt hatte, dann war es zu nehmen, was er kriegen konnte, und zwar notfalls mit Gewalt. Was wäre das Leben schon wert, wenn man am Boden kriechen und Staub fressen müßte, nur weil ein Adeliger, der mit einem goldenen Löffel im Mund zur Welt gekommen war, es so haben wollte?

Ellery fand an seiner Arbeit nichts auszusetzen. Er hatte schon manchen für Geld getötet. Aber er wollte sich nicht vorschreiben lassen, *wie* er es machte, und er konnte es auch nicht leiden, wenn man ihn anschrie. Er war ein großer Mann, größer als der Durchschnitt, und falls seine Körpergröße andere Männer nicht davon abhielt, sich mit ihm anzulegen, dann sein Auftreten. Von daher war er es gewohnt, mit einem gewissen Grad an Vorsicht behandelt zu werden, wenn nicht sogar mit Respekt.

Was den fraglichen Auftrag betraf, so machte der Umstand, daß er eine Frau ermorden sollte, für ihn nur in einem Punkt einen Unterschied. Er hatte sie in ihrer ganzen Schönheit gesehen, oder vielmehr ihre Schwester, die angeblich ganz genauso aussah, und er hatte wirklich eine Schwäche für hübsche Frauen. Er würde sie schon umbringen, keine Frage, aber vorher wollte er sie haben. Das brauchte Sir Walter allerdings nicht zu wissen. Er würde sonst bestimmt darauf bestehen, daß sie nicht angerührt wurde, außer mit der Klinge eines Dolches.

Cuthred und John waren aus anderem Holz geschnitzt und hatten einfach nur versucht, sie zu töten, so wie Sir Walter es wünschte. Aber Cuthred zielte lausig schlecht beim Bogenschießen, und John, tja, der war aus dem Kloster nicht zurückgekommen.

In der Tat wäre sie schon lange tot, wenn Ellery sich nicht in den Kopf gesetzt hätte, sie vorher zu vergewaltigen. Denn an jenem Tag auf dem Waldweg bei Dunburh wäre es viel einfacher gewesen, sie zu töten, als sie zu entführen, so wie er es versucht hatte. Mittlerweile fragte er sich – nicht etwa, weil Sir Walter ihn ausschimpfte, sondern weil John hatte dran glauben müssen –, ob es das Risiko überhaupt wert war, das er und seine Freunde eingingen, wenn er unbedingt zuerst noch seinen Spaß mit ihr haben wollte.

Vielleicht sollte er lieber die ihm bekannte Hure anheuern, damit sie sich nach Shefford Castle hineinschmuggelte und das Weib vergiftete. Andererseits hatte er noch gar nicht versucht, selbst in die Burg zu kommen. Er wollte doch erst einmal sehen, ob das wirklich so schwierig war, wie Sir Walter behauptete, ehe er eine Entscheidung traf.

Über eines hatte er sich allerdings zu beschweren. Es machte ihm nichts aus, den Grund für einen Mordauftrag nicht zu kennen. Das interessierte ihn nicht. Aber er hatte etwas dagegen, wenn er über die Begleitumstände, die für den Erfolg oder Mißerfolg seiner Arbeit von Bedeutung waren, nicht ausreichend informiert wurde. Deshalb sagte er: »Ihr hättet uns warnen sollen, Mylord, daß die Lady mit dem Sohn eines Grafen verlobt ist.«

»Das hätte überhaupt keine Rolle gespielt, wenn ihr die Tat rechtzeitig ausgeführt hättet, nämlich bevor de Thorpe kam, um sie abzuholen. Sie war so unglaublich leichtsinnig, benahm sich nicht anders als ein Dorfweib und streifte sogar allein in den Wäldern von Dunburh umher. Vor de Thorpes Ankunft hättet ihr sie euch jederzeit leicht schnappen können. Aber nachdem ihr die Sache dreimal verpfuscht habt, wird sie jetzt hinter den Mauern von Shefford wahrscheinlich noch schärfer bewacht als eine Königin.«

Ellery fragte sich, warum dieser arrogante Lord die Tat nicht selbst ausgeführt hatte, wenn das Mädchen angeblich so »leicht zu schnappen« gewesen war. Aber wahrscheinlich konnte er nur große Töne spucken und wußte nicht einmal, wo bei einem Dolch der Griff war.

Den »Lord« wollte Ellery erst einmal sehen, hinter dessen großspurigem Getue sich nicht im Grunde der jämmerlichste Feigling verbarg. Natürlich wußte er, daß es auch Ausnahmen gab, wahre Ritter, die unermüdlich trainierten und auf dem Schlachtfeld zu großen Taten fähig waren. Er war so einem bloß noch nie begegnet und würde das wohl auch kaum, denn solche Männer brauchten seine Dienste nicht, sie wären ganz gut in der Lage, so etwas selbst zu erledigen wenn es sein mußte.

All das sagte Ellery Sir Walter aber nicht, sondern er gab zu bedenken: »Wenn sie sich bislang wie ein Dorfweib benommen hat, wieso sollte sie dann nicht so weitermachen? Mich dünkt, sie ist selbst ihr schlimmster Feind. Wir brauchen ihr gar nicht nachzujagen, sie wird uns von selbst in die Arme laufen.«

»Schön wär's ja, wenn man sich darauf verlassen könnte, aber das könnt ihr eben nicht«, sagte Sir Walter, der nun jedoch etwas zuversichtlicher wirkte. »Vergeßt nicht, daß die Zeit drängt! Sie muß sterben, *bevor* die beiden Familien sich durch die Hochzeit zusammenschließen, und nicht erst *danach*. Ist das klar?«

»Ja, und wir werden versuchen, ihren eigenen Leichtsinn zu unserem Vorteil auszunutzen.«

»Wie ihr wollt. Aber enttäuscht mich nicht noch einmal, sonst werdet ihr nicht nur meinen Zorn, sondern auch den des Königs zu spüren bekommen.«

Ellery lachte schallend, und Sir Walter lief dunkelrot an. Wieso glaubte ein unbedeutender Lord, er könne gleichsam mit dem Zorn Gottes drohen, indem er den Namen des Königs heraufbeschwor? Der letzte König, der, wie sein Name schon sagte, ein Löwenherz hatte, hätte auf Ellery vielleicht Eindruck gemacht, aber sein mickriger kleiner Bruder? Pah!

Der zornentbrannte Sir Walter fand endlich soweit die Sprache wieder, um zu sagen: »Ihr wagt es!« Doch Ellery machte eine wegwerfende Handbewegung. Er war von der Wut des Lords nicht im mindesten beeindruckt. »Wenn Ihr mir mit de Thorpe drohen würdet, würde ich mir vielleicht Sorgen machen. Selbst ich habe gehört, daß er ein Ritter ist, der Beachtung verdient. Aber unser jämmerlicher König ergeht sich doch nur in Lügen und Intrigen. Er stellt für niemanden eine Gefahr dar, außer für die Adeligen, die ihm immer noch treu ergeben sind. Verschwindet jetzt, Mylord, und laßt mich in Ruhe diesen Mord planen. Ich werde, was ich angefangen habe, auch zu Ende bringen. Nicht etwa, weil ich Euer Mißfallen fürchte, sondern weil ich es so will.«

Wieder war Sir Walter viel zu wütend, um die richtigen Worte zu finden. Steifbeinig und mit dem ganzen Hochmut seines Standes stolzierte er aus dem Raum. Ellery war es egal, daß er seinen Auftraggeber furchtbar beleidigt hatte. Die Hälfte des versprochenen Lohns war ihm im voraus bezahlt worden, und die andere Hälfte würde er sich zu gegebener Zeit schon noch holen, und wenn er dem Lord dafür das Fell über die Ohren ziehen müßte.

Draußen vor der Tür gingen Sir Walters Gedanken in dieselbe Richtung. Er hatte ohnedies vorgehabt, diese Söldner beseitigen zu lassen, sobald sie ihre Schuldigkeit getan hatten, nur zur Vorsicht, um ganz sicher zu gehen, daß über diesen Auftrag kein Wort verlauten würde. Nun dachte er daran, ihre Ermordung selbst zu übernehmen. Es würde ihm das größte Vergnügen bereiten.

21

»Du wirkst sehr bedrückt heute, und das macht mir Sorgen«, sagte Jhone. Auf ihrem gemeinsamen Weg in den großen Saal war Milisant auf der Wendeltreppe stehengeblieben und schaute sehnsüchtig aus einer der Schießscharten in die Landschaft jenseits der äußeren Burgmauern von Shefford hinaus. Jhone versuchte, darauf nicht näher einzugehen, denn sie hatte das sichere Gefühl, daß noch etwas anderes als die bevorstehende Gefangenschaft in dieser Burg ihre Schwester beschäftigte.

Sie wollte herausfinden, was es war, und fuhr fort: »Bist du noch immer von der Reise erschöpft?«

»Nein.«

Die Einsilbigkeit dieser Antwort beunruhigte Jhone noch mehr. »Also, welche Laus ist dir über die Leber gelaufen?«

Milisant sah sie von der Seite an und lächelte andeutungsweise. »Wenn ich Läuse gern hätte ...«

»Du weißt, was ich meine«, warf Jhone ungeduldig ein, »und du weißt auch, daß du deinen Kummer vor mir nicht verbergen kannst, auch wenn du es noch so sehr versuchst.«

Milisant seufzte und sagte unumwunden, wenn auch im Flüsterton: »Er hat mich geküßt.«

Jhone blinzelte ungläubig. »Wann?«

»Heute morgen.«

»Aber das ist doch gut ...«

»Verfluchter Mist ist es!« schnappte Milisant zurück.

»Nein, wirklich«, beharrte Jhone. »Erinnerst du dich nicht mehr an unser Gespräch? Daß es für dich nur von Vorteil wäre, wenn er dich begehrt? Wahrlich, daß er dich küßt, und das aus keinem anderen Grund, als daß er es möchte …«

»Oh, er hatte einen guten Grund«, sagte Milisant zornig. »Er tat es, weil er es darf!«

Jhone starrte sie einen Moment lang an, dann kicherte sie. »Wie albern. Das ist doch kein Grund.«

»Das ist der Grund, den er angab.«

»Kann sein, aber noch lange nicht der wahre Grund.«

»Und du kennst vermutlich den wahren Grund?« fragte Milisant bitter.

»Wenn du darüber nachdenkst, kommst du ganz von selbst darauf«, erwiderte Jhone. »Würde ein Mann dich küssen, wenn er nicht den Wunsch dazu verspürte?«

»Ich kann mir auch noch andere Gründe vorstellen«, spottete Milisant. »Man kann jemanden küssen, um Frieden zu stiften, um sich Macht zu verschaffen, zur Strafe, um jemanden einzuschüchtern, um …«

»Genug!« warf Jhone ein und verdrehte die Augen. »Warum wehrst du dich so gegen die Möglichkeit, daß er dich begehren könnte? Wir haben doch entschieden, daß du nur Vorteile davon hättest.«

»Nein, du hast das entschieden«, erinnerte Milisant. »Ich habe entschieden, daß ich an seinen Begierden nicht teilhaben will.«

Jhone runzelte die Stirn. »Hat dir sein Kuß nicht gefallen?«

Milisants Erröten war Antwort genug, und Jhone lächelte erleichtert.

»Schön, dann können wir ja wenigstens froh sein, daß du es nicht ganz und gar abstoßend fandest.«

»Es stört mich auch nicht, wenn Knurrer mir über die Wange leckt. Aber das heißt noch lange nicht, daß ich mir wünsche, von ihm abgeleckt zu werden.«

»Den Wolf und den, äh, Wulf«, Jhone kicherte über die Ähnlichkeit der Wörter, »kann man doch nicht miteinander vergleichen.«

Milisant war anderer Ansicht. »Das meinst auch nur du! Ich finde, Wulfric hat durchaus Ähnlichkeit mit einem Wolf – nicht mit meinem Wolf, aber mit einem Wolf im allgemeinen.«

Jhone seufzte. »Ich wiederhole mich, doch ich hätte nicht gedacht, daß du in dieser Hinsicht wirklich bis zum bitteren Ende so dickköpfig bleibst. Du bist wohl fest entschlossen, mir das Gegenteil zu beweisen, nicht wahr?«

»Dickköpfig, wieso?« fragte Milisant abwehrend. »Weil ich ihn nicht mag? Weil ich nicht will, daß er mich küßt? Jhone, du hast die Schmerzen nicht erlebt, die ich seinetwegen ausgestanden habe, als er mir den Fuß gebrochen hat, die Furcht und den Schrecken davor, lahm zu sein. Es ist ein Wunder, daß ich heute nicht hinke.«

»Ich habe deine Furcht und deinen Schrecken miterlebt – die Schmerzen zwar nicht, aber die entsetzliche Angst vor der drohenden Lähmung sehr wohl. Mili, das ist schon so lange her. Er ist inzwischen erwachsen geworden. Glaubst du allen Ernstes, daß er dir noch einmal solchen Schmerz zufügen würde? Er ist der Sohn von Lord Guy, und du weißt, wie liebenswert Lord Guy ist. Wie könnte sein Sohn so völlig anders sein?«

»Ohne weiteres. Ich bin doch selbst ein Paradebeispiel für ein Kind, das weder Vater noch Mutter ähnelt.«

»Stimmt nicht! Ich habe Papa schon viele Male sagen hören, wie sehr du ihn an unsere Mutter erinnerst.«

Jetzt verdrehte Milisant die Augen. »Weil sie recht temperamentvoll war. Aber du glaubst ja wohl nicht, sie hätte sich sonst in irgendeiner Weise so benommen wie ich?«

»Du bist wahrlich nicht das beste Beispiel für Familienähnlichkeit«, gab Jhone lachend zu, »aber ich habe mit Wulfric gesprochen, als er noch annahm, ich wäre du, und er war überaus galant, höflich, ritterlich …«

»Und ich habe mit ihm gesprochen, als er mich für einen Burschen hielt, und er war überaus grob, arrogant und widerlich!«

Jhone warf verzweifelt die Arme hoch. »Ach, ich gebe es auf.«

»Gut«, konnte Milisant gerade noch einwerfen, ehe Jhone dennoch fortfuhr: »Deine Dickköpfigkeit kennt wohl überhaupt keine Grenzen! Er wird doch seine Frau nicht so behandeln wie einen unverschämten Diener, und für letzteres hat er dich am Tag seiner Ankunft gehalten.«

»Nein, er wird seine Frau wahrscheinlich noch viel schlechter behandeln«, entgegnete Milisant. »Weil er es darf.«

»*Himmel*, diese Bemerkung von ihm hat dich aber aufgeregt. Ich kann es jetzt richtiggehend spüren.«

Milisant schnaubte. »Es ist mir ganz gleichgültig ...«

»Mili, versuch nicht, mir etwas vorzumachen, du weißt genau, daß du das nicht kannst. Wäre es dir lieber gewesen, wenn er gesagt hätte, daß er sich darauf freut, mit dir ins Bett zu gehen? Und daß du ihn in Versuchung bringst, damit nicht mehr bis zur Hochzeitsnacht zu warten? Wäre dir das nicht furchtbar peinlich gewesen? Und warum hat er überhaupt so etwas gesagt? Erzähl mir bloß nicht, du hättest ihn gefragt, warum er dich geküßt hat, dann bekommst du nämlich Schläge von mir!«

»Natürlich habe ich ihn gefragt«, murmelte Milisant. »Mir war nach seinem Kuß ganz wirr im Kopf. Ich habe die erstbeste Frage gestellt, die mir in den Sinn kam.«

»Wirr?« fragte Jhone interessiert.

»Du weißt, was ich meine.«

»Da bin ich mir nicht sicher«, antwortete Jhone nachdenklich. »Meinst du wirr im Sinne von geistig verwirrt? Oder meinst du wirr in dem Sinn, daß du von deinen Gefühlen so überwältigt warst, daß du nicht mehr klar denken konntest? Na ja, ist auch gleich, beide Arten von ›wirr‹ sind ein gutes Zeichen, wenn du mich fragst.«

Milisant knurrte leise. »Ich mag es überhaupt nicht, wenn

ich keinen klaren Gedanken mehr fassen kann, aber genau das hat sein Kuß bewirkt.«

»Habe ich dir jemals davon erzählt, wie Papas Junker mich geküßt hat?«

Milisant zwinkerte ungläubig. »Sir Richard? Und Papa hat ihn nicht vierteilen lassen?«

Jhone kicherte. »Ich habe Papa natürlich nichts davon erzählt. Er hat mir ja schließlich nichts zuleide getan, und außerdem hat er sich danach vielmals bei mir entschuldigt. Ich fühlte mich geschmeichelt, um die Wahrheit zu sagen. Aber ich war bereits in William verliebt.«

Milisant lehnte sich an die Wand. »Ich nehme an, du willst auf etwas ganz Bestimmtes hinaus?«

»Natürlich.« Jhone grinste. »Wann will ich das nicht? Von Sir Richard geküßt zu werden war völlig belanglos, es war nicht anders, als wenn Papa mich geküßt hätte. Wie ein Flohbiß war es am nächsten Tag schon fast vergessen. Es hat keinerlei Gefühle in mir geweckt. Aber als William mich zum ersten Mal geküßt hat, wäre ich beinahe ohnmächtig geworden, so überwältigend war es. Und so erregend, Mili! Die Gefühle, die ein solches Begehren hervorruft, sind mit nichts zu vergleichen.«

Milisant war schon rot geworden, noch ehe Jhone ganz zu Ende gesprochen hatte, aber diese letzte Bemerkung veranlaßte sie zu heftigem Widerspruch: »Ich begehre ihn nicht! Wie könnte ich Verlangen nach ihm haben, wenn ich ihn hasse?«

»Vielleicht, weil du ihn gar nicht wirklich haßt. Du willst ihn hassen, das läßt sich nicht bestreiten. Du gibst dir alle Mühe. Aber es fällt dir schwer.«

»Das klingt gut, Jhone, und überaus vernünftig«, sagte Milisant sarkastisch. »Aber du läßt außer acht, welch flammenden Zorn er in mir entfacht. Er macht mich so wütend, daß ich Gift und Galle spucken könnte. Ist das ein Zeichen, daß ich ihn begehre?«

Jhone sah sie gekränkt an. »Ich will dir nur helfen und es dir leichtermachen, aber du möchtest lieber an deinem Elend festhalten.«

»Nein, ich möchte lieber einen Weg finden, diese Heirat zu vermeiden – das habe ich bereits mehrfach gesagt, aber du hörst mir ja nicht zu. Hilf mir aus dieser Verbindung heraus, Jhone, und nicht hinein!«

Jhone legte teilnahmsvoll die Hand auf Milisants Arm. »Ich fürchte, es gibt keinen Ausweg. Und es wäre mir lieber, wenn du dich auf diese Heirat einstellen und sie als unumstößliche Tatsache annehmen würdest, statt am Hochzeitstag unvorbereitet vor dem Altar zu stehen und furchtbar unglücklich zu sein.«

Milisant umarmte sie. »Ich wollte meinen Ärger nicht an dir auslassen ...«

»Nun, besser an mir als an ihm«, sagte Jhone, »und ich werde nicht mehr davon sprechen – für heute. Wir sollten jetzt besser hinuntergehen, bevor man jemanden ausschickt, um uns zu suchen. Übrigens, du siehst entzückend aus in diesem Rosa.«

Milisant sah an dem rosa Bliaud hinab, den Jhone ihr geliehen hatte, und brummte: »Eine solche Bemerkung ist genau das richtige, um mir den Appetit zu verderben.

Jhone lachte, zog ihre Schwester die Wendeltreppe des Turms hinab und neckte sie: »Ich glaube allmählich, du hast nur einfach zuviel Energie und zuwenig Gelegenheit, dich auszutoben, und deshalb verwendest du all deine Kraft darauf, so miesepetrig zu sein wie möglich.«

»Ich bin nicht miesepetrig«, murrte Milisant.

»Bist du wohl. Aber Lady Elga hat mir einst anvertraut, welches die einfachste Methode ist, sich so zu verausgaben, daß man gar keine Kraft mehr hat, um Trübsal zu blasen – oder auch nur irgend etwas anderes anzustellen ...«

»Ich schätze, du wirst mir gleich ein großes Geheimnis enthüllen?«

»Nein, und außerdem ist es eine ganz einfache Lösung.« Jhone ging ein paar Treppenstufen voraus, ehe sie weitersprach. »Alles was du brauchst, ist ein Stall voller Kinder!« Dann rannte sie die letzten Stufen hinab, bevor ihre Schwester sie verhauen konnte.

22

Er sah die Schwestern in den Saal kommen. Heute waren sie nicht gleich gekleidet, sahen aber immer noch gleich aus. Die eine lächelte, die andere schmollte. Ausnahmsweise war ganz leicht zu unterscheiden, welche von beiden welche war.

Wulfric haderte insgeheim wieder einmal mit seinem Schicksal, das ihn mit der aus der Art geschlagenen Schwester bedacht hatte und nicht mit der normalen. Und doch, es war eigenartig, wenn er Jhone nun betrachtete, so lieblich und strahlend vor Heiterkeit, fühlte er sich nicht im mindesten zu ihr hingezogen, ganz anders als bei ihrer ersten Begegnung, als er angenommen hatte, sie wäre die Seine. Wenn er jedoch ihre Schwester ansah …

Verflixt und zugenäht. Er konnte fühlen, wie sein Blut in Wallung geriet. Er konnte nur einfach nicht verstehen, warum. Er hatte Frauen, die jähzornig, bissig und widerborstig waren, noch nie gemocht. Wenn ein Mann sein Vergnügen im Bett haben wollte, wollte er sich schließlich nicht erst noch mit den Launen seiner Frau auseinandersetzen müssen. Und wann hatte seine Verlobte nicht gerade eine ihrer Launen? Doch selbst jetzt, da sie dem Gesichtsausdruck nach offensichtlich verärgert war – warum erregte sie ihn nur so?

»Mußt du so ein finsteres Gesicht machen, wenn du sie anschaust?« fragte Sir Guy.

Wulfric sah seinen Vater an. Er hatte ihn nicht kommen hören. Seit Wulfrics Rückkehr hatten sie lediglich im Zusammenhang mit den Anschlägen, die auf sie verübt worden waren, über Milisant gesprochen. Am vergangenen Abend hatte Wulfric davon berichtet, bevor er zu Bett ging, und zwar in allen Einzelheiten.

Nun entspannten sich seine Züge, und er antwortete: »Ich habe nicht gemerkt, daß ich finster dreinschaue.«

Sir Guy schüttelte tadelnd den Kopf. »Es braucht nicht jedermann zu wissen, wie du für sie empfindest. Und es wäre wahrhaft unklug, sie wissen zu lassen, wie sehr sie dir mißfällt.«

Wulfric hätte beinahe laut gelacht. Statt dessen lächelte er nur ironisch, als er gestand: »Sie weiß es schon. Außerdem geht es ihr ebenso. Sie liebt einen anderen, Vater. Das hat sie mir selbst gestanden.«

Sir Guy runzelte einen Augenblick lang die Stirn, dann meinte er abschätzig: »Ach was, das war sicher nur ein Verteidigungszug, weil sie nicht umhin konnte, deine Abneigung zu spüren.«

Diese Möglichkeit konnte Wulfric schwerlich von der Hand weisen, schließlich hatte er sich selbst genauso verhalten. Als sie ihm gesagt hatte, sie liebe einen anderen, hatte er ihr vorgelogen, daß auch er eine andere liebte. Doch das erklärte noch lange nicht ihre unverhohlene Feindseligkeit ihm gegenüber. Lag es daran, daß er ihren Vogel getötet hatte? Er konnte sich kaum vorstellen, daß jemand wegen eines Tieres so nachtragend war. Oder daran, daß er jenen Halunken, die sie auf dem Waldweg angegriffen hatten, nicht nachgejagt war? Das kam ihm schon wahrscheinlicher vor. Aber selbst das war keine hinreichende Begründung dafür, daß sie so eindeutig den Wunsch hatte, von dem Ehevertrag entbunden zu werden.

Das wollte er seinem Vater gegenüber jedoch nicht unnötig betonen. Deshalb sagte er leichthin. »Macht nichts. Sie und ich, wir werden uns schon aneinander gewöhnen. Ihr Vater hat ihr zu diesem Zweck ein paar Wochen Zeit gewährt.«

Sir Guy zog eine Augenbraue hoch. »Du selbst bist dieser Verbindung also nicht länger abgeneigt?«

Wulfric zuckte mit den Schultern. »Man könnte sagen, ich bin nicht mehr ganz so abgeneigt. Ich glaube immer noch, daß sie mir nichts als Schwierigkeiten bereiten wird, aber vielleicht werden diese Schwierigkeiten ja ganz interessant oder zumindest nicht gar so unerfreulich, wie ich dachte. Ihr Vater meint, sie würde sich schon noch ändern, wenn sie sich erst einmal in die Ehe eingelebt hat – hast *du* gewußt, daß sie lieber als Knabe zur Welt gekommen wäre? Und daß sie Männerkleidung den weiblichen Gewändern vorzieht?«

Sir Guy errötete. »Ich weiß, daß es ihr zuweilen an weiblicher Grazie mangelt ...«

»Zuweilen?« unterbrach Wulfric prustend. »Du hättest mich vorwarnen sollen, daß sie in Männersachen herumläuft. Ich hätte sie beinahe geohrfeigt, weil ich sie für einen vorlauten Dienstburschen hielt.«

»*Himmel*, wie konntest du diese zarte Haut verwechseln, mit ...«

»Vielleicht, weil sie sich mit Schmutz pudert.«

Sir Guy zuckte zusammen. »Ich weiß, wie sie immer herumgelaufen ist. Nigel konnte es nicht lassen, sich über ihre knabenhafte Art zu beklagen, wenn er zu tief ins Glas geschaut hatte. Ich nahm allerdings an, daß sie diese Marotte längst abgelegt hätte. Sieh sie dir nur an! Es ist doch nicht so, als könnte sie sich nicht anständig benehmen!«

»Nur daß sie das eben lieber nicht täte.«

Sir Guy räusperte sich verlegen, ehe er sagte: »Na schön, ich bin derselben Meinung wie mein Freund. Heirate sie, schlaf mit ihr, schwängere sie, und du wirst sie bestimmt bald viel umgänglicher finden und sicher auch weiblicher. Ich selbst habe sie niemals anders gesehen.«

Erneut fragte sich Wulfric, ob seine Eltern der echten Milisant je begegnet waren oder ob sie Jhone mit ihr verwechselt hatten. Trotzdem sagte er nur: »Ihr Vater meint, Liebe sei die Antwort.«

»Liebe kann einen Menschen verändern«, stimmte Sir Guy zu. »Das habe ich schon viele Male beobachtet. Und ich habe auch gesehen, wie ein ungehobelter Ritter sein Kind mit äußerst zärtlicher Fürsorge behandelte und wie sich ein boshaftes Weib in eine Heilige verwandelte, sobald sie eigene Babies bekommen hatte. Du solltest das Wunder der Zeugung als möglichen Weg, das Mädchen umzukrempeln, nicht außer acht lassen.«

Wulfric lachte. »Nun, ich frage mich, warum du das Letztgenannte so nachdrücklich betonst. Hängt das vielleicht mit den Freuden zusammen, die damit einhergehen?«

»Es gibt viel zu sagen über – Freuden. So wie sich eine bittere Medizin mit etwas Honig schmackhaft machen läßt, so kann auch ...« Sir Guy hielt inne, als Wulfric die Augen verdrehte. »Du willst mir wie üblich widersprechen«, endete er murmelnd.

»Keineswegs«, widersprach Wulfric mit nachgiebigem Grinsen. »Ich würde bloß eine Frau nicht mit bitterer Medizin vergleichen. Die eine nimmt man und hat sie rasch wieder vergessen, die andere aber hat man für den Rest seines Lebens am Hals.«

»Auf den Vergleich kommst es nicht an, solange du verstehst, was ich meine. Und das *hast* du verstanden, oder?«

»Gewiß doch, ich verstehe stets den Sinn deiner Worte, Vater. Und mach dir wegen des Mädchens keine Sorgen.«

Sir Guy sah ihm einen Moment lang tief in die Augen, dann gab er nach. »Na schön, lassen wir das auf sich beruhen. Aber was diese andere Angelegenheit betrifft ... hast du über meine Frage noch einmal nachgedacht? Wir müssen herausfinden, wer hinter diesen Anschlägen steckt.«

Während ihres Gesprächs in der vergangenen Nacht hatte Lord Guy seinen Sohn aufgefordert, ihm mögliche Namen zu nennen. Das hatte Wulfric in arge Bedrängnis gebracht.

»Ich hatte keine ernsten Auseinandersetzungen mit irgend jemandem, an den ich mich erinnern könnte«, sagte

Wulfric, »außer mit einem Hauptmann aus König Johns Söldnerheer.«

»König John?«

»Ja.«

»Was für eine Auseinandersetzung?«

»Nichts, was mich hätte beunruhigen müssen. Ich hatte gerade einen unserer Männer durch einen walisischen Pfeil verloren und war nicht geneigt, mir die abfälligen Bemerkungen dieses Hauptmanns über unsere Kriegsführung anzuhören. Ich habe den Kerl verprügelt. Als er sich ein paar Stunden später davon erholt hatte, soll er gesagt haben, er wolle meinen Kopf auf einer Speerspitze verrotten sehen.«

»Du hättest ihn ins Jenseits befördern sollen.«

Wulfric zuckte mit den Schultern. »Der König kann es nicht leiden, seine Hauptleute aufgrund belangloser Streitigkeiten zu verlieren. Außerdem habe ich diese Drohung nicht ernst genommen. Der Kerl war ein Idiot, und ich halte ihn nicht für fähig, solch einen Racheplan zu schmieden. Er würde geradewegs auf mich losgehen und nicht versuchen, mir auf Umwegen über andere zu schaden.«

»Wer also dann?«

Wulfric lachte seinen Vater an. »Meinst du, ich hätte scharenweise Feinde? Mir fällt sonst wirklich niemand ein. Aber wie ist es mit dir? Es würde auch dir sehr schaden, wenn diese Hochzeit nicht stattfände.«

Sir Guy machte ein betroffenes Gesicht. »Das habe ich noch gar nicht in Betracht gezogen. Aber du hast recht, auch das wäre eine Möglichkeit. Ich werde darüber nachdenken. Im Unterschied zu dir habe ich mir im Lauf der Jahre zahlreiche Feinde gemacht.«

Wulfric sah ihn ungläubig an. »Zahlreiche? Du? Obwohl unsere Ehre so über jeden Zweifel erhaben ist, daß nur ein vollkommener Narr sie in Frage stellen könnte?«

Guy grinste. »Ich habe nicht gesagt, ich hätte ehrenwerte Feinde, das nicht. Aber gewissenlose Halunken haben allen

Grund, einen ehrenwerten Mann zu fürchten und zu verunglimpfen und auf Rache zu sinnen, wenn sie entlarvt werden – sofern es ihnen gelingt, dem Galgen zu entkommen. Ich will auf jeden Fall, daß verschärfte Vorsichtsmaßnahmen getroffen werden, was Milisant betrifft. Wen hast du damit beauftragt, sie zu beschützen?«

»Abgesehen von Mutter?«

»Du beliebst zu scherzen – obwohl deine Mutter ihre Pflichten natürlich sehr gewissenhaft versieht und die Betreuung des Mädchens sicher für ihre Pflicht halten wird.«

»Alle Ausgänge der Burg werden beobachtet, Vater. Milisant wird nicht einen Fuß aus dem Turm setzen, ohne daß ich davon erfahre.«

Sir Guy nickte. »Ich werde auch die Bestimmungen darüber verschärfen lassen, wer Zutritt zu Shefford Castle erhält. Doch sobald die ersten Hochzeitsgäste mit ihren eigenen Dienern eintreffen, denke ich, werden wir deine Verlobte ins Sonnenzimmer der Frauen verbannen müssen.«

»Das wird sie sich verbitten«, sagte Wulfric.

»Mag sein, aber es ist notwendig.«

»Dann überlasse ich es dir, ihr das beizubringen, wenn es soweit ist.« Wulfric grinste.

23

An den unteren Tischen versammelte sich allmählich das Burgvolk zur Mahlzeit. Der lange Tisch auf dem erhöhten Podest, an dem der Graf und seine Gefolgsleute aßen, war noch leer. Üblicherweise warteten diejenigen, die dort mit ihm speisen durften, bis der Graf in der Mitte des Tisches Platz genommen hatte, und Lord Guy war noch immer ins Gespräch mit seinem Sohn vertieft.

Milisant hatte bemerkt, daß Lady Anne auf sie zusteuerte, auf ihrem Weg jedoch mehrfach von Dienern aufgehalten wurde, die ihre Aufmerksamkeit erforderten. Milisant hoffte, die Lady würde nicht wieder über die Hochzeit sprechen wollen. Sie sollte es jedoch nie erfahren, denn als Lady Anne ihren Weg endlich fortsetzen konnte, änderte sie die Richtung und gesellte sich zu ihrem Gatten, um das Mahl zu eröffnen. Dadurch blieb Wulfric zunächst allein und wandte sich Milisant zu.

Doch ehe er sich anschicken konnte, sie zu Tisch zu führen, sofern er das vorhatte, nahm sie ihre Schwester bei der Hand und zerrte sie zu der Tafel, die sich nun rasch füllte, um zwei Sitzplätze nebeneinander zu finden, die es nicht zulassen würden, daß er sich ihnen anschloß. Es war ihr gleichgültig, daß Wulfric dadurch den Eindruck gewinnen könnte, sie wolle ihm aus dem Weg gehen. Genau das wollte sie ja. Und sie fand eine schmale Bank, die nur breit genug war für zwei.

»Was *machst* du denn?« zischte Jhone, als Milisant sie auf die Bank drückte.

Milisant flüsterte zurück: »Ich sorge dafür, daß er nicht vertraulich mit mir sprechen kann.«

Jhone seufzte. »Das ist doch ein nutzloses Unterfangen, Mili. Wenn er mit dir sprechen will, wird er das tun, ob es dir nun gefällt oder nicht. Und du solltest neben ihm sitzen.«

Sie reckte trotzig das Kinn vor. »Warum? Damit er mir den Appetit verdirbt?«

»Ihr erweist mir zuviel der Ehre, Weib«, sagte Wulfric und setzte sich neben sie.

Milisant versteifte sich, und als sie einen kurzen Blick in seine Richtung warf, sah sie, daß der Ritter, der auf dieser Seite neben ihr gesessen hatte, ein Stück weitergerückt war, um ihrem Verlobten auf der Bank Platz zu machen. Sie verzog ihr Gesicht und sagte zu Wulfric: »Zu gütig von Euch, mir Gesellschaft zu leisten, Mylord.«

»Sarkasmus steht Euch nicht«, antwortete er tonlos und ohne eine Miene zu verziehen.

»Ich wünschte, Ihr würdet Euch woanders hinsetzen! Klingt das besser?«

»Weitaus. Die Wahrheit ist immer das beste, auch wenn sie Euch in diesem Fall nichts nützt.«

Sie schnaubte zornig und wandte sich wieder ihrer Schwester zu. Dann begann sie ein Gespräch mit ihr, das so belanglos war, daß Wulfric, selbst wenn er es mit anhörte, kaum etwas dazu zu sagen haben würde. Ihr Trick klappte. Er versuchte nicht, sich einzumischen.

Wenn sein Schweigen doch nur schon genügen würde, um ihn einfach nicht beachten zu können. Aber obwohl sie sich so nahe wie möglich an Jhone drängte, um Wulfric weder an der Hüfte, der Schulter noch sonstwo zu berühren, konnte sie leider keinen Moment lang vergessen, daß er da war, neben ihr, nur wenige Fingerbreit entfernt.

Allein seine Nähe führte bei ihr zu einer inneren Anspannung, die in der Tat ihren Appetit beeinträchtigte. Sie aß zwar, nahm aber gar nicht wahr, was sie aß. Sie trank zwar, aber es hätte ebensogut Essig statt Wein sein können, ohne daß ihr das aufgefallen wäre. Es war beinahe eine Erleichterung, wieder seine Stimme zu hören.

»Schenkt mir Eure Aufmerksamkeit, Weib. Man erwartet von uns, daß wir zumindest den Anschein erwecken, ein verlobtes Paar zu sein.«

Wulfric war eindeutig verstimmt. Langsam wurde ihr klar, daß er sie immer dann »Weib« nannte, wenn er sich über sie ärgerte.

Neugierig zog sie die Augenbrauen hoch. »Und wie sollte ein solches Paar wirken?«

»Glücklich!«

Fast hätte sie lachen müssen. Statt dessen lächelte sie ironisch. »Obwohl die meisten Heiraten arrangiert werden, so wie unsere? Worüber sollte man da wohl glücklich sein?«

Einen Moment lang wirkte er nachdenklich. »Nun, allein die Tatsache, daß keiner von uns beiden verkrüppelt ist oder kleinwüchsig oder schieläugig, gibt doch Anlaß zu großer Freude.«

Bei der Vorstellung, wie er wohl aussähe, wenn er schielte, mußte sie lachen. Zu dumm aber auch. Ihr gemeinsames Glück war ein Thema, an dem sie sich in aller Ernsthaftigkeit hätte festbeißen können. Jetzt würde sie sich dabei nur noch albern vorkommen.

Anstelle einer ernsten Antwort schielte sie ihn an und hörte ihn ebenfalls in Gelächter ausbrechen. Das genügte wohl, um das Burgvolk wissen zu lassen, wie unglücklich sie miteinander waren. In der Tat fühlte sie sich durch das Lachen befreit, und das war besser als die Anspannung, die seine Gegenwart bei ihr zuvor ausgelöst hatte.

»Ich muß zurücknehmen, was ich eben gesagt habe. Ihr seid ein Bild für die Götter, Mädchen, selbst wenn Ihr schielt.«

Sie errötete, ja sie lief über und über rot an. Komplimente aus seinem Munde waren außerordentlich schwer anzunehmen. Und sie hätte nicht einmal sagen können, warum das so war. Hätte ein anderer so etwas zu ihr gesagt, hätte sie es kaum beachtet. Seine Worte jedoch gingen ihr unter die Haut und brannten dort wie Feuer.

Sie griff nach ihrem Wein und hätte ihn beinah verschüttet. *Jesus*, zitterten ihr etwa die Hände? Den Inhalt des Kelches hinunterzuspülen schien ihr ein wenig zu helfen. Zumindest konnte sie ihn nun ansehen, ohne erneut zu erröten.

Es war jedoch ein Fehler, wieder in seine Richtung zu schauen. Die Heiterkeit, die noch immer aus seinem Gesicht strahlte, ließ seine dunkelblauen Augen funkeln und legte einen weichen Zug um seinen sonst so strengen Mund. Er wirkte ganz anders als sonst und überhaupt nicht mehr brutal. Einmal mehr fiel ihr auf, wie überaus gut er doch aussah.

Es mußte wohl die große Verwunderung in ihren Augen gewesen sein, die seinen Ausdruck verwandelte. Auf einmal sah er sie auf dieselbe Art und Weise an wie schon einmal an diesem Morgen, kurz bevor er sie geküßt hatte. Ihr stockte der Atem. Ihr Magen zog sich zusammen. Der Herzschlag dröhnte in ihren Ohren.

Zum Glück wandte er zuerst den Blick ab, denn sie wäre dazu nicht imstande gewesen. Er wirkte, als sei er aus der Fassung geraten, vielleicht sogar verlegen. Sie sah noch, wie er sich mit der Hand durchs Haar fuhr, bevor sie ihre Augen rasch von ihm abwandte.

Sie wollte aufstehen und den Saal verlassen. Das war ihre erste Regung, und das wäre auch das klügste gewesen. Nichts wie weg von ihm, bis sie wieder klar denken konnte. Sie könnte irgendeinen Vorwand erfinden oder auch einfach unentschuldigt gehen. Sie glaubte nicht, daß er versuchen würde, sie aufzuhalten, nach dem, was sich gerade zwischen ihnen abgespielt hatte, was immer das auch gewesen sein mochte.

Aber als sie ihn sagen hörte: »Ich möchte nach dem Essen mit Euch sprechen«, überlegte sie es sich augenblicklich anders, denn sie fürchtete, daß er ihr folgen würde.

»Sagt jetzt, was Ihr zu sagen habt«, antwortete Milisant, ohne ihn dabei anzusehen, und mit einer Stimme, die sie kaum als ihre eigene wiedererkannte, so atemlos war sie.

»Vertraulich«, betonte er.

»Nein.«

»Mili ...«

Höchst alarmiert und aller Zweifel enthoben, was er vertraulich von ihr wollte, unterbrach sie ihn. »Nein, es wird keine weiteren Küsse geben!«

»Warum nicht?« fragte er schlicht.

Diese Frage überraschte sie so sehr, daß sie sich ihm wieder zuwandte und ihn anstarrte. Er schien ehrlich verwirrt zu sein, allerdings nicht mehr als sie selbst, da sie nicht erwartet hatte, einen Grund angeben zu müssen. Sie hätte keinen nennen können, der sie nicht beide in Verlegenheit gebracht hätte.

So versuchte sie der Frage auszuweichen, indem sie entgegnete: »Meint Ihr, eine Frau müßte es begründen, wenn sie nein sagt?«

»Wenn sie zu ihrem Verlobten nein sagt, dann ja.«

»Noch sind wir nicht verheiratet.

»Ich will nicht mit Euch ins Bett – noch nicht –, was könntet Ihr also gegen einen schlichten Kuß einzuwenden haben?«

Himmel, sie hatte gewußt, daß ihr dieses Thema wieder das Blut in die Wangen treiben würde. Und was sollte sie sagen? Etwa, daß sein Kuß sie viel zu sehr verwirrt hatte und sie ihn deshalb nicht so leichtnehmen konnte, wie er es anscheinend tat? Schlicht? Sein Kuß war nicht schlicht gewesen und die Gefühle, die er in ihr entfacht hatte, schon gar nicht.

Sie ging zum Angriff über. »Ihr liebt doch eine andere. Warum habt Ihr überhaupt den Wunsch, mich zu küssen?«

Er kniff die Lippen zusammen. Offenbar behagte es ihm nicht, daran erinnert zu werden, daß sie nicht die erste Wahl für ihn war, ebensowenig wie er für sie.

»Ach deshalb wollt Ihr mich abweisen? Weil Ihr einen anderen liebt? Ihr könnt ihn vergessen, Weib. Der einzige, der Euch fürderhin küssen wird, bin ich! Also findet Euch schleunigst damit ab, bevor Ihr uns beide ins Unglück stürzt!«

Nachdem er ihr diese Worte förmlich ins Gesicht geschleudert hatte, stand er auf und verließ abrupt die Tafel. Es behagte ihm nicht, daran erinnert zu werden? Das war stark untertrieben. Es hatte ihn fuchsteufelswild gemacht.

24

»Wie viele Männer willst du heute erledigen, bevor du dir klarmachst, was dich so ärgert?«

Wulfric sah von seinem Bruder, der neben ihn getreten war, zu der Reihe von Rittern und Junkern in seiner Nähe, auf denen Raimunds Blick ruhte, während sie die blauen Flecken und Prellungen versorgten, die sie sich im heftigen Kampf mit Wulfric zugezogen hatten.

»Gar nichts ärgert mich«, widersprach Wulfric, steckte jedoch sein Schwert in die Scheide und schüttelte den Kopf in Richtung des Junkers, der als nächster an der Reihe war, um sich mit ihm zu messen. Dann sah er seinen Bruder finster an. »Ich hätte lieber nach dir Ausschau halten sollen.«

Raimund lachte schallend. »Danke, daß du mir das erspart hast. Du bist ja auch kaum ins Schwitzen gekommen. Sind das Eiskristalle, die ich auf deinen finsteren Augenbrauen sehe?«

»Vielleicht bist du doch reif für eine Übungsrunde«, antwortete Wulfric drohend.

Raimund grinste. »Und vielleicht bist du reif für einen großen Humpen Met und eine Schulter – zum Reinbeißen.«

»Du solltest dich bei König John um die Stelle des Hofnarren bewerben, Bruder. Mich dünkt, du hättest gute Chancen. Was veranlaßt dich zu solch alberner Heiterkeit?«

»Ich habe einen sehr angenehmen Abend mit meiner Frau verbracht, warum sollte ich also nicht in guter Stimmung sein? Du hingegen hast offensichtlich sogar noch schlechtere Laune als auf dem Weg nach Dunburh, und ich hätte gedacht, schlimmer könnte es wirklich nicht kommen. Was ist denn geschehen, seit sich unsere Wege gestern abend getrennt haben?«

»Du solltest lieber fragen, was nicht geschehen ist.«

Wulfric murmelte dies im Fortgehen vor sich hin, so daß seine Worte nicht wirklich für Raimunds Ohren bestimmt waren, doch Raimund war ihm rasch genug gefolgt, um alles zu verstehen, und antwortete grinsend: »Na gut. Und was ist *nicht* geschehen?«

Wulfric wandte sich um und funkelte ihn wütend an. Seine einzige Antwort war ein zorniges Schnauben. Er setzte seinen Weg fort, ging in den nächsten Stall und blieb vor zwei besetzten Boxen stehen. In der einen war sein eigener Hengst, in der anderen stand Milisants Destrier. Überraschenderweise bot Wulfric nicht seinem eigenen Pferd, sondern dem Destrier den Zucker an, den er aus seiner Gürteltasche holte. Noch erstaunlicher war, daß er so etwas überhaupt tat.

»Ich würde ja um meine Hand fürchten«, sagte Raimund ernst.

»Nein, er hat ganz sanfte Lippen. Er ist alles andere als bösartig, wenn es um Zucker geht.«

»Ganz schön mutig von dir, das herausgefunden zu haben.« Raimund lachte. Dann fragte er neugierig: »Du gibst ihrem Pferd Zucker und deinem nicht?«

Wulfric zuckte mit den Schultern. »Meines ist schon verwöhnt genug.«

»Meinst du denn, sie verwöhnt ihres nicht?«

»Sofern sie das tut, wird sie dazu nicht mehr lange in der Lage sein. Wenn die ersten Hochzeitsgäste eintreffen, wird sie den Bergfried nicht mehr verlassen dürfen.«

»Eine weise Vorsichtsmaßnahme«, pflichtete Raimund ihm bei. »Aber was plagt dich gegenwärtig so, daß du Prügelknaben brauchst?«

Wulfric seufzte. Er war so mißmutig, daß er gar nicht merkte, wie er sich mit der zuckerverklebten Hand durchs

Haar fuhr. »Ich verspüre den Wunsch, einen Mann zu töten, den ich nicht einmal kenne.«

»Verständlich. Ich wäre auch fuchsteufelswild, wenn jemand versuchte, meiner Verlobten ein Leid …«

»Ich meine nicht den, der Milisant nach dem Leben trachtet«, unterbrach Wulfric. »Der Kerl wird sich, wenn ich ihn erst einmal erwischt habe, ein dutzendmal den Tod wünschen, bevor ich mit ihm fertig bin. Nein, ich meine denjenigen, dem sie ihr Herz geschenkt hat. Anfangs habe ich keinen Gedanken an ihn verschwendet. Jetzt kann ich kaum noch an etwas anderes denken.«

Raimund war erstaunt. »Seit wann hat sich deine Abneigung ihr gegenüber in Zuneigung verwandelt?

»Wer sagt etwas von Zuneigung?« entgegnete Wulfric. »Sie ist meine Verlobte, Raimund. Ich finde es unerträglich, mit jemandem wetteifern zu müssen, dem ich noch nie begegnet bin.«

»Du weißt also, wie er heißt, da du so sicher bist, ihn nicht zu kennen?«

Wulfric machte ein finsteres Gesicht. »Nein, aber ich will seinen Namen wissen.«

»Was hält dich davon ab, sie einfach danach zu fragen?« wagte sich Raimund weiter vor.

»Damit sie glaubt, ich wolle ihm etwas antun?«

Raimund lachte. »Sagtest du das nicht eben? Ich glaube, deine genauen Worte waren, du hättest den Wunsch, ihn zu töten.«

Wulfric machte eine abwehrende Handbewegung. »Reine Übertreibung! Nun sieh mich nicht so zweifelnd an, Bruder. Ich kann nicht herausfinden, wie ich ihrer Zuneigung zu ihm ein Ende machen kann, ehe ich nicht weiß, warum sie ihn überhaupt mag, und das wiederum kann ich nicht herausfinden, solange ich nicht weiß, wer er ist.« Dann wurde sein Blick nachdenklich. »Aber mich dünkt, du könntest mir hierbei vielleicht behilflich sein.«

Raimund zog die Augenbrauen hoch und versuchte zu raten. »Du willst, daß *ich* Milisant frage?«

»Nein, nicht sie. Dir würde sie auch nicht mehr sagen als mir. Aber ihre Schwester Jhone. Die ist ein ganz anderes Mädchen, süß, fügsam und wohl kaum von der argwöhnischen Sorte. Sie wird wissen, wer dieser Mann ist, und wird es dir eher sagen als mir.«

»Und wenn sie nicht will, könnte ich es ja aus ihr herausprügeln«, sagte Raimund schalkhaft.

»Machst du dich lustig über eine Angelegenheit, die mir bitter ernst ist?«

»*Himmel*, hoffentlich hat der Priester bei der Beerdigung deines Humors eine schöne Grabrede gehalten, Bruder. Nein, ich glaube, daß du die Sache zu schwer nimmst. Selbst wenn deine Lady einem anderen zugeneigt ist, bist du es doch, den sie heiraten und dem sie treu bleiben wird. Oder hast du Grund zu der Annahme, daß dem nicht so wäre? Meinst du etwa, sie würde dich betrügen?«

»Nein, ich denke, sie wird sich an das Treuegelöbnis halten. Darüber mache ich mir keine Sorgen. Aber laß es mich einmal so sagen: Wie würdest du dich fühlen, wenn du wüßtest, und zwar ganz sicher und ohne jeden Zweifel wüßtest, daß deine Frau an einen anderen Mann denkt, wenn du mit ihr schläfst?«

Raimunds schoß das Blut in die Wangen. »Ich werde noch heute mit ihrer Schwester sprechen!«

25

Milisant staunte, worüber Frauen so alles klatschten. Es war schon Jahre her, seit sie zuletzt nicht umhin gekommen war, herumzusitzen und sich derlei eitles Geschwätz anzuhören. Sie hätte das auch heute nicht freiwillig getan, wenn Lady Anne nicht Jhone und sie gleich nach dem Mittagessen abgeholt hätte, damit sie sich an der Arbeit an dem riesigen Wandteppich beteiligten, der noch vor der Hochzeit fertig werden sollte.

Er stand, auf einem weiten Rahmen aufgespannt, vor dem großen Kamin. Nahezu ein Dutzend Damen stickten gleichzeitig daran, ohne sich ins Gehege zu kommen, so groß war dieser Wandteppich. Milisant blieb nur, weil Lady Anne auch dablieb, um die Arbeit zu beaufsichtigen, und weil sie mit dieser willensstarken Frau keinen Streit bekommen wollte.

Sie tat jedoch nur so, als ob sie die Nadel benutzte, die man ihr gegeben hatte, denn es war ein wunderschöner Wandteppich – oder würde es zumindest werden, wenn er erst einmal fertig war. Er zeigte einen vornehmen Ritter zu Pferde mit seinem berittenen Gefolge, der von einem lieblichen Hügel in sommerlicher Blüte auf ein näherrückendes Heer herabblickte. Ein Falke saß auf seinem Handgelenk, und der Ritter war von der herannahenden Gefahr offenbar so wenig beeindruckt, daß er beinahe lachte. Sollte dieses Bild Sir Guy darstellen? Oder Wulfric? Wie dem auch sei, es wäre kleinlich von ihr, den Wandteppich mit ihrem ungeübten Stich zu verderben.

Was das Geschwätz betraf, das ihr um die Ohren schwirrte, so reichten die Themen von den schaurigsten Einzelheiten des

Kindbetts über die Intimitäten, die derlei Umstände verursachten, bis hin zu der außerordentlichen Größe des Schwertes, das einer der bewaffneten Männer besaß – Jhone mußte ihr erst zuflüstern, auf welches Schwert da angespielt wurde, ehe es den Damen gelang, Milisant die Schamröte ins Gesicht zu treiben, denn darauf hatten sie es angelegt.

Sie gaben es aber bald auf, als sie merkten, daß Milisant keine junge Braut war, die man leicht necken konnte, denn nichts anderes war ihre unschuldige Absicht gewesen. Es war die übliche Feuertaufe, die alle jungen Bräute über sich ergehen lassen mußten. Milisant war jedoch keine gewöhnliche junge Frau, und infolgedessen entsprachen ihre Reaktionen – eine Reihe zorniger Blicke und nur ein einziges Erröten – nicht den Erwartungen der anderen Damen.

Bei dieser Gelegenheit, als sie zwischen all den anderen saß, spürte Milisant, daß jemand sie beobachtete, der nicht dazugehörte. Es war nur der Anflug eines seltsamen Gefühls, das sie rasch abzuschütteln versuchte. Die Damen machten mit ihrem Gelächter eine Menge Lärm und zogen dadurch allerhand Blicke auf sich.

Es war doch immerhin fraglich, ob diese Blicke wirklich ihr im besonderen galten. Sie war nur eine unter vielen – zumindest versuchte sie sich das einzureden – und nahm ihren ersten flüchtigen Eindruck nicht ernst, daß man sie so streng bewachte, daß sie auf Schritt und Tritt beobachtet wurde. Diese Vorstellung hätte sie unerträglich gefunden. Auf jeden Fall entzog sie sich umgehend allen neugierigen Blicken, sobald Lady Anne den Saal verließ.

Das war nur möglich, weil Jhone auch gerade abwesend war. Sie war in ihr gemeinsames Zimmer hinaufgegangen, um ein besonderes hellblaues Garn zu holen, das aus den Schätzen stammte, die ihr Vater aus dem Heiligen Land mitgebracht hatte, und das sie für die Augen des Ritters auf dem Wandteppich verwenden wollte. Das war ein großzügiges Geschenk von ihr, zumal der Wandteppich ja nicht Dunburh

Castle zur Zierde gereichen würde. Aber immerhin war sie deshalb im Moment nicht zugegen und konnte Milisant nicht davon abhalten, sich davonzuschleichen.

Sie entkam jedoch nicht so rasch, wie es ihr lieb gewesen wäre, denn auf der Hälfte der Treppe, die in den Burghof hinabführte, kam ihr Wulfrics Halbbruder Raimund entgegen und versperrte ihr den Weg. Nachdem man ihr bereits heute morgen, als sie nach Stampfer hatte sehen wollen, mitgeteilt hatte, daß sie den Bergfried künftig nicht mehr ohne Begleitschutz verlassen durfte – nicht einmal, um kurz in den Stall zu gehen –, hatte sie sich vorgenommen, sich bei ihrem nächsten Ausgang für Jhone auszugeben.

Während sie selbst Raimund nur mit einem knappen Kopfnicken begrüßt hätte, bedachte sie ihn nun statt dessen mit einem spröden Lächeln. Sie hatte schließlich reichlich Übung darin, die damenhaften Manieren ihrer Schwester nachzuahmen.

Sie hatte gehofft, wenn er sie für Jhone hielt, würde er sie nicht aufhalten. Daß genau das Gegenteil der Fall wäre, hatte sie nicht erwartet.

»Lady Jhone, könnte ich ein paar Worte mit Euch sprechen? Ihr seid doch Lady Jhone, nicht wahr?«

Es lag Milisant auf der Zunge, ihm die Wahrheit zu sagen, in der Hoffnung, daß er dann weiterginge. Sein Gesichtsausdruck erregte jedoch ihre Neugier.

Anstatt ihn zu belügen, fragte sie lediglich: »Kann ich Euch helfen?« Damit war sie seiner Frage ausgewichen und überließ es ihm, seine eigenen Schlußfolgerungen zu ziehen. Auf diese Weise beruhigte sie ihr Gewissen, daß es nicht ganz und gar, sondern nur zum Teil ihre Schuld war, wenn er zu einem falschen Schluß kam. Und genau das tat er.

Raimund nickte. »Ja, Mylady, ich hoffe das könnt Ihr. Mir ist zu Ohren gekommen, daß Lady Milisant eine gewisse Zuneigung für einen anderen Mann als ihren Verlobten hegt. Mein Bruder ist jedoch kein Mensch, der bereit wäre, sein

Eigentum mit anderen zu teilen, selbst wenn diese Zuneigung ganz harmlos sein sollte.«

Milisant fiel Wulfrics Wutanfall beim Essen wieder ein und daß sie angenommen hatte, die Erinnerung daran, daß er gezwungen war, *sie* zu heiraten, obwohl er eine andere liebte, sei der Auslöser dafür gewesen. Das war ihr erster Eindruck gewesen. Sie hatte sich zwar kurz gefragt, ob nicht vielleicht auch eine Spur Eifersucht mit im Spiel war, konnte sich das aber nicht so recht vorstellen, nachdem sein Verhalten – abgesehen von seinem Verlangen, sie zu küssen – doch deutlich zeigte, daß er sie nicht mochte.

Jhone konnte jedoch von alledem nichts wissen, und daher mußte sie fragen: »Was meint Ihr?«

»Es würde Wulfric stören, wenn er annehmen müßte, daß ein anderer Mann seine Frau begehrt.«

Oder daß seine Frau einen anderen Mann begehrte? Und was war mit einer Frau, die wußte, daß ihr Ehemann lieber eine andere geheiratet hätte?

Sie war nicht in Roland verliebt. Sie wußte nur, daß sie sich in ihn verlieben könnte, wenn sie Zeit und Gelegenheit dazu hätte. So wie die Dinge standen, war er allerdings nicht mehr als ein guter Freund. Wulfric konnte Derartiges von sich selbst nicht behaupten, denn er hatte ja offen zugegeben, eine andere zu lieben.

Sie seufzte im stillen und bedauerte es, diese Gedanken Raimund gegenüber nicht aussprechen zu können. Sie würde ihn dadurch nur zum Widerspruch veranlassen, in dem Bemühen, seinen Bruder in Schutz zu nehmen. Jhone pflegte sich mit ihren Gesprächspartnern jedoch nicht zu streiten.

Also sagte Milisant: »Ich hätte vermutet, ein Mann wäre eher stolz darauf, so eine Frau zu haben.«

Raimund grinste und gab zu: »Manch einer schon.«

Sie zog fragend die Augenbrauen hoch. »Euer Bruder nicht? Dann meint Ihr also, er wäre eifersüchtig?«

»Nein, ich sagte nur, daß es ihn stören würde.«

Milisant hätte am liebsten gefragt: »Na und?«, aber Jhone würde eine weitaus freundlichere Antwort geben. »Gefühle sind ein seltsames Übel, gegen das man ziemlich machtlos ist«, sagte sie mit der Andeutung eines Lächelns. »Man kann es einem Mann schließlich nicht zum Vorwurf machen, wenn er sich in eine Frau verliebt, die für ihn unerreichbar ist. So etwas kommt häufig vor. Und auch einer Frau kann man die Gefühle eines anderen für sie nicht vorwerfen, solange sie diese nicht absichtlich heraufbeschwört.«

Ihr Lächeln wurde breiter. *Himmel*, das war wahrscheinlich genau das, was Jhone an dieser Stelle wirklich gesagt hätte. Es war schon eine Weile her, daß sie in die Rolle ihrer Schwester geschlüpft war, aber sie hatte den Dreh noch ganz gut heraus.

»Wulf macht niemandem einen Vorwurf, Mylady«, versicherte ihr Raimund. »Es wäre zwar besser, wenn er von diesem anderen Mann gar nichts wüßte, aber Eure Schwester hielt es für angebracht, ihn und ihre Gefühle für ihn zu erwähnen.«

»Und das stört ihn wohl auch?«

»Nein, ich glaube kaum, daß ihn das stört. Er ist davon überzeugt, daß die Zuneigung seiner Ehefrau nach einiger Zeit nur noch ihm allein und keinem anderem mehr gelten wird.«

Milisant mußte sich beherrschen, um nicht loszuprusten. Überzeugt? – Also wirklich, dieser eingebildete Flegel! Langsam verlor sie die Geduld, noch länger die Rolle ihrer Schwester zu spielen. Ihre Neugierde war befriedigt worden – bis auf einen Punkt.

»Gibt es einen bestimmten Grund für dieses Gespräch, Sir Raimund?« fragte sie spitz.

Als er errötete, merkte sie, daß sie einen Fehler gemacht hatte. Diese Frage war viel zu geradeheraus für Jhone. Sie brachte andere niemals vorsätzlich in Verlegenheit, wohingegen Milisant für ihre Unverblümtheit, die ihren Gesprächspartnern nicht selten das Blut in die Wangen steigen ließ, geradezu berüchtigt war.

»Ich hatte gehofft, meinem Bruder versichern zu können, daß er sich völlig unnötige Sorgen macht. Im Grunde hatte ich gehofft, Ihr würdet mir den Namen dieses anderen Mannes nennen, damit ich mit ihm sprechen und herausfinden kann, ob er Lady Milisants Gefühle erwidert. Es wäre ein schönes Hochzeitsgeschenk für meinen Bruder, wenn ich ihm sagen könnte, daß er sich darüber nicht länger den Kopf zerbrechen muß.«

»Das wäre es in der Tat«, sagte Milisant förmlich. »Ich kann Euch zu diesem Geschenk jedoch leider nicht verhelfen. Ihr werdet mit meiner Schwester sprechen müssen, Sir Raimund. Der Name, nach dem Ihr fragt, ist mir nie zu Ohren gekommen.«

Soviel zu Milisants Bemühungen, nicht wirklich zu lügen. Aber sie konnte nicht zulassen, daß Roland behelligt würde, solange sie ihn noch nicht einmal hatte wissen lassen, daß sie ihn heiraten wollte.

Es war kein Wunder, daß Raimund an ihren Worten zweifelte. »Nie zu Ohren gekommen? Ihr seid immerhin Zwillingsschwestern, und Zwillinge haben doch ein sehr viel engeres Verhältnis zueinander als andere Geschwister. Ich hatte bislang nicht den Eindruck, daß Ihr Euch einander nicht anvertrauen würdet.«

Milisant kicherte; sie konnte nicht anders. »So ist es auch nicht. Aber meine Schwester hält manche Angelegenheiten für viel zu persönlich, um darüber zu sprechen, selbst mit mir. Ich weiß um ihre ... Zuneigung zu diesem Mann, aber sie hat ihn im Grunde nie beim Namen genannt, zumindest nicht bei seinem richtigen Namen. Sie nennt ihn ihren sanften Riesen.«

Raimund seufzte. »Dann werde ich wohl doch mit ihr selbst sprechen müssen.«

Milisant lächelte. »Viel Glück, mein Herr. Wenn sie mir nicht sagt, wie er heißt, wird sie es Euch wohl auch kaum verraten. Aber versuchen könnt Ihr es ja!«

26

Milisant ging schließlich doch nicht hinaus. Weil sie ein Zwilling war und die meisten Leute sie und ihre Schwester dem Aussehen nach kaum unterscheiden konnten, hatten die Wachen vor der Tür Anweisung bekommen, daß *beide* Schwestern den Bergfried nicht ohne Geleitschutz verlassen durften.

Diese verdammten Vorsichtsmaßnahmen! Zu Milisants großem Ärger dachte Wulfric aber auch wirklich an alles. Wozu hatte er sie denn nach Shefford gebracht, wenn sie auch hier noch in so großer Gefahr schwebte? Wenn sie sich nur in Begleitung einer bewaffneten Eskorte umherbewegen konnte, hätte sie auch daheim in Dunburh bleiben können. Der ausschlaggebende Grund, aus dem er sie hierhergebracht hatte, war doch, daß er seinen eigenen Leuten vertrauen konnte, weil kein einziger Söldner unter ihnen war.

Sie ärgerte sich so sehr, daß sie drauf und dran war, ihn deshalb zur Rede zu stellen – bis ihr wieder einfiel, wie ärgerlich er gewesen war, als sie sich vorhin getrennt hatten. Wenn sie ihn beim Abendessen wiedersah, wäre es immer noch früh genug, um bissige Bemerkungen zu machen. So verbrachte sie den Rest des Nachmittags damit, ihre Wut an dem armen Wandteppich auszulassen, indem sie diesmal von ihrer Nadel wirklich Gebrauch machte.

Für den Wandteppich war es ein Glück, daß ihre Schwester gleich neben ihr arbeitete und in aller Ruhe Milisants schrecklich unregelmäßige Stiche wieder auftrennte. Milisant bemerkte es kaum, so sehr war sie in ihre düsteren Gedanken vertieft.

Sie selbst hätte genauso gerne wie alle anderen gewußt, wer ihr nach dem Leben trachtete. Unter der strengen Bewachung, die ihr gegenwärtig zuteil wurde, würde sie dies jedoch niemals herausfinden können, denn wer auch immer es war, er wäre bestimmt nicht so dumm, einen erneuten Mordversuch zu unternehmen, solange die Aussichten auf Erfolg so gering waren. Viel besser wäre es doch, wenn sie sich selbst überlassen bliebe, so daß ein Anschlag auf sie verübt werden könnte, den sie dann vereiteln würde.

Sie hielt sich weder für unverwundbar, noch glaubte sie, mit jeder Situation fertig werden zu können – mit den meisten aber doch. Und ihre Tiere könnten sie beschützen. Sie wären viel weniger abschreckend als die vier stämmigen Wachen, die allzeit bereitstanden, um ihr außerhalb des Bergfrieds auf Schritt und Tritt zu folgen.

Sie beschloß, von nun an ihre Tiere überall mit hin zu nehmen – zumindest Knurrer und Rhiska. Insbesondere Knurrer machte auf den ersten Blick einen völlig harmlosen Eindruck, obwohl er ein Wolf war. Wenn es darauf ankam, konnte er jedoch innerhalb weniger Sekunden drei Erwachsene in Stücke reißen, und Rhiska würde währenddessen noch einige mehr in Panik versetzen. Mit diesen beiden Begleitern wäre sie außerhalb des Bergfrieds vollkommen sicher und innerhalb der hohen Mauern von Shefford erst recht.

Trotzdem, draußen in der Landschaft, mit der sie nicht vertraut war, sah sie die Notwendigkeit einer bewaffneten Eskorte durchaus ein. Sie war schließlich nicht dumm. Aber innerhalb der Burgmauern, aus denen es kein Entrinnen gab, würde niemand mit Pfeilen auf sie schießen. Und da die Tore so streng bewacht wurden, wäre auch niemand in der Lage, sie aus Shefford zu entführen.

Sie war gründlich darauf vorbereitet, Wulfric diese Gedankengänge darzulegen, sobald er sich beim Abendessen zu ihr gesellte. Ihre Tiere hatte sie zu sich geholt.

Knurrer lag zu ihren Füßen unter dem Tisch, und Rhiska hockte still auf ihrer Schulter. Sie war mit Logik gewappnet. Aber Wulfric ließ sich nicht blicken.

Die Mahlzeit wurde eröffnet, und er erschien immer noch nicht. Das Mahl war nahezu beendet, und er war nach wie vor nicht da. Sie war nicht mehr ärgerlich, sie war wütend. *Er* war es doch gewesen, der darauf bestanden hatte, daß sie jeden Tag soviel Zeit wie möglich miteinander verbringen sollten! Aber heute hatte sie ihn noch so gut wie gar nicht zu Gesicht bekommen.

Erst als sie sich schon anschickte, das Podest zu verlassen, sah sie ihn in den Saal treten. Er blieb am Eingang stehen und ließ seinen Blick durch den weitläufigen Raum wandern. Seine dunkelblauen Augen streiften sie und kehrten dann zu ihr zurück. Er verzog keine Miene und rührte sich auch nicht von der Stelle. Er führte lediglich den großen Schenkel eines Moorhuhns den er in der Hand hielt, zum Mund, um einen Happen davon abzubeißen. Heute war außer dem üblichen Fisch und Reh auch Moorhuhn zum Essen serviert worden.

Hatte er sich seine Verpflegung also aus der Küche geholt, anstatt das üppige Mahl mit ihr zu teilen? Anders als in Dunburh, wo die Küchen vor vielen Jahren in das Untergeschoß des Bergfrieds verlegt worden waren, befanden sich die Küchen von Shefford draußen im Hof. Das hielt den Rauch und die Dünste aus dem Saal fern, aber das Essen war, besonders in den Wintermonaten, nicht mehr allzu warm, bis es endlich auf den Tisch kam.

Da die Küchen hier jedoch außerhalb lagen, konnte sich jeder mühelos etwas zu essen holen, ohne im Saal erscheinen zu müssen – zumindest konnte Wulfric das leicht tun, denn seine Bewegungsfreiheit war ja nicht auf den Bergfried beschränkt. Wenn er ihr aus dem Weg gehen wollte, brauchte er deshalb also noch lange nicht Hunger zu leiden.

Wenn sie doch auch nur so frei wäre – zumindest um ihm

aus dem Weg gehen zu können. Aber hatte er ihr bei der vorangegangenen Mahlzeit nicht gerade erst gezeigt, daß sie keine Wahl hatte? Sein Verhalten goß Öl in das Feuer ihres Zorns.

Sie wartete nicht ab, bis er zu ihr kam – er schien dazu auch gar keine Anstalten machen zu wollen. Nachdem sie sich einige Augenblicke lang angestarrt hatten, stand er noch immer mit unbewegter Miene am Eingang. Da sie selbst so aufgebracht war, interessierte es sie nicht, in welcher Stimmung er sich befand.

Sie ging zu ihm. »Ich möchte mit Euch sprechen – vertraulich!«

Wulfrics schwarze Augenbrauen schossen in die Höhe. Kein Wunder. Sie hatte nicht daran gedacht, daß er kurz zuvor dieselbe Bitte geäußert hatte – und abgewiesen worden war.

Sie erriet jedoch seine Gedanken und knurrte: »Nein, nicht um Euch zu küssen!«

»Dann sagt lieber gleich hier, was Ihr zu sagen habt. Denn wenn ich das nächste Mal wieder mit Euch alleine bin, Weib, werde ich Euch bestimmt küssen!«

Warum ihr bei diesen Worten das Blut in die Wangen stieg und sie ein Flattern im Bauch verspürte, verstand sie selbst nicht. Sein Tonfall hatte keineswegs sinnlich geklungen, sondern bestenfalls mürrisch. Und sein Gesichtsausdruck war nun nicht mehr unbeteiligt, sondern reichlich finster.

Sonderbarerweise war es nicht seine Gereiztheit, die ihren Ärger besänftigte, sondern dieses seltsame Flattern – als sie ihm antwortete, war ihr eigener Tonfall jedenfalls nicht annähernd so scharf, wie sie es beabsichtigt hatte: »Ich möchte mit Euch über meine Gefangenschaft hier sprechen.«

Er schnaubte. »Ihr werdet nicht gefangengehalten.«

»Es hat aber ganz den Anschein, wenn ich nicht einmal nach meinem Pferd sehen kann, ohne daß mich vier Ungeheuer umringen.«

»Ungeheuer?«

»Die Wachen, die Ihr angewiesen habt, mir zu folgen.«

Er starrte sie einen Moment lang verständnislos an, dann lächelte er beinahe. »Nein, ich habe keine solche Anweisung erteilt. Ich habe meine eigenen Vorkehrungen getroffen – für diese Wachen habt Ihr Euch jedoch bei meinem Vater zu bedanken. Oder war Euch nicht klar, daß Ihr hier ebenso unter seinem Schutz steht wie unter meinem?«

Milisant verkniff sich eine patzige Antwort und sagte nur: »Das ist unerträglich.«

»Es wird wahrscheinlich noch viel schlimmer werden, bis die Angelegenheit geklärt ist«, antwortete er.

»Ich kann mir nichts Schlimmeres vorstellen, und es ist auch gar nicht notwendig. Seht Euch diese beiden an!«

Sie deutete auf Knurrer, der ihr gefolgt war und Wulfric nun neugierig anstarrte. Dann nahm sie Rhiska mit der behandschuhten Hand von ihrer Schulter, umfaßte seine Krallenfüße und hob ruckartig die Hand in die Höhe. Der Vogel versuchte nicht wegzufliegen, aber er breitete reflexartig die Flügel aus. Sie mußte ihren Kopf zur Seite neigen, um seinen Schwingen Platz zu machen.

»Diese zwei sind alles, was ich innerhalb Sheffords als Begleitschutz brauche. Geht zu Eurem Vater und sagt ihm das.«

Vielleicht hätten diese Worte lieber nicht wie ein Befehl klingen sollen. Er zog erneut die Augenbrauen hoch, jedoch nicht ganz so scharf wie zuvor. Die Art, wie er die Lippen zusammenkniff, zeigte schon deutlicher, daß ihm ihr Ton nicht gefiel.

Er nickte zum großen Kamin hinüber. »Dort sitzt er. Und Ihr habt einen Mund, um zu – sprechen.«

Dann wandte er sich ab und wollte fortgehen. Rasch legte sie ihre Hand auf seinen Arm. »Auf Euch wird er eher hören!«

»Und ich werde eher auf Euch hören, Weib, wenn Ihr lernt, auf eine etwas – weiblichere Art mit mir zu reden.«

»Erwartet Ihr etwa, daß ich Euch anflehe?« fragte sie bestürzt.

»Das wäre interessant, aber …«

»Eher würde ich mir die Zunge abbeißen!«

»… aber völlig überflüssig«, beendete er seinen Satz und lachte. »Ich wollte Euch lediglich einen etwas freundlicheren Ton nahelegen. Es ist schon zu komisch, daß Euch dieser Gedanke so fremd ist, daß Ihr ihn nicht einmal als mögliche Bedeutung meiner Worte in Betracht gezogen habt.«

Sie klappte den Mund wieder zu und funkelte ihn für diese versteckte Beleidigung zornig an. Dann ging sie davon.

Freundlich mit ihm reden? Wenn nicht *ein* Gespräch mit ihm möglich war, ohne daß er sie bis aufs Blut reizte? Er forderte sie bei jeder Gelegenheit heraus, und in ihr regte sich allmählich der Verdacht, daß er das mit Absicht tat. Und was bedeutete das im Hinblick auf eine harmonische Ehe? Daß so etwas zwischen ihnen beiden ein Ding der Unmöglichkeit war.

27

Eine Woche war ohne besondere Vorfälle vergangen, abgesehen davon, daß der Hochzeitstag zu Milisants großer Beunruhigung viel zu rasch näherrückte. Es gelang ihr, die Woche zu überstehen, ohne erneut mit Wulfric in Streit zu geraten, allerdings nur, weil sie kaum miteinander sprachen. Selbst wenn sie gemeinsam speisten, bestand er nicht länger darauf, daß sie den Zuschauern zuliebe so tun sollte, als ob sie seine Gesellschaft genoß.

Sie fand sein Schweigen größtenteils zermürbend; möglicherweise, weil sie immer wieder einen Zustand der Anspannung an ihm bemerkte, den sie sich nicht erklären konnte. Nichts deutete darauf hin, daß er verärgert war, zumindest konnte sie keinerlei Anzeichen dafür entdecken. Sein Verhalten veranlaßte sie jedoch, ständig auf der Hut zu sein, weil sie nicht wußte, was sie von ihm zu erwarten hatte.

Lady Anne bot ihren Damen im Lauf der Woche allerlei Unterhaltungen, dazu gehörte auch eine kleine Zusammenkunft im Sonnenzimmer, bei der die Fertigstellung des Wandteppichs mit Wein und süßem Kuchen gefeiert wurde. Der Wandteppich hing nun über dem großen Kamin. Durch das hellblaue Garn, das Jhone für die Augen beigesteuert hatte, sah der Ritter nun eher aus wie Sir Guy als wie sein Sohn, worüber Milisant recht froh war. Die Ähnlichkeit war trotzdem unverkennbar, und sie ertappte sich häufig dabei, wie ihr Blick gedankenverloren auf dem Bild ruhte.

An zwei Abenden hatten auch fahrende Sänger Einlaß gefunden. Und an einem Abend hatte es Musik und Tanz gegeben, ein Vergnügen, an dem sogar Milisant die größte

Freude hatte und das sie für kurze Zeit vergessen ließ, daß sie eigentlich an jedem anderen Ort der Welt lieber gewesen wäre als in Shefford Castle.

Wulfrics Mutter hatte verfügt, daß Milisant den Großteil des Tages an ihrer Seite verbrachte, damit sie sich mit dem Tagesablauf in einer so großen Burg vertraut machte. Milisant brachte es nicht übers Herz, der Lady zu sagen, daß die Aufgaben einer Burgherrin ihr weitgehend fremd waren. Statt dessen bemühte sie sich erfolgreich, stets das Richtige zu sagen, um Lady Anne über ihre mangelnden Kenntnisse in seliger Unwissenheit zu belassen.

Sie bewunderte die grenzenlose Tatkraft dieser Frau. Lady Anne fand kaum einen Moment Ruhe, weil das Burgvolk und die Damen sie ständig mit allerlei Fragen bedrängten, neue Anweisungen bekommen mußten oder von Schwierigkeiten dieser oder jener Art berichteten – und doch schien sie niemals erschöpft zu sein. Nein, es machte den Eindruck, als ob sie sich überaus wohl dabei fühlte, unentwegt so in Anspruch genommen zu werden.

Die einzige Möglichkeit, sich aus Lady Annes Gesellschaft vorübergehend zurückzuziehen, ergab sich daraus, daß die Dame nur selten den Bergfried verließ. Sie hatte sich bislang nur ein einziges Mal mit den Köchen in der Küche beraten, ansonsten kamen diese stets zu ihr in den großen Saal, um die tägliche Speisenfolge zu besprechen. Und alle sonstigen Aufgaben, die sie in den Burghof hinausgeführt hätten, pflegte sie anderen zu übertragen.

Lady Anne gab zu, daß ihr die winterliche Kälte nicht behagte und sie es daher soweit wie möglich vermied, hinauszugehen. Milisant ging es genau umgekehrt, sie fühlte sich in der freien Natur am wohlsten.

In der Tat vermißte sie den Sonnenschein, selbst den der schwachen Wintersonne; deshalb fügte sie sich und nahm ihre Eskorte in Kauf, um wenigstens einmal am Tag aus der Burg herauszukommen. Der Sturm, der gegen Ende der

Woche zu wüten begann, machte diesen erfrischenden Ausflügen jedoch ein Ende. Die Kälte machte Milisant nichts aus, aber der Schnee stimmte sie trübselig, wenn sie nicht ins Freie hinaus konnte, um den Anblick der Landschaft in ihrer unberührten Schönheit zu genießen. Und draußen im Burghof hatte sich der Schnee immer schon eine Stunde nach Morgengrauen ganz und gar in scheußlichen graubraunen Matsch verwandelt.

Im Grunde genoß Milisant die Gesellschaft von Lady Anne und hatte nicht wirklich etwas dagegen, ihr auf Schritt und Tritt zu folgen. Es hatte nur einen unangenehmen Moment gegeben, nämlich als Lady Anne ihr vorgeschlagen hatte, den Hochzeitstermin vorzuverlegen.

Sie waren im Zimmer des Grafen miteinander allein gewesen, wo Lady Anne den Bestand ihrer exotischen Gewürze überprüfte, die, weil sie so kostbar waren, in einer der Schatztruhen des Grafen unter Verschluß gehalten wurden. Lady Anne hatte zuvor in der Küche davon gesprochen, einige dieser Gewürze für das Hochzeitsessen zu verwenden, und bei dieser Gelegenheit war das Thema zum ersten Mal aufgekommen.

Milisant geriet in arge Bedrängnis, einen anderen Grund als die Wahrheit anzuführen, warum sie mit einer Terminänderung nicht einverstanden war. Dabei hatte sie reichlich Zeit gehabt, sich etwas auszudenken, nachdem Lady Anne in der Küche abgelenkt worden war und erst im Zimmer des Grafen wieder darauf zurückkam. Der Verweis auf die einmonatige Frist, die ihr Vater ihr zugestanden hatte, um Wulfric besser kennenzulernen, reichte angesichts der Anschläge, die auf sie verübt worden waren, als Einwand nicht aus. Dies zumindest hatte Lady Anne schon vorher betont, und sie tat es noch einmal, als sie das Thema wieder aufgriff.

»Eine Woche früher macht wirklich keinen Unterschied, da müßt Ihr mir doch beipflichten«, sagte Lady Anne.

»Wenn die Hochzeit erst stattgefunden hat, seid Ihr außer Gefahr.«

»Das nehmen wir lediglich an«, beeilte Milisant sich zu betonen. »Die Anschläge könnten auch einen ganz anderen Hintergrund haben.«

»Das ist überaus zweifelhaft …«

»Aber durchaus möglich. Es könnte doch auch sein, daß Feinde von Shefford gar nichts damit zu tun haben, sondern nur irgendein Verrückter sich an mir rächen will, weil er sich einbildet, ich hätte ihm furchtbar unrecht getan.«

Lady Anne runzelte die Stirn und dachte darüber nach. »Aber war es nicht beim ersten Mal eine ganze Gruppe von Männern, die auf Euch losgegangen ist? Das spräche nun nicht gerade dafür, daß ein Verrückter mit unsinnigen Rachegelüsten dahintersteckt.«

»Wie gut, daß auch Euch auffällt, wie unterschiedlich die Angriffe doch verliefen, Lady Anne. Meiner Meinung nach waren an diesem ersten Zwischenfall ganz andere Leute beteiligt.«

»Warum glaubt Ihr das?«

»Weil es eher so aussah, als wollten sie mich entführen, vielleicht um Lösegeld zu verlangen. Die beiden anderen Angriffe hingegen waren eindeutig Mordversuche. Und bedenkt, daß der Mann, der mich im Kloster erdolchen wollte, nicht mehr am Leben ist. Vielleicht ist die Gefahr auch schon vorüber – abgesehen von diesen anderen Leuten, die vermutlich gehofft haben, aus der Liebe meines Vaters für mich Gewinn zu schlagen. Doch auch sie könnten dieses Vorhaben fallengelassen haben, nachdem sie bei ihrem ersten Versuch so gründlich gescheitert sind.«

Milisant wünschte, sie könnte selbst glauben, was sie da sagte. Leider wußte sie aber, daß der Mann im Kloster im Auftrag eines anderen gehandelt hatte. Das brauchte Lady Anne allerdings nicht zu erfahren, denn in der Tat schien sie die Sache nun neu zu überdenken.

Milisant konnte ihre Zweifel noch verstärken, indem sie Lady Anne erinnerte: »Außerdem macht eine Woche früher ebensowenig einen Unterschied wie eine Woche später. Und sind die Einladungen nicht schon längst hinausgegangen? Wenn nun der König beschlossen haben sollte, der Feier beizuwohnen? Wäre er nicht furchtbar ungehalten, wenn er bei seiner Ankunft erführe, daß die Hochzeit schon vorbei ist?«

Das veranlaßte die Dame, die Stirn in sorgenvolle Falten zu legen. Man erzürnte nicht vorsätzlich den König – zumindest nicht diesen unberechenbaren König, der zur Zeit das Land regierte. Und obwohl niemand *wirklich* damit rechnete, daß König John zur Hochzeit erschiene, weil er nämlich gerade dabei war, einen neuerlichen Feldzug jenseits des Kanals zu planen, so konnte man doch nicht mit Sicherheit davon ausgehen, daß er nicht kommen würde. Er war eigentlich nur eingeladen worden, weil es einer Majestätsbeleidigung gleichgekommen wäre, ihn nicht einzuladen. Aber es würden auch noch viele andere Gäste kommen, denen eine Terminänderung große Unannehmlichkeiten bereiten würde.

Wahrscheinlich aus diesem Grund gab Lady Anne schließlich nach. »Na schön, wir werden eben alles dafür tun, damit Ihr stets in Sicherheit seid, und ich denke, das dürfte nicht allzu schwierig sein, solange man Euch niemals alleine läßt.«

Milisant hatte den Eindruck, daß diese Regel bereits in Kraft getreten war, da sich die Dame in der Tat unentwegt bemühte, Milisant im Auge zu behalten. Erstaunlicherweise stellte sie fest, daß sie Lady Annes Gesellschaft genoß. Als sie dies ihrer Schwester gegenüber erwähnte, hatte Jhone eine ganz einfache Erklärung dafür.

»Sie ist schließlich eine Mutter, die viele Töchter großgezogen hat. Und uns beiden hat mütterliche Fürsorge gefehlt, vielleicht haben wir sie vermißt, ohne es zu merken. Deshalb hast du nichts dagegen, daß sie dich wie eine Tochter behandelt. Ich für mein Teil genieße ihre liebevolle Zuwendung über die Maßen, wenn sie mich gerade einmal mit dir verwechselt. Ich bin sicher, ihr Verhalten hat auf dich dieselbe Wirkung.«

Milisant widersprach diesen Worten nicht. Sie mußte zugeben, daß es wirklich schön wäre, Lady Anne zur Schwiegermutter zu haben, wenn sie nur dafür nicht auch deren ungehobelten Sohn mit in Kauf nehmen müßte.

28

Der Wintersturm, der draußen heulte, ließ es auch im Inneren des Bergfrieds spürbar kälter werden. Eisiger Wind drang durch die Schießscharten der Türme in die Treppenhäuser und fuhr bei jedem Öffnen einer Tür in den großen Saal hinein. Auch drinnen wurden nun schwere Winterumhänge getragen, und man trank mehr Met als üblich, um die Kälte abzuwehren. Auch war die Menschenmenge, die sich um den großen Kamin drängte, nun dreimal so groß wie sonst.

An diesem Abend sandte Lady Anne Milisant in ihr Zimmer hinauf, damit sie ihr einen zusätzlichen Mantel holte. Es war noch zu früh, um sich zurückzuziehen und das wärmende Bett aufzusuchen. Die kleine Gesellschaft, die noch im großen Saal beisammensaß, wurde von einem alten Dänen mit Geschichten aus seiner Heimat unterhalten, so daß Lady Anne sich gut amüsierte – abgesehen von der Kälte.

Milisant hätte ihr am liebsten vorgeschlagen, unter den Röcken doch Leggings zu tragen, so wie sie selbst es tat, ließ es dann aber bleiben, weil Lady Anne von dieser Vorstellung bestimmt nur schockiert gewesen wäre. Doch obgleich sie selbst wärmer angezogen war als die meisten, rannte Milisant die eisige Wendeltreppe so schnell wie möglich empor.

Sie hatte Rhiska bei Jhone vor dem Feuer im Saal gelassen, denn selbst der Vogel hatte im Laufe des Abends mehrmals deutlich gefröstelt. Knurrer jedoch tappte dicht hinter ihr die Treppe hinauf. In seinem dicken grauen Winterpelz konnte ihm der Frost nichts anhaben.

Wahrscheinlich lag es an der mangelnden Beleuchtung – die Fackel am oberen Absatz der Wendeltreppe war wohl durch den Luftzug ausgegangen – und an ihrer Hast, daß Milisant heftig mit dem Mann zusammenstieß, der gerade von oben die Treppe hinabgehen wollte.

Sie hörte ihn aufstöhnen, als sie zusammenprallten. Sie hörte, wie Knurrer knurrte. Sie wollte sich erst dem Wolf zuwenden, um ihn zu beruhigen, ehe sie sich entschuldigte, überlegte es sich im letzten Moment aber noch anders, da sie ja gar nicht wußte, in wen sie da hineingerannt war.

Der Wolf beruhigte sich von selbst, weil er wohl die Witterung des Mannes wahrgenommen hatte und wußte, daß von ihm keine Gefahr drohte. Milisant wünschte, sie hätte das ebenso empfinden können.

Das war jedoch ganz und gar nicht der Fall, als diese kräftigen Hände sie an den Schultern festhielten und Wulfrics Stimme erklang: »Darf ich zu hoffen wagen, daß Ihr mir aus einem Grund hier hinauf gefolgt seid, der mein Herz erfreuen könnte?«

Weiter unten im Korridor hinter ihm brannte Licht, so daß er sie ohne Schwierigkeiten erkennen konnte. Ihr drängte sich jedoch die Frage auf, woher er wissen konnte – und seine Frage ließ darauf schließen, daß er es wußte –, daß *sie* es war und nicht Jhone, denn ihre Schwester und sie trugen heute die gleichen Kleider.

Dennoch beantwortete sie zuerst seine Frage. »Ich will nur etwas für Eure Mutter holen. Seid gewiß, wenn ich gesehen hätte, daß Ihr hier hinaufgingt …«

»Wenn Ihr jetzt sagt, daß ihr dann in die entgegengesetzte Richtung gerannt wärt, könnte es sein, daß ich Euch verhaue«, unterbrach er sie.

Milisant versteifte sich leicht. Sie *war* im Begriff gewesen, etwas Derartiges zu sagen. Nun bemerkte sie statt dessen: »Wie kommt es nur, daß mich das kaum überrascht?«

Wulfric seufzte tief, ehe er sagte: »Das sollte ein Scherz sein, Weib.«

Sie mußte sich beherrschen, um nicht laut zu lachen, und antwortete: »Ach, wirklich?«

Sie wollte seine Antwort gar nicht hören. Sie wollte ihren Weg fortsetzen. Seine Hände gaben jedoch ihre Schultern nicht frei, er ließ aber zu, daß sie die letzte Stufe hinaufkam – eigentlich zog er sie hinauf –, damit sie sich ihm gegenüber nicht so klein fühlte.

»Euer Tonfall verrät, daß Ihr an meinen Worten zweifelt. Wann habe ich Euch jemals Grund zu der Annahme gegeben, ich könnte Euch schlagen? Und erwähnt jetzt bloß nicht unsere erste Begegnung, bei der ich Euch für einen unverschämten Bauernlümmel hielt. Aber selbst da habe ich an mich gehalten, weil ich dachte, Ihr wärt nicht ganz bei Verstand, Euch so töricht zu benehmen.«

Diese Begegnung brauchte sie gar nicht zu erwähnen. Sie hatte noch ganz andere Erinnerungen an weitaus schlimmere Schmerzen und Schrecken.

Also gab sie zur Antwort: »Wenn Ihr imstande seid, ein Tier zu schlagen, Wulfric, dann seid Ihr auch imstande, eine Frau zu schlagen. Und Ihr habt in der Tat Eure Faust gegen Stampfer erhoben und hättet ihn bestimmt auch wirklich geschlagen, wenn ich nicht dazwischengetreten wäre.«

Er lächelte sie an. »Wollt Ihr Euch selbst etwa mit einem Tier auf eine Stufe stellen?«

Diese Art von Humor schätzte sie gar nicht. »Nein, aber ich will Eure spontanen Regungen auf dieselbe Stufe stellen.«

Da hörte der Spaß für ihn auf. Seine Hände packten sie spürbar fester. Diese Antwort hatte ihm gar nicht gefallen. Hätte sie das doch nur nicht gesagt! Wenn sie sich ihm gegenüber wenigstens ein bißchen zurückhalten könnte! Aber nein, statt dessen hatte sie ihm einen Anlaß gegeben, sich hier weiter mit ihr herumzustreiten, obwohl sie viel lieber ihrer Wege gegangen wäre.

Um ihren Patzer wieder wettzumachen, versuchte sie, Wulfric mit einer einfachen Frage abzulenken, die rasch beantwortet werden konnte. Sie hoffte, das Gespräch damit zu beenden.

»Woher habt Ihr eigentlich gewußt, daß ich es bin und nicht meine Schwester? Ich hätte ihr doch Knurrer mit auf den Weg schicken können. Tatsächlich ist Rhiska jetzt bei ihr geblieben. Wenn wir die Tiere unter uns aufteilen, wie konntet Ihr Euch also so sicher sein? Oder habt Ihr nur geraten?«

»Abgesehen von Eurem Geruch, der ziemlich einzigartig ist, kann ich Euch auch daran unterscheiden, daß Ihr die Angewohnheit habt, Eure Lippen fest zusammenzupressen, so, als ob ihr immerzu verärgert wärt – was meiner Erfahrung nach ja auch der Fall zu sein scheint.«

»Wundert Euch das – nach meinen Erfahrungen mit Euch?« schoß sie zurück.

»Glaubt Ihr, es macht mir Spaß, mich mit Euch herumzustreiten, Weib? Ich versichere Euch, daß dem ganz und gar nicht so ist. Aber könnt Ihr dasselbe auch von Euch behaupten?«

So viel also zu der Hoffnung, dies wäre ein Thema, mit dem sich das Gespräch rasch beenden ließe. Seine letzte Bemerkung gab ihr allerdings eine Handhabe, sich endlich zu verabschieden.

Mit verkniffenem Lächeln sagte sie: »Es ist ganz leicht, Streit aus dem Weg zu gehen, und genau das werde ich jetzt tun. Ich wünsche Euch einen guten Abend!«

Wieder versuchte sie an ihm vorbeizugehen, aber noch immer ließ er ihre Schultern nicht los. »Nicht ganz so schnell! Ihr habt mir vorgeworfen, ich hätte animalische Regungen. Und um Euch nicht zu enttäuschen, sollte ich Euch vielleicht eine Kostprobe davon geben.«

Kaum hatte er diese Worte ausgesprochen, da dämmerte ihr mit erschreckender Klarheit, daß sie hier auf dem Treppenabsatz vollkommen allein miteinander waren. Und noch ehe ihr Herzschlag angesichts dieser Erkenntnis einen Moment lang aussetzen konnte, zog er sie schon an seine harte, männliche Brust, und sein Mund nahm von dem ihren Besitz.

Es war ein Kuß voller Leidenschaft, Zorn und … Zärtlichkeit, eine einzigartige Mischung, die sie weniger erschreckte als vielmehr faszinierte. Es war die Art, wie ihre Körper sich aneinanderschmiegten, die ihr angst machte, denn es versetzte all ihre Sinne in hellen Aufruhr. Mit seinen Händen hielt er sie ganz eng an seinen Körper gepreßt und folgte jeder ihrer Bewegungen, so daß sie fast den Eindruck gewann, er würde ihren Körper an dem seinen hin und her reiben.

Herr im Himmel, die Gefühle, die diese Umarmung in ihr auslösten, waren unmöglich zu verleugnen, geschweige denn wäre es möglich gewesen, dieser Umarmung zu widerstehen. Die Empfindungen tief in ihrem Inneren waren berauschend, wundervoll, wühlten sie auf und schrien danach, in unbekannter Ferne zu gipfeln. Ohne wahrzunehmen, was sie eigentlich tat, legte sie die Arme um ihn.

Er nahm dies sehr wohl wahr und faßte es offenbar als ein Zeichen vollkommener Hingabe auf, denn im nächsten Moment trug er sie davon. Das brachte sie ziemlich rasch auf den Boden der Tatsachen zurück. Die Wirklichkeit entsetzte sie und löste Panik in ihr aus.

»Warum trägst du mich?« schnappte sie.

»Weil es schneller geht.«

»Schneller wohin?«

»Dorthin, wo wir hingehen.«

»Und wohin wäre das bitte? Nein, egal wohin. Setz mich ab!«

»Ja, das habe ich vor.«

Und er setzte sie ab, allerdings nicht auf den Boden. Das Bett, auf das er sie legte, war weich, und sie sank tief hinein, als sein Körper sich auf sie legte. Ihre Panik steigerte sich, als sie merkte, daß es unter dem Gewicht, das sie hier niederdrückte, kein Entrinnen gab. Doch schon bald verebbte ihre Angst mehr und mehr und war dank der sinnlichen Küsse, mit denen Wulfric sie umgehend bedachte, und der Art, wie er seinen Körper geschickt an den ihren schmiegte, bald ganz verschwunden.

Genaugenommen gewann er diesen Zweikampf aufgrund seines Körpergewichts. Nicht weil es sie niederdrückte, sondern wegen der Gefühle, die er in ihr auslöste. Dieses unglaubliche, neuartige Gefühl, das sie bereits empfunden hatte, als er sie eng umschlungen hielt, wurde jetzt noch um ein Vielfaches intensiver. Es weckte den Wunsch in ihr, die Arme um ihn zu legen und ihn noch näher an sich zu ziehen. Es weckte den Wunsch in ihr, seine Küsse zu erwidern. Es weckte den Wunsch in ihr ...

Wie schon zuvor, als er sie geküßt hatte, war es ihr nicht möglich, auch nur einen einzigen klaren Gedanken zu fassen. Es gab nur noch ihre Gefühle. Wulfrics Sinnlichkeit überwältigte sie sanft. Zunächst schmiegte er seinen Körper einfühlsam an den ihren, bis sie nach Luft schnappte und unter seinen Küssen leise zu stöhnen begann. Dann fing er an, sie mit seinen Händen zu liebkosen.

Sie spürte keinen kalten Luftzug, der sie gewarnt hätte, daß er ihre Röcke hochschob, weil sie darunter ja ihre Beinkleider trug. Deshalb wurde sie dessen erst gewahr, als sie seine heiße Hand auf ihrem nackten Bauch spürte. Seine Hand verweilte dort jedoch nur kurz, denn sie bewegte sich rasch abwärts, bis ...

Es war ein ganz und gar unglaubliches Gefühl, als seine Finger zwischen ihre Beine glitten. Sie dachte flüchtig, daß er das eigentlich nicht tun sollte, aber wie all ihre anderen Gedanken schwand auch dieser bald wieder. Seine Hand jedoch blieb. Es war so unendlich angenehm, wie seine Finger sie dort sanft streichelten, so entspannend und doch wieder nicht entspannend, so wunderschön. Aber dann kam auf einmal eine ganz neue, unerwartete Spannung hinzu, die kreiselnd in ihr emporstieg, eine Steigerung und zuletzt ein überaus köstliches Erbeben …

Da hustete jemand. Als dies keine Reaktion hervorrief, folgte ein Räuspern und dann noch ein Husten, diesmal deutlich lauter. Wulfric fluchte höchst unflätig. Dann erhob er sich von Milisant. Es dauerte noch einige Augenblicke, bis sie begriff, daß noch jemand mit ihnen im Raum war. Als sie die Augen öffnete, sah sie Guy de Thorpe im Türrahmen zu seinem Zimmer sehen – denn dorthin hatte Wulfric sie gebracht –, der nonchalant seine Fingernägel begutachtete.

Milisant hätte auf ihren Wangen wahrscheinlich ein Ei braten können, so sehr glühte sie vor Scham. Noch nie hatte sie sich so dringend gewünscht, im Erdboden zu versinken. Unmöglich hätte sie bleiben und diese Schmach noch länger ertragen können. Sie sprang vom Bett und schoß geradewegs zur Tür hinaus, ohne zu Wulfrics Vater auch nur ein Wort zu sagen und ohne ihn noch einmal anzusehen.

Ihre entsetzliche Scham verringerte sich auch nicht, als sie in den Saal zurückkehrte und dort nicht umhin kam, Lady Anne zu erzählen, daß ihr Sohn sie auf ihrem Besorgungsgang aufgehalten hatte. Ihre Verlegenheit verschlimmerte sich nur noch, je länger sie darüber nachdachte, was sie getan hatte und was Guy de Thorpe nun wohl von ihr halten mußte. Es gab nichts, was sie zu ihrer Entschuldigung hätte vorbringen können. Sie hatte sich nicht übermäßig gegen das gewehrt, was Wulfric mit ihr gemacht hatte. Ganz im Gegenteil. Zu guter Letzt hatte sie seine Küsse erwidert und sich ihm hingegeben – und jeden einzelnen Augenblick in vollen Zügen genossen.

29

»Der Zeitpunkt Eures Erscheinens, Vater, war äußerst ungünstig gewählt«, brummte Wulfric, als Milisants eilige Schritte verklungen waren.

»Wahrhaft, ich finde, ich bin genau im rechten Moment gekommen, wenn man bedenkt, daß du erst in einer Woche den Segen der Kirche erhältst, um auf diese Weise herumzutändeln.«

Wulfric schnaubte. »Haltet mir doch keine Vorträge, die Ihr selbst auch nicht hören möchtet!«

Sir Guy lachte über diese Antwort. »Ich will dir keinen Vortrag halten. Nein, aber du hast Glück, daß gerade ich die Tür geöffnet habe und nicht deine Mutter, sonst hätten ihre Vorhaltungen kein Ende genommen. Was zum Teufel ist in dich gefahren, dich ausgerechnet hier mit dem Mädchen ins Bett zu legen?«

Nun errötete Wulfric schließlich doch. Er hatte nicht lange darüber nachgedacht, wohin er Milisant brachte, sondern hatte sich mit ihr in das erstbeste Bett gelegt, das in der Nähe war. Was ihn nachträglich allerdings verwirrte, war, daß er so wenig darüber nachgedacht hatte. Wann war er in dieser Hinsicht jemals so völlig gedankenlos gewesen? Überhaupt noch nie, soweit er sich erinnern konnte.

In ihrer Gegenwart vergaß er sich selbst – sei es aus Zorn oder aus Leidenschaft. Sie ließ ihn Ort und Zeit und mögliche Folgen außer acht lassen. Was hatte sie an sich, das seinen gesunden Menschenverstand so aus den Fugen geraten ließ? Aber selbst wenn er wüßte, woran es lag, würde das doch nichts daran ändern, daß er sich in ihrem Beisein äußerst unberechenbar benahm. Und es würde auch nichts an der Tatsache ändern, daß er sie nur zu sehen brauchte, und sei es auch nur von weitem und in einem mit Menschen gefüllten Raum, um sie auf der Stelle zu begehren. Gerade damit kam er am schwersten zurecht.

Noch eine Woche bis zur Hochzeit? Im Moment kam ihm das wie eine Ewigkeit vor.

Zu seinem Vater, der noch immer auf eine Antwort wartete, sagte er: »Ja, das war gedankenlos von mir, aber mit Nachdenken hatte das Ganze ohnehin nicht viel zu tun. Falls Ihr versteht, was ich meine. Ich habe nach Euch gesucht, und sie war auf einem Besorgungsgang für Mutter. Es war reiner Zufall, daß wir uns hier oben begegnet sind.«

Sir Guy nickte verständnisvoll. Welcher Mann ließ sich nicht gelegentlich aus Leidenschaft zu unüberlegten Handlungen hinreißen, besonders wenn sich die Situation unerwartet ergab und es keine geplante Verführung war?

Sir Guy ließ es dabei bewenden. »War es etwas Wichtiges, weshalb du nach mir gesucht hast?«

»Nein, nicht wirklich«, antwortete Wulfric und zuckte mit den Schultern, um zu überspielen, wie wichtig es in Wirklichkeit doch war – zumindest für ihn. »Ich war nur neugierig.«

Sir Guy zog fragend die Augenbrauen hoch, als keine weitere Erklärung folgte. »Nun?«

»Wen kennt Ihr, den man als ›sanften Riesen‹ beschreiben könnte?«

Nachdem er einen Moment lang nachgedacht hatte, antwortete Sir Guy: »König Richard, der mehr als sechs Fuß groß war, konnte natürlich als Riese gelten, aber sanft?« Er lachte kurz auf.

Wulfric schüttelte den Kopf. »Nein, nicht König Richard. Und auch niemand, der nicht mehr unter uns weilt.«

»Ach so, nun ja, meinen Vasallen Ranulf Fitz Hugh könnte man ebenfalls als Riesen bezeichnen, und viele nennen ihn auch so. Wahrhaft, von Löwenherz abgesehen bin ich noch nie einem so großen Mann begegnet. Aber sanft wiederum? Ranulf lebte vom Gebrauch seiner Klinge, ehe er durch die Heirat mit Reina von Clydon mein Vasall wurde. Und welchen Krieger kann man schon als ›sanft‹ bezeichnen?«

»Was sanft ist oder nicht, ist wahrscheinlich Ansichtssache. Aber Fitz Hugh ist zu alt.«

Sir Guy widersprach zu Ehren Ranulfs: »Er ist in der Blüte ...«

Wulfric machte eine abwehrende Handbewegung. »Nein. Ich wollte nicht sagen, er sei ein alter Mann. Er ist nur zu alt, um der Mann zu sein, nach dem ich suche. Der müßte eher in meinem Alter sein.«

Sir Guy runzelte die Stirn und fragte: »Wozu brauchst du denn einen Riesen?«

Wulfric wand sich unter der Antwort: »Überhaupt nicht. Ich habe lediglich von einem sanften Riesen reden hören und war neugierig, wer das wohl sein könnte.«

»Warum fragst du nicht denjenigen, der ihn erwähnt hat?« schlug Sir Guy vor.

Eine ausgezeichnete Idee, aber die letzte Adresse, von der Wulfric eine Antwort zu erwarten hätte, und deshalb knurrte er: »Wenn das eine Möglichkeit wäre, hätte ich es schon längst getan. Doch es macht nichts. Wie ich schon sagte – es war reine Neugierde. Schließlich ist es eine ziemlich widersprüchliche Beschreibung, wie Ihr selbst eben bemerkt habt. Ein Riese und sanft ist eine ungewöhnliche Mischung.«

Sir Guy lachte. »Jetzt hast du mich auch neugierig gemacht. Wenn du also herausfindest, wer dieser sanfte Riese ist, würde ich es auch gerne erfahren.«

Später, nachdem er ausprobiert hatte, ob das Eis auf seinem alten Badetümpel im östlichen Wald brechen würde – und es brach tatsächlich –, ließ sich Wulfric mit der Rückkehr in die

Burg noch etwas Zeit. Es ging doch nichts über ein Tauchbad im eiskalten Wasser, um die eigenen Gedanken und Leidenschaften wieder ins Lot zu bringen.

Der Sturm hatte sich noch nicht ganz gelegt, doch der Wind hatte im Augenblick nachgelassen, und sanfter Schneefall, der die Sicht kaum behinderte, war an seine Stelle getreten. Die weiße Schneedecke erhellte den Weg, obgleich der Mond nicht schien, und der Fackelschein in der Ferne war wie ein Leuchtfeuer, auf das Wulfric geistesabwesend zuritt, versunken in düstere Gedanken, in deren Mittelpunkt Milisant Crispin und ihr sanfter Riese standen.

Raimund hatte ihm von seinem Gespräch mit Milisants Schwester erzählt, und Wulfric zweifelte keinen Moment daran, daß Jhone gelogen hatte, als sie behauptete, nicht zu wissen, wem Milisant ihr Herz geschenkt hatte. Offenbar wollten die Zwillinge diesen Mann schützen. Um so dringender mußte Wulfric herausfinden, um wen es sich handelte. Wenn keine Chance bestünde, ihm jemals zu begegnen, bestünde auch keine Notwendigkeit, seinen Namen zu verheimlichen. Den Gedanken aber, daß er es eines Tages mit diesem Mann zu tun bekäme, ohne zu wissen, daß er es war, fand Wulfric unerträglich.

Er hatte gar nicht bemerkt, wie weit er langsam querfeldein geritten war, bis aus dem vermeintlichen Fackelschein ein Lagerfeuer wurde und er schon beinahe davorstand. Drei Männer wärmten sich an dem Feuer, und Wulfric zögerte nicht, sich ihnen zu nähern, weil er sicher war, nicht weit genug geritten zu sein, um die Ländereien Sheffords schon verlassen zu haben.

»Was tut Ihr hier, wo es doch eine Burg in der Nähe gibt, in der Ihr um Gastfreundschaft für die Nacht ersuchen könntet?« fragte Wulfric, als er seinen Hengst vor ihnen zum Stehen brachte.

Alle drei waren aufgestanden, sobald sie ihn bemerkt hatten. Sie hatten jedoch abgewartet, bis er sie ansprach, und beobachteten ihn argwöhnisch, die Hände dicht am Knauf ihrer Klingen. Das war soweit nichts Ungewöhnliches, auch wenn er allein zu sein schien. Schließlich kannten sie ihn nicht, und schon manche waren in einen Hinterhalt gelockt worden, indem sie sich von einem einzelnen Mann hatten ablenken lassen.

Einer der drei trat rasch vor und sagte: »Wir sind keine Wilderer, Mylord.«

Sie sahen wie Söldner aus, und deshalb antwortete Wulfric: »Keine Sorge, Mann. Das hatte ich auch nicht angenommen. Ein Wilderer geht bei Sonnenuntergang nach Hause.«

»Wir durchqueren diese Ländereien nur auf der Durchreise«, fügte ein anderer hinzu. »Wir haben die Straße verlassen und hier unser Lager aufgeschlagen, um vor Räubern geschützt zu sein.«

Wulfric nickte. Das war durchaus einleuchtend, und viele Reisende machten das so. Zudem konnten Fremde nicht wissen, daß Diebe allgemein aus gutem Grund davor zurückschreckten, auf Sheffords Land ihr Unwesen zu treiben. Es war zwar möglich, daß Feinde von König John versuchten, Shefford zu verteufeln, und zwar allein deshalb, weil Shefford Castle nach wie vor dem König die Treue hielt, doch Wulfrics Vater hatte derlei Schwierigkeiten noch nie erwähnt.

So nahm er die Männer beim Wort. »Falls Ihr nach Arbeit sucht, seid Ihr in Shefford fehl am Platz, aber in einer Nacht wie dieser wäre es sicher angenehmer, sein Lager vor einem Feuer unter einem schützenden Dach aufzuschlagen, meint Ihr nicht?«

Damit stellte er sie auf die Probe. Als ihre Antwort auf sich warten ließ, regte sich in Wulfric wieder sein ursprünglicher Verdacht, daß die drei Männer nicht waren, was sie zu sein schienen. Sein Mißtrauen war wohl gerechtfertigt, und er sah sich genötigt, sie näher in Augenschein zu nehmen.

Die beiden, die gesprochen hatten, schienen bäuerlicher Abstammung zu sein, aber der dritte war ein großer, gutaussehender Grobian mit verschlagenem Blick. Er hatte eine gewisse herablassende Art an sich, aus der klar hervorging, daß er sich nicht in Gefahr wähnte, sondern davon überzeugt war, es mit Wulfric nötigenfalls aufnehmen zu können. Wenn ein Mann so auftrat, war er normalerweise entweder dumm oder ein solcher Meister seines Fachs, daß er recht hatte. Wulfric fragte sich, ob er jemals erfahren würde, welches von beidem hier der Fall war.

Vielleicht eines Tages einmal, aber wohl kaum noch heute nacht. Denn der Mann bemühte sich, den zwielichtigen Eindruck, den ihr Schweigen hervorgerufen hatte, wieder wettzumachen, indem er sagte: »Ein Dach über dem Kopf und ein Feuer wüßten wir sehr zu schätzen. Wir hatten gehört, daß Sheffords Tore Reisenden nicht offenstehen, und wollten deshalb auch keine Mühe darauf verschwenden, dort um Gastfreundschaft zu ersuchen. Seid Ihr sicher, daß man dort bei allzu unwirtlichem Wetter Ausnahmen macht? Wir würden unser Lager hier nur ungern abbrechen, um an den Toren der Burg abgewiesen zu werden.«

»Ich kann Euch den Zutritt garantieren.«

»Und wer seid Ihr?«

»Wulfric de Thorpe.«

»Oh, der Sohn des großen Grafen persönlich«, sagte der Mann lächelnd. »Es ist mir ein Vergnügen, Euch kennenzulernen, Mylord. Euer Ruf eilt Euch voraus.«

»So?« fragte Wulfric skeptisch. »Wenn Ihr mitkommen wollt, macht rasch. Ich bin schon lange genug hier draußen, um die Kälte empfindlich zu spüren. Und Euch ergeht es sicher ebenso.«

Sie beeilten sich jetzt und begleiteten ihn nach Shefford. Während er die Wache, der er sie überantwortete, normalerweise nur angewiesen hätte, sich um ihr Wohlergehen und ihre Abreise am folgenden Morgen zu kümmern, beauftragte er den Burschen nun, ihnen in unauffälligem Abstand zu folgen. Er wollte doch lieber sichergehen, daß sie die Ländereien Sheffords am nächsten Morgen auch wirklich verließen.

Wulfric wünschte sich, daß sich sein Verdacht als unbegründet erweisen würde. Leider aber wurde er bestätigt, als der Mann, der ihnen hatte folgen sollen, am nächsten Tag nicht zurückkehrte und nach ausgiebiger Suche mit durchgeschnittenem Hals halb vergraben im naheliegenden Wald gefunden wurde. Die drei Männer hingegen wurden nicht wiedergesehen, obwohl die Patrouillen ihre Beschreibung erhalten hatten und den Befehl, sie umgehend festzunehmen.

Wulfric setzte außerdem noch eine Belohnung für ihre Ergreifung aus, so sehr ärgerte er sich darüber, daß er sie hatte entkommen lassen. Aber wenn ihr Anführer so gerissen war, wie er aussah, bezweifelte Wulfric, daß man sie finden würde. Zugleich bezweifelte er jedoch, daß sie die Gegend verlassen hatten.

30

Allmählich trafen die ersten Gäste ein. Obwohl König John auch eingeladen worden war, hatte im Grunde niemand mit seinem Kommen gerechnet. Insofern war es eine echte Überraschung, als fünf Tage vor der Hochzeit gesichtet wurde, wie sein großes Gefolge sich Shefford näherte.

Den König von England zu Gast zu haben konnte man als eine Ehre ansehen oder als eine Katastrophe. Wenn er nur ein oder zwei Tage blieb, war es üblicherweise eine Ehre. Blieb er jedoch länger, war es fast immer eine Katastrophe, denn dann wurden die Vorratskammern restlos geplündert, und eine Burg kam dadurch in arge Bedrängnis, weil sie danach ihre eigenen Leute bis zur nächsten Erntezeit kaum noch ernähren konnte.

Daß König John infolge seiner frühen Ankunft mindestens fünf Tage in Shefford bleiben würde und vielleicht auch länger, hätte selbst ein Besitztum von der Größe Sheffords ruinieren können, wenn der Graf nicht mit weiser Voraussicht geplant und viele Lehensgüter gehabt hätte, von denen er Nahrungsmittel beziehen konnte. Zusätzliche Vorräte waren aus so fernen Städten wie London herbeigeschafft worden, und seine zahlreichen Vasallen hatten aus ihren eigenen Vorratskammern etwas beigesteuert.

Die Jäger und Falkner der Burg hatten in den vorangegangenen Wochen ebenfalls viel zu tun gehabt, so daß eine Fülle von geräuchertem und gepökeltem Fleisch zur Verfügung stand. Es gab Essen im Überfluß. Das einzige Problem bestand darin, daß jede einzelne Mahlzeit verschwenderisch sein mußte, um jemanden von König Johns Rang zu beeindrucken.

Um dies zu erreichen, würde Lady Anne mehr von ihren kostbaren Gewürzen verwenden müssen, als sie erwartet hatte. Diese Notwendigkeit bekümmerte sie jedoch nicht. Ihr Gemahl mochte den Umstand beklagen, daß der König bei ihnen wohnen würde, aber Lady Anne war darüber hoch erfreut, denn mit König John kamen die ranghöchsten Damen des Landes, einschließlich der Königin selbst, und damit natürlich allerhand interessanter Klatsch.

Milisant wäre vielleicht begeistert gewesen, zum erstenmal dem König zu begegnen, wenn sie sich nicht in einem Zustand wachsender Panik befunden hätte, weil ihre Hochzeit immer mehr zu einer unumstößlichen Tatsache wurde. Und daß ihr Vater bislang weder gekommen war noch eine Nachricht geschickt hatte, machte alles nur noch schlimmer.

Sie befürchtete, daß er womöglich vorhatte, sich gar nicht blicken zu lassen. Das wäre natürlich der einfachste Weg, sich nicht an ihre Abmachung halten zu müssen. Er hatte ihr zwar einen Monat Gnadenfrist gewährt, hatte dies aber nur widerstrebend getan und in der Überzeugung, daß sie ihre Meinung über Wulfric während dieser Zeit schon noch ändern würde. Trotzdem wollte er in dieser Sache bestimmt kein Risiko eingehen. Wenn er nicht kam, so könnte dies durchaus auch auf der Überlegung beruhen, daß sie da war, daß der Bräutigam da war und daß die Eltern des Bräutigams schon dafür sorgen würden, daß die Hochzeit stattfand, denn das wollten ja schließlich alle – außer ihr selbst, nun ja, und außer dem Bräutigam.

Was den Bräutigam anbelangte, war sie sich allerdings nicht mehr ganz so sicher, nachdem er sie in jener Nacht im Zimmer seiner Eltern schon beinahe zu seiner Frau gemacht hatte.

Das hätte allen Hoffnungen, diese Verbindung zu umgehen, ein Ende gemacht. Das wußte sie, und auch er mußte das wissen. Und selbst vor dieser Begegnung hatte er sich so benommen, als habe er sich bereits ganz und gar damit abgefunden, sie zur Frau zu nehmen.

Er mochte sich insgeheim nach wie vor etwas anderes wünschen, doch es war offensichtlich, daß er nicht mehr damit rechnete, daß die Hochzeit aus irgendeinem Grund nicht stattfände. Aber er konnte es sich ja auch leisten, sich in sein Schicksal zu fügen. Eine Ehe hielt einen Mann schließlich nicht davon ab, Liebe und Glück in den Armen einer anderen zu suchen. Eine Ehefrau hingegen konnte sich derlei keineswegs erlauben – es sei denn, sie wollte in eifersüchtiger Raserei erschlagen oder für den Rest ihres Lebens in irgendeinem Turm eingesperrt werden, was in manchen Fällen womöglich das kleinere Übel war.

Eine Ehefrau hatte keine Wahl. Nur der Ehemann konnte tun, was er wollte. Diese Ungerechtigkeit war für Milisant ein weiterer Grund, den vielgeschmähten weiblichen Körper, in dem sie zur Welt gekommen war, zu verfluchen.

König Johns Ankunft führte ihr all dies wieder klar vor Augen, und als sie den König an diesem Tag durch das Fallgatter reiten sahen, wies Jhone sie zu allem Übel auch noch darauf hin, daß die Anwesenheit des Königs beinahe einem Befehl zur Hochzeit gleichkam. Schließlich war er gekommen, um einer Trauung beizuwohnen. Eine solche jetzt nicht zu vollziehen … Wie wäre das zu erklären, ohne eine der beiden beteiligten Familien im ganzen Lande vollkommen lächerlich zu machen?

Wie könnte Milisant ihrem Vater das antun oder auch Lady Anne, die sie so liebgewonnen hatte? Aber gab es denn einen anderen Ausweg? Sich mit dem Grobian abzufinden? Sich damit abzufinden, daß ihr ganzes Vergnügen fürderhin darin bestünde, von einem Ehemann, für den es nichts Schöneres gab, als ihr zu widersprechen, in die Schranken verwiesen zu werden? Nein, das konnte sie nicht. Es mußte doch noch eine Möglichkeit geben, um den Ketten zu entkommen, die sie erwarteten!

Milisant wurde an diesem Abend vor dem Essen offiziell dem königlichen Paar vorgestellt. Jhone trug persönlich Sorge dafür, daß sie dem Anlaß entsprechend gekleidet war. Das unbequeme Bliaud mit dem Oberteil aus dickem königsblauem Samt war ebenso schwer wie die Last, die auf ihren Schultern ruhte. Immerhin machte die Königin den Zwillingen, die gemeinsam vorgestellt wurden, ein Kompliment wegen ihrer Schönheit. Zumindest Jhone freute sich darüber sehr.

Die Königin selbst bot einen atemberaubenden Anblick. Gerüchten zufolge war sie eine Frau von unvergleichlicher Schönheit. Festzustellen, daß diese Gerüchte der Wahrheit entsprachen, war überaus verwirrend und veranlaßte die meisten Leute, die angesichts solchen Glanzes völlig aus der Fassung gerieten, sie unverhohlen anzustarren. Selbst Milisant, die derlei Äußerlichkeiten nur wenig Gewicht beimaß, war beeindruckt. Aber andererseits war sie auch beeindruckt von König John.

Für einen Mann in den mittleren Jahren war er immer noch sehr attraktiv. Er besaß eine enorme Ausstrahlung und ein gewinnendes Lächeln, bei dem einem warm ums Herz werden konnte. Es war kaum zu glauben, daß er sich das halbe Land zum Feind gemacht hatte. Doch diese Hälfte schloß die Frauen wahrscheinlich nicht mit ein, denn König John war bekanntlich stets höchst charmant Frauen gegenüber. Das warf die Frage auf, ob er wohl noch immer so ein Frauenheld war wie in seiner Jugend, nachdem er nun eine so überaus liebreizende Gemahlin hatte.

Milisant sollte dies bedauerlicherweise bald selbst herausfinden, als einer von König Johns Dienern sie später am Abend aufsuchte, um sie zum König zu bringen. Dies geschah unter dem Vorwand – nicht daß ein solcher nötig gewesen wäre, da niemand sich einer Einladung des Königs widersetzte –, daß das königliche Paar ihr vertraulich zu ihrer vortrefflichen Partie gratulieren wolle. Da Milisant diese Partie für alles andere als vortrefflich hielt, war sie verständlicherweise nicht gerade sehr erfreut, als sie dem Diener zum Zimmer des Königs folgte.

Jhone, die auch ohne daß man es ihr hätte sagen müssen, wußte, wie ihre Schwester empfand, hatte sie ermahnt, zumindest höflich zu sein und daran zu denken, daß König Johns Anwesenheit bedeuten mußte, daß er ihre Heirat guthieß. Nicht daß seine Genehmigung vonnöten war, denn Sir Nigel hatte einst erwähnt, daß König Richard persönlich der Verbindung ihrer beiden Familien seinen Segen erteilt hatte. Aber Milisant war klug genug, um jemandem von König Johns Ruf nicht ihr Herz auszuschütten. Er war ein Herrscher, von dem man keinen Beistand zu erwarten hatte, wenn er nicht einen persönlichen Vorteil daraus zog. Dies war allgemein bekannt, so daß man nicht bei Hofe zu verkehren oder in königliche Intrigen verwickelt zu sein brauchte, um Bescheid zu wissen.

Die Königin hingegen ... Milisant erwog ernstlich, sie ins Vertrauen zu ziehen. Isabelle war jung und wirkte sehr zugänglich. Wenn irgend jemand Verständnis für ihren Widerwillen gegen die Heirat mit einem gewalttätigen Mann haben könnte, dann war es Lady Isabelle.

Milisant war noch unentschlossen, ob sie die Königin um Hilfe anflehen sollte. Sie wollte erst im Vertrauen mit ihr sprechen, um auszuloten, ob sie überhaupt Mitgefühl mit ihr hätte. Soweit sie wußte, konnte man dies nicht von jeder Frau erwarten.

Sie hoffte, daß sie im Verlauf der folgenden Begegnung dazu Gelegenheit bekäme, aber als sie in den Raum geführt wurde, sah sie, daß Lady Isabelle gar nicht da war – zumindest noch nicht. Sie dachte sich jedoch nichts dabei, selbst dann noch nicht, als sich die Tür geräuschvoll hinter ihr schloß. Bestimmt hatte sich die Königin nur verspätet, oder der Diener hatte Milisant zu früh hergebracht.

König John allerdings war anwesend, und er war vollkommen allein. Es war ungewöhnlich, sich einen König vorzustellen, der nicht von seinen Dienern und Ratsherren umgeben war, selbst in seinem Schlafgemach. Er war frisch gebadet und parfümiert – zumindest lag ein angenehmer Duft im Raum.

Kohlenpfannen glühten in allen Ecken und machten das Zimmer beinahe zu warm. Milisant war davon überzeugt, daß für das Wohlbehagen des Königs keine Kosten gescheut wurden, selbst wenn dabei kostbarer Brennstoff verschwendet wurde.

König John saß in einem hochlehnigen Stuhl in der Mitte des Raumes, der mit Schnitzereien und Silberintarsien verziert war und einem Thron ähnelte. Dieser Stuhl reiste zweifellos mit ihm. Der König nippte an einem juwelenbesetzten Kelch und sah Milisant über den funkelnden Rand hinweg unverwandt an. Auch dieser Gegenstand stammte ohne Zweifel aus seinen eigenen Schatzkammern. Ein König würde schließlich nicht all seinen Luxus zu Hause lassen wollen, nur weil er in seinem Königreich umherreisen mußte.

Milisant bemerkte all dies in völligem Schweigen. Die Stille und die Art und Weise, wie er sie weiterhin viel länger als nötig anstarrte, verursachte ihr allerdings leises Unbehagen. Vielleicht war das so seine Art. Sie war derlei jedoch nicht gewöhnt – und fand es offen gesagt unverschämt.

Sie war schon drauf und dran, dieses seltsame Schweigen selbst zu brechen, als er sagte: »Kommt her, mein Kind. Wir wollen Euch bei Licht näher in Augenschein nehmen.«

Der Raum war gut beleuchtet. Seine Augen waren wohl nicht mehr die besten. Sie wollte dazu aber lieber keine Bemerkung machen, denn vielleicht war er überempfindlich, was sein Alter betraf. Statt dessen trat sie näher heran.

Als sie vor ihm stand, musterte er sie weiterhin intensiv und betrachtete sie gründlich von Kopf bis Fuß. Diese Angewohnheit mochte er im Umgang mit seinen Baronen sehr nützlich finden, um sie nervös zu machen und dadurch ins Hintertreffen zu setzen. Milisant fand es reichlich irritierend. Sie hatte keine Angst vor ihm. Das einzige, was sie befürchtete, war, daß sie die Beherrschung verlieren und ihm die Meinung sagen könnte. Deshalb empfand sie es als große Erleichterung, als er erneut das Schweigen brach. Da ihr Komplimente nie sehr angenehm waren, wäre ihr ein anderes Thema allerdings lieber gewesen.

»Er hätte erwähnen sollen, wie hübsch Ihr seid«, sagte König John tadelnd.

»Wer hätte das tun sollen?« fragte sie.

Anstelle einer Antwort fügte er geheimnisvoll hinzu: »Aber es gibt verschiedene Wege, um dasselbe Ziel zu erreichen, nicht wahr? Manche Wege haben sogar den zusätzlichen Vorteil, recht erfreulich zu sein.«

»Ich fürchte, ich verstehe nicht, was Ihr meint, Eure Hoheit.«

»Kommt und setzt Euch hierher, dann ich werde es Euch erklären«, antwortete er und klopfte auf seinen Schoß.

Milisant sagte lediglich: »Ich bin aus dem Alter heraus, in dem man hoppe Reiter spielt.«

Er lachte, und verschmitzte Lachfältchen umgaben seine grünen Augen. »Eine Frau ist dafür niemals zu alt.«

Vielleicht war sie nicht raffiniert genug, um zu verstehen, was ihn so erheiterte. Sie wußte bloß, daß sie nicht auf seinem Schoß sitzen wollte.

Er war alt genug, um ihr Vater zu sein, und wollte sich ihr gegenüber vielleicht wie ein Vater benehmen. Er wirkte aber keineswegs väterlich auf sie, ganz im Gegenteil. Sein Lächeln war viel zu sinnlich. Und er sah sie an ... so wie Wulfric es tat, und das fand sie höchst beunruhigend, wenn man bedachte, wer er war.

Aber das hatte sicher alles nichts zu bedeuten. Schließlich war er mit einer atemberaubend schönen Frau verheiratet, die alles verkörperte, was ein Mann sich von einer Ehefrau nur wünschen konnte. Bestimmt sah er alle Frauen auf diese Weise an, so als ob sie alle nur zu seinem persönlichen Vergnügen erschaffen worden wären. Letzteres mochte er vor seiner Eheschließung mit Lady Isabelle geglaubt haben – dies besagte zumindest sein Ruf –, aber das gehörte bestimmt der Vergangenheit an.

Also überging sie seinen letzten Vorschlag und erinnerte ihn an den Anlaß Ihrer Vorladung. »Es ist schon spät, Eure Hoheit. Wenn Ihr mir etwas zu sagen habt, so sagt es bitte jetzt, damit ich zu Bett gehen kann.«

Er sah zu seinem eigenen Bett hinüber und dann wieder zu ihr. Sie starrte ihn verständnislos an. Er runzelte die Stirn.

»Seid Ihr wirklich so unschuldig, wie Ihr tut, Mädchen?«

Sie runzelte ebenfalls die Stirn. »Inwiefern unschuldig?«

»Liebt Ihr de Thorpe?«

Diese Frage kam unerwartet und eröffnete völlig neue Möglichkeiten. Sie hatte nicht vorgehabt, ihn mit ihrem Kummer zu behelligen. Da er aber nun schon einmal danach fragte, aus welchem Grund auch immer, würde sie kein Blatt vor den Mund nehmen.

Also sagte sie: »Nein, ich muß zugeben, daß dem nicht so ist.«

»Hervorragend!« Er verblüffte sie, indem er dies mit einem höchst charmanten Lächeln sagte, und stürzte sie erneut in Verwirrung, als er hinzufügte: »Dann werdet Ihr wohl nicht allzuviel dagegen haben, wenn er Euch verstößt.«

»Ich wünschte, das täte er, aber er hat sich mit dem Gedanken an unsere Verbindung abgefunden«, sagte sie seufzend.

»Er hatte bislang bloß noch keinen Grund dazu. Doch den können wir ihm ganz leicht liefern. Ich bin hoch erfreut, daß diese Lösung für uns beide von Vorteil ist.«

»Welche Lösung?«

Er stand abrupt auf. »Kommt schon, die Antwort liegt doch auf der Hand«, antwortete er und legte seinen Arm um ihre Schulter, um sie zu seinem Bett zu führen.

Die Antwort war inzwischen in der Tat offensichtlich, aber Milisant war nicht bereit, soweit zu gehen, um Wulfric einen triftigen Grund zu geben, um sie zu verstoßen. Und sie war doch leicht schockiert. Sie war zum König bestellt worden, damit er mit ihr ins Bett gehen konnte? Deshalb war die Königin also nicht zugegen! Und wer anders als ein König könnte sich so etwas erlauben und dabei auch noch davon ausgehen, keinen Korb zu bekommen?

Diesmal hatte er sein Opfer allerdings unterschätzt. Milisant war keineswegs ein ängstliches Wesen, das sich von seiner großen Macht einschüchtern ließ. Daß er ein König war, und zudem ihr König, mochte für ihn maßgeblich sein, für Milisant aber spielte das keine Rolle.

Eingedenk Jhones Ermahnungen nahm sie davon Abstand, so zu reagieren, wie sie es jedem anderen gegenüber getan hätte, der es wagte, ihr in solcher Art und Weise zu nahe zu treten, wie es der König eben getan hatte. Sie stemmte lediglich ihre Füße in den Boden, um sich nicht weiter von der Stelle zu bewegen, und veranlaßte ihn dadurch, ebenfalls stehenzubleiben. Er ließ zwar ihre Schulter nicht los, sah sie jedoch fragend an.

Sie nahm sich mit aller Kraft zusammen, um unter diesen Umständen ruhig und höflich zu bleiben. »Ich danke Euch für das Angebot, Eure Hoheit. Ich muß es jedoch leider ablehnen.«

Er wirkte überrascht. Dann schien es, als ob er gleich lachen müßte. Schließlich fragte er belustigt: »Warum müßt Ihr das?«

»Es läge mir fern, Euch kränken zu wollen, denn Ihr seid ein sehr attraktiver Mann, aber ich fühle mich nicht zu Euch hingezogen. Auf Euer Angebot einzugehen käme mir wie Hurerei vor, und für so billig halte ich mich nicht.«

»Unsinn«, spottete er. »Ihr müßt meinem Urteil in dieser Sache vertrauen. Ich tue Euch einen größeren Gefallen, als Ihr Euch vorstellen könnt. Und es wird Euch nur geringfügig in Verlegenheit bringen. Ich laufe Gefahr, in Shefford einen guten Freund zu verlieren, aber für Euch muß lediglich ein anderer Ehemann gefunden werden. Vielleicht sogar einer, der mehr nach Eurem Geschmack ist. Habt Ihr nicht gerade angedeutet, daß Ihr eben dies vorziehen würdet?«

»Ja«, antwortete sie. »Doch ich werde einen anderen Weg finden, um das zu erreichen.«

»Obwohl ich Euch hier und jetzt einen leichten Weg anbiete? Ach, diese Erklärungen sind doch Zeitverschwendung. Die Entscheidung liegt bei mir und nicht bei Euch. Das sollte Euer Gewissen beruhigen.« Mit diesen Worten zog er sie energisch in Richtung Bett.

Als ihr klar wurde, daß er vorhatte, sie so oder so in sein Bett zu kriegen, auch gegen ihren Wunsch, bäumte Milisant sich innerlich auf, versuchte jedoch nicht wieder, sich loszumachen. Sie hatte genügend vielen Rittern beim Training zugesehen, um zu wissen, daß Taktik bei jedem Gefecht über Sieg oder Niederlage entschied, und sie war gut darauf vorbereitet, die Probe aufs Exempel zu machen.

Da er jetzt auf Widerstand gefaßt war, würde er sie nur um so fester packen, wenn sie sich zu wehren versuchte. Deshalb versuchte sie es erst gar nicht. Er war nicht annähernd so groß wie Wulfric, jedoch ebenso stämmig gebaut wie sein Vater und stark genug, um sie hierzubehalten, falls er es darauf anlegte.

Also unternahm sie vorerst nichts, ließ sich zum Bett führen und wartete, bis er sich ihr zuwandte, um sie hineinzubefördern. Er ging so vor, wie sie es erwartet hatte, und im entscheidenden Augenblick trat sie ihn mit aller Kraft gegen das Schienbein.

Es war ein lautes Geräusch, selbst für ihre Ohren, denn sie hatte mit der Stiefelspitze genau seinen Knochen getroffen. Sein Aufschrei war noch lauter, brach aber überrascht ab, als sie ihn anschließend selbst auf das Bett schubste.

Nun war sie im Vorteil. Der König hatte sie losgelassen, und sie zog rasch Nutzen daraus, indem sie aus dem Zimmer rannte, die Treppe hinab, quer durch den Saal und in den

Turm, in dem ihr eigenes Zimmer lag. Sie hielt nicht einen Moment lang inne, ehe sie die Tür hinter sich verschlossen und den schweren Riegel vorgelegt hatte. Dabei ließ sie es jedoch nicht bewenden, sondern schob außerdem einige ihrer Reisetruhen vor die Tür. Noch immer hörte ihr Herz nicht auf zu hämmern, und ihr Atem ging stoßweise.

Jhone schlief schon fest, hatte aber für sie eine Kerze brennen lassen. Milisant nutzte den schwachen Lichtschein, um Pfeil und Bogen hervorzuholen, und saß dann mit schußbereitem erstem Pfeil und einem Dutzend weiterer Pfeile zur Hand zitternd auf dem Bett. Der erste Mann, der die Barrikade durchbrach, die sie vor der Tür errichtet hatte, würde niemandem mehr davon erzählen können.

So saß sie den Großteil der Nacht da und wartete, während Jhone selig weiterschlief, ohne von Milisants neuestem Dilemma etwas zu ahnen. Milisant steckte in einer echten Zwickmühle. König John mochte ihr zwar nicht sofort seine Wachen nachgeschickt haben, um sie unverzüglich für ihren verräterischen Angriff gegen seine Person erschlagen zu lassen, aber man griff einen König nicht an, ohne teuer dafür zu bezahlen.

Es dauerte lange, bis ihr Atem wieder ruhiger wurde. Ihre Angst hingegen ließ nicht nach.

31

»Wen wolltest du denn gestern abend hier aussperren? Oder wolltest du nur sichergehen, daß ich heute morgen das Zimmer nicht verlasse, ohne mit dir gesprochen zu haben?«

Jhone sagte dies in neckendem Tonfall, als sie Milisant wachrüttelte. Sie hatte den Bogen noch nicht bemerkt, denn er war unter die Decke gerutscht, die ihn vor ihren Blicken verbarg. Ihr waren nur die Truhen aufgefallen, die sich vor der Tür türmten.

Milisant war überrascht, daß sie überhaupt eingeschlafen war, erinnerte sich jedoch undeutlich, unter die Decke geschlüpft zu sein, weil ihr kalt geworden war. Sie wußte auch noch, daß sie ihren Kopf nur für ein paar Minuten auf das Kissen hatte legen wollen, aber danach konnte sie sich an nichts mehr erinnern.

Jetzt war sie hellwach, und die Erlebnisse des vergangenen Abends standen ihr wieder klar vor Augen, einschließlich ihrer Furcht und ihres Schreckens. Sie hatte tatsächlich den König von England vors Schienbein getreten und von sich gestoßen. Sie fragte sich, welches dieser beiden Vergehen er als die schwerere Beleidigung auffaßte und für welche er Rache nehmen würde.

Sie stöhnte innerlich, bevor sie ihrer Schwester sagte: »Ich muß fortgehen.«

»Von wo fortgehen?«

»Aus Shefford.«

Verständlicherweise runzelte Jhone fragend die Stirn. »Ist gestern abend irgend etwas beim König vorgefallen, wovon ich wissen sollte?«

»Er wird mich hinrichten lassen. Die Frage ist nur, ob öffentlich oder im geheimen.«

»Was hast du getan?« klagte Jhone.

Milisant schlug die Decken zurück und zeigte Jhone, daß sie sich nicht entkleidet hatte, um schlafen zu gehen, und nicht einmal die Stiefel ausgezogen hatte. Jhone sah nun auch den Bogen und riß die Augen bestürzt noch weiter auf.

»Es war weniger so, daß ich etwas getan habe, sondern vielmehr hat er etwas getan, was mich dazu gezwungen hat, das zu tun, was ich getan habe.«

»Was hast du getan?« wiederholte Jhone noch lauter. Alle Farbe war aus ihrem Gesicht gewichen.

»Ich habe getan, was ich tun mußte, um mich von ihm loszureißen, Jhone«, erklärte Milisant. »Auch wenn er der König ist, heißt das noch lange nicht, daß ich ihm erlauben würde, mich in sein Bett mitzunehmen, denn eigens dafür wurde ich zu ihm bestellt.«

Jhone starrte sie mit vor Schreck geweiteten Augen an. »König John wollte mit dir ins Bett gehen? Unser König John?«

»Deine Zweifel sind keineswegs fehl am Platz. Ich finde es selbst noch immer ganz unglaublich, zumal seine Frau mit ihm hier ist und er in dem Ruf steht, sie zu vergöttern.«

»War er außer sich – vor Leidenschaft?« Jhone suchte verzweifelt nach einer Erklärung. »Konnte er nicht mehr an sich halten?«

»Pfui, versuch bloß nicht, sein Benehmen zu entschuldigen! Ich lasse mir nicht einreden, ich wäre so unwiderstehlich, daß er ›nicht mehr an sich halten‹ konnte. Er hatte alles gründlich geplant. Nur aus diesem Grund hat er mich rufen lassen.«

»Aber warum bloß?«

Milisant war angesichts dieser Frage selbst noch ratlos. König John hatte gesagt, es sei für sie beide von Vorteil. In jenem Moment hatte sie angenommen, er meine, es sei zu ihrem Vorteil, Wulfric nicht heiraten zu müssen, und das Vergnügen im Bett sei zu seinem Vorteil, aber ... was, wenn er etwas ganz anderes gemeint hatte? Inwiefern könnte es ihm zum Vorteil gereichen, den Zusammenschluß der beiden Familien zu verhindern?

Sie selbst konnte sich keinen Grund vorstellen. Aber wenn es einen gab, könnte das bedeuten, daß König John den Auftrag gegeben hatte, sie aus dem Weg zu räumen? Steckte er hinter den Anschlägen auf ihr Leben? Sie konnte ihrer Person schwerlich soviel Bedeutung beimessen, daß ein König sie hätte beseitigen wollen. In einem größeren Zusammenhang jedoch würde ein König allerdings wohl kaum zögern, jedwedes Hindernis, das seinem Ziel im Wege stand, beiseite zu räumen, ganz gleich, wie groß oder unbedeutend es auch sein mochte.

Aber was auch immer seine bisherigen Motive gewesen sein mochten, jetzt hatte er einen Grund mehr, ihr nach dem Leben zu trachten. Das war alles zuviel für sie, um es auf einmal zu begreifen, und wirklich zu weit hergeholt, als daß sie diese Gedankengänge mit irgend jemandem hätte teilen wollen, nicht einmal mit Jhone.

Also sagte sie lediglich: »Er sprach davon, daß es für uns beide eine gute Lösung wäre. Wulfric hätte dadurch einen Grund gehabt, mich zu verstoßen, und hätte es auch bestimmt getan. König John ist mit dieser Hochzeit ganz und gar nicht einverstanden, Jhone. Doch warum konnte er das nicht einfach sagen, anstatt zu versuchen, die Verlobung mit unlauteren Mitteln zu unterwandern?«

Jhone dachte einen Moment darüber nach. »Vielleicht, weil seine Erlaubnis für diese Verbindung gar nicht erforderlich war, nachdem sein Bruder bereits seinen Segen dazu gegeben hatte.«

»Oder er ist möglicherweise schon viel zu sehr daran gewöhnt, die Dinge unter der Hand zu regeln«, fügte Milisant voller Verachtung hinzu.

»Nun ja, das wahrscheinlich auch. Aber er könnte sich ebensogut übergangen gefühlt haben, weil er nicht um Zustimmung gebeten wurde, und kam deshalb her, um die Sache zu vereiteln, ohne sein Gekränktsein einzugestehen, so kleinlich das auch wäre.«

Milisant nickte. Natürlich war das eine Möglichkeit. Doch welche Rolle spielte es noch, nachdem das Kind nun schon in den Brunnen gefallen war? Der König könnte jederzeit ihren Tod befehlen und hatte es vielleicht bereits getan. Sie könnte plötzlich einem seiner Diener gegenüberstehen, der nur darauf gewartet hatte, sie allein anzutreffen. Heute. Oder morgen. Wenn sie es am wenigsten erwartete. Sie mußte fortgehen, um sich seinem unmittelbaren Zugriff zu entziehen. Sie hatte gar keine andere Wahl.

»Hast du ihn schwer verletzt?« wollte Jhone wissen.

»Mehr seinen Stolz als seinen Körper. Aber das genügt, um ihn auf Rache sinnen zu lassen.«

»Aber wenn er deinen Tod befiehlt, müßte er sich zu dem bekennen, was zwischen euch vorgefallen ist.«

»Nicht wenn der Befehl nicht offiziell erfolgt – und deshalb muß ich von hier verschwinden, damit er meiner nicht habhaft werden kann.«

»Aber wohin?«

»Ich werde nach Clydon gehen. Daran hatte ich ohnehin schon gedacht, bevor dies geschah, denn Vater ist noch immer nicht gekommen und hat auch keine Nachricht geschickt. Ich habe langsam den Verdacht, daß er vielleicht gar nicht die Absicht hat, zu kommen. Also werde ich mit Roland zusammen zu ihm gehen und ihm auch erzählen, was hier vorgefallen ist. Er kann unmöglich weiterhin auf dieser Verlobung bestehen, wenn er erfährt, daß der König dagegen ist.«

»Aber das wird dich nicht vor König Johns Zorn über das, was du ihm angetan hast, bewahren.«

»Vielleicht doch«, antwortete Milisant. »Wenn ich einen anderen heirate, so wie er es wünscht, vergißt er vielleicht, was zwischen uns vorgefallen ist. Das ist jetzt meine letzte Hoffnung.«

Jhone schüttelte den Kopf. »Ich finde, du solltest lieber Sir Guy erzählen, was geschehen ist.«

»Damit er dem König den Krieg erklärt?«

Jhone erblaßte. »Meinst du, soweit könnte es kommen?«

»Ich stehe hier unter Sir Guys Schutz. Was glaubst du denn, was er täte, wenn er erfährt, daß sein Herrscher versucht hat, die Verlobte seines Sohnes unter seinem eigenen Dach zu vergewaltigen? Er wäre außer sich und das mit Recht.«

»Aber damit muß König John doch gerechnet haben. Vielleicht wollte er schon lange, daß Sir Guy das Treuebündnis mit ihm bricht.«

»Nein, er hat damit gerechnet, daß ich seinem Wunsch entspreche und mich durch diese Vergewaltigung geehrt fühle. Wenn die Sache dann ans Licht gekommen wäre, hätte er bestimmt behauptet, daß ich ihn dazu angestiftet und mich ihm an den Hals geworfen hätte, so daß alles nur meine Schuld wäre. Wahrscheinlich hätte er es selbst ans Licht gebracht, statt abzuwarten, bis Wulfric in der Hochzeitsnacht festgestellt hätte, daß ich nicht mehr unberührt bin. Und wer würde auf mein Wort mehr geben als auf das des Königs – abgesehen von dir natürlich?«

»Lord Guy möglicherweise.«

»Wenn das bedeuten würde, sich mit dem König zu überwerfen? Du brauchst es doch nur einmal von König Johns Standpunkt aus betrachten. Die Verlobung würde aufgelöst, Sir Guy und unser Vater würden ihm weiterhin die Treue halten, und ich wäre zwar in Ungnade gefallen, aber man würde schon einen anderen Ehemann für mich finden, der bereit wäre, darüber hinwegzusehen, daß ich einst mit dem König getändelt habe. Es ist reine Ironie des Schicksals, daß auch mir all dies sehr gelegen käme – wenn ich zu diesem Zweck nur nicht mit dem König ins Bett gehen müßte.«

»Trotzdem kannst du nicht einfach so von hier verschwinden, Mili. Nicht ohne Sir Guys Erlaubnis. Und wie willst du die erhalten, ohne ihm zu erzählen, was vorgefallen ist?«

»Ich sagte, ich hatte bereits daran gedacht fortzugehen. Ich sagte nicht, daß ich es öffentlich bekanntgeben wollte.«

»Aber du kannst den Bergfried nicht unbemerkt verlassen und schon gar nicht die Tore der äußeren Burgmauer. Oder glaubst du, du könntest hier einfach so hinausspazieren?«

»Mit deiner Hilfe schon.«

Jhone stöhnte. »Mili, es muß noch einen anderen Weg geben. Wie wäre es, wenn du dich Wulfric anvertraust statt Sir Guy – und ihn heute noch heiratest, ohne weitere Verzögerung? Das würde König John einen Strich durch die Rechnung machen, oder nicht?«

»Nicht, wenn König John in Wirklichkeit darauf aus ist, Sir Guys und auch unsere Familie als verräterische Gesetzlose zu brandmarken, so daß er all unsere Ländereien beschlagnahmen kann. Und auch nicht, wenn er sich an mir dafür rächen will, daß ich ihn angegriffen habe. Und ebenfalls nicht, wenn ...«

»Genug! *Herr im Himmel*, es war ja nur ein Vorschlag«, jammerte Jhone und sah Milisant finster an. »Glaub bloß nicht, mir wäre nicht klar, daß du lieber wegläufst, als Wulfric zu heiraten. Wahrlich, ich bezweifle nicht, daß du insgeheim über diese Entwicklung ganz froh bist.«

Da seufzte Milisant. »Nein, ich bin alles andere als froh darüber, mir König John zum Feind gemacht zu haben, nur um der Heirat mit Wulfric zu entgehen. Selbst als allerletzte Rettung hätte ich mir das nicht gewünscht.«

32

»Das klappt nie im Leben«, klagte Jhone als sie die Truhe betrachtete, in die Milisant hineinklettern wollte.

»Es wird klappen, solange du die ganze Zeit über dabei bleibst, so daß die Träger nicht in Versuchung kommen hineinzuschauen, um nachzusehen, warum die Truhe so schwer ist.«

»Könnte ich nicht einfach sagen, es sei ein Hochzeitsgeschenk für dich darin, das versteckt werden muß?« schlug Jhone vor. »Dann müßte ich nicht vorgeben, du zu sein.«

»Aber du würdest ein Geschenk doch nicht im Stall verstecken – und dorthin will ich die Truhe schließlich gebracht haben. Nein, sie muß besonderes Futter für Stampfer enthalten, so daß sie in der Nähe seiner Box abgestellt wird. Dort gibt es nicht soviel Kommen und Gehen, weil die Stallknechte nicht gerne in seine Nähe kommen.«

»Ts, ts, ts!« machte Jhone mißbilligend. »Du kannst doch nicht auf Stampfer fortreiten, wozu also in den Stall?«

»Weil er in der Nähe des Tores liegt und ich von dort aus beobachten kann, wer die Burg verläßt, um eine Gruppe von Leuten auszumachen, der ich mich unauffällig anschließen kann. Ansonsten müßte ich versuchen, über die Mauer zu klettern, und du hast ja bereits darauf hingewiesen, daß ein solcher Versuch angesichts der vielen Wachposten auf dem Wehrgang höchstwahrscheinlich fehlschlagen würde.«

Jhone seufzte. »Es fällt mir viel leichter, in deine Rolle zu schlüpfen, wenn es nur ein Ulk ist. Wenn es ernst ist, so wie jetzt, glaube ich immer, daß ich irgend etwas tun oder sagen werde, was die Sache auffliegen läßt.«

»Du wirst es großartig machen, Jhone! Das weiß ich. Du brauchst nur die Wachen an der Tür, meine Eskorte und die beiden Träger für die Truhe hinters Licht zu führen. Du brauchst niemanden zu täuschen, der dich kennt.«

»Nur bis du fort bist nicht«, erinnerte Jhone sie mit sorgenvollem Blick. »Dann bekomme ich es mit deinem Verlobten zu tun.«

»Ich habe dir doch genau gesagt, worauf du achten mußt. Er erwähnte erst neulich abend, daß er uns am Mund unterscheiden kann, an der Art, wie ich die Lippen zusammenpresse, wenn ich ärgerlich bin. Das kannst du ganz leicht nachahmen. Halte einfach Abstand von ihm, so daß du nicht mit ihm sprechen mußt, dann wirst du keine Schwierigkeiten mit ihm haben.«

Jhone war davon weniger überzeugt. »Aber wenn er mit mir sprechen will – ich meine mit dir –, dann …«

»Keine Angst. Ich bin furchtbar wütend auf ihn, seit wir das letzte Mal miteinander gesprochen haben, und das weiß er. Ich habe seitdem nicht ein Wort mit ihm geredet, und das wird er von mir auch nicht erwarten, nach dem, was er getan hat.«

»Und das wäre? Du hast mir nie gesagt, warum du in den letzten Tagen geradezu versucht hast, ihn mit Blicken zu töten.«

Milisant hätte ihr das unter anderen Umständen auch nicht erzählt, so peinlich war ihr der Vorfall. Aber sie durfte es nicht länger für sich behalten, wenn Jhone für die nächsten paar Tage ihre Rolle erfolgreich spielen sollte.

Während sie ihre alten Kleider anzog, hatte Milisant Jhone jedes Gespräch, das sie mit Wulfric geführt hatte, so gut sie sich daran erinnern konnte, wiedergegeben. Jhone mußte alle Einzelheiten kennen für den Fall, daß Wulfric mit ihr zu reden versuchte und auf etwas zurückkam, was zwischen ihnen gesagt worden war.

Milisant hatte nur ihre letzte Begegnung ausgelassen, sah

nun aber ein, daß sie diese nicht verschweigen konnte, wenn Jhone so lange wie möglich unbemerkt an ihre Stelle treten sollte. Und je länger ihr dies gelang, desto mehr Zeit würde Milisant gewinnen, bevor sie verfolgt wurde.

Also murmelte sie: »Wulfric hätte mich beinahe zu seiner Frau gemacht.«

»Beinahe?« Jhones Augenbrauen schnellten in die Höhe. Dann schlug ihr Gesichtsausdruck in Erstaunen um, als sie folgerte: »Er hat versucht, dich zu zwingen, so wie König John?«

Milisant lief bei der Erinnerung daran über und über rot an und nuschelte, alles andere als froh, ihre eigene Schwäche eingestehen zu müssen: »Nein, nicht ganz. Mir war wieder so wirr zumute von seinen Küssen. Mir kam nicht einmal der Gedanke, ihm zu sagen, er solle aufhören. Wenn Lord Guy nicht dazwischen gekommen wäre, hätten wir die Ehe bestimmt schon ohne den Segen des Priesters vollzogen.«

Jhone öffnete den Mund um zu antworten, schloß ihn dann aber wieder, schüttelte den Kopf und seufzte.

Ihr Ton war jedoch mißbilligend, als sie schließlich sagte: »Wenn es nicht diesen Zwischenfall mit König John gegeben hätte, dann hätte ich allerhand dazu zu sagen. Aber nachdem der König offenbar gegen deine Hochzeit mit Wulfric ist, dürfte es nun für alle Beteiligten besser sein, wenn du statt seiner Roland zum Ehemann nimmst. Wir wollen hoffen, daß in dieser Hinsicht alles nach Wunsch verläuft.«

Milisant lächelte, da sie nun endlich Jhones Zustimmung fand. »Das wird es, da bin ich mir sicher. Ich brauche nur Clydon zu erreichen, und all mein Jammer wird ein Ende haben.«

»Ich wünschte, ich wäre ebenso zuversichtlich wie du«, erwiderte Jhone.

»Du machst dir zu viele Sorgen. Du warst schon unzählige Male ›ich‹. Nie hat es jemand gemerkt. Du weißt, wie einfach es ist. Wenn du sogar Vater an der Nase herumführen kannst ...«

»Er war doch ständig vom Wein benebelt, Mili, wann immer ich es versucht habe.«

»Selbst dann war die Begegnung mit ihm stets die Feuerprobe. Kein anderer kennt uns so gut.«

»Stimmt«, mußte Jhone zugeben.

Milisant lächelte, um Jhones Zuversicht zu stärken. »Wir beide wissen, daß du es kannst. Und es ist die einzige Möglichkeit für mich, um genügend Vorsprung zu gewinnen, ehe man mich suchen läßt. Es hängt alles von dir ab, Jhone. Zwei Tage, und wenn du kannst, noch etwas länger. Das müßte für mich ausreichen, um nach Clydon zu kommen, selbst zu Fuß, und von dort nach Dunburh, und ich dürfte auch noch genügend Zeit haben, um die notwendige Überzeugungsarbeit zu leisten. Solange Lord Guy und Wulfric nicht wissen, daß ich fort bin, wird niemand nach mir suchen. Du kannst es. Ich weiß, daß du es kannst!«

»Es sieht so aus, als hätte ich gar keine andere Wahl«, sagte Jhone und seufzte erneut. »Dann laß uns schnell machen, bevor die Sonne ganz aufgeht. Zum Glück bin ich heute morgen so zeitig aufgewacht. Der Burghof ist noch nicht sehr bevölkert und der Saal unten auch nicht.«

Milisant nickte und beendete das Schnüren ihrer Beinkleider. Es tat gut, wieder in den alten Kleidern zu stecken statt in Milisants geborgtem Bliaud. Sie fühlte sich beinahe frei von den Fesseln, die ihr angelegt worden waren, seit Wulfric gekommen war, um den Ehevertrag in Kraft zu setzen. Aber sie war noch viel zu sauber ...

Während Jhone losging, um zwei Männer zu holen, die die Truhe in den Stall tragen sollten, begann sich Milisant im Raum nach Schmutz umzusehen, mit dem sie sich beschmieren konnte. Sie verfluchte die Mägde der Burg dafür, daß sie den Raum so makellos sauber hielten, bis ihr das Fenster ins Auge fiel. Weil das Glas trübe war und zwar Licht einließ, aber keine klare Sicht gewährte, wurde es als Sammelplatz für Staub und Ruß leicht übersehen und bot genau das, was sie brauchte.

Milisant kauerte sich mit den wenigen Dingen, die sie mitnahm, nämlich ihrem Bogen und einigen Kleidern zum Wechseln, in die Truhe. So war sie bereits längst versteckt, als sie Jhones lautes Geplapper vor der Zimmertüre vernahm, das sie vorwarnen sollte.

Erst jetzt spürte Milisant die Nervosität in sich aufsteigen. Sie mochte diese Flucht mit Jhone gründlich besprochen haben, mochte alle Aspekte und Eventualitäten in Erwägung gezogen haben, doch sie wäre erst dann in Sicherheit, wenn sie sich tatsächlich hinter den hohen Mauern von Clydon Castle befand.

Aus Shefford zu entkommen war zunächst die schwerste Hürde. Danach würde sie draußen in der Landschaft sein – zu Fuß! Aber eins nach dem anderen.

Mehr als einmal hielt sie auf der langen, holprigen Reise zum Stall den Atem an. Die Truhe wurde einmal beinahe fallen gelassen, und ihr rutschte das Herz in die Hose. Jhone hätte die Träger ohrfeigen sollen! Milisant hätte das bestimmt getan. So schwer war sie nun auch wieder nicht!

Selbst nachdem die Truhe endlich im Stall abgestellt worden war, ließ ihre Nervosität kein bißchen nach. Sie würde sich erst wieder beruhigen, wenn sie Shefford Castle verlassen hatte. Innerhalb der Burgmauern konnte noch allzu vieles schiefgehen. Und sie konnte nicht einmal die Truhe verlassen, ehe Jhone sie wissen ließ, daß die Luft rein war. Bislang war das aber noch nicht geschehen.

Anstelle des Zeichens, auf das sie wartete, hörte sie Jhone zu einem der Diener sagen: »Hol mir mal Henry her. Er ist einer der Burschen, die uns aus Dunburh hierherbegleitet haben. Er ist leicht zu erkennen, so verdreckt wie er herumläuft. Eigentlich müßte er sich irgendwo im Burghof herumtreiben, denn er versorgt unsere Pferde. Ich hatte gehofft, ihn hier zu finden …«

Milisant hatte keine Ahnung, wovon Jhone eigentlich sprach. Es war kein Henry mit ihnen nach Shefford gereist.

Doch bis sie Jhone danach fragen konnte, würde es noch eine Weile dauern, denn die vier Wachen, die sie zum Stall begleitet hatten, standen weiterhin in der Nähe, und deshalb konnte Milisant die Truhe nach wie vor nicht verlassen.

Als Jhone keine Anstalten machte, aus dem Stall zu gehen, zerstreuten sie sich ein wenig, wie sie es immer taten. Zwei von ihnen gingen zur Stalltür, um dem Treiben im Burghof zuzusehen, einer besuchte sein Lieblingspferd, und den vierten bat Jhone, ihr einen Eimer zu holen, während sie den Eimer, der stets vor Stampfers Box stand, unter ihren Röcken verbarg.

Endlich trat sie gegen die Truhe, zum Zeichen, daß Milisant jetzt herauskommen könne, und das tat diese auch unverzüglich. Milisant stürzte in Stampfers Box und versteckte sich hinter den Holzbohlen, für den Fall daß eine der Wachen wieder zurückkäme. Auf diese Weise konnte sie ungesehen mit ihrer Schwester sprechen, zumindest für ein paar Minuten.

»Das war doch ganz leicht«, sagte sie zu Jhone. Sie wollte sich nicht anmerken lassen, wie aufgeregt sie gewesen war. »Geh du jetzt in die Burg zurück und nimm diese Wachen mit. Ich werde die Tore beobachten ...«

»Warte! Mir ist etwas Besseres eingefallen. Ich wünschte nur, ich wäre früher darauf gekommen.«

»Was denn? Und wer ist dieser Henry, nach dem du geschickt hast?«

Jhone grinste. »Du natürlich. Der Diener wird selbstverständlich keinen Henry finden, aber die Wachen wissen jetzt, daß ich nach ihm suche, und werden sich nichts dabei denken, wenn du als ›Henry‹ auftauchst.«

»Und wozu das alles?«

»Um dich zu Pferde hier herauszuschmuggeln.«

»Das wäre wunderbar, aber wir waren uns doch schon einig, daß ich nicht auf Stampfer hinausreiten kann, ohne mit

Sicherheit angehalten zu werden. Er ist schließlich nicht gerade ein unauffälliges Pferd.«

»Ja, aber du bist so daran gewöhnt, ausschließlich auf ihm zu reiten, daß du ein anderes Pferd gar nicht in Betracht ziehst. Denk doch mal nach. Wenn ich Vater eine Nachricht zukommen lassen wollte, würde ich den Boten wohl kaum zu Fuß losschicken, oder?«

Milisant begann zu lächeln und strahlte im nächsten Augenblick über das ganze Gesicht. »Nein, natürlich nicht. Aber wie willst du mich finden, solange ich hier bin? Die Wachen wissen doch, daß Henry nicht im Stall ist!«

»Ich werde mit ihnen zusammen hinausgehen und mich draußen noch etwas aufhalten. Wenn du dich beeilst, kannst du den Stall durch die Hintertür verlassen und außen herumkommen, um dich bei mir zu melden. Du könntest sagen, du hättest gehört, daß ich nach dir suche. Ich werde dir daraufhin mitteilen, was ich von dir will, und wir werden dir ein Pferd besorgen. Ich werde wahrscheinlich auch den Torhütern eine Erklärung abgeben müssen, um sicherzugehen, daß sie dir keine Schwierigkeiten machen.«

Milisant nickte. So könnte es gehen. Diese Idee war auf jeden Fall besser als ihr eigener Plan, sich mit anderen Leuten zusammen hinauszuschmuggeln. Insbesondere, da heute vielleicht gar keine Gruppe die Burg verließ und sie dann womöglich gezwungen wäre, es alleine zu versuchen.

»Dann laß es uns so machen.«

Das taten sie, und alles lief reibungslos. Die Eskorte der falschen Milisant stellte Henrys Erscheinen nicht in Frage, und schon bald saß die echte Milisant im Sattel und folgte Jhone zum Tor. Dort allerdings gab es einen besorgniserregenden Moment, weil die Wachen ihre Aufgabe sehr ernst nahmen und jeden anhielten, der kam oder ging.

Nachdem Jhone Henrys Auftrag erklärt hatte, fragte einer der Wachposten: »Wird sich Euer Vater beim Anblick dieses verdreckten Kerls nicht in seiner Ehre gekränkt fühlen?«

Jhone lachte. »Mein Vater kennt Henry und seine Abneigung gegen Wasser und Seife recht gut. Henry ist in unseren Stallungen groß geworden, und Vater wäre höchstens überrascht, den Burschen mit sauberem Gesicht zu sehen. Womöglich würde er ihn gar nicht erkennen.«

Milisant murmelte etwas entsprechend Unwilliges vor sich hin, was die Wachposten veranlaßte, sie, beziehungsweise »ihn«, auszulachen.

Sonst ging alles glatt. Man winkte sie durch. Jhone, Gott segne sie, hatte ihr durch diesen klugen Plan eine Menge Zeit gespart. Sie war aus Shefford Castle herausgekommen. Nun mußte sie es nur noch schaffen, sich alleine nach Clydon durchzuschlagen.

33

Der Sturm war dankenswerterweise in andere Gefilde weitergezogen. Die Witterung war jedoch immer noch kalt genug, um kleinere Wasserstellen gefrieren zu lassen. Die Sonne war ein paarmal durchgekommen und hatte die geschlossene Schneedecke, die der Sturm zurückgelassen hatte, zum Teil abgetragen, aber es waren große schneebedeckte Flächen zurückgeblieben, die Milisant blendeten, wenn die Sonne gleißend durch die Wolken schien.

An diesem Morgen folgte Milisant der Straße in Richtung Dunburh, bis Shefford Castle außer Sichtweite war. Dann lenkte sie ihr Pferd nach Süden auf Clydon zu – denn sie nahm an, daß Clydon im Süden lag. Sie war noch nie dort gewesen, sondern hatte Roland nur einige Male von der Lage seiner Heimatburg sprechen hören.

Jhone gegenüber hatte sie nicht zugeben wollen, daß sie nicht einmal genau wußte, wie sie überhaupt dort hinkommen sollte. Das hätte ihre Schwester nur zusätzlich beunruhigt. Da sie aber keine Hemmungen hatte, den nächstbesten, der ihr in die Quere kam, nach dem Weg zu fragen, zweifelte sie nicht daran, daß sie Clydon Castle finden würde.

Auf das Wiedersehen mit Roland freute sie sich. Sie hatte die enge Freundschaft, die sie mit ihm verband, und ihre vielen Gespräche seit der Zeit in Fulbray vermißt. Daß er im Augenblick vielleicht gar nicht zu Hause in Clydon sein würde, hatte sie bei ihrem Aufbruch überhaupt nicht in Erwägung gezogen.

Es könnte ihre Pläne allerdings ernsthaft gefährden, wenn er nicht da war, insbesondere, da ihr so wenig Zeit zur Verfügung stand. Sie könnte natürlich mit seinen Eltern sprechen. Roland hatte stets nur Gutes über seine Eltern gesagt, und Milisant war Sir Ranulf ja schon einmal begegnet. Sie fand damals, daß er Roland sehr ähnlich war, und deshalb würde sie nicht allzusehr zögern, notfalls mit ihm zu sprechen oder auch mit seiner Frau, Lady Reina, wenn es sein mußte. Aber das wäre gewiß nicht so einfach, wie ihre Pläne mit Roland zu besprechen, und selbst das würde nicht ganz leicht werden.

Nachdem sie den Entschluß gefaßt hatte, ihn zu heiraten, hatte sie sich oft ausgemalt, wie sie es ihm sagen wollte, doch kein einziges Mal hatte sie die richtigen Worte gefunden. Es war einfach nicht üblich, daß eine Dame einem Mann einen Heiratsantrag machte. Normalerweise blieb dies den Eltern oder Vormunden überlassen oder dem Mann, der an der Heirat interessiert war. Die zukünftige Braut wurde überhaupt nicht gefragt.

Das sollte anders sein. Sie wünschte, es wäre anders. Es war ein weiterer Grund, den weiblichen Körper, in dem sie zur Welt gekommen war, zu verschmähen. In jedem Fall würde sie von der traditionellen Vorgehensweise abweichen. Die Umstände zwangen sie dazu. Es war keine Zeit mehr, um ihren Vater die Vereinbarungen treffen zu lassen. Sie mußte das selbst übernehmen und dann ihrem Vater die Übereinkunft mit der Bitte um Zustimmung vorlegen.

Wenigstens zweifelte sie nun, nach dem Zwischenfall mit dem König, nicht mehr daran, daß ihr Vater seine Einwilligung geben würde. Ironischerweise hatte sie das ausgerechnet König John zu verdanken.

Clydon lag weniger als einen Tagesritt von Shefford entfernt, soviel wußte sie zumindest. Bald fand sie eine Straße, die in Richtung Süden verlief, und verließ den Wald, da sie auf einer vielbereisten Straße eher auf Menschen treffen würde, die ihr den genauen Weg beschreiben könnten.

Milisant wurde verfolgt. Das war ihr aufgefallen, als sie

den Wald verlassen hatte. Zunächst beunruhigte es sie aber nicht, denn sie hielt die drei Männer für eine Patrouille aus Shefford. Wahrscheinlich hatten sie Milisant im Wald ausgemacht und taten nur ihre Pflicht, indem sie sich vergewisserten, daß sie nicht wilderte oder sonst etwas tat, dem sie Einhalt gebieten mußten. Milisant ging davon aus, daß diese Männer umkehren würden, sobald sie die Ländereien Sheffords endgültig verließ.

Als sich der Abstand zwischen ihnen langsam, aber sicher verringerte, fühlte sie sich jedoch allmählich unbehaglich. Es geschah ganz unauffällig, und gerade deshalb machte es sie nervös. Die Männer waren inzwischen nahe genug herangekommen, um sie durch Zuruf aufzuhalten, falls sie etwas von ihr wollten. Statt dessen schlichen sie sich weiter an sie heran.

Und da fiel ihr ein, daß sie sich, indem sie vor der drohenden Rache des Königs floh, der Gefahr aussetzte, die von jenen Männern ausging, die bereits dreimal versucht hatten, ihr ernstlich etwas anzutun. Wenn sie noch nicht aufgegeben, sondern Shefford von ferne beobachtet hatten ... *Herr im Himmel*, warum hatte sie daran kein einziges Mal gedacht, als sie ihre Flucht geplant hatte? Nicht, daß sie sich dadurch hätte aufhalten lassen. Dafür war die von König John ausgehende Gefahr zu groß gewesen. Aber sie hätte umsichtiger sein können, wenn sie früher daran gedacht hätte.

Nun gab es mehrere Möglichkeiten. Sie könnte mit ihrem Pferd in Galopp fallen, in den Wald zurückstürmen, der die Straße auf beiden Seiten säumte, und versuchen, die Männer auf diese Weise abzuhängen. Da sie sich in den Wäldern hier jedoch nicht auskannte, war dies sicher nicht die beste Wahl. Oder sie könnte unter irgendeinem Vorwand am Straßenrand anhalten, um zu sehen, ob sie an ihr vorbeiritten und ihren Weg fortsetzten. Nein, diese Idee gefiel ihr auch nicht. Wenn es sich tatsächlich um die Männer handelte, die sie fürchten mußte, würden sie ihr auf diese Weise viel zu nahe kommen.

Aber es gab noch eine Möglichkeit. Sie könnte wenden und sich ihnen mit gespanntem Bogen entgegenstellen. Das würde sie zumindest dazu veranlassen, anzuhalten und sich zu erklären – oder auch nicht. Wenn sie lediglich eine Patrouille aus Shefford waren, könnten sie ihr das sicherlich leicht beweisen und sich außerdem davon überzeugen, daß sie selbst ebenfalls harmlos war, und dann weiter ihrer Wege ziehen.

Wenn sie hingegen plötzlich einen Versuch unternähme, die Männer abzuschütteln, würde ihr auch eine Patrouille aus Shefford nachjagen, in der Annahme, daß sie Grund zur Flucht hatte. Also konnte sie auf diese Weise nicht zweifelsfrei in Erfahrung bringen, wer diese Leute wirklich waren.

Auf jeden Fall wäre sie besser beraten, ihnen in der Hoffnung, daß ihre Nervosität unbegründet sei, unerschrocken entgegenzutreten. Aber zu diesem Zweck mußte sie absitzen. Falls sie von ihrem Bogen Gebrauch machen mußte, brauchte sie festen Boden unter den Füßen. Sie konnte es nicht riskieren, daß ihr Pferd plötzlich sein Gewicht verlagerte oder ihr auf andere Weise den Schuß verdarb, denn in ihrer Treffsicherheit bestand schließlich ihr einziger Vorteil.

Indem Milisant mitten auf der Straße anhielt, ermöglichte sie den Reitern, zunächst noch näher aufzurücken, doch als sie abstieg, hielten sie ebenfalls an. Dann aber taten sie etwas völlig Unerwartetes, als Milisant den Bogen von der Schulter nahm und nach einem Pfeil griff.

Sie stoben augenblicklich in verschiedene Richtungen auseinander. Zwei galoppierten zu beiden Seiten der Straße davon, während der dritte geradewegs auf sie zustürmte. Es war eine meisterhafte Verwirrungstaktik, die sie gewiß im voraus geplant hatten. Milisant konnte unmöglich alle drei gleichzeitig im Auge behalten, wenn sie auf diese Weise umzingelt wurde.

Ihr blieben nur wenige Sekunden, um zu entscheiden, daß sie sich um denjenigen, der direkt auf sie losging, zuerst kümmern mußte, und schon im nächsten Moment rief sie: »Haltet an, dann lasse ich Euch leben!«

Er hielt nicht an. Sie schoß. Einen Augenblick später hatte sie schon ganz automatisch den zweiten Pfeil angelegt, und noch ehe der erste Gegner zu Boden gefallen war, wandte sie sich dem nächsten Ziel zu.

In rascher Folge schoß sie zwei weitere Pfeile ab. Es war fraglich, ob sie den Männern durch ihre dicken Winterumhänge hindurch schweren Schaden zugefügt hatte, aber sie hielt sich nicht damit auf, dies nachzuprüfen. Einer der Männer war auf seinem Pferd in sich zusammengesunken, die beiden anderen Männer waren zu Boden gestreckt und rührten sich nicht. Milisant hatte sie vorerst außer Gefecht gesetzt, und mehr hatte sie nicht erreichen wollen.

Um die beiden, die bewegungslos am Boden lagen, machte sie sich allerdings ernste Sorgen, als sie davongaloppierte. Sie konnte nur beten, daß dies keine Patrouille aus Shefford gewesen war. Falls doch, so konnte sie nur beten, daß sie niemanden getötet hatte.

Der Gedanke daran machte sie ganz krank. Es fiel ihr nicht leicht, sich einzureden, daß sie nur ihr eigenes Leben gerettet hatte, da sie sich dessen ja nicht wirklich sicher sein konnte.

34

Clydon Castle war leichter zu finden als gedacht, ganz einfach, weil es viel größer war, als Milisant angenommen hatte. Wahrhaft, die riesige weiße Burg mit ihren hohen Wehrmauern umfaßte viele Morgen Land. Sie war eine starke Wehr für dieses Gebiet, und daß sie unter der Oberherrschaft von Shefford stand, machte Milisant erst deutlich, wie mächtig der Graf von Shefford war – und wie mächtig Wulfric eines Tages sein würde.

Obgleich sie während dieses langen Ritts in Gedanken bei Roland hätte sein sollen, um sich zu überlegen, was sie ihm sagen wollte, ging ihr Wulfric einfach nicht aus dem Kopf. Sie nahm an, daß er erleichtert sein würde, wenn ihr Vorhaben gelang. Denn dann könnte er ja heiraten, wen er wollte, vielleicht sogar diese Frau, in die er verliebt war. Es war schon eine Ironie des Schicksals, daß sie ihm diesen Gefallen tat, obwohl sie ihn doch so verabscheute.

Bestimmt wäre es für sie beide besser so, und der König würde bald jemand anders finden, in dessen Leben er sich einmischen konnte. Sie war schon kurz vorm Ziel. Innerhalb weniger Tage könnte sie mit Roland getraut werden. Sie wußte, daß sie mit ihm glücklich werden könnte. Nun, sie war sich dessen zumindest ziemlich sicher. Schließlich waren sie gute Freunde. Warum also war sie von dieser Vorstellung nicht wirklich begeistert? Warum hatte sie nur das Gefühl, als ob sie irgend etwas unerledigt gelassen hätte?

Sie fand eine abgelegene Stelle im Wald, um rasch die Kleider zu wechseln, ehe sie sich Clydon näherte. Das meergrüne und goldene Bliaud paßte gut zu ihren hellgrünen Augen.

Wahrscheinlich hatte Jhone es deshalb ausgewählt. Ihre Kleidung war das erste, wozu Jhone eine Bemerkung gemacht hatte, als sie Milisant in ihren alten Gewändern sah.

»In diesem Aufzug kannst du nicht in Clydon ankommen und erwarten, daß man dir glaubt, wer du bist. Womöglich läßt man dich so nicht einmal zum Tor hinein.«

Daraufhin hatte sie ihr Kleider zum Wechseln gebracht, die Milisant in Clydon Castle Zutritt verschaffen sollten – was sie dann auch taten.

Die Wachposten stellten kaum Fragen, auch wenn sie ihr etwas seltsame Blicke zuwarfen. Wahrscheinlich, weil sie noch immer ihren Bogen über der Schulter trug. Und das Glück war ihr hold. Roland war zu Hause. Eine der Wachen zog sogar los, um ihn zu suchen, während die andere einen Diener aufforderte, sie in die Burg zu bringen.

Sie war von Clydon Castle beeindruckt. Shefford war größer und stärker bevölkert und stets von buntem Treiben erfüllt. Auch in Dunburh herrschte allerhand Trubel, jedoch nicht nur durch die Leute, die dort lebten, sondern auch aufgrund der vielen Reisenden, denen die Burg Gastfreundschaft bot. Clydon hingegen war sauber und ordentlich. Es herrschte Betrieb im Burghof, sicherlich, aber die Atmosphäre war eher häuslich, und die Leute waren sehr freundlich.

Der große Burghof war nicht mit Schlamm, sondern mit Gras bedeckt. Von dem Matsch, wie der jüngste Schneesturm ihn in Shefford und sicher auch in Dunburh hinterlassen hatte, war hier keine Spur zu sehen. Dadurch machte der Burghof einen ganz anderen Eindruck, und das wußte Milisant, weil sie die Natur so liebte, sehr zu schätzen. Erfreut stellte sie fest, daß sie nichts dagegen hätte, hier zu leben.

Roland stieß zu ihr, noch ehe sie den Bergfried erreichte. Sie hätte ihn in jeder Menschenmenge sofort wiedererkannt, allein aufgrund seiner Größe. War er noch gewachsen, seit sie ihn zuletzt gesehen hatte? *Himmel*, er war wirklich ein

Riese, beinahe zwei Meter groß. Und so gutaussehend – wie hatte sie das vergessen können?

Er hatte die hellblonden Haare seines Vaters und veilchenblaue Augen, eine bemerkenswerte Mischung. Und er war keineswegs mager bei seiner Länge, weit entfernt. Er hatte einen der wohlproportioniertesten Männerkörper, den sie je gesehen hatte, genau an den richtigen Stellen breit und kräftig, aber auch straff und muskulös, wo es so sein sollte. Auch deshalb hatte es ihr immer soviel Freude bereitet, ihm bei den Waffenübungen zuzusehen. Er war ein Prachtexemplar seines Geschlechts.

Der Gerechtigkeit halber mußte sie jedoch zugeben, daß auch Wulfrics Körper, wenn auch ein paar Zentimeter kleiner, ein Muster an Vollkommenheit war. Aber da endete seine Vollkommenheit auch schon, während Roland ein wunderbares Naturell hatte, das seine Stärke ergänzte: eine humorvolle Art, Freundlichkeit und Sanftmut, wenn es ihrer bedurfte. Wulfric hingegen fehlte all dies; er war brutal, verdrießlich, streitsüchtig und … und warum dachte sie überhaupt immer noch an ihn, obwohl Roland sie nun schon beinahe erreicht hatte?

»*Herr im Himmel*, wer hat dir denn das Gesicht mit Dreck beschmiert, Mili?« waren Rolands erste Worte, nachdem er sie zur Begrüßung hochgehoben und mit seinen Bärenpranken umarmt hatte.

Milisant schoß die Schamröte ins Gesicht. Sie hatte zwar daran gedacht, die Kleider zu wechseln, um Clydon in damenhafter Erscheinung zu betreten, das rußige Make-up, das sie zur Tarnung aufgetragen hatte, aber vergessen. Kein Wunder, daß die Torhüter von Clydon sie so komisch angeschaut hatten. Pah, als ob es ihr etwas ausmachte, wie sie aussah!

Warum wurde sie dann rot? Doch sie wußte genau, warum, sofern sie sich das eingestehen wollte. Es war Wulfrics Schuld, weil er ihr erst unlängst ihre äußere Erscheinung bewußtgemacht hatte. Seine verdammten Komplimente. Es lag an der Art, wie seine Augen jede Kleinigkeit an ihr aufsogen, wann immer er in ihre Nähe kam. Sie hatte sich selbst sogar schon dabei ertappt, in den Spiegel zu sehen, bevor sie in Shefford ihr Zimmer verließ. So etwas wäre ihr zu Hause nie in den Sinn gekommen.

»Laß mich herunter, du Frechdachs«, schimpfte sie in ihrer Verlegenheit. »Welcher Reisende kommt jemals ohne eine gute Portion Straßenstaub irgendwo an?«

»Was für Straßenstaub?« entgegnete er lachend. »Der letzte Schnee hat doch alles weggewaschen!«

Er setzte sie ab und begann unverzüglich, ihr den Schmutz von den Wangen zu reiben, eine Geste, die Milisant bekannt vorkam – Jhone tat das auch immer. Und wie üblich wehrte sie diese Hände ganz automatisch ab. Sie stutzte einen Moment, als ihr auffiel, daß er sie genauso behandelte wie ihre Schwester und sie sich ihm gegenüber im Gegenzug gerade ebenso benommen hatte.

»Den Schmutz habe ich aus gutem Grund aufgetragen, nämlich um unbehelligt hierherzukommen«, erklärte sie ihm. »Ich bin nicht so gereist, wie du mich jetzt vor dir siehst, sondern in meinen Beinkleidern.«

»Wieso Beinkleider?« Wer würde es wagen, eine Dame unter Begleitschutz zu belästigen, denn nur so konntest du doch ...?«

Seine Worte verebbten, da sie sich nun ganz eindeutig unbehaglich fühlte und seinen Blicken auswich. Und es kam nicht überraschend, als er hinzufügte: »Wenn du mir erzählen willst, du wärst alleine hierhergereist, dann verhaue ich dich!«

So etwas würde er niemals tun, und das wußten sie beide ganz genau. Er kannte sie jedoch gut genug und hatte deshalb ganz richtig geraten. Und sie hatte ja vor, ihm alles zu erzählen. Deshalb brauchte sie sich auch für nichts zu schämen, außer dafür, daß sie noch nie im Leben etwas so hirnverbrannt Abenteuerliches und Gefährliches getan hatte, wie mutterseelenallein so weit von zu Hause fort zu reisen.

Also begann sie: »Die Verkleidung war notwendig, damit ich Shefford unbemerkt verlassen konnte.«

Daß sie offensichtlich sicher angekommen war, auf welche Art auch immer, erlaubte es ihm, seine Besorgnis einen Moment lang beiseite zu lassen, um sie grinsend aufzuziehen: »Ich weiß, du willst mich nur beschützen, Mili, aber du hättest nicht persönlich herkommen müssen, um mich zu deiner Hochzeit zu begleiten. Mein Vater führt immer eine große Streitmacht mit sich, wenn meine Mutter mit ihm reist, und ich werde ja bei ihnen sein... Vergib mir, dein Gesichtsausdruck sagt mir, daß du in dieser Sache keinen Spaß verstehst.«

Sie schüttelte den Kopf. »Nein, ich mag es, wenn du mich neckst, also entschuldige dich nicht. Es ist nur so, daß vieles geschehen ist, und zwar nichts Gutes. Ich will dir alles erklären, ich weiß nur nicht, wo ich anfangen soll – nun, ich weiß es doch. Ich mußte Shefford heimlich verlassen, weil ich eine Auseinandersetzung mit König John hatte, der schon vorzeitig zur Hochzeitsfeier gekommen ist.«

Roland runzelte die Stirn. »Was für eine Auseinandersetzung?«

»Eine ernste. Es hat den Anschein, als sei er über meine Verlobung nicht erfreut und habe nach einem Weg gesucht, den Ehevertrag zu annullieren – indem er mit mir ins Bett gehen wollte.

Ich wehrte mich dagegen, gewaltsam, und dafür wird er sich rächen wollen, insbesondere wenn ich trotzdem mit Wulfric von Shefford die Ehe eingehe. Der einzig mögliche Weg, König John zu besänftigen, könnte darin bestehen, daß ich einen anderen Mann heirate.«

»*Herr im Himmel*, Mili, du brauchst doch wegen König Johns Schürzenjägerei nicht solch ein Opfer zu bringen! Ich kann ja verstehen, daß er dich gerne seiner Sammlung einverleiben würde, aber Shefford ist viel zu mächtig, als daß er davon großes Aufhebens machen würde. Er hat es versucht, und der Versuch ist fehlgeschlagen. Bestimmt wird er es dabei bewenden lassen.«

Sie schüttelte ein weiteres Mal den Kopf. »Es ist nicht so, wie du denkst. Er wollte mich nicht nur ›seiner Sammlung einverleiben‹. Er wollte Wulfric einen Anlaß liefern, mich zu verstoßen. Davon versprach er sich einen Vorteil für uns beide.«

»Willst du damit sagen, er hätte eine so hohe Meinung von sich selbst, daß er denkt, es sei eine Gnade für dich, mit ihm ins Bett zu gehen?« spottete Roland. Dann verbesserte er sich voller Verachtung: »Andererseits muß ich zugeben: Wenn jemand eine so hohe Meinung von sich selbst hat, dann kann es nur John ›Ohneland‹ sein.«

»Aber nicht in diesem Fall«, stellte sie klar. »Ich hatte ihn wissen lassen, daß ich keineswegs den Wunsch habe, mich mit Wulfric ehelich zu verbinden. Der Vorteil für mich hätte darin bestanden, ihn nicht heiraten zu müssen.«

»Bist du von Sinnen?« fragte Roland ungläubig. »Wie könntest du Wulfric de Thorpe nicht wollen? Er wird eines Tages der oberste Lehnsherr meines Vaters sein und später dann meiner. Wenn seine Macht nicht ausreicht, damit du vor Dankbarkeit in die Knie gehst, dann sollte zumindest sein Anblick ...«

»Kein Wort mehr, oder ich verhaue dich! In die Knie gehen vor Dankbarkeit?« Sie schnaubte zornig. »Wann habe ich dir jemals den Eindruck vermittelt, ich hätte den Ehrgeiz, eine Gräfin zu werden?«

»Das brauchtest du nicht. Du warst von Geburt an dazu bestimmt, Wulfrics Gräfin zu werden.«

Sie seufzte. »Das war nicht meine Entscheidung, Roland. Wir haben zwar in Fulbray nicht viel darüber gesprochen, aber schon seit wir Kinder waren, habe ich Wulfric verabscheut. Bei unserer ersten Begegnung hat er mich schwer verletzt und mich für Monate in Angst und Verzweiflung gestürzt, weil ich befürchten mußte, für den Rest meines Lebens verkrüppelt zu sein. Das kann ich niemals vergeben oder vergessen.«

Roland zog sie wieder näher zu sich heran, und seine Stimme klang besänftigend und einfühlsam, als er sagte: »Ich sehe, daß es dich schmerzt, auch nur darüber zu sprechen, also sag weiter nichts. Komm, laß uns ein warmes Kaminfeuer finden und einen Becher Met, und dann kannst du mir in aller Ruhe erklären, warum du niemandem von König Johns Heimtücke erzählt hast.«

»Warum glaubst du, ich hätte es niemandem erzählt?«

»Weil du hier bist, und zwar allein, statt deinen Vater oder Lord Guy die Sache regeln zu lassen.«

Wieder wurde sie rot. Er durchschaute aber auch alles. Doch wenigstens hatte er nicht weiter über Wulfric gesprochen und auch nicht versucht, ihn mit dem Hinweis darauf, daß die Handlungen eines Kindes mit denen eines erwachsenen Mannes nichts zu tun hätten, zu entschuldigen. Das wußte sie besser. Aber der Versuch, andere davon zu überzeugen, war von vornherein zum Scheitern verurteilt.

35

Es würde nicht klappen.

Es ging einfach nicht. Wenn es nicht so wichtig gewesen wäre und nicht Milisants gesamte Zukunft davon abhinge, hätte es Jhone wahrscheinlich keine Schwierigkeiten bereitet, die Rolle ihrer Schwester zu spielen. Aber weil es so wichtig war, hatte sie viel zu starkes Lampenfieber. Deshalb sann sie auf eine neue Täuschung: Sie selbst wurde krank – und das war im Grunde nicht gespielt, da ihr die ganze Situation fürchterlich auf den Magen schlug –, und Milisant blieb bei ihr, um sie zu pflegen.

Sie hätte auch so tun können, als sei es umgekehrt, doch es stand zu befürchten, daß Wulfric verlangen würde, Milisant zu sehen, wenn er glaubte, sie sei krank. So war es zumindest gewesen, als sie verwundet war. Außerdem würde er eine Erkrankung Milisants wahrscheinlich nur für einen Vorwand halten, ihm aus dem Weg zu gehen. Wenn aber Jhone die Bettlägerige war, würde niemand darauf bestehen, sie zu sehen, und sie konnte als ›Milisant‹ eventuelle Besucher an der Tür abweisen und mußte niemanden ins Zimmer lassen, wo jeder gleich gesehen hätte, daß gar keine ›Jhone‹ krank im Bett lag.

In diese Vorgehensweise setzte sie große Hoffnungen, und den ersten Tag über ging bis zum späten Nachmittag alles gut. Dann aber klopfte genau derjenige an die Tür, den sie am meisten fürchtete. Es klopfte so laut, daß sie schon ahnte, wer es war, ehe sie überhaupt die Tür öffnete.

Folglich konnte sie sich einen Moment lang darauf vorbereiten, so mit ihm umzugehen, wie Milisant es vermutlich getan hätte, und als sie die Tür öffnete, fauchte sie ihn an:

»Hat Euch denn niemand gesagt, daß meine Schwester krank ist? Daß ich sie pflege? Endlich ist sie zur Ruhe gekommen und ein wenig eingeschlafen, da kommt Ihr und macht solchen Radau!«

»Ja, man hat mich informiert«, schnappte er zurück. Kein Wunder, nach diesem Empfang, der seinerseits jedoch auch wiederum nicht verwunderlich war, nachdem Wulfric so laut geklopft hatte. »Aber Ihr braucht Euch gewiß nicht ununterbrochen um sie zu kümmern. Schließlich gibt es auch noch andere hier, die das gut übernehmen könnten.«

»Ich vertraue keinem anderen die Pflege meiner Schwester an, genausowenig wie sie das täte, wenn ich krank bin.«

Daraufhin sagte er mit finsterer Miene: »Was fehlt ihr denn?«

»Sie hat sich ganz schrecklich übergeben. Riecht Ihr nicht, wie es hier stinkt?«

Da sich Jhone im Laufe des Nachmittags in der Tat mehr als einmal übergeben hatte, war das nicht gelogen. Und sie merkte, wie die Übelkeit sie schon wieder überkam. Sie konnte seine Wut deutlich spüren, und solche Wut versetzte sie immer in Angst und Schrecken. Es war ein Wunder, daß sie nicht schon bei seinem ersten bösen Blick in Tränen ausgebrochen war. Wenn er nicht bald wieder ginge ...

In der Absicht, ihn loszuwerden, fragte sie patzig: »Wozu seid Ihr hergekommen? Nur um uns zu stören?«

»Um Euch zu sagen, daß Ihr Euch heute abend beim Essen blicken lassen sollt. Eine Mahlzeit auszulassen, wenn der König anwesend ist, mag entschuldbar sein, aber zwei offizielle Zusammenkünfte hintereinander zu versäumen, käme beinahe einer Beleidigung gleich. Ob es Eurer Schwester nun bessergeht oder nicht, Ihr habt auf jeden Fall heute abend im Saal zu erscheinen.«

»Es besteht keine Notwendigkeit, daß ich den König unterhalte.«

»Ach nein?« entgegnete er. »Nachdem er eigens zu Eurer Hochzeit angereist ist?«

Jhone hätte am liebsten die Hände gerungen. »Dann werde ich natürlich erscheinen, um ihm die Ehre zu erweisen. Aber ich werde nicht lange bleiben – es sei denn Jhone geht es besser.«

Sie hatte nachgegeben und sich einsichtig gezeigt. Wie hätte er nun noch weiter mit ihr streiten können? Doch er konnte es!

»Mich dünkt, Ihr benutzt die Krankheit Eurer Schwester als Ausrede, um mir aus dem Weg zu gehen. Wie lange wollt Ihr mich noch mit Schweigen strafen?«

Das war also der eigentliche Grund seines Besuches. Er fühlte sich vernachlässigt? Sie erwog es zu sagen: »Für immer!«, denn so etwas hätte Milisant wahrscheinlich gesagt. Aber eine solche Antwort würde ihn nicht zum Gehen veranlassen, sondern ihn bestimmt nur noch mehr erzürnen. Sie wollte allerdings nichts sagen, was Milisant selbst nicht auch gesagt hätte, denn dann würde er sie womöglich näher in Augenschein nehmen und mißtrauisch werden.

Sie kniff die Lippen zusammen, so wie Milisant es ihr eingeschärft hatte, und sagte, so gelassen es ihre Nerven zuließen: »Sehr zu meinem Bedauern spreche ich ja gerade mit Euch. Das hätte ruhig warten können, bis Jhone wieder wohlauf ist.«

Glücklicherweise verstand er diesen Wink mit dem Zaunpfahl. Er bedachte sie mit einem weiteren bösen Blick und befahl ihr zum Abschied: »Kommt heute abend zum Essen und auch morgen zu beiden Mahlzeiten, Weib. Sonst muß ich kommen und Euch holen!«

Sobald sie ihm die Tür vor der Nase zugemacht hatte, brach sie dahinter zusammen. Ihr Herz raste wild vor Angst. Sie hatte es geschafft. Er war ihr auf den Leim gegangen. Aber ein zweites Mal könnte sie das nicht. Sie hatte einfach nicht den Mut, sich diesem Mann so zu widersetzen, wie Milisant das tat, nicht wenn sie so deutlich seinen Zorn spürte. Doch sein Befehl klang ihr in den Ohren. Wenn er Milisant morgen nicht im Saal sähe, würde er kommen und sie die Treppe hinunterzerren.

Sie mußte zumindest heute abend zum Essen erscheinen. Darum würde sie nicht herumkommen. Die erste Mahlzeit des morgigen Tages wurde ja zum Glück erst mittags serviert, und bis dahin hätte Milisant soviel Vorsprung gewonnen, wie sie erbeten hatte. Jhone könnte wieder sie selbst sein, und Milisant würde als vermißt gelten. Bis man außerhalb der Burgmauern nach ihr suchen ließ, würde es sicher noch einen weiteren Tag dauern. Das verschaffte ihr reichlich Zeit, um Clydon zu erreichen und von dort aus nach Hause zurückzukehren, so wie sie es vorgehabt hatte.

Für Jhone würde das gesellige Beisammensein am Abend ohnehin schon schwer genug sein. Aber auch noch den König zu unterhalten? Nach allem, was er getan hatte? *Herr im Himmel*, sie hatte gar nicht bedacht, daß Milisant ja irgendwann dem König wieder gegenübertreten mußte. Sie war doch geflohen, um eben dies zu vermeiden!

Was, wenn er nur auf diesen Augenblick wartete, um sie öffentlich anzuprangern? Aber nein, offenbar hatte er mit niemandem über das, was zwischen ihnen geschehen war, gesprochen. Wulfric hätte es sonst zweifellos erwähnt. Und infolge ihrer heutigen Abwesenheit mußte König John annehmen, daß auch Milisant sich davor fürchtete, ihm wieder unter die Augen zu kommen.

Der Gedanke, daß sie sich fürchtete, könnte König John beschwichtigen. Es könnte ihn sogar noch mehr besänftigen, wenn sie bei ihrer Begegnung heute abend einen ängstlichen Eindruck machte. Das wäre nicht einmal gespielt. Nach dem, was er Milisant hatte antun wollen, würden Jhone vor Angst die Knie schlottern, sobald sie auch nur in seine Nähe kam. Und wenn er mit ihr über den Vorfall sprechen wollte? *Herr im Himmel*, wie hatte sie sich von Milisant nur zu so etwas überreden lassen können?

36

Sie hatte die Aussprache mit Roland schon viel zu lange hinausgeschoben. Milisant wurde immer unruhiger, als es zunehmend später wurde und sie noch immer keine Gelegenheit gefunden hatte, Roland ihren Heiratsantrag zu unterbreiten. Sie konnte diesen Tag nicht verstreichen lassen, ohne ihr zukünftiges Schicksal hier zu besiegeln. Seit ihrer Ankunft war jedoch in einem fort etwas dazwischengekommen, was sie daran gehindert hatte, noch einmal mit Roland alleine zu sprechen.

Er hatte sie in die Burg gebracht und seiner Mutter vorgestellt, die sie umgehend für ein Bad und Erfrischungen in ein Turmzimmer geleitet hatte. Danach hatte sie Roland bis zum Abendessen nicht wiedergesehen.

Lady Reina war eine Überraschung für sie. Milisant kannte Rolands Vater, der genauso ein Riese war wie sein Sohn. Lady Reina hingegen war eine kleine, zierliche Frau. Sie war keine vierzig Jahre alt, ihr schwarzes Haar war so voll und glänzend wie in ihrer Jugend, und auch ihre himmelblauen Augen waren unverändert klar und scharfsichtig. Und sie war reichlich unverblümt, geradezu gnadenlos offenherzig.

Als Milisant Einwände machen wollte, sie habe keine Zeit zum Baden, hatte sie sich nicht gescheut, ihr zu erklären: »Ihr stinkt, ab in die Wanne!«

Trotzdem stellte sie fest, daß sie Reina Fitz Hugh gern mochte. Er war eine Seltenheit, einer Frau zu begegnen, die ebenso unverblümt war wie sie selbst. Und Lady Reina war von so unverschämt nüchterner Denkungsart, daß sie ihrem

Gegenüber dadurch entweder die Befangenheit nahm oder ihn in Verlegenheit brachte. Milisant empfand ein wenig von beidem, und als sie darüber nachdachte, erheiterte es sie.

Während dieser Stunden, die sie mit Lady Reina verbrachte, erfuhr sie weit mehr über Rolands Familie, als Roland selbst ihr jemals erzählt hatte. Es gab noch einen älteren Bruder, der nach seinem Taufpaten, dem Grafen von Shefford, Guy genannt worden war. Außerdem hatte Roland zwei Schwestern, die beide wesentlich jünger waren als er. Die jüngste, gestand Lady Reina, war ihr ein Dorn im Herzen. Sie wurde mit diesem Kind, das seinen Vater vergötterte und ihm in jeder Hinsicht nachzueifern versuchte, einfach nicht fertig.

Es hatte Milisant überaus unangenehm berührt, als sie merkte, daß diese jüngste Tochter, die lieber ein Junge gewesen wäre, sehr viel Ähnlichkeit mit ihr selbst hatte – und daß Lady Reina dies als »Dorn im Herzen« empfand. Sie kam sich so aus der Art geschlagen vor wie noch nie im Leben, und ihr wurde klar, daß ihr Vater wahrscheinlich ebenso über sie dachte.

Sie hatte auch nicht gewußt, daß Rolands Familie mit den de Arcourts, einer anderen mächtigen Familie in dieser Gegend des Königreiches, verwandt war. Hugh de Arcourt, das Oberhaupt der Familie, war Rolands Großvater väterlicherseits, wenngleich unehelich – auch dies erzählte Lady Reina ganz unbefangen, so als ob es nichts Besonderes wäre.

Am interessantesten fand Milisant jedoch, daß Roger de Champeney Lady Reinas Vater gewesen war. Diesen Namen kannte Milisant gut, da Lord Roger in Begleitung von Nigel Crispin und Sir Guy vor all den Jahren mit König Richard bei dem Kreuzzug gewesen war. Roger de Champeney war in Sir Nigels Erzählungen von all den aufregenden Feldzügen, die lange vor Milisants Geburt stattgefunden hatten, oft vorgekommen.

Sie fragte sich, ob ihr Vater überhaupt wußte, daß Roland

Sir Rogers Enkel war, da er ihn allein mit dem Hinweis, daß Rolands Vater Lord Guys Vasall war, als möglichen Ehemann ausgeschlossen hatte. Sir Roger war ebenso Lord Guys Vasall gewesen und stellte doch zu Recht eine Macht dar, mit der man rechnen mußte. Clydon Castle und all die anderen Ländereien in seinem Besitz waren der Beweis dafür. Milisant war sich sicher, daß ihr Vater von Rolands Verwandtschaft mit Hugh de Arcourt noch gar nichts wußte.

Rolands Familie wurde dadurch auf einmal eine viel bessere Wahl für eine Verbindung, als sie je erwartet hätte. Mit soviel Reichtum und Macht im Rücken fehlte Roland im Vergleich zu Wulfric nur noch die Anwartschaft auf einen Grafentitel.

Ihre Zuversicht wuchs. Diese Partie mußte ihrem Vater einfach zusagen! Sie ließ dabei zwar außer acht, daß sie nicht einer guten Partie wegen, sondern um der Freundschaft und der Ehrenschuld einer Lebensrettung willen mit Wulfric verlobt worden war. Dennoch wäre es unter diesen Umständen ein nicht ganz so schwerer Schlag für ihren Vater, wenn er erfuhr, daß König John gegen den Zusammenschluß ihrer Familien war und Milisant einen anderen heiraten mußte, um nicht in Ungnade zu fallen – oder vielmehr, um wieder zu Gnaden zu kommen. Wer wäre in diesem Fall also besser geeignet als Roland?

An diesem Abend allerdings hätte sie Roland beinahe erwürgen können, denn es hatte den Anschein, als ob sich alle, einschließlich seiner selbst, miteinander verschworen hätten, sie beide nicht länger als eine Minute miteinander allein zu lassen. Selbst als sie beim Essen neben ihm saß, gelang es ihr nicht, seine Aufmerksamkeit für Vertraulichkeiten zu erringen, zumindest nicht länger als für einen Augenblick, da sein Vater und sein Bruder ebenfalls um seine Aufmerksamkeit wetteiferten.

Als das Mahl endlich beendet war, war sie schon so verzweifelt, daß sie ihn einfach bei der Hand nahm und ihn zu einer der Fensternischen zog, die Clydons großen Saal umgaben und die großzügig mit gepolsterten Bänken versehen waren, auf denen man bequem sitzen konnte. Sie war sogar so kühn, ihn auf die Bank zu drücken, was ihr allerdings nur gelang, weil er – als der Riese, der er war – sich das gefallen ließ.

Sie vergeudete keine weitere Zeit mit Liebenswürdigkeiten, sondern sagte gleich: »Ich habe dir etwas zu sagen und eine Bitte an dich, die deine ungeteilte Aufmerksamkeit erfordert. Im Kreis deiner Familie ist das jedoch offenbar schwer möglich.«

Er lachte über diese Spitze. »Wir sind eben eine glückliche Familie. Wann könnte man besser besprechen, was jeder im Lauf des Tages erlebt hat, als wenn alle beim Abendessen zusammensitzen?«

Dem konnte sie nichts entgegnen. Also sagte sie: »Stimmt, aber du hast einen Gast in großen Nöten! Mir bleibt nur noch wenig Zeit hier, Roland. Eigentlich sollte ich schon morgen früh nach Dunburh weiterreisen. Ich hatte große Hoffnungen darauf gesetzt, daß du mit mir kommen würdest.«

»Sicherlich werde ich dich dorthin begleiten, Mili. Darum brauchst du mich doch nicht eigens zu bitten ...«

Sie machte eine abwehrende Handbewegung und setzte sich ihm gegenüber. »Ich brauche dich für viel mehr als das, Roland. Ich brauche dich als Ehemann!«

So, nun hatte sie es gesagt. Nicht gerade sehr feinfühlig, aber sie hatte keine Zeit mehr, um diplomatisch zu sein. Sie wünschte nur, er würde sie nicht so ungläubig ansehen. Und was noch schlimmer war – er glaubte wohl, daß sie scherzte, denn er fing an zu lachen.

Seine Heiterkeit zehrte an ihren Nerven. »Das ist kein Scherz, Roland.«

Er lächelte sie sanftmütig an. »Nein, ich sehe dir an, daß du es ernst meinst. Aber selbst wenn du nicht schon längst verlobt wärest, käme es für mich nicht in Frage, dich zu heiraten.«

Sie hatte gehofft, ihn zu fragen wäre die einzige Hürde, die sie überwinden müßte. Mit einer glatten Absage hatte sie nicht gerechnet.

»Bist du einer anderen versprochen?«

»Nein.«

Sie runzelte die Stirn. »Warum willst du dir dann meinen Vorschlag nicht wenigstens durch den Kopf gehen lassen?«

Statt ihr eine direkte Antwort zu geben, sagte er: »Sieh dir einmal meine jüngste Schwester an.«

Sie folgte seinem Blick und sah zwei etwa zehnjährige Knaben sich miteinander auf dem Boden balgen. Sie war seiner jüngsten Schwester noch nicht begegnet, zumindest soweit sie wußte – im Lauf des Tages war sie jedoch so vielen Leuten vorgestellt worden, daß es ihr vielleicht entgangen war.

»Wo? Ich sehe nur zwei Knaben.«

Er grinste. »Der, äh, ›Knabe‹ obenauf, der mit den kurzen blonden Haaren, das ist Eleanor. Deshalb fühlte ich mich dir von Anfang an so nahe, als wir uns in Fulbray kennenlernten – weil du mich so sehr an meine kleine Schwester erinnert hast. Genau wie du läuft sie lieber in Beinkleidern herum, sehr zum Verdruß meiner Mutter. Aber Eli zieht sich ordentlich an, wenn wir Gäste haben. Sie ist nur gerade erst gekommen und weiß deshalb noch nicht, daß wir Besuch haben. Fällt dir auf, wie wütend meine Mutter zu ihr hinsieht, während mein Vater, wie üblich, nur reichlich belustigt ist?«

Milisant wurde rot und verstand nicht, warum. Sie müßte doch froh sein, ein anderes Mädchen zu sehen, das ebenso war wie sie, denn das zeigte, daß sie selbst letzten Endes gar nicht so außergewöhnlich war. Die kleine Eli machte freilich Zugeständnisse und paßte sich an, wenn es von ihr verlangt wurde, wohingegen Milisant sich stets hartnäckig geweigert hatte, sich auch nur im geringsten zu beugen …

Sie seufzte innerlich. War sie so auf dem Holzweg? Waren die kleinen Freiheiten, die sie sich hatte herausnehmen können, es wert gewesen, ihrem Vater Schande zu machen? Roland hatte sie jedoch von ihrem Anliegen abgelenkt. Er hatte ihre Frage nicht beantwortet. Deshalb erinnerte sie ihn daran. »Was hat deine Schwester damit zu tun?«

Er beugte sich vor und ergriff zärtlich ihre Hände. »Du hast nicht genau zugehört. Du hast mich an meine Schwester erinnert – und tust es noch. Ich liebe dich von Herzen, aber du bist wie eine Schwester für mich, und die Vorstellung, mit dir zu schlafen ... es tut mir leid, Mili, und ich will dich wirklich nicht kränken, aber der Gedanke daran läßt mich kalt. Außerdem kann ich nicht meinem Lehnsherrn die Braut stehlen. *Herr im Himmel*, er wird der Graf von Shefford sein, und ich werde eines Tages eines der Güter Clydons innehaben – durch ihn.«

Eigentlich hätte sie seine Erklärung als völlig vernichtend empfinden müssen. Statt dessen aber erkannte sie, wenn auch verspätet, wie recht er hatte und daß sie selbst im Grunde genauso empfand. Darum hatte sie sich ihm immer so nahe gefühlt und darum hatte es keine erotischen Spannungen zwischen ihnen gegeben – weil er für sie wie ein Bruder war. In der Tat konnte sie sich nicht vorstellen, von ihm geküßt zu werden, zumindest nicht in der Weise, wie Wulfric sie geküßt hatte. Himmel, warum war ihr das nicht schon vor Jahren aufgegangen, als sie das erste Mal daran gedacht hatte, ihn zu heiraten!

Sie nickte, um ihm zu verstehen zu geben, daß sie seine Erklärungen akzeptierte, aber dann seufzte sie: »Und was soll ich jetzt tun? Ich muß trotzdem einen neuen Ehemann finden.«

Er schüttelte den Kopf. »Nein, du tust besser, was du von Anfang an hättest tun sollen, nämlich diese Angelegenheit denen zu überlassen, die sie am besten regeln können.«

»Das verschafft mir keinen neuen Ehemann.«

»Du brauchst keinen neuen Ehemann«, entgegnete er.

Daraufhin sah sie ihn böse an. »Du vergißt, daß es auch

noch andere Gründe gibt, warum ich Wulfric nicht heiraten will.«

»Ich weiß noch genau, was du über ihn gesagt hast. Du hast ihn gehaßt, seit ihr Kinder wart und er dir weh getan hat. Aber du hast nicht darüber gesprochen, wie du jetzt für ihn als erwachsenen Mann empfindest.«

»Aha! Ich wußte, daß du diese Unterscheidung ins Spiel bringen würdest!«

»Sollen wir jetzt anfangen, uns zu streiten wie Geschwister?« fragte er sanft.

Sie boxte ihn gegen die Schulter. Er grinste sie an. Sie verdrehte die Augen. Er kam zu ihrer Seite der Fensternische herüber und legte den Arm um sie.

»Sag mal ganz ehrlich, Mili, hast du auch nur einen Augenblick lang diese Gefühle aus deiner Kindheit beiseite gelassen, um Wulfric so zu sehen, wie er heute ist? Oder läßt du es zu, daß diese alten Gefühle deinen gegenwärtigen Eindruck von ihm überschatten?«

»Er ist immer noch ein Grobian«, murmelte sie.

»Das kann ich mir kaum vorstellen«, sagte Roland. »Aber selbst wenn, ist die entscheidende Frage doch, ob er grob zu *dir* ist?«

»Er benimmt sich wie ein Tyrann und kommandiert mich herum. Wahrhaft, wenn er könnte, würde er jeden einzelnen meiner Atemzüge kontrollieren.«

»Mich dünkt, du würdest jeden Mann, der es wagte, dir Befehle zu erteilen, für einen Tyrannen halten.«

Milisant seufzte erneut. »Roland, ich sehe worauf du hinauswillst. Aber du kannst dir nicht vorstellen, was es heißt, mit ihm zusammenzusein. Alles, was wir tun, ist miteinander streiten. Sobald wir im selben Raum sind, ist die Luft zwischen uns so dick, daß man sie schneiden könnte.«

Er schien einen Moment lang nachzudenken, dann sagte er: »Es ist seltsam, aber was du da schilderst, entspricht dem, was ich erlebt habe, als ich eine Dame begehrte, von der ich genau wußte, daß sie für mich unerreichbar war. Sie war hier zu Gast. Mir fiel auf, daß ich mich jedes Mal, wenn ich sie sah, in einem fort mit ihr herumstritt, während ich mir in Wirklichkeit gewünscht hätte ...«

»Pst!« unterbrach ihn Milisant, die rot geworden war. »Damit hat das überhaupt nichts zu tun!«

»Bist du dir ganz sicher?«

37

Bist du dir ganz sicher?

Diese Frage ging Milisant nicht aus dem Kopf, selbst nachdem sie sich für die Nacht zurückgezogen hatte. Sie hatte Roland geantwortet: »Gewiß doch!« Aber in Wirklichkeit war sie sich keineswegs so sicher – zumindest nicht, was Wulfric betraf. Schließlich konnte sie seine Gedanken nicht lesen, und einem Mann fiel es ja angeblich nicht schwer, eine Frau zu lieben und gleichzeitig eine andere zu begehren. Es gab viele Geschichten über Männer, denen es so ging.

Nachdem sich Wulfric ganz und gar damit abgefunden hatte, sie zur Ehefrau zu nehmen, wäre es schon möglich, daß er sie begehrte und sich darüber ärgerte, daß sie ihm die kalte Schulter zeigte. Das könnte als mögliche Ursache ihrer häufigen Streitereien durchaus in Betracht kommen. In diesem Fall müßte sie dann aber auch die Möglichkeit in Erwägung ziehen, daß die Streitereien ohne weiteres ein Ende finden könnten, wenn sie erst einmal verheiratet waren – zumindest von seiner Seite aus.

Jhone hatte denselben Gedanken gehabt. Wenn sie ihn im Bett glücklich machte, wäre er in seinem ganzen Wesen umgänglicher und würde ihr dann mehr Freiheiten gewähren, so hatte die Empfehlung ihrer Schwester gelautet. Aber was war mit ihr? Ihn glücklich zu machen würde sie selbst noch lange nicht glücklich machen.

Das war ein schwieriger Punkt. Wenn ihr Vater erst wüßte, was alles geschehen war, würde er ihr wahrscheinlich beipflichten, daß es für sie nun besser wäre, anderswo einzuheiraten – und sei es nur, weil König John es so wünschte.

Roland, auf den sie so lange Zeit gehofft hatte, kam also nicht in Frage. Wulfric allerdings auch nicht mehr, und darüber sollte sie eigentlich froh sein. Warum fand sie bei diesem Gedanken nur keine Ruhe?

Milisant war erleichtert, als sie ein leises Klopfen an ihrer Tür hörte, so unerwartet es auch kam, ganz einfach weil es sie aus ihren quälenden Grübeleien herausriß. Auf Milisants Aufforderung hin kam Lady Reina ins Zimmer. Sie setzte sich neben Milisant auf das Bett und machte ein besorgtes Gesicht.

»Ich habe so leise geklopft für den Fall, daß Ihr schon schlaft«, sagte sie einleitend. »Es überrascht mich jedoch nicht, daß Ihr trotz der späten Stunde noch wach seid.«

Milisant lächelte müde. »Das bin ich, obwohl ich bereits in der vergangenen Nacht nur wenig geschlafen habe. Aber warum sagt Ihr das?«

»Roland hat mich aufgesucht.«

»Aha.«

»Mein Sohn macht sich Sorgen, daß Ihr vielleicht aufgebracht seid, weil er Eure Erwartungen enttäuscht hat. Ist dem so?«

»Hat er Euch gesagt, worum es ging?«

Lady Reina nickte. »Eure Bitte kam sehr überraschend für ihn. Er ist sich nicht sicher, ob Ihr auch wirklich verstanden habt, warum er Euren Antrag abgelehnt hat. Er war ziemlich verwirrt, als er es Euch zu erklären versuchte.«

»Ich habe ihn vollkommen verstanden und bin ganz seiner Meinung. Als ich ihn für eine Heirat in Erwägung zog, dachte ich nur an unsere Freundschaft, unsere Nähe und daran, wie wunderbar es wäre, mein Leben mit jemandem zu teilen, mit dem ich so gerne zusammen bin. Die Intimitäten, die damit verbunden wären, sind mir dabei gar nicht in den Sinn gekommen. Nun, da er diesen Gesichtspunkt erwähnt hat, weiß ich, daß er recht hat. Ich bin wie eine Schwester für ihn, und mir geht es umgekehrt ebenso. Er ist wie ein Bruder für mich. Wir könnten niemals das Bett miteinander teilen.«

Lady Reina nickte wieder, erinnerte sie aber: »Ihr habt meine Frage nicht beantwortet.«

Milisant runzelte die Stirn und war sich nicht sicher, was die Dame eigentlich meinte. »Aber ja doch. Ich bin nicht aufgebracht gegen ihn. Er kann schließlich nichts dafür, daß ich so töricht war, nicht alle Aspekte einer Ehe zu bedenken, ehe ich ihm meinen Antrag unterbreitete.«

»Da ist noch etwas anderes, was Ihr nicht bedacht habt. Roland könnte Euch nicht ohne die Einwilligung seines Vaters heiraten, aber Sir Ranulf würde dazu niemals seine Zustimmung geben. Selbst wenn Eure Verlobung mit dem Sohn von Lord Guy aufgelöst würde, aus welchem Grund auch immer, wäre es doch gewissermaßen eine Beleidigung unserem Lehnsherrn gegenüber, wenn wir über Euch eine Verbindung mit den Crispins anstrebten, nachdem der Graf dieselbe Verbindung über seinen Sohn hatte herstellen wollen. Habt Ihr diese politischen Verwicklungen übersehen?«

Milisant errötete über diesen sanften Tadel. »Mein Vater versuchte mich unlängst darauf hinzuweisen, aber ich muß gestehen, daß ich viel zu verwirrt war, um seine Worte soweit aufzunehmen, daß sie mich von meinem Kurs hätten abbringen können.«

»Ich schätze, ich hätte nicht erst fragen müssen, ob Ihr aufgebracht seid. Daß Ihr mitten in der Nacht noch wach seid, ist Antwort genug.«

»Aber nicht wegen Roland. Dessen könnt Ihr ihn versichern – oder ich werde es selbst tun, morgen früh.«

»Kann ich Euch irgendwie helfen, um Euch die Sorgen abzunehmen, die Euch bedrücken?«

Es hatte den Anschein, daß Roland seiner Mutter nicht alles anvertraut hatte. »Nein, es ist nur so, daß ich nie den Wunsch hatte, Wulfric von Shefford zu heiraten. Und da ich nun weiß, daß König John dies auch nicht wünscht, frage ich mich, wen mein Vater statt dessen für mich finden könnte.

Viele Jahre lang hatte ich nur Roland im Sinn. Ich hatte keine Augen für einen anderen.«

»Woraus schließt Ihr, König John sei gegen Eure Heirat mit Wulfric?«

»Er sagte es mir.«

Lady Reina schüttelte den Kopf und lächelte. »Ich hätte vielleicht lieber fragen sollen, warum Ihr glaubt, daß König Johns Meinung hier eine Rolle spielt. Soweit ich weiß, hat Eure Verlobung den Segen von König Richard erhalten. Die Einwilligung von König John ist nicht vonnöten. Und wenn er die Heirat hätte verbieten wollen, hätte er das längst getan. Daß er seine Einwände Euch gegenüber erwähnt und nicht gegenüber Lord Guy, zeigt deutlich, daß er nicht vorhat, einzugreifen. Wahrhaft, ich glaube kaum, daß er es in einer Zeit, in der sich so viele seiner Barone gegen ihn auflehnen, wagen würde, einen so treuen Vasallen wie Lord Guy zu verärgern.«

Ein Grund mehr für Milisant, davon auszugehen, daß König John nicht vorhatte, verlauten zu lassen, was sie ihm angetan hatte. Und falls *sie* es wagen würde, ihn anzuklagen, würde er bestimmt ihr die ganze Schuld geben und sich selbst als vollkommen unschuldig darstellen. Vielleicht sollte sie das Lady Reina erklären. Sie zögerte jedoch, denn sie nahm an, daß König John um so mehr auf Rache sinnen würde, je mehr Leute von seinem Versuch wußten, ihre Verlobung zu hintertreiben, indem er sie mit in sein Bett nahm. Selbst wenn er alles leugnete, würde er sich immer noch für die Art und Weise rächen wollen, wie sie ihm entkommen war.

Also sagte sie lediglich: »Vielleicht habt Ihr recht.«

Lady Reina nickte. »Und nun zu dem letzten Teil Eures Kummers.«

»Dem letzten Teil?«

»Ich will ja nicht neugierig sein, aber ich finde es doch recht erstaunlich, daß ihr niemals den Wunsch hattet, Wulfric de Thorpe zu heiraten. Ich kenne ihn von Geburt an. Er hat sich zu einem vorbildlichen jungen Mann entwickelt – das ist das Verdienst seines Vaters. Mein eigener Gemahl ist ein Krieger und war schon mehrmals mit Wulfric im Feld. Er hatte stets nur Gutes über den Jungen zu berichten. Und ich weiß, daß viele Frauen ihn attraktiv finden. Meine älteste Tochter hat sich mehr als einmal zum Narren gemacht, wenn er hierher zu Besuch kam. Was mißfällt Euch denn an Wulfric?«

Milisant hätte sich wirklich gewünscht, es würden nicht alle immer auf dieselbe Weise reagieren. Wenn sie nun schlechte Kindheitserinnerungen zur Sprache brachte, würde Lady Reina bestimmt versuchen, dies herunterzuspielen. Deshalb nannte Milisant einen anderen guten Grund, aus dem sie Wulfric nicht zum Ehemann haben wollte.

»Er liebt eine andere.«

»Aha«, antwortete Lady Reina, als wäre damit alles gesagt. »Nun ja, es war nicht sehr klug von ihm, Euch das wissen zu lassen. Aber vielleicht ist es nichts Ernstes, und dann wird es Euch nicht schwerfallen, dieses Hindernis zu überwinden.«

»Wie sollte das möglich sein?«

Lady Reina kicherte. »Indem Ihr ihn dazu bringt, Euch zu lieben und Euch mit der Zeit noch mehr zu lieben.«

»Ihr redet wie meine Schwester«, brummte Milisant. »Sie denkt ganz ähnlich wie Ihr.«

Da lachte Lady Reina. »Das ist lediglich weibliche Erfahrung, meine Liebe.«

Eine Frau, die nicht selbst in so einer vertrackten Situation steckte, hatte leicht reden! In Wirklichkeit war es viel schwerer, überhaupt erst einmal die tiefsitzende Abneigung zu überwinden – insbesondere, wenn diese Abneigung auf Gegenseitigkeit beruhte.

»Um die Liebe meines Ehemanns sollte ich nicht kämpfen müssen«, sagte Milisant ziemlich förmlich.

»Nein, im Idealfall solltet Ihr das nicht. Aber die Wirklichkeit sieht anders aus, und die meisten Frauen müssen es tun – sofern sie sich Liebe wünschen. Es überrascht mich immer wieder, wie vielen Frauen das jedoch ganz gleichgültig ist. Sie erwarten in einer Ehe, die aus politischen Gründen oder zur Verbindung zweier Familien arrangiert wurde, gar keine Liebe und sind deshalb auch nicht enttäuscht, wenn Liebe nicht mit im Spiel ist. Ob eine Ehe gut ist, hängt von vielen Dingen ab. Liebe gehört nicht unbedingt dazu. Ach, aber wenn doch ... Ihr könnt es Euch nicht vorstellen ...«

»Verrätst du unsere kleinen Geheimnisse, Reina?«

Es war erheiternd, zur Abwechslung einmal die ältere Frau erröten zu sehen, die doch sonst mit ihrer eigenen Freimütigkeit so vielen die Schamröte ins Gesicht trieb. Sie wurde tatsächlich rot, als sie sich umwandte und ihren Ehemann erblickte, der in seiner ganzen Größe den Türrahmen ausfüllte.

»Ich wollte gerade ins Bett zurückkommen«, sagte Lady Reina und stand auf, um zu gehen.

»So, wolltest du? Irgendwie bezweifle ich das.«

Lady Reina zog eine Grimasse. Milisant aber sah das nicht und machte sich wirklich Sorgen, daß Ranulf Fitz Hugh auf seine Frau böse war und *sie* die Schuld daran trug.

Als Lady Reina sagte: »Ich habe mich nicht eingemischt«, kam ihr Milisant rasch zu Hilfe, indem sie bestätigte: »Das hat sie wirklich nicht.« Und als Lady Reina hinzufügte: »Und ich habe sie auch nicht belästigt«, ergänzte Milisant: »Das könnte sie gar nicht. Wahrlich, Lady Reina war mir eine große Hilfe.«

An diesem Punkt sah Lady Reina Milisant wieder an und sagte mit leisem Lachen: »Keine Sorge, mein Kind, er ist nicht böse. Und selbst wenn er es wäre, würde es mir nicht das geringste ausmachen.«

Bei diesem Nachsatz warf sie Sir Ranulf einen warnenden Blick zu. Der Riese grinste und gab damit zu erkennen, daß er dies oder Ähnliches schon öfter zu hören bekommen hatte.

Da drängte sich Roland an seinem Vater vorbei ins Zimmer und sagte unwirsch: »Es war nicht in meinem Sinne, Mutter, daß du Mili die halbe Nacht lang vom Schlafen abhältst!«

Daraufhin warf Lady Reina die Hände in die Luft und schmollte: »Ich bin ja schon auf dem Weg ins Bett!« Und sie stolzierte ohne ein weiteres Wort aus dem Raum.

»Ich will nur dafür sorgen, daß sie ohne weitere Umwege dort ankommt«, sagte Sir Ranulf und fügte hinzu: »Bleib nicht mehr zu lange, Roland. Wir alle sollten in dieser Nacht wenigstens noch ein bißchen Schlaf bekommen.« Dann verließ auch er das Zimmer.

Seltsamerweise wurden Roland und Milisant beide rot, nachdem seine Eltern hinausgegangen waren. Vielleicht, weil sie sich allein miteinander in einem Schlafzimmer befanden, aber wahrscheinlicher noch, weil sie beide wußten, worüber hier gesprochen worden war. Roland versuchte als erster, die Befangenheit zu überwinden, indem er sich auf die Bettkante setzte, auf der zuvor seine Mutter gesessen hatte.

»Es tut mir leid«, sagte er und nahm Milisants Hand. »Ich wollte nur, daß meine Mutter dir beisteht, falls du verzweifelt bist. So etwas kann sie sehr gut. Ich hätte nicht gedacht, daß sie dich die halbe Nacht lang vom Schlafen abhält.«

»Du brauchst dich nicht zu entschuldigen, Roland. Ich hatte noch nicht geschlafen, sonst wäre sie nicht hereingekommen.«

»Aha, also warst du doch noch zu aufgeregt?«

Milisant rollte mit den Augen und wechselte entschieden das Thema: »Schläft hier denn gar keiner in der Nacht?«

Er lachte. »Ich weiß nicht, was alle anderen machen, aber meine Mutter und ich treffen uns oft zu später Stunde in der Küche, wenn irgendein Malheur sie davon abgehalten hat, das Abendessen in Ruhe zu beenden. Bei dieser Gelegenheit haben wir schon viele gute Gespräche miteinander geführt – zumindest solange, bis mein Vater aufwacht und sie vermißt. Dann kommt er herunter, um nach ihr zu sehen, so wie heute nacht offenbar auch.«

»Und was hält dich vom Schlafen ab?«

»Es ist nicht so, daß ich nicht schlafen könnte. Aber ich bin immerzu hungrig, und wenn ich Hunger habe, kann ich nicht einschlafen.«

Das sagte er so aufrichtig bekümmert, daß sie lachen mußte. »Ja, du hast ja auch einen wirklich großen Körper zu ernähren!«

Milisants Heiterkeit wurde durch ein Geräusch an der offenstehenden Tür abrupt unterbrochen. Beide sahen hinüber, um festzustellen, was los war. Es hatte so geklungen, als wenn ein Schwert aus der Scheide gezogen wird. Und genau das war es auch.

Wulfric stand mit dem Schwert in der Hand in der offenen Tür. Er hatte die Augen nicht auf Milisant, sondern auf Roland gerichtet und sagte: »Was für ein Jammer, daß ich Euch jetzt töten muß!«

38

Milisant erbleichte. Nicht weil Wulfric so völlig unerwartet auftauchte. Und auch nicht, weil er gerade seelenruhig gedroht hatte, ihren Freund zu töten. Sie wurde blaß, weil sie ahnte, daß er nur von Jhone erfahren haben konnte, daß sie in Clydon zu finden war.

Deshalb waren ihre ersten Worte an ihn ein Vorwurf: »Was habt Ihr meiner Schwester angetan, um herauszubekommen, wohin ich gegangen bin? Freiwillig hätte sie Euch diese Information bestimmt nicht gegeben!«

Dadurch zog sie den Blick seiner saphirblauen Augen auf sich. Die Art, wie er sie ansah, jagte ihr einen Schauer über den Rücken.

»Das hat sie auch nicht. Vielmehr ist sie mir ohnmächtig vor die Füße gefallen, als ich sie nur danach fragte.«

»Nur?« antwortete sie mißtrauisch. »Wie wütend wart Ihr denn, als Ihr sie gefragt habt?«

»Sehr.«

Sie seufzte erleichtert. Er hatte Jhone nicht gefoltert. Er hatte sie lediglich zu Tode erschreckt. Aber in diesem Fall ...

»Woher wußtet Ihr dann, daß ich hier bin, wenn sie es Euch nicht gesagt hat?«

»Sie hat es meinem Bruder schon vor vielen Tagen unabsichtlich erzählt, als sie den Kosenamen erwähnte, den Ihr Eurem Liebsten gegeben habt. Als man Euch nirgends finden konnte, wurde mir endlich klar, wer Euer ›sanfter Riese‹ sein mußte und daß Ihr bestimmt zu ihm gegangen seid.«

Bei diesen Worten richtete sich sein Blick wieder auf Roland. Auch Milisant schaute ihn an und sah, daß der

»sanfte Riese« grinste. Sie beschloß, daß Roland wohl den Verstand verloren haben mußte, um an dieser Situation irgend etwas komisch zu finden. Oder glaubte er, daß Wulfric nur einen Scherz gemacht hatte, als er drohte, ihn zu töten? Oder daß es nichts zu befürchten gab, solange dies alles in sachlichem Tonfall besprochen wurde, ungeachtet der Tatsache, daß Wulfric fuchsteufelswild aussah?

Sie wunderte sich selbst, was das zu bedeuten hatte. Es gab keinen Zweifel daran, daß Wulfric furchtbar wütend war, doch es war eine beherrschte Wut. Die Frage war, worüber er sich eigentlich so aufregte. Über ihre Flucht? Oder darüber, wo er sie gefunden hatte – und mit wem?

»Ihr dürft ihn nicht töten«, sagte sie. »Mir ist klargeworden, daß meine Gefühle für Roland nur geschwisterlicher Natur sind. Außerdem lehnt er es ab, mich zu heiraten, und zwar aus demselben Grund. Er empfindet für mich wie ein Bruder.«

»Wollt Ihr mich zum Narren halten?« entgegnete Wulfric. »Ich habe den Beweis doch vor Augen!«

Da sie sich wegen Jhone nun keine Sorgen mehr machen mußte, fand Milisant den Mut, den sie brauchte, um Wulfric zu widersprechen, obwohl er so wütend war. »Welchen Beweis?« fauchte sie. »Wenn Ihr damit meint, daß Ihr Roland in meinem Schlafzimmer antrefft, dann solltet Ihr erst einmal fragen, warum er überhaupt hier ist, bevor Ihr irgendwelche Schlußfolgerungen daraus zieht. Wenn Ihr ein paar Minuten früher gekommen wäret, hättet Ihr außer ihm auch noch seine Eltern hier angetroffen. Er kam her, um seine Mutter hinauszuscheuchen, die er im Verdacht hatte, mich vom Schlafen abzuhalten. Das hat sie zwar nicht getan, aber sie war hier. Ihr werdet doch hoffentlich soviel Verstand haben, Wulfric, um das zu überprüfen, bevor Ihr das Schwert erhebt.«

»Mili, willst du ihn denn absichtlich zur Weißglut treiben?« ließ sich Roland endlich vernehmen.

»Ich tue nichts dergleichen«, widersprach sie.

»Doch, genau das tust du!« sagte Roland und dann an Wulfric gewandt: »Mylord, es ist wahr, was sie sagt. Selbst wenn sie nicht mit Euch verlobt wäre, könnte ich sie nicht heiraten. Es wäre nicht anders, als nähme ich meine eigene Schwester zur Frau, und das wäre wohl keineswegs erstrebenswert, wie Ihr zugeben müßt.«

Roland versuchte, die Situation zu entschärfen. Wulfric ging jedoch nicht darauf ein. Sein Gesichtsausdruck veränderte sich um keinen Deut. Nur seine dunkelblauen Augen funkelten jetzt noch zorniger, als er Milisant wieder ansah.

»Wollt Ihr damit sagen, Ihr hättet mich belogen, als Ihr behauptet habt, daß Ihr ihn liebt?«

Milisant wünschte, er hätte das nicht zur Sprache gebracht. Doch nun mußte sie zugeben: »Als ich das sagte, war ich nicht in ihn verliebt, nein. Ich hielt es zu jenem Zeitpunkt jedoch für möglich. Ich war immer davon überzeugt, daß ich ihn lieben könnte. Ich habe nur niemals gründlich genug darüber nachgedacht, um zu begreifen, daß ich ihn bereits liebte, aber das auf eine Art und Weise, die mit einer Ehe unvereinbar ist. Keiner von uns beiden verspürt auch nur das geringste körperliche Verlangen nach dem anderen. Wie deutlich muß ich denn noch werden?«

»Du tust es schon wieder, Mili!« klagte Roland und sah sie beinahe böse an.

»Was denn?!« schnappte sie gereizt.

»Ihn unnötig reizen. Deine erste Erklärung hätte völlig genügt. Du brauchst nicht noch weiter darauf herumzureiten!«

»Geh zu Bett, Roland. Du bist mir keine Hilfe.«

»Das kann ich nicht.« Roland seufzte, als ob er nichts lieber täte.

Da merkte sie, daß er sie nicht mit Wulfric allein lassen wollte, aber so klug war, das nicht auszusprechen. Milisant wollte nur höchst ungern mit Wulfric allein bleiben, hatte im

Augenblick jedoch mehr Angst um Roland als um sich selbst, da Wulfric nach wie vor sein Schwert in der Hand hielt.

Wulfric war dies jetzt wohl auch aufgefallen, oder er dachte, Roland sei zu vorsichtig, um den Versuch zu unternehmen, unbewaffnet an ihm vorbeizugehen. Jedenfalls steckte er sein Schwert wieder ein und sagte: »Ich bin froh, um Eures Vaters willen, daß ich Euch nicht töten muß. Tut, was sie sagt!« Als Roland zögerte und sich nicht gleich von der Stelle rührte, fügte Wulfric hinzu: »Sie ist mein, seit dem Tag, an dem sie mit mir verlobt wurde. Wagt nicht daran zu denken, der Meinen zu nahe zu treten!«

Für einen Augenblick, der Milisant wie eine Ewigkeit vorkam, sahen sich die beiden Männer schweigend fest in die Augen. Schließlich nickte Roland und verließ den Raum.

Milisant wußte, daß der Freund ihr nicht von der Seite gewichen wäre, wenn er angenommen hätte, daß ihr von Wulfric irgendeine Gefahr drohte. Sie wünschte, sie könnte diese Einschätzung teilen, aber sie war sich alles andere als sicher. In der Tat hatte sie den überwältigenden Drang, Roland zurückzurufen, so nervös wurde sie mit einem Mal. Ihre Nervosität steigerte sich, als Wulfric die Tür hinter Roland schloß – und den Riegel vorlegte, so daß sie miteinander in dem Zimmer eingeschlossen waren.

»Was soll das?« fragte sie mit belegter Stimme, und das bißchen Farbe, das ihre Wangen in der Zwischenzeit zurückgewonnen hatten, verschwand wieder aus ihnen.

Er antwortete nicht. Er ging auf sie zu, bis er neben dem Bett stand und auf sie herabblickte.

»Wir können das alles morgen in Ruhe besprech …«, wollte sie vorschlagen, aber er schnitt ihr schroff das Wort ab.

»Da gibt es nichts zu besprechen!« sagte er, und als sie Anstalten machte, das Bett zu verlassen, fuhr er fort: »Bleib hier!«

In diesem Moment überkam sie wirklich panische Angst. Sein Gesichtsausdruck hatte sich nicht verändert. Er war immer noch außer sich vor Wut. Und was auch immer er vorhatte, sie wußte, sie würde es verabscheuen – falls sie es überlebte, und dessen war sie sich keineswegs sicher. Sie war sich auch nicht sicher, was er überhaupt vorhatte – noch nicht. Doch als er langsam seinen Umhang ablegte, ohne dabei den Blick von ihr zu wenden, da wußte sie es.

»Tu das nicht, Wulfric!«

Er gab keine Antwort, sondern fragte statt dessen: »Hast du wirklich geglaubt, du könntest Roland Fitz Hugh heiraten und er würde sich noch lange seines Lebens freuen?«

»Wenn mein Vater dem zugestimmt hätte, hättest du dabei gar nichts mitzureden.«

Er schüttelte den Kopf. »Glaubst du, das hätte mich davon abgehalten, ihn zu töten?«

Langsam verstand sie, was er meinte. Ganz gleich, was sie tat, er betrachtete sie bereits als sein Eigentum. Selbst wenn er sie gar nicht wirklich haben wollte, war sie doch die Seine und könnte demzufolge niemals einen anderen heiraten, weil er das nämlich als Ehebruch betrachten würde. Es war vollkommen widersinnig. Ganz und gar besitzergreifend. Sie wußte nicht, ob sie weinen oder hysterisch lachen sollte. Sie konnte nicht gewinnen. Sie hatte von Anfang an überhaupt keine Chance gehabt, ihm zu entrinnen.

Doch sie ließ ihre unangenehme Begegnung mit John »Ohneland« außer acht. Dem Willen eines Königs beugten sich selbst die mächtigsten Männer. Und Wulfric wußte noch nicht, daß König John sich ihrer Hochzeit in den Weg stellte. Wahrlich, er müßte doch hoch erfreut sein, wenn sie ihm davon erzählte. Damit hätte er die lang ersehnte Entschuldigung zur Hand, um sie nicht heiraten zu müssen. Wenn er die Verlobung löste, würde er sie bestimmt nicht länger als die Seine betrachten. Sie selbst hatte diese Entscheidungsfreiheit ja augenscheinlich nicht.

»Du weißt ja gar nicht, was mich dazu veranlaßt hat, fortzugehen. Mit einem Schlag hat sich alles verändert, Wulfric.« Sein Gürtel mit dem Schwert fiel neben dem Umhang zu Boden. »Hör mir doch zu!«

»Wurde die Verlobung aufgehoben?«

»Das nicht, aber ...«

»Dann hat sich gar nichts geändert.«

»Das hat es doch, sage ich dir! Der König hat sich persönlich eingemischt. Er ist gegen unsere Verbindung. Damit hast du die Entschuldigung, die du brauchst, um unsere Verlobung zu lösen. Wir müssen es lediglich unseren Eltern sagen.«

»Selbst wenn ich dir glauben würde, Weib, was ich aber nicht tue, würde das keine Rolle spielen. Denn König John hat zu niemandem etwas Derartiges gesagt– außer zu dir –, sondern ganz im Gegenteil öffentlich seine Billigung kundgetan.«

»Ich sage dir die Wahrheit!«

»Dann laß mich deutlicher werden. Was König John wünscht, hat überhaupt kein Gewicht, solange er sich nicht öffentlich dazu bekennt. Das hat er aber nicht getan und wird es bestimmt auch nicht tun. Und deshalb werden wir hier und jetzt sicherstellen, daß du weißt, zu wem du gehörst, und nicht noch einmal versuchst, es zu leugnen. Wir sind vertraglich bereits miteinander verbunden. Heute nacht werden wir diesen Vertrag endgültig besiegeln.« Mit diesen Worten drückte er sie aufs Bett zurück und machte Anstalten, sich zu ihr zu legen.

Sie konnte es nicht fassen, wieso er den Ausweg aus ihrer Verbindung, den sie ihm gerade aufgezeigt hatte, nicht einschlagen wollte. Aber dann wurde ihr klar, daß er im Moment viel zu wütend war, um darauf einzugehen.

Angesichts seiner grenzenlosen Wut geriet sie so sehr in Verzweiflung, daß sie schrie: »Nein! Tu es nicht Wulfric! Ich werde nicht wieder versuchen wegzulaufen. Ich werde dich heiraten, ich schwöre es! Aber nimm mich nicht so – im Zorn!«

Tränen standen in ihren Augen. Sie hatte solche panische Angst, daß sie, ohne es zu merken, angefangen hatte zu weinen. Ihre Tränen ließen ihn in seiner Raserei innehalten. Er küßte sie mit aller Leidenschaft, dann erhob er sich mit einem gräßlichen Fluch vom Bett und verließ unverzüglich das Zimmer.

Milisant sank aufs Bett zurück und bebte vor Erleichterung. Die Wut darüber, daß er sie in so ein zitterndes Häufchen Elend verwandelt hatte, stieg erst viel später in ihr auf. Dann aber mit aller Macht.

39

Nur wenige Augenblicke nach ihrem Erwachen wurde Milisant klar, daß sie den halben Tag verschlafen hatte. Es überraschte sie jedoch nicht, denn nachdem Wulfric fortgegangen war, hatte sich ihrer eine solche Wut bemächtigt, daß sie bis zum Morgengrauen nicht hatte einschlafen können. Das einzige, was sie überraschte, war nur, daß niemand versucht hatte, sie aufzuwecken, auch Wulfric nicht. Aber vielleicht hatte er gar nicht die Absicht, heute noch nach Shefford zurückzukehren, wie sie angenommen hatte.

Es könnte sein, daß er selbst noch im Bett lag, nachdem er die halbe Nacht durchgeritten war, um Clydon zu erreichen. Auch das wäre eine mögliche Erklärung. Doch wie dem auch sei, nachdem sie nun nicht mehr so vor Angst zitterte wie am Abend zuvor, hätte sie ihm so einiges zu sagen.

Sie konnte immer noch nicht glauben, daß er ihr das angetan hatte. Und nicht nur das. Kurz vor dem Einschlafen hatte sich in ihr der Verdacht geregt, daß er vielleicht gar nicht wirklich vorgehabt hatte, sie gegen ihren Willen zu nehmen, sondern sie nur furchtbar zu erschrecken, damit sie ihm die Treue schwor – was sie ja auch eilends getan hatte.

Nicht, daß es nach seinen Erklärungen der letzten Nacht jetzt noch eine Rolle spielen würde. Wahrlich, wenn sie einen anderen heiratete, würde sie damit, was Wulfric anging, das Todesurteil dieses Mannes unterschreiben, und ein solches Risiko könnte sie natürlich nicht eingehen.

Solange er sie weiterhin als die »Seine« betrachtete, würde sie nicht von ihm loskommen. Und wenn nicht einmal die

Wünsche des Königs ihn umstimmen konnten, hatte sie alle Trümpfe verspielt, um seine Meinung zu ändern.

Milisant zog sich eilig an und ließ das Bliaud, das sie gestern anstelle ihrer eigenen Kleider getragen hatte, absichtlich links liegen – um Wulfric zu ärgern. Er brauchte ja nicht zu wissen, daß sie auch das, was er für »ordentliche« Kleider hielt, mitgebracht hatte. Er würde annehmen, sie habe nichts anderes anzuziehen. Das war zumindest ein kleiner Triumph für sie, der allerdings viel zu gering war, um ihren Zorn zu besänftigen.

Dieser Zorn war ihr deutlich anzusehen, als sie Clydons großen Saal betrat. Die Mittagsmahlzeit war schon beendet. Die Tische wurden gerade weggeräumt. Wulfric stand mit Lord Ranulf vor dem Kamin. Er hatte ihr Kommen bemerkt – und ihren Gesichtsausdruck.

»Zieht nicht so ein Gesicht, Weib!« waren seine ersten Worte. »Wenn Ihr glaubt, ich würde mich nach dem, was Ihr getan habt, noch mit Euren Launen abgeben, dann irrt Ihr Euch gründlich.«

Sie nahm sich diese Warnung nicht zu Herzen, sondern schnappte: »Nach dem, was ich getan habe? Und was ist mit dem, was Ihr getan habt?«

»Was ich eigentlich tun wollte, habe ich nicht getan, aber wir können das ganz schnell nachholen, wenn Ihr darauf besteht.«

Sie machte den Mund auf, um ihm diese Unverschämtheit heimzuzahlen, machte ihn aber ebenso schnell wieder zu, als ihr klar wurde, daß er im Augenblick nicht davon sprach, mit ihr zu schlafen, sondern davon, sie zu schlagen. Und das würde sie ihm sehr wohl zutrauen, oh ja, ihm ganz bestimmt. So war sie leider gezwungen, ihren Ärger herunterzuschlucken. Sie ging zum letzten Tisch hinüber, der noch nicht abgedeckt war, und schnappte sich einen halbgefüllten Kelch Wein, um den Ärger hinunterzuspülen.

In ihrem Rücken hörte sie Rolands Vater lachen. *Himmel*, sie hatte ihn mit Wulfric dort stehen sehen, hatte ihn aber gar nicht beachtet, so sehr kreisten all ihre Gedanken nur noch um diesen Grobian. Daß sie so unhöflich hatte sein können, trieb ihr die Schamröte ins Gesicht. Immerhin war Sir Ranulf ihr Gastgeber!

Als sie zum Kamin zurückkehrte, war er schon fortgegangen. Wulfric stand nun allein dort, mit verschränkten Armen, und sah sie mit zusammengekniffenen Augen an. Sie reckte trotzig das Kinn vor. Er zog tadelnd die Augenbrauen hoch. Sie knirschte mit den Zähnen und fragte sich, ob sie jemals gegen ihn gewinnen könnte. Er war zweifellos davon überzeugt, daß dem nicht so sei.

Ihr gesunder Menschenverstand sagte ihr, daß es das klügste wäre, ihm aus dem Weg zu gehen, bis sie beide Gelegenheit gefunden hätten, sich zu beruhigen. Das Problem bestand jedoch darin, daß sie nicht glaubte, sich beruhigen zu können, ohne ihrem Ärger zuvor wenigstens ein bißchen Luft gemacht zu haben. Außerdem wollte sie wissen, was er gegen König Johns Machenschaften zu unternehmen gedachte, insbesondere da sie nun nach Shefford zurückgebracht werden würde, wo sie dem König wieder persönlich gegenübertreten mußte.

Also näherte sie sich ihm ein zweites Mal. Es gelang ihr tatsächlich, nicht mehr so ein böses Gesicht zu machen, und ehe er sie erneut ermahnen konnte, keinen Streit vom Zaun zu brechen, brachte sie ein Thema zur Sprache, dem er nicht würde ausweichen können.

Ohne weitere Einleitung fragte sie: »Werdet Ihr Eurem Vater erzählen, was König John getan hat?«

Wulfric antwortete nicht, sondern fragte zurück: »Was hat der König denn getan, außer Euch den Eindruck zu vermitteln, er sei gegen unsere Heirat?«

»Es war mehr als nur ein Eindruck. Er wollte Euch einen Grund geben, mich zu verstoßen.«

Augenblicklich verfinsterte sich seine Miene. »Der einzige Grund, aus dem ich das tun könnte, wäre …«

»Genau.«

Es überraschte sie zu sehen, wie er erst blaß wurde und gleich darauf rote Flecken im Gesicht bekam.

»Wollt Ihr damit sagen, John Plantagenet hätte Euch vergewaltigt?«

Erstaunt stellte sie fest, daß sie ihn nicht einmal einen Moment lang in diesem Glauben lassen wollte, und sie sagte rasch: »Nein, das hat er nicht getan. Was nicht heißen soll, daß es dazu nicht hätte kommen können. Ich bezweifle nur, daß er es als Vergewaltigung betrachtet hätte. Er erweckte eher den Anschein, als meine er, sein Angebot müsse mir schmeicheln und ich solle ihm dafür dankbar sein. Er sprach dauernd davon, daß es für uns beide nur Vorteile hätte.«

»Was für Vorteile?«

Wulfric preßte diese Worte mühsam hervor. Sein Zorn war unverkennbar zurückgekehrt, und Milisant war sich keineswegs sicher, gegen wen er sich jetzt richtete.

»Das hat er nicht näher ausgeführt, Wulfric. Ich nahm zunächst an, sein Vorteil bestünde lediglich im Vergnügen des Beischlafs, später kam mir jedoch der Gedanke, daß es um mehr als das gegangen sein könnte. Er hat mich gefragt, ob ich Euch liebe, und ich habe ihm eine ehrliche Antwort gegeben. Er hat erwidert, daß ich dann wohl kaum etwas dagegen hätte, wenn Ihr mich verstoßt. Er schien hoch erfreut zu sein und hat das auch gesagt. Seine Worte waren: Ich bin hoch erfreut, daß diese Lösung für uns beide von Vorteil ist.«

»Und Ihr habt abgelehnt?«

Sie funkelte ihn zornig an, daß er es überhaupt wagte, diese Frage zu stellen. »Natürlich! Aber er war nicht geneigt, meine Ablehnung gelten zu lassen. Er wolle ›mein Gewissen beruhigen‹, indem er mir die Entscheidung abnimmt, so in etwa hat er sich ausgedrückt. Es ist mir zwar gerade noch im letzten Moment gelungen, die Flucht zu ergreifen, aber ich hatte schreckliche Angst, daß er Vergeltung üben wollte, weil ich ihm einen Strich durch die Rechnung gemacht hatte. Ich habe Shefford Castle also in erster Linie verlassen, um mich dem König zu entziehen. Ich will jedoch keineswegs behaupten, dies wäre der einzige Grund gewesen.«

Bei dieser letzten Bemerkung schnaubte Wulfric zornig, blieb aber beim Thema und wollte wissen: »Hat diese Begegnung am Tag seiner Ankunft stattgefunden?«

»Am Abend«, stellte sie klar. »Einer seiner Diener hat mich unter dem Vorwand abgeholt, das königliche Paar hätte mich rufen lassen. Aber in dem Zimmer, in das ich gebracht wurde, hat nur König John auf mich gewartet, und zwar allein. Und er hat bei dem Versuch, mich ins Bett zu kriegen, keine Zeit vergeudet. Als ich sein Angebot abgelehnt habe, wollte er seinen Willen mit Gewalt durchsetzen – und um seinen Fängen zu entkommen und eiligst den Raum zu verlassen, habe ich ihm notgedrungen einen Tritt vors Schienbein versetzt. Ich muß zugeben, daß ich den Rest der Nacht mit dem Bogen in der Hand hinter einer verbarrikadierten Tür zugebracht habe. Am nächsten Morgen hat Jhone mir geholfen, Shefford unbemerkt zu verlassen.«

»König John war den ganzen nächsten Tag über in außerordentlich guter Stimmung. Er hat nicht einmal eine Bemerkung über Eure Abwesenheit gemacht.«

»Meine Abwesenheit? Hat Jhone denn nicht …? Na ja, ist auch egal.«

»Was?« Er zog vielsagend die Augenbrauen hoch. »Ob sie nicht Eure Rolle gespielt hat? Glaubt Ihr, ich könnte Euch beide noch immer nicht auseinanderhalten?«

Milisant biß angesichts seines selbstgefälligen Tonfalls die Zähne zusammen. »Bestimmt nicht mit Sicherheit. Zumindest nicht zweifelsfrei und zu jeder Zeit.«

»Das muß ich zugeben, und deshalb warne ich Euch: Versucht nie wieder, mich auf diese Weise an der Nase herumzuführen, Milisant, sonst werde ich Eure Schwester aus Shefford verbannen. Ja, ich bin darauf hereingefallen, bis mir am Abend eine Nervosität aufgefallen ist, die nicht zu Euch paßte. Und da habe ich das falsche Spiel durchschaut.«

Sie stöhnte innerlich. Kein Wunder, daß er sie so bald gefunden hatte. Was König Johns gute Laune betraf, so hatte er bestimmt gedacht, sie fürchtete sich davor, ihm gegenüberzutreten, und würde es nicht wagen, irgend jemandem zu erzählen, was sich zwischen ihnen abgespielt hatte.

In diesem Sinne ergänzte sie: »Der König hätte sicher alles abgestritten, wenn ich ihn in irgendeiner Weise beschuldigt hätte. Außerdem bin ich inzwischen davon überzeugt, daß er, wenn er Erfolg gehabt hätte, danach allein mir die Schuld daran gegeben und behauptet hätte, ich hätte ihn verführt oder irgend so etwas Lächerliches. Werdet Ihr es nun Eurem Vater erzählen oder nicht?«

Wulfric dachte einen Moment lang darüber nach, ehe er sagte: »Vielleicht eines Tages einmal, wenn es nützlich sein könnte. Im Moment, solange König John weiterhin so tut, als billige er unsere Verbindung, sehe ich keinen Sinn darin.«

»Könnt Ihr Euch vorstellen, was der König gegen unsere Hochzeit haben könnte, abgesehen davon, daß sein Bruder die Zustimmung gab und er seinen Bruder gehaßt hat?«

»Gewiß doch. Bis vor kurzem wußte selbst ich nicht, wie reich Euer Vater ist. Solcher Reichtum in Verbindung mit dem Grundbesitz Sheffords ergibt eine so mächtige Allianz, daß selbst der König dies beunruhigend finden dürfte.«

»Mein Vater würde niemals gegen den König zu Felde ziehen – zumindest nicht, soweit ich es mir vorstellen kann.«

»Meiner ohne triftigen Grund auch nicht. Aber bedenkt, was für eine gewaltige Armee sich aus Sheffords Rittern und Dunburhs Söldnern bilden ließe. Es entstünde eine Macht, die zwar wahrscheinlich niemals zum Einsatz kommen würde, die aber König John doch als Bedrohung empfinden dürfte. Wenn all seine Barone hinter ihm stünden, könnte es ihm gleichgültig sein, aber nachdem bereits so viele mit ihm gebrochen haben und dafür als Gesetzlose und Verräter gebrandmarkt worden sind, käme er in arge Bedrängnis, wenn er selbst eine Streitmacht dieser Größe aufstellen müßte. Außerdem würden sich all diese Barone, die ihn hassen, ganz bestimmt auf Sheffords Seite schlagen.«

»So wie Ihr das sagt, klingt das nicht wie etwas, worüber man lediglich beunruhigt ist, sondern wie etwas, wovor man sich wirklich fürchten muß und was man unbedingt verhindern sollte – und zwar mit allen Mitteln.«

Wulfric erriet, welche Richtung Milisants Gedanken eingeschlagen hatten. »Einschließlich dem, Euch zu töten?«

Sie nickte und legte nachdenklich die Stirn in Falten. »Er hat zu mir gesagt: ›Ich tue Euch einen größeren Gefallen, als Ihr Euch vorstellen könnt.‹ Zuerst dachte ich, er wolle damit sagen, es sei eine Ehre, von ihm beschlafen zu werden – seiner Meinung nach. Aber der Gefallen hätte auch darin bestehen können, daß er mich am Leben ließe, wenn Ihr mich verstoßt.«

»Mag sein«, antwortete Wulfric gedankenvoll. »Andererseits ist eine langjährige Freundschaft mit im Spiel und ein Zusammenschluß der Familien durch eine Heirat nicht unbedingt vonnöten, um die übermächtige Armee aufzustellen, von der wir sprachen. Und diese Armee würde noch viel eher aufgestellt werden, wenn bekannt würde, daß König John einzugreifen versucht hat. Meint Ihr, er würde das wirklich riskieren?«

»Ist er nicht genau dieses Risiko eingegangen, indem er mich verführen wollte?« entgegnete Milisant.

Er lachte über ihren mißmutigen Tonfall. »Ihr habt diese Frage vorhin schon selbst beantwortet. Er hätte ohne weiteres behaupten können, daß es nicht seine Idee war, sondern Eure, und daß er nur zu schwach war, um einem solchen Angebot zu widerstehen. Ohne Zweifel hätte er diese Ausrede gebraucht, wenn ich später davon erfahren und Euch daraufhin verstoßen hätte ... Habt Ihr wirklich den König von England vors Schienbein getreten?«

Sie wurde rot und nickte kurz. Er lachte von neuem.

»Allein schon dafür würde ich Euch am liebsten – nun gut, vergeßt es. Ich bezweifle, daß König John diese Angelegenheit jemals zur Sprache bringen wird. Es könnte jedoch ein kluger Schachzug sein, nach der Hochzeit ihm gegenüber den Treueschwur zu erneuern, um ihn ein wenig zu beruhigen. Das heißt, falls er überhaupt so lange bleibt und bei der Feier noch zugegen ist.«

»Warum sollte er nicht, wo er doch bereits in Shefford weilt?« fragte sie.

»Weil er, wenn es stimmt, was Ihr sagt, zu erzürnt sein könnte, um mit ansehen zu wollen, wie unsere Verbindung offiziell besiegelt wird. Ich bin sicher, daß er um eine Ausrede nicht verlegen wäre, um abzureisen, ehe die Hochzeit stattfindet.«

Das konnte sie nur hoffen. Genaugenommen wäre es ihr am liebsten, wenn er bei ihrer Rückkehr bereits abgereist wäre, denn mit John »Ohneland« wollte sie in Zukunft wirklich nichts mehr zu tun haben.

40

Bevor sie aus Clydon aufbrachen, entdeckte Milisant, daß Wulfric an diesem Morgen doch früh aufgestanden war, um noch etwas Zeit mit seinen Gastgebern zu verbringen. Es war beschlossen worden, daß die Fitz Hughs einen Tag früher als geplant zur Hochzeitsfeier fahren würden, um Wulfric und Milisant nach Shefford zu begleiten.

Augenscheinlich war Wulfric am Vortag allein aus Shefford losgeritten, um sie zu suchen, und deshalb über die große Eskorte auf der Rückreise ganz froh. Ob er allein gekommen war, um Zeit zu sparen oder um ihren Fluchtversuch geheimzuhalten, wußte sie nicht. Wahrscheinlich letzteres. Er wollte bestimmt nicht allgemein bekannt werden lassen, daß sie lieber Leib und Leben riskierte, als ihn zu heiraten. Angesichts der jüngsten Anschläge auf ihr Leben war klar, daß sie Kopf und Kragen aufs Spiel gesetzt hatte, indem sie allein losgezogen war.

Milisant versuchte, unauffällig von Wulfric zu erfragen, ob während ihrer Abwesenheit in Shefford etwas Besonderes vorgefallen war, denn sie machte sich noch immer Sorgen wegen jener drei Männer, die sie verfolgt hatten. Für den Fall, daß sie zu einer von Sheffords Patrouillen gehört hatten, hoffte sie auf eine Bestätigung, daß sie niemandem schwere Verletzungen zugefügt hatte.

Aber Wulfric nahm ihre Nachfrage nicht ernst genug, um darauf mehr zu antworten als: »Es ist nichts geschehen, was für Euch von Belang wäre.« Das sagte ihr natürlich gar nichts, denn Wulfric war bestimmt der Auffassung, daß alles, was mit Sheffords Soldaten zu tun hatte, sie nichts anging.

Nach allem, was sich in der vergangenen Nacht, als sie einander so lange angestarrt hatten, zwischen Roland und Wulfric abgespielt hatte, strahlte Roland bezeichnenderweise über das ganze Gesicht, als er Milisant am nächsten Tag wiedersah, und kam gar nicht auf die Idee, sie auf blaue Flecken hin zu mustern. Sie fragte sich, ob Wulfric heute morgen schon mit ihm gesprochen und was er ihm wohl erzählt hatte, denn Roland nahm offenbar an, daß mit ihr nun alles zum besten stünde.

Letzteres konnte man zwar kaum behaupten, doch sie war nicht geneigt, Roland das auf die Nase zu binden. Sie hatte einmal versucht, ihn mit hineinzuziehen, und das wäre ihn beinahe teuer zu stehen gekommen. Sie würde es bestimmt kein zweites Mal tun.

Sie waren fast zum Aufbruch bereit, als Lady Reina mit ihren beiden Töchtern erschien. Auch die jüngere war so gekleidet, wie es sich für die Tochter eines Burgherrn geziemte. Als Lady Reina hingegen Milisants Aufzug sah, tat sie nichts weiter, als tadelnd die Augenbrauen hochzuziehen, und schon lief Milisant rot an und eilte davon, um vor der Abreise noch schnell ihr einziges Bliaud anzuziehen. *Himmel*, sie fragte sich, ob sie auch nur halb so viele Marotten hätte, wenn ihre eigene Mutter noch am Leben wäre, oder ob sie sich dann nicht womöglich kaum von anderen Frauen unterschiede und, so wie Eleanor Fitz Hugh, brav täte, was man von ihr erwartete.

Als Kind hatte sie ohne weiteres tun können, was sie wollte, weil ihr Vater meist viel zu betrunken war, um es zu merken. Und er hatte ihr auch kein Schamgefühl vermittelt, so wie eine Mutter das gekonnt hätte. Wieviel anders wäre sie heute wohl, wenn ihre Mutter noch lebte? Hätte sie sich mit Wulfric möglicherweise widerspruchslos abgefunden in dem Wissen, daß ohnehin nichts von all dem, was sie dazu zu sagen hätte, ins Gewicht fiel?

Als ob ihre Meinung jetzt zählen würde! Sie würde ihn

heiraten müssen. Dafür hatte er mit seinen schrecklichen Drohungen gegen jeden anderen möglichen Ehemann selbst gesorgt. Nicht einmal ihr Vater konnte ihr jetzt noch aus dem Ehevertrag heraushelfen. Eigentlich müßte sie völlig niedergeschmettert sein und nicht nur verärgert, doch galt selbst ihr Ärger mehr Wulfrics Gehabe als der Tatsache, daß ihre letzten Chancen vertan waren. Warum das so war, konnte sie nicht verstehen.

Als Milisant in dem geliehenen Bliaud in den Saal zurückkam, zog Wulfric die Augenbrauen hoch. In diesem Moment hätte sie vor ohnmächtiger Wut schreien können, so sehr ging es ihr gegen den Strich, zuzulassen, daß andere ihre Handlungen bestimmten, und sei es nur durch einen Blick, so wie gerade eben. Doch so würde es von nun an für den Rest ihres Lebens sein. Es sei denn, sie folgte Jhones Empfehlungen und bemühte sich darum, Wulfric wohlwollend oder wenigstens nachsichtig zu stimmen.

Die Rückreise nach Shefford dauerte mit dem großen Gefolge, zu dem auch ein Gepäckwagen gehörte, doppelt so lang wie die Hinreise. So kamen sie erst kurz nach Einbruch der Dunkelheit dort an. Das war nur gut so, fand Milisant, da ihre Abwesenheit ja weitgehend geheimgehalten werden sollte. Und tatsächlich gelang es ihr, begünstigt durch ihren Kapuzenumhang und den Wirbel um Fitz Hughs Ankunft, unbemerkt in ihr Zimmer hinaufzuschleichen.

Jhone hatte sie jedoch gesehen und betrat gleich nach Milisant den Raum. Ihr Gesicht war blaß, und ihre Stimme klang genauso unglücklich, wie sie aussah.

»Wie hat Wulfric dich gefunden, und das so schnell? *Himmel*, Mili, es tut mir so leid. Als er an jenem Abend das falsche Spiel durchschaut und mich angeschrien hat, ich solle ihm sagen, wo du wärst, bin ich vor seinen Füßen zusammengebrochen. Er war wirklich außer sich vor Wut. Aber ich habe ihm nichts verraten – zumindest nicht daß ich das wüßte.«

Milisant schloß ihre Schwester rasch in die Arme. »Das weiß ich. Zum Teufel, es ist meine eigene Schuld. Ich selbst habe es verraten, wenn auch unabsichtlich.«

»Wie das?«

»Letzte Woche habe ich einmal vorgegeben, ich wäre du, um ohne diese verdammte Eskorte, die mir überallhin folgt, die Burg zu verlassen. Auf der Treppe hat mich jedoch Sir Raimund aufgehalten. Er hat mit dir über den Mann sprechen wollen, in den ich »verliebt« war. Ich habe Rolands Namen zwar nicht preisgegeben, aber weil er mich für dich gehalten hat, habe ich die Frage auch nicht mit einem Schulterzucken abtun können. Also habe ich behauptet, du hättest mir den Namen nie gesagt, sondern würdest den Mann nur deinen »sanften Riesen« nennen. Wulfric kennt die Fitz Hughs natürlich, da Clydon als Lehen zu Shefford gehört, und ist deshalb von selbst darauf gekommen, wer gemeint war. Wie viele wissen denn, daß ich fort war?«

»Nicht viele. Die meisten glauben nach wie vor, daß ich gestern krank war und du hier oben geblieben bist, um mich zu pflegen. Darum habe ich, um deine heutige Abwesenheit zu erklären, verlauten lassen, du habest dich angesteckt und lägest nun mit derselben Krankheit darnieder. Wer auch immer dich eben im Saal gesehen haben mag, wird lediglich annehmen, daß du wieder genesen bist, sofern man dich überhaupt erkannt hat. Mir fiel das Bliaud unter deinem Umhang auf, andernfalls hätte ich selbst nicht gemerkt, daß du es bist.«

Milisant nickte. »Ich bezweifle, daß Wulfric allgemein bekannt werden lassen will, daß ich fort war. Insofern ist es gut, daß du darauf gekommen bist, mich mit dieser Krankheit zu entschuldigen.«

»Ich habe Roland bei dir gesehen. Hast du keine Gelegenheit gefunden, ihm dein Angebot zu unterbreiten?«

Milisant seufzte, erklärte mit wenigen Worten, was sich zwischen ihr und Roland abgespielt hatte, und endete: »Ich wünschte wirklich, ich wäre mir über meine wahren Gefühle für ihn klargeworden, ehe ich nach Clydon davonlief. Dann hätte ich statt dessen gleich zu Vater gehen können und ... Ach, ist ja auch egal. Wulfric hat mich davon überzeugt, daß es gar keinen Sinn hätte, wenn Vater den Vertrag löste und mich mit einem anderen verheiratete. Denn wenn Wulfric der Ansicht ist, ich gehöre bereits ausschließlich ihm, hätte mein neuer Ehemann nicht lange zu leben – und augenscheinlich ist er genau dieser Ansicht.«

Jhone riß die Augen auf. »Hat er das wirklich gesagt?«

»Er hat damit gedroht.«

»Das klingt ziemlich romantisch.«

Milisant verdrehte die Augen, ehe sie entgegnete: »Es ist der schiere Wahnsinn und sonst gar nichts.«

»Nein, es zeugt davon, daß er dich jetzt will, komme, was wolle. Das ist das Romantische daran.«

»Jhone, du würdest bestimmt der ekligsten Kröte noch etwas Gutes abzugewinnen suchen, wenn es sich irgendwie machen ließe.«

Jhone prustete. »Daß er dich so sehr will, ist etwas Gutes!«

»Es ist schlicht und einfach Besitzdenken. Das heißt noch lange nicht, daß er irgendwelche zärtlichen Gefühle für mich hegt.«

»Nein, natürlich nicht, und das wird es auch niemals bedeuten, solange du dich so hartnäckig weigerst, es zu begreifen.«

»Warum streiten wir uns eigentlich?«

Jhone seufzte und ließ sich aufs Bett fallen. »Vielleicht, weil es besser ist als zu weinen?« fragte sie hilflos.

Milisant kam herüber und setzte sich neben sie.

»Es lohnt sich nicht zu weinen. Ich weiß, wann ich aufhören muß, mit dem Kopf gegen die Wand zu rennen. Meine letzten Chancen sind verspielt. Also werde ich ihn heiraten. Aber ich werde mich nicht von ihm unterdrücken lassen. Es wird mir gutgehen, Jhone – ehrlich.«

»So hast du bislang aber nicht darüber gedacht.«

»Nein, aber da hatte ich auch noch andere Hoffnungen. Nun, na ja, ich werde einfach dieselbe Mühe, die ich bislang darauf verwandt habe, um dieser Verbindung zu entkommen, in Zukunft darauf verwenden, daß Wulfric de Thorpe mich so annimmt, wie ich bin, oder zumindest nicht versucht, mich allzusehr zu ändern.«

Jhone lächelte. »Ich hätte nicht gedacht, daß du so bereitwillig nachgibst.«

Milisant stieß ihre Schwester jählings vom Bett, ohne ihren empörten Aufschrei zu beachten, und fauchte: »Wer zum Teufel hat denn etwas von bereitwillig gesagt?«

41

Es war für Milisant keine Überraschung, König John am nächsten Morgen im großen Saal zu sehen, aber sie war furchtbar enttäuscht, daß er nicht wie erhofft abgereist war. Jhone hatte ihr gestanden, daß sie während des Verwechslungsspiels nicht umhin gekommen war, mit ihm zu sprechen, und daß ihn, soweit sie es beurteilen konnte, ihre Nervosität erheitert zu haben schien.

Als sie das hörte, hatte Milisant keine Angst mehr. Sie hatte sich nur vor unmittelbarer Vergeltung gefürchtet, weil sie es gewagt hatte, den König anzugreifen, doch offensichtlich hatte König John nicht vor, diesen Angriff und insbesondere das, was ihm vorausgegangen war, öffentlich bekannt werden zu lassen, und sei es auch nur deshalb, weil es peinlich für ihn wäre.

Wenn sie in jener Nacht ihre fünf Sinne beisammen gehabt hätte, wäre ihr das schon eher klargeworden. Jhone war allerdings nicht mit dem König allein gewesen, so daß er zu dem, was zwischen ihnen geschehen war, nicht hatte Stellung nehmen können, und deshalb konnten die Schwestern auch nicht wissen, wie er wirklich dazu stand.

Der König bemerkte Milisants Kommen, ohne großes Interesse zu bekunden. Zumindest unterbrach er sein Gespräch mit Sir Guy und einigen anderen wichtig aussehenden Männern nicht. Sie hatten sich um den Tisch geschart, der für diejenigen, die ein Frühstück einnehmen wollten, mit Brot, Wein und Käse gedeckt worden war. Es wurde viel gelacht in dieser Runde, und die Gesichter waren fröhlich.

Milisant war nicht hungrig. Selbst wenn sie es gewesen wäre, hätte sie sich diesem Tisch nicht genähert. Sie hegte die heimliche Hoffnung, daß der König nicht den Wunsch verspürte, noch einmal mit ihr zu sprechen, und sei es nur, um ihnen beiden eine peinliche Situation zu ersparen. Und sie würde ihr Bestes tun, um ihm das zu erleichtern, indem sie Abstand wahrte. Also hielt sie sich nicht lange im Saal auf, sondern ging zum Stall, um nach Stampfer zu sehen. Die schweigende Eskorte, die ihr auf dem Fuße folgte, beachtete sie kaum.

Das Wetter war beständig, aber kalt. Der letzte Schnee war beinahe geschmolzen. Lady Anne hatte sich Sorgen gemacht, daß der vergangene Schneesturm viele der geladenen Gäste davon abhalten könnte, zur Hochzeit zu kommen, und ihre Befürchtung hätte sich bestimmt bewahrheitet, wenn der heftige Schneefall und der Wind weiterhin gewütet hätten.

Aber Milisant sollte nicht das Glück haben, daß ihre Hochzeit aufgrund schlechten Wetters verschoben würde. Die meisten Hochzeiten wurden aus eben diesem Grund für den Frühling oder den Sommer anberaumt, weil die vielen Zuschauer nicht alle in die Kirche paßten und sich deshalb üblicherweise eine große Menschenmenge während der langen Hochzeitsmesse im Freien um die Kirche scharte. Im tiefsten Winter war das keine erfreuliche Aussicht.

Auf dem Weg zum Stall zog der Klang klirrender Schwerter Milisants Blick wie immer zum Übungsplatz hinüber. Heute jedoch verlangsamte sie ihren Schritt und blieb schließlich stehen, als sie Wulfric dort erkannte.

Sein Bruder und er übten sich im Schwertkampf, wobei es angesichts der Zuschauermenge, die sich versammelt hatte, mehr wie eine Vorführung wirkte. Nachdem sie einen Augenblick lang zugesehen hatte, folgerte sie, daß Wulfric mit überlegener Leichtigkeit gewinnen würde, falls er die Sache ernst nähme. Er schwang sein Schwert so behende und mühelos, als wäre es nichts weiter als eine Verlängerung seiner Hand.

Ein Hüsteln hinter ihrem Rücken erinnerte sie daran, daß sie nicht allein war. Ihre Eskorte war nicht warm genug bekleidet, um in der Kälte herumzustehen und ritterlichen Übungen zuzusehen. Milisant selbst war es auch nicht, da sie nur einen dünnen Umhang trug. Aber sie war so fasziniert gewesen, daß sie die Kälte gar nicht gespürt hatte.

Sie tadelte sich jedoch nicht, als sie zum Stall weitereilte. Sie hatte nie geleugnet, daß Wulfric ein Bild von einem Mann war. Nun mußte sie zudem einräumen, daß seine Kunstfertigkeit im Schwertkampf zu dem Besten zählte, was ihr je unter die Augen gekommen war. Sie hatte Roland immer liebend gern beim Training zugesehen. Als sie Wulfric eben beobachtet hatte, hatte ihr dies nicht weniger Vergnügen bereitet.

Sie lächelte vor sich hin, als sie den Stall betrat und zu Stampfers Box ging. Wenn sie schon sonst nicht viel von ihrer Ehe haben würde, so blieb ihr immerhin das Vergnügen, ihren Gemahl bei der Vervollkommnung seiner ritterlichen Fertigkeiten zu beobachten. Sie müßte lediglich dafür sorgen, daß Wulfric nicht merkte, wieviel Freude ihr das bereitete, sonst würde er es ihr bestimmt verbieten, so wie er ihr ja alles zu verbieten beabsichtigte, was ihr Spaß machte.

»Crispins Tochter – wie war doch gleich Euer Vorname?«

Milisant stöhnte inwendig. Sie war so sehr damit beschäftigt gewesen, Stampfer zu striegeln, daß sie König John nicht hatte kommen hören. Sie war jedoch nicht wirklich überrascht, daß er so plötzlich und ohne seine übliche Begleitung hier auftauchte. Er hatte sie offensichtlich aus einem ganz bestimmen Grund aufgesucht, und sie konnte sich leicht denken, weshalb. Er würde wissen wollen, ob sie irgend jemandem von ihrer Begegnung erzählt hatte. Sie würde ihn davon überzeugen müssen, daß dem nicht so sei.

»Milisant, Euer Majestät.«

Sie nahm die unterschwellige Beleidigung ohne Verbitterung hin. Zweifellos kannte König John ihren Namen nur allzu gut. Er wollte ihr bloß den Eindruck vermitteln, sie sei so unbedeutend, daß er ihn ohne weiteres vergessen haben könnte.

»Ich hätte nicht erwartet, Euch hier zu finden, an einem so übelriechenden Ort, den aufzusuchen eine Dame wohl für unter ihrer Würde hielte«, sagte er anschließend und rümpfte die Nase.

Eine weitere Beleidigung, wenn auch ebenso versteckt wie die erste. Versuchte er absichtlich, sie auf die Palme zu bringen?

Sie konzentrierte sich jedoch mehr auf das, was er gesagt hatte, als auf die Absicht, die dahinterstecken mochte. In der Tat stank es in einem Stall im Winter mehr als sonst, weil die Türen geschlossen blieben, um die schlimmste Kälte fernzuhalten, und die meisten Damen versorgten ihre Pferde nicht selbst, sondern überließen diese Aufgabe den Stallburschen, die ja eigens dazu da waren.

Also sagte sie mit gespieltem Seufzen: »Ich fürchte, mein Pferd würde niemanden in seine Nähe lassen, Eure Hoheit, so daß ich keine andere Wahl habe, als mich selbst darum zu kümmern.«

Sie fand es entnervend, daß der König Stampfer bis zu diesem Moment überhaupt noch nicht bemerkt hatte, obwohl er ein außergewöhnlich großes Pferd war. Offenbar hatte er von dem Moment an, da er den Stall betreten hatte, nur Augen für Milisant gehabt. Damit ihm auch ihre leiseste Reaktion nicht entging? Lauerte er auf die Furcht, die er in Jhones Augen gesehen hatte, als sie Milisants Rolle gespielt hatte?

Nun aber sah er das Schlachtroß. Voller Überraschung riß er seine grüngoldenen Augen auf und vergaß sich hinreichend, um auszurufen: »Bist du verrückt, Mädchen, diesem Tier so nahe zu kommen?«

Sie konnte sich das Lachen gerade noch verkneifen. »Er gehört mir, also tut er mir auch nichts. Er ist ganz zahm. Ich kann allerdings für nichts garantieren, wenn ein anderer sich ihm nähert.«

Seine Augen verengten sich, als hätte er diese Worte als versteckte Drohung aufgefaßt. Dann aber lachte er plötzlich. »Nur zu wahr, so ist es bei jedem Destrier.«

»Für ihren gilt das allerdings ganz besonders«, sagte Wulfric, als er hinter dem König auftauchte.

Milisant bemerkte erstaunt, daß sie über Wulfrics plötzliches Erscheinen ausnahmsweise wirklich froh war. Ihre Eskorte hatte sich wie üblich von Stampfers Box entfernt, so daß König John in der Gewißheit, daß niemand zuhörte, die Freiheit gehabt hätte zu sagen, was immer er wollte. Zum Glück war er nicht gleich zur Sache gekommen. In Wulfrics Beisein war es nun zu spät, um über das zu sprechen, was zwischen ihnen vorgefallen war.

König John ließ sich seine Enttäuschung nicht anmerken. In dem Bemühen, seine Anwesenheit und sein Gespräch mit Milisant an diesem Ort zu erklären, murmelte er, er habe angenommen, sein eigenes Pferd wäre hier untergebracht, und verließ eilig den Stall, als Wulfric ihm zeigte, wo die königlichen Pferde eingestellt waren.

Ach, wie schnell Erleichterung in Entsetzen umschlagen konnte, wenn man den Teufel mit Beelzebub austrieb, ging es Milisant durch den Kopf. Ironie des Schicksals, aber wahr. Sie war jedoch wirklich dankbar, daß Wulfric, aus welchem Grund auch immer, in den Stall gekommen war, und deshalb wollte sie versuchen, allen Ernstes versuchen, diesmal keinen Streit mit ihm anzufangen.

»Wolltet Ihr mit mir sprechen?« fragte sie ruhig.

»Eigentlich wollte ich Stampfer etwas Zucker bringen, bevor ich in den Saal zurückgehe.«

Sie beobachtete voller Erstaunen, daß er tatsächlich einen Klumpen Zucker hervorholte. Stampfer kam rasch zur Einfriedung seiner Box, um ihn aus Wulfrics offener Hand zu nehmen, so als wären sie alte Freunde. Sie erinnerte sich, daß er das Pferd mit Zucker in seine Box gelockt hatte, doch dieses eine Mal reichte nicht aus, um zu erklären, wie schnell das Tier eben zu ihm gekommen war.

»Ihr habt das schon mehr als einmal getan.« Das war keine Frage, sondern klang eher vorwurfsvoll.

»Schon oft«, antwortete er mit einem Schulterzucken.

»Warum?«

»Warum nicht?«

Weil es sehr freundlich war, so etwas zu tun, und sie sich aber doch in den Kopf gesetzt hatte, daß er zu Tieren ganz und gar nicht freundlich war. Wenn er so etwas tat, mußte er also zweifellos irgendwelche Hintergedanken haben. Allerdings konnte sie sich wirklich nicht vorstellen, worum es ihm dabei gehen könnte.

»Hat er Euch erneut gedroht?«

Als er diese Frage stellte, sah Milisant zu Stampfer hin und heftete ihren Blick auf das Pferd statt auf Wulfric. Auf diese Weise konnte sie sich besser konzentrieren.

Wulfric hatte natürlich König John gemeint, und sie antwortete ebenfalls, ohne den Namen auszusprechen. »Er hat mir ein paar harmlose Beleidigungen an den Kopf geworfen, vielleicht mit Absicht, vielleicht aus reiner Gedankenlosigkeit. Dennoch glaube ich nicht, daß sein Erscheinen hier ganz zufällig war. Nicht, nachdem er mich den Bergfried hat verlassen sehen und kurz darauf hier aufgetaucht ist, und zwar ganz allein.

»Er ist Euch also vorsätzlich gefolgt?«

»So sah es aus. Als ob er mit mir über die Geschehnisse in jener Nacht sprechen wollte...« Sie zuckte die Schultern. »Euer Kommen hinderte ihn daran, seine Absicht zu enthüllen – falls es ihm noch um etwas anderes ging, als mir das Gefühl zu vermitteln, ich sei nur eine unbedeutende Wanze, die er jederzeit mit dem Stiefel zerquetschen könnte.«

Wulfric ging auf Milisants mißmutigen Tonfall nicht ein. »Mein Vater hatte vor, Euren Aufenthalt auf das Sonnenzimmer der Frauen zu beschränken, solange soviel fremdes Volk, das mit den Hochzeitsgästen kommt, hier ein und aus geht. Mich dünkt, das ist doch keine so schlechte Idee, und es wird höchste Zeit, sie umzusetzen.«

Sie funkelte ihn zornig an und knurrte: »Ich soll eingesperrt werden?«

»So kann man es wohl kaum nennen. Und es soll auch nur so lange sein, bis die Hochzeit vorbei ist. Danach ist uns hier wieder jedermann bekannt und kann zur Verantwortung gezogen werden. Aber so, wie die Dinge im Augenblick liegen, könnte Euer Mörder unerkannt neben Euch stehen, und wie sollten wir ihn erkennen, wenn er auch ohne weiteres der Diener eines Gastes sein könnte? Außerdem würde Euch diese Maßnahme auch davor bewahren, dem König wieder allein zu begegnen – so wie eben.«

»Wenn ich ihm noch einmal allein begegnete, würde ich vielleicht erfahren, was er jetzt vorhat. Ich hatte gehofft er würde mir aus dem Weg gehen, aber da dies offensichtlich nicht der Fall ist – hättet Ihr nicht auch lieber Klarheit darüber, ob und wie man ihn besänftigen könnte, als weiterhin Rätselraten zu spielen? Oder habt Ihr die Absicht, selbst mit ihm darüber zu sprechen? Ich nahm an, auch Ihr wolltet dieses Thema im Gespräch mit ihm lieber vermeiden. Wäre es dann also nicht besser, wenn ich Gelegenheit hätte, ihn davon zu überzeugen, daß niemand von dem Zwischenfall weiß, insbesondere niemand von den de Thorpes? Würde das es ihm nicht leichtermachen, klein beizugeben?«

»Das schon, aber mir liegt nicht daran, ihm irgend etwas leichterzumachen. Mir liegt daran, daß Ihr nicht wieder allein mit ihm fertig werden müßt.«

Sie prustete: »Meint Ihr, ich könnte ihm nächstes Mal noch etwas Schlimmeres antun, als ihn zu treten?«

»Nein, aber ich will vermeiden, daß es ein nächstes Mal

gibt. Ist es wirklich so schwer zu verstehen, daß ich Euch vor seinen Machenschaften beschützen möchte?«

Beweggründe wie diesen kannte Milisant bisher nur von ihrem Vater. Wulfrics Worte verursachten ihr ein gewisses Unbehagen, denn sie zeugten von seiner Fürsorglichkeit.

Also ging sie nicht auf seine Frage ein, sondern wechselte statt dessen das Thema. »Ihr habt mir noch gar nicht erzählt, wie Ihr mich nach meiner Flucht so schnell habt finden können. Habt Ihr nicht erst einmal in der Burg nach mir gesucht?«

»Ich kenne Euch inzwischen ziemlich gut, Milisant. Ihr würdet Euch nicht die Mühe machen, Euch zu verstecken, wenn man Euch womöglich finden könnte. Wozu hätte ich also in der Burg nach Euch suchen sollen?«

Sie sagte nicht, daß es bei manchen Gelegenheiten durchaus genügte, sich zu verstecken, wie sie aus Erfahrung von zu Hause wußte. Nur dieses eine Mal hätte es in der Tat nicht ausgereicht.

Außerdem mißfiel es ihr, daß er sie »ziemlich gut« kannte oder dies zumindest annahm. Wenn er auch nur die Hälfte ihrer Handlungen vorhersehen konnte, wäre sie ihm gegenüber eindeutig im Nachteil, weil sie sein Verhalten nämlich keineswegs hätte voraussagen können.

Wulfric erwartete offensichtlich nicht, daß Milisant diesen Gesprächsfaden weiterspinnen wollte, denn er öffnete für sie die Stalltür und sagte: »Kommt, ich werde Euch in den Saal zurückgeleiten.«

»Um mich einzusperren?«

Er seufzte. »Ja. Bis ich wieder jeden beim Namen kenne, der sich im großen Saal einfindet, werde ich, was Euch betrifft, kein Risiko mehr eingehen. Um Euer Pferd braucht Ihr Euch keine Sorgen zu machen, ich werde nach ihm sehen. Ihr müßt auch nicht die ganze Zeit über im Sonnenzimmer bleiben. Solange Ihr eng bei meiner Mutter bleibt, könnt Ihr überall hingehen. Ebenso, wenn Ihr mit mir ...«

Ärgerlich unterbrach sie ihn, als sie an ihm vorbeiging. »Es wird Euch nicht gelingen, mir diese Maßnahme schmackhaft zu machen! Also spart Euch die Mühe, Lord Wulfric. Eine Gefangene ist eine Gefangene! Ganz gleich, welch geringfügige Freiheiten man ihr einräumt.«

42

Wulfric ärgerte sich, daß Milisant seinen Spitznamen wie ein Schimpfwort hatte klingen lassen. Außerdem ärgerte er sich darüber, daß König John sie nicht in Ruhe ließ und daß sie meinte, sie könne mit dem König allein fertig werden. Aber am meisten ärgerte er sich, weil sie sich über ihn ärgerte.

Er hatte gehofft, nach der Rückkehr nach Shefford mit ihr noch einmal von vorn anfangen zu können. Als er entdeckt hatte, daß sie nach Clydon ausgerissen war, hatte ihn ein ungeheurer Zorn erfaßt. Bald aber war ihm klargeworden, daß dieser Zorn auf Eifersucht beruhte, und er hatte sich eingestehen müssen, daß seine Gefühle für Milisant mittlerweile weit mehr beinhalteten als nur körperliches Begehren. Seine Zuneigung zu ihr war gewachsen, und je mehr Zeit er mit ihr verbrachte, desto stärker zog es ihn zu ihr hin.

Dieses besondere Gefühl, das sie in ihm weckte, war eine neue Erfahrung für ihn, und deshalb hatte er auch keinen Namen dafür. Er wußte nur, daß er ihre Gesellschaft als überaus anregend empfand, sowohl geistig als auch körperlich. Je nachdem erheiterte sie ihn, ärgerte ihn oder forderte ihn heraus. Und jetzt fiel ihm auf, daß er sich auch noch Sorgen um sie machte. Gelangweilt aber hatte sie ihn noch nie.

Zum Glück war seine Mutter im Saal, so daß er Milisant nicht persönlich zum Sonnenzimmer begleiten und die Wachposten vor die Tür bestellen mußte, damit sie den Raum nicht verließ. Statt dessen konnte er sie der Obhut seiner Mutter überlassen, was für Milisant allerdings keinen großen Unterschied zu machen schien. Beim Abschied funkelte sie ihn zornig an.

Sei es drum. Ihre Sicherheit nahm er sich momentan mehr zu Herzen als ihre Feindseligkeit. Um einen neuen Anfang mit ihr zu machen, würde er offenbar bis nach der Hochzeit warten müssen. Im Augenblick allerdings ... Er machte sich auf die Suche nach seinem Vater, um ihn daran zu erinnern, Milisants Hausarrest in Kraft zu setzen.

Sir Guy wußte zwar, daß sie sich heimlich aus Shefford fortgeschlichen hatte, aber er wußte nicht, daß dies mit König John in Zusammenhang stand. Er nahm an, sie hätte sich lediglich zu einer Kurzschlußhandlung hinreißen lassen, weil die Hochzeit so nahe bevorstand. Wulfric hatte ihm in der vergangenen Nacht von Roland Fitz Hugh und Milisants falsch verstandenen Gefühlen für ihn erzählt. Sir Guy hatte diese Geschichte amüsant gefunden. Seltsamerweise war es Rolands Vater ebenso ergangen, als Wulfric vor der Abreise aus Clydon mit ihm darüber gesprochen hatte.

Keiner der Väter betrachtete dieses Intermezzo als ernstzunehmende Hürde für Wulfric. Ihm selbst fiel es jedoch schwer, darüber hinwegzusehen, daß Milisant, selbst wenn sie Roland von ihrer Liste möglicher Ehemänner gestrichen hatte, wahrscheinlich nach wie vor andere Kandidaten auf dieser Liste hatte. Leider wußte er ja, daß sie immer noch jeden anderen lieber heiraten würde als ihn. Sein einziger Trost war, daß sie nicht wirklich einen anderen liebte, wie er ursprünglich geglaubt hatte, und daß er sich wenigstens darüber nicht länger aufregen mußte. Ironischerweise hätte er letzteres womöglich niemals erfahren, wenn sie nicht nach Clydon geflohen wäre.

Als er etwas später in den Saal zurückkehrte, war alles beinahe wieder wie sonst. Diener stellten die Tische für das Mittagessen auf, seine Mutter und ihre Hofdamen hatten sich vor dem Kamin versammelt, und die Gäste waren draußen, um einer Vorführung im Bogenschießen zuzusehen, die Sir Guy zu ihrer Unterhaltung veranstaltete. Die Damen hatten kein großes Interesse an der Darbietung. Wulfric wußte jedoch, daß Milisant sich wahrscheinlich sehr wohl dafür interessieren würde, und deshalb war er gekommen, um sie abzuholen.

Bevor er dieses Vorhaben in die Tat umsetzen konnte, erheischte seine Mutter seine Aufmerksamkeit. Noch ehe er den Kamin erreicht hatte, kam sie auf ihn zugeeilt und zog ihn beiseite, so daß die vorbeigehenden Diener ihr Gespräch nicht belauschen konnten. Er stellte fest, daß sie über eben diese Diener mit ihm sprechen wollte, und zumindest anfangs erheiterte ihn dies.

Sie nickte mit finsterem Blick zu einem der Tische hin. »Sieh dir mal das Mädchen da mit den dunklen Haaren an.«

»Welches? Die meisten haben mehr oder weniger dunkles Haar, Mutter.«

»Die Hure.«

Hure war eine ziemlich grobe Bezeichnung für eine Dirne oder Prostituierte, und er mußte lachen, da seine Mutter sonst selten jemanden mit Schimpfworten verunglimpfte. Die Beschreibung lenkte seinen Blick jedoch auf eine Frau, deren Aufmachung tatsächlich auf dieses Gewerbe schließen ließ. Sie trug ihr Mieder halb offen, so daß ihre auffallend prallen Brüste deutlich zu sehen waren, und um ihre Kurven zu betonen, hatte sie ihren Gürtel viel zu eng geschnürt.

»Was ist mit ihr?«

»Sie hat hier nichts zu suchen«, sagte Lady Anne förmlich.

Das stimmte allerdings, wenn das Mädchen wirklich eine Hure war. Seine Mutter erlaubte solchen Frauen nicht, ihr Gewerbe im großen Saal auszuüben, wo ihre Hofdamen daran Anstoß nehmen könnten. Diese Frau schien jedoch zur Dienerschaft zu gehören, denn sie war damit beschäftigt, Brot auf den Tischen zu verteilen.

»Hast du versucht, sie zurechtzuweisen?«

Lady Anne schnaubte bloß verächtlich. »Warum sollte ich, wenn sie nicht zu uns gehört?«

Nun machte Wulfric selbst ein finsteres Gesicht. »Was tut sie dann hier?«

»Genau das solltest du herausfinden. Du hast mich gebeten, dich auf jeden hinzuweisen, der mir verdächtig vorkommt. Das habe ich hiermit getan. Mir gegenüber hat sie behauptet, eine Base von Gilbert aus dem Dorf zu sein. Sie sagt, er habe sie gebeten, in der Küche ihre Hilfe anzubieten, da dort soviel zusätzliche Arbeit anfällt, solange all die Gäste hier sind. Aber ich kenne unsere Dörfler. Gilbert hat noch nie erwähnt, daß er außerhalb Sheffords Verwandte hätte.«

»Was sagt denn Gilbert dazu?«

»Ich hatte noch keine Zeit, ins Dorf zu gehen, um ihn danach zu fragen. Mir ist das Mädchen erst kurz bevor du kamst aufgefallen. Nachdem du nun Bescheid weißt, kannst du ihn ja fragen. Und nimm sie gleich mit. Falls sie wirklich eine Verwandte von Gilbert sein sollte, kannst du ihr erklären, daß sie in der Burg nicht willkommen ist. Es ist nun schon viele, viele Jahre her, seit ich selbst in die Verlegenheit kam, ein Weibsstück ihrer Sorte hinauswerfen zu müssen. Es wäre mir lieber, wenn ich das nicht noch einmal tun müßte.«

Es gab natürlich durchaus Huren unter den Frauen auf Shefford Castle. In der Tat wäre es eine ungewöhnliche Burg gewesen, wenn es keine Huren gegeben hätte. Solange sie kein Aufsehen erregten, gelang es Lady Anne, diese Frauen weitgehend nicht zu beachten. Sie hatte nur etwas gegen Huren, die ihre Ware allzu offensichtlich und geradezu marktschreierisch feilboten.

Wulfric nickte und ging zu der Frau hin, die sich zu seiner Überraschung gerade anschickte, die letzten Brote, die sie bei sich trug, auf dem Tisch des Lords zu verteilen. Das erstaunte ihn aufrichtig, denn nur Diener in einer Vertrauensstellung deckten den Tisch des Grafen und bedienten dort. Da es eine weit verbreitete Unsitte war, sich seiner Feinde durch Gift zu entledigen, würde kein Seneschall, der diesen Namen verdiente, einem neuen oder unbekannten Diener erlauben, sich dem Herrentisch auch nur zu nähern. Das war hier in Shefford nicht anders als überall sonst.

Es bestand natürlich die Möglichkeit, daß diese Frau zu einfältig war, um das zu wissen, und daß sie wirklich die war, für die sie sich ausgab, und nur versuchte, in einer Zeit auszuhelfen, in der die Burg zusätzliche Arbeitskräfte gut gebrauchen konnte. Aber darüber würde sich Wulfric Gewißheit verschaffen. Um seinen Vater machte er sich keine Sorgen machte, doch Milisants Attentäter lauerten nach wie vor irgendwo da draußen und saßen bestimmt schon wie auf Kohlen, weil Milisant sich nicht länger außerhalb der Burgmauern herumtrieb, wo sie ihrer leicht hätten habhaft werden können.

43

»Hast du das gesehen?« zischte Milisant ihrer Schwester zu.

Jhone sah von der Robe auf, an der sie nähte. Es war ein neues Gewand, das Lady Anne für den Priester machen ließ, damit er es bei der Hochzeitszeremonie trug.

»Was?« fragte Jhone, als sie Milisants Blick folgte und nichts Ungewöhnliches entdecken konnte – zumindest nichts, was den heftigen Zorn verursacht haben könnte, der aus Milisants Augen blitzte.

»Wulfric und die Hure, mit der er eben hinausgegangen ist«, erklärte Milisant. »Er wartet nicht einmal bis nach der Hochzeit, um offen herumzutändeln.«

Jhone starrte sie einen Moment lang ungläubig an, ehe sie sagte: »Das ist eine reichlich vorschnelle Schlußfolgerung. Du kannst nicht mit Sicherheit wissen …«

»Ich habe alles gesehen!« schnitt ihr Milisant scharf das Wort ab. »Er hat sie angesprochen, um über den Preis zu feilschen, und ist dann mit ihr hinausgegangen – als ob er nicht bemerkt hätte, daß ich hier bin, und als ob er nicht wüßte, daß ich ihn beobachte, wenn er in meiner Nähe ist. Er hat ihr sogar den Arm um die Schulter gelegt und sie an sich gedrückt.«

»Was noch lange nichts bedeuten muß«, erinnerte sie Jhone. »Er könnte das aus vielerlei Gründen getan haben, die mit dem, was du annimmst, in keinem Zusammenhang stehen.«

Milisant schnaubte zornig. »Diesmal kannst du ihn nicht in Schutz nehmen, Jhone! Ich habe doch Augen im Kopf!«

»Dann frage ich dich: Was macht es schon, mit wem er hinausgeht, solange ihr noch nicht verheiratet seid? Was er vor der Hochzeit tut, geht dich doch gar nichts an.«

»Was er jetzt tut, zeigt mir deutlich, was er später tun wird. Wenn er jetzt keine Bedenken hat, sich so zu benehmen, wird er sich später seine Mätressen direkt vor meiner Nase halten!«

»Mili, warum regst du dich eigentlich so auf? Du klingst so eifersüchtig, wie eine Frau es nur sein kann. *Bist* du etwa eifersüchtig?«

Milisant blinzelte erstaunt, aber es dauerte nur einen Moment, bis sich ihre Miene wieder verfinsterte und sie heftig widersprach: »Ich bin nicht etwa wütend, weil es mir etwas ausmachen würde, was er tut. Er kann von mir aus jede Frau haben, die er will. Ich möchte nur nicht, daß er es mir unter die Nase reibt und ich von meinen Mitmenschen bedauert werde, weil er offensichtlich lieber in anderen Betten liegt als in meinem.«

Jhone kicherte. »Ja, das ist wahre Eifersucht! Anderenfalls würdest du nämlich nur gleichgültig mit den Schultern zucken. Ehe du dich deshalb weiter mit mir herumstreitest, solltest du dir lieber einmal überlegen, warum du so eifersüchtig bist.«

»Ich sage dir, ich bin nicht eifersüchtig!«

Jhone nickte bloß, aber es war ein herablassendes Nicken.

»Pfui, ich weiß gar nicht, warum ich überhaupt noch irgend etwas mit dir bespreche!« beklagte sich Milisant empört. »Du hast dich so auf den Gedanken versteift, daß sich in meiner Ehe wie durch ein Wunder die Liebe einstellen wird, daß du den Wald vor lauter Bäumen nicht mehr siehst.«

»Und du wehrst dich so hartnäckig mit Händen und Füßen dagegen, daß man dir mit einem Vorschlaghammer auf den Kopf hauen müßte, ehe du zugibst, daß Wulfric keineswegs so schrecklich ist, wie du gedacht hast.«

»Das muß ich mittlerweile sogar zugeben«, murmelte Milisant.

»Wie war das?« Jhone grinste.

Mit glühenden Wangen erwiderte Milisant: »Daß ich seine Schattenseiten nicht kenne, heißt nicht, daß sie nicht noch zum Vorschein kommen, sobald die Trauung erst vollzogen ist.«

Jhone hörte auf, sie zu necken, und sagte teilnahmsvoll: »Mili, du mußt aufhören, dir solche Sorgen darüber zu machen. Solange du unvoreingenommen bleibst und sachte vorgehst, wirst du vom Ergebnis vielleicht angenehm überrascht sein. Männer sind formbar. Was auch immer dir an Wulfric nicht gefällt, kannst du ändern. Vergiß das nicht!«

Nachdem Milisant einen Moment lang darüber nachgegrübelt hatte, stimmte sie diesem Standpunkt zwar nicht ausdrücklich zu, bemerkte aber: »Du hättest Äbtissin werden sollen. Du hast eine erstaunliche Gabe, andere gelassen und selbstsicher zu leiten, zu ermutigen und zu belehren.«

Jhone errötete und gestand: »Ich habe daran gedacht.«

»Wirklich?«

Ein verlegenes Nicken. »Ja, nachdem Will gestorben war.«

»Und warum hast du es nicht getan?«

»Weil ich – obwohl ich nicht wieder heiraten wollte und es bis heute noch nicht will – es doch genossen habe, verheiratet zu sein. Daher weiß ich, daß ich vielleicht nicht immer so empfinden werde wie jetzt.«

Milisant wußte, daß Jhone ausnahmsweise nur für sich selbst sprach. Dennoch verstand sie, was ihre Schwester meinte. Das Leben veränderte sich. Gefühle veränderten sich. Was sie heute entsetzlich fand, könnte sie im nächsten Jahr vielleicht ohne weiteres ertragen, ja vielleicht sogar mögen. Und umgekehrt könnte sie ebensogut morgen etwas verabscheuen, was sie heute in vollen Zügen genoß.

Rein theoretisch war ihr klar, daß sich Gefühle aus vielen Gründen vollkommen wandeln konnten. Aber sie wußte auch, daß man nicht zwingend davon ausgehen konnte, daß sich eine solche Wandlung vollzog. Gefühle konnten auch beständig sein. Und wovon sollte man denn ausgehen, wenn nicht von seinen gegenwärtigen Gefühlen? Anzunehmen, ja sogar zu hoffen, daß Gefühle sich eventuell ändern würden, reichte noch lange nicht aus, um sie auch wirklich loszuwerden.

Sie war immer noch außer sich vor Zorn über die Szene, die sie gerade beobachtet hatte, sagte aber weiter nichts zu diesem Thema, sondern überließ Jhone wieder ihrer Näharbeit. Was sie selbst betraf, fand sie ihre Meinung, daß sie und Wulfric niemals miteinander auskommen würden, aufs neue bestätigt. Wulfric würde das nichts ausmachen, er hatte andere Möglichkeiten, auf seine Kosten zu kommen. Das hatte er ihr gerade recht deutlich gezeigt, und zwar zweifellos mit Absicht.

Er hätte sich jede andere Küchenmagd aussuchen können, wenn er die zwei Tage bis zu ihrer Hochzeitsnacht nicht abwarten konnte. Vermutlich würde nicht eine dieser Frauen ihm einen Korb geben, ganz einfach, weil er der Sohn des Grafen war. Und viele der Mägde waren gewiß hübscher als diese Schlampe und bestimmt auch sauberer.

Milisant hätte sich wahrscheinlich nichts dabei gedacht, wenn er mit einer anderen hinausgegangen wäre. Selbst sein Arm auf der Schulter einer anderen Frau könnte nichts weiter als eine freundschaftliche Geste gegenüber jemandem sein, den er seit vielen Jahren kannte. Es wäre ihr nicht besonders aufgefallen. Es wäre ihr gleichgültig gewesen. Aber statt dessen hatte er sich diese eine Frau ausgesucht, der man nun wirklich auf den ersten Blick ansah, welches Gewerbe sie betrieb. Aus welchem anderen Grund sollte er das getan haben, wenn nicht, um Milisant vor Augen zu führen, daß er sich das erlauben und sie nichts dagegen unternehmen konnte?

44

Zorn war ein unberechenbares Gefühl. Seltsamerweise konnte er wie ein Schuß nach hinten losgehen und mehr Schaden anrichten als der Vorfall, der ihn ursprünglich ausgelöst hatte. So erging es Milisant an jenem Tag, als Wulfric mit der Hure hinausgegangen war und später wieder in den Saal zurückkam, um sie zu fragen, ob sie ihn in den Burghof begleiten wolle, um dem Wettkampf im Bogenschießen zuzusehen.

Natürlich hatte sie nein gesagt. Sie war noch viel zu wütend gewesen, um irgend etwas anderes zu sagen. Doch hinterher hatte sie sich über sich selbst geärgert, weil sie sich durch ihre Wut um ein Erlebnis gebracht hatte, das ihr bestimmt große Freude bereitet hätte.

Daß er sie überhaupt einlud, ihn zu begleiten, schrieb sie nur seinem schlechten Gewissen zu. Andernfalls hätte er so etwas gewiß nicht getan, dieser gedankenlose Grobian!

Wahrscheinlich war es gut, daß sie abgelehnt hatte. Wenn sie mit ihm gegangen wäre, hätte sie sich vermutlich nur darüber geärgert, daß sie selbst an diesem Wettkampf nicht teilnehmen konnte.

Ihr Vater hätte sie mitmachen lassen. Aber in Dunburh wußten ja auch alle um ihre Kunstfertigkeit im Bogenschießen und hätten ihre Teilnahme am Wettkampf nicht in Frage gestellt. Die de Thorpes hingegen fänden es bestimmt peinlich, wenn ihre Schwiegertochter in einer männlichen Sportart gewinnen würde, und folglich verwehrte man ihr von vornherein die Chance, es zu versuchen.

Die Einschränkungen in bezug auf Milisants Bewegungsfreiheit galten weiterhin. Auch in den folgenden Tagen war sie gezwungen, den größten Teil ihrer Zeit im Sonnenzimmer der Damen zu verbringen, doch ihre zunehmende Nervosität lenkte sie von der Schmach dieser Gefangenschaft ab, und Lady Annes Gesellschaft linderte ihren Unmut.

Nachdem zumindest Milisant ihn schon gar nicht mehr erwartet hatte, war es eine echte Überraschung, als Lord Nigel einen Tag vor der Hochzeit in Shefford eintraf und für seine Verspätung eine gute Entschuldigung hatte. Er war krank gewesen. Seine Blässe und sein Gewichtsverlust bewiesen, daß dies keine Ausrede war.

Milisant kam nicht umhin zuzugeben, daß sie ihm mit der Unterstellung, er habe nicht kommen wollen, um ihr Urteil über ihren Bräutigam nicht hören zu müssen, unrecht getan hatte. Im Gegenteil, ihre Meinung über Wulfric war das erste, wonach er sie an diesem Abend fragte, sobald sie miteinander allein waren.

Jhone und sie hatten ihn zeitig zu Bett gebracht und seine Knappen fortgeschickt, damit sie sich selbst um ihn kümmern konnten. Er war im Grunde noch nicht hinreichend genesen, um zu reisen. Das war offensichtlich. Aber er war trotzdem gekommen.

Milisant liebte ihn dafür von ganzem Herzen, hatte ihn deshalb aber trotzdem gründlich ausgeschimpft, und auch Jhone und Lord Guy hatten mit ihm geschimpft. Nach all der Schelte war ihr armer Vater ziemlich unwirsch geworden, aber jetzt war er nur noch müde.

Dennoch bat er Milisant, einen Augenblick zu bleiben, nachdem Jhone ihm gute Nacht gesagt hatte und hinausgegangen war. »Zu welchem Urteil bist du nun über den jungen Wulfric gelangt? Gib es zu, er ist als Ehemann doch eine verdammt gute Wahl, oder nicht?«

Sie wollte ihren Vater mit der Wahrheit nicht belasten. Nicht etwa, weil er krank war, sondern weil es ihr nichts mehr nützen würde. Selbst wenn der Vertrag zu diesem späten Zeitpunkt noch aufgehoben werden könnte, obwohl Wulfric geschworen hatte, dies nicht zuzulassen, würde sie es nicht wagen, sich nach einem anderen Ehemann umzusehen.

Also sagte sie lediglich: »Es wird schon gehen.«

Da mußte Sir Nigel lachen. Er freute sich offenbar unbändig, daß er recht gehabt hatte und sie unrecht. So war zumindest einer froh über ihre Hochzeit.

»Bist du aufgeregt?« fragte er dann.

»Nur ein bißchen«, log sie.

In Wirklichkeit war sie so aufgeregt, daß sie den ganzen Tag lang nicht in der Lage gewesen war, etwas zu essen, weil sie befürchtete, es würde ihr gleich wieder hochkommen. Und sie wußte nicht einmal genau, was sie eigentlich so nervös machte. War es die Hochzeitsnacht? Oder der Umstand, daß sie sich nun ganz und gar in Wulfrics Gewalt begab?

»Das war zu erwarten«, sagte Sir Nigel und tätschelte ermutigend ihre Hand. »Wie geht es deiner Schulter?«

»Was? Ach so. Die Wunde war so unbedeutend, das ist schon lange vergessen.«

»Und selbst wenn du noch Schmerzen hättest, würdest du es mir wahrscheinlich nicht sagen, oder?«

Sie grinste. »Wahrscheinlich nicht.«

Er lachte leise. »Du bist wie deine Mutter. Sie wollte auch nie, daß ich mir Sorgen um sie mache.«

»Ich wünschte, ich hätte sie besser gekannt...« Sie brach ab und seufzte. »Es tut mir leid. Ich weiß, es schmerzt dich noch immer, an ihr Dahinscheiden zu denken.«

Er lächelte sie an, um es ihr leichterzumachen. Dennoch lag Trauer in seinem Blick. »Auch ich wünschte, du hättest sie besser gekannt. Und ich wünschte, sie hätte *dich* länger erleben dürfen. Sie wäre so stolz auf dich gewesen, Tochter.«

Tränen stiegen ihr in die Augen. »Nein, das wäre sie nicht. Sie würde so empfinden wie du und sich meiner schämen...«

»Still, Liebes! *Herr im Himmel*, was habe ich dir angetan? Du darfst niemals glauben, ich wäre nicht stolz auf dich, Mili. Wahrlich, du bist in jeder Hinsicht genauso wie deine Mutter. Sie war genauso hartnäckig, sie war genauso eigensinnig, sie war genauso hitzköpfig wie du, und ich liebte sie gerade deswegen – und nicht etwa trotzdem. Manche Frauen sind eben von Geburt an anders, doch nicht alle bemerken es oder versuchen, wirklich anders zu sein. Du und deine Mutter, ihr wart nicht dazu bestimmt, so zu sein wie alle anderen. Der junge Wulfric wird das zu schätzen wissen, wenn er sich erst einmal daran gewöhnt hat. Ich weiß, daß ich deine Mutter nicht anders hätte haben wollen.«

Es war wundervoll, ihn dies sagen zu hören. Allerdings glaubte sie ihm nicht – zumindest nicht ganz. Wie könnte sie auch, nachdem sie sich noch so gut an all die Gelegenheiten erinnern konnte, bei denen er mit ihr geschimpft und sich über ihr unmögliches Benehmen beklagt hatte? Auch hatte er einige Male ausdrücklich erwähnt, daß sie ihm Schande machte. Und doch …

»Wenn du das Gefühl hattest, ich sei von Geburt an anders, so wie meine Mutter, warum hast du dann versucht, mir meine Eigenarten auszutreiben?«

Er seufzte. »Als du noch jünger warst, Mili, hielt ich es für nötig, daß du den Unterschied zwischen dir und anderen erkennst und ihn dir bewußtmachst. Du hättest einsehen sollen, daß es Menschen gibt, die weniger nachsichtig sind als ich und den Weg, den du eingeschlagen hast, nicht gutheißen. Um dir Kummer zu ersparen, hättest du lernen sollen, dich unter solchen Bedingungen anzupassen. Deine Mutter wußte, wann sie bereitwillig nachgeben mußte, und sie wußte auch, wann sie das nicht nötig hatte. Ich hatte gehofft, dich wenigstens diese Lektion zu lehren, aber …«

Er sprach nicht zu Ende und machte ein unbehagliches Gesicht. Sie lächelte. »Aber ich habe sie nicht gelernt!«

»Und das lag nicht an deiner Unfähigkeit, sondern an deinem Unwillen. Du hast den starken Wunsch, die Dinge, zu denen du fähig bist, auch zu tun. Manche dieser Dinge schicken sich für dich nicht. Trotzdem tust du sie, und zum Teufel mit jedem, der etwas dagegen hat.«

»Ist das so falsch?«

»Prinzipiell nicht. Falsch ist nur, daß du einfach nicht anerkennen willst, daß manches, was du tust, so außerordentlich unziemlich ist, daß es dringend erforderlich wäre, Kompromisse zu schließen oder zumindest ein wenig Zurückhaltung zu üben. Wußtest du eigentlich, daß ich gerne nähe?«

Sie blinzelte ungläubig, dann kicherte sie. »Soll das ein Scherz sein?«

»Nein, ich nähe wirklich gerne, Mili. Ich finde es entspannend. Es macht mir Freude. Und selbst mit diesen alten, knotigen Händen kann ich noch immer feinere Stiche machen als so manche Frau.«

Sie blinzelte wieder. »Du machst keine Scherze?«

Er schüttelte den Kopf. »Ich habe viele Kleider für deine Mutter genäht. Außer uns beiden wußte jedoch niemand davon. Ich tat es in der Abgeschiedenheit unseres Zimmers. Es wäre mir niemals in den Sinn gekommen, im großen Saal zu nähen, wo mir jeder dabei hätte zusehen können. Und warum wohl? Aus demselben Grund, aus dem du eben gelacht hast. Du würdest so etwas von einem alten Krieger nicht erwarten – es sei denn, er hätte niemand anders, der für ihn näht. Und selbst dann würde er höchstens seine eigenen Gewänder ausbessern, aber sicher keine Frauenkleider schneidern. Damit würde er nur höhnische Bemerkungen und Gekicher hervorrufen und sich selbst zur Zielscheibe allgemeinen Spottes machen.«

Milisant nickte, wohl wissend, wie engstirnig und dumm sie gerade reagiert hatte. Sie hatte stets dagegen gewettert, wie ungerecht es sei, daß sie nicht alles tun konnte, was sie tun wollte, weil vieles, was sie gerne getan hätte, reine Männersache war und eine untergeordnete, unfähige Frau die Finger davon zu lassen hatte.

»Es ist einfach schrecklich«, bemerkte sie mit jahrealtem Groll in der Stimme, »daß wir uns ändern und anpassen müssen, weil niemand bereit ist anzuerkennen, daß manche Leute eben anders sind. Stört es dich nicht, etwas, was dir Freude bereitet, nur heimlich tun zu können?«

»Nein. Es mindert den Genuß nicht, daß ich nur im verborgenen nähe, aber ich vermeide dadurch, mich der Lächerlichkeit preiszugeben. Und ich weiß, daß sich das, was *du* gerne tust, nicht so leicht verbergen läßt. Ich wollte nicht sagen, wir hätten dieselben Schwierigkeiten, sondern nur, daß unsere Schwierigkeiten von der gleichen Art sind. Und an diesem Punkt kommt eben die Fähigkeit, Kompromisse einzugehen, ins Spiel. Wenn du dich damit abfinden könntest, das, was dir Freude macht, nur manchmal und nicht jeden Tag zu tun, wärst du, glaube ich, viel glücklicher, Mili.«

»Ich glaube, ich habe dies neulich bereits eingesehen, als ich ein Mädchen, das mir sehr ähnlich ist, beobachtet habe, das derlei Kompromisse eingeht und dennoch gewisse – begrenzte – Freiheiten genießt. Seit ich hier bin, hat es mir auch nicht viel ausgemacht, diese unbequemen Bliauds zu tragen. Wahrlich, ich habe mich bereitwillig gefügt – zumindest vorläufig –, weil ich nicht sehen möchte, wie Lady Anne über meine Kleidung die Stirn runzelt. Ich habe sie recht liebgewonnen und möchte sie nicht enttäuschen.«

Er schenkte ihr ein strahlendes Lächeln. »Du kannst dir nicht vorstellen, wie sehr ich mir immer gewünscht habe, dich so etwas sagen zu hören …«

»Zum Teufel, ich habe nicht gesagt, ich hätte mich vollkommen gewandelt!« schnitt ihm Milisant schimpfend das Wort ab.

Er lachte. Das stimmte sie milder, und sie lächelte ihn dankbar an, weil er ihre Gedanken für kurze Zeit vom morgigen Tag abgelenkt hatte – und von der Hochzeit.

45

Jhone hatte Milisants Gewänder für die Hochzeit selbst angefertigt und niemand anders erlaubt, ihr dabei zu helfen. Das Ergebnis war ein prächtiges, wunderschönes Bliaud aus jadegrünem Samt, reich verziert wie für eine Königin, mit Edelsteinen besetzt und üppig mit goldenem Garn umsäumt. Zusammen mit dem passenden Umhang, einem Unterkleid aus goldfarbenem Satin und einer schweren Goldkette als Gürtel wog das ganze Ensemble beinahe ebensoviel wie Milisant selbst. Aus diesem Grund freute sie sich nicht besonders darauf, es zu tragen. Aber das würde sie ihrer Schwester, die so viel liebevolle Mühe auf dieses Werk verwendet hatte, natürlich nicht sagen.

Doch dann wurde an diesem Morgen noch ein anderes Gewand gebracht, kurz bevor Lady Annes Hofdamen eintrafen, um beim formellen Ankleiden der Braut behilflich zu sein. Es war mit Spitzenbändern verpackt, ruhte auf einem Satinkissen mit Quasten und wurde von einem jungen Pagen abgeliefert, der einen Turban trug und frech grinste.

Er sagte lediglich: »Ein Geschenk von Eurem Papa.«

Als sie es auspackte, kam ein silbernes Bliaud zum Vorschein, gefertigt aus einem fremden, glitzernden Stoff, von dem Milisant wußte, daß er aus den Schätzen stammte, die ihr Vater aus dem Heiligen Land mitgebracht hatte. Schon als Kind hatte sie diesen Stoff in einer der Schatztruhen entdeckt und war von ihm fasziniert gewesen. Zart wie Seide und leicht wie Federn glitzerte er in der Morgensonne. Auf einem so außergewöhnlich schönen Stoff war keine zusätzliche Verzierung vonnöten. Nur zwei Reihen winziger Flußperlen schmückten den Halsausschnitt. Das Unterkleid war aus weißer Seide mit silberner Stickerei und glitzerte ebenfalls.

Jhone war natürlich enttäuscht, als sie die beiden Gewänder, die nebeneinander auf dem Bett ausgebreitet lagen, eingehend betrachtete. »Ich kann mir nicht vorstellen, warum Papa dieses Gewand für dich hat machen lassen. Er hätte doch wissen müssen, daß ich dich nicht in Beinkleidern zum Traualtar gehen lasse. Außerdem ist dieses Kleid viel zu dünn, um es im Winter zu tragen.«

»Nicht, wenn ich einen entsprechend warmen Mantel darüber anziehe«, erwiderte Milisant und flüsterte dann mit einem Anflug von Ehrfurcht: »Lach nicht, aber ich glaube, Papa hat es selbst genäht.«

Jhone sah sie fragend an und antwortete nur: »Ich höre wohl nicht recht!«

»Doch, doch! Ich selbst habe gestern abend zunächst etwas ganz Ähnliches gesagt, als er mir erzählt hat, daß er gerne näht. Er hat mir sogar gestanden, regelmäßig Kleider für unsere Mutter angefertigt zu haben.«

»Jetzt weiß ich, daß du Scherze machst!« entgegnete Jhone. »Ich bin froh, daß deine Aufregung soweit nachgelassen hat, daß du zu Scherzen aufgelegt bist, aber ...«

»Schau mich an!« schnitt Milisant ihr das Wort ab. »Sehe ich so aus, als ob ich Scherze mache? Ich glaube wirklich, daß Vater dieses Gewand selbst gemacht hat. Sieh dir doch nur die Nähte an. Kennst du irgend jemanden in Dunburh, der so feine Stiche führen kann – abgesehen von dir selbst natürlich? Und kennst du irgend jemanden, dessen Händen er diesen besonderen Stoff anvertrauen würde, den er all die Jahre seit seiner Rückkehr von den Kreuzzügen aufbewahrt hat – außer wiederum nur dir?«

Jhone nahm ein Ende des silbernen Kleides in die Hand, um es genauer zu betrachten. »Nein, da kenne ich niemanden, zumindest nicht in Dunburh. Er könnte jedoch jemanden von außerhalb mit dieser Arbeit betraut haben. Aber das spielt überhaupt keine Rolle. Du mußt dieses Kleid tragen, allein schon deshalb, weil er es dir geschenkt hat.«

Milisant kicherte. »In Sachen Dickköpfigkeit hast du wohl schon einiges von mir gelernt, wie? Es ist ja nicht so, daß ich das Kleid, das du für mich gemacht hast, nicht noch bei vielen anderen Anlässen tragen könnte. Immerhin pflegen die de Thorpes gesellschaftlichen Umgang mit dem Königshaus.«

Jhone war besänftigt und pikste ihre Schwester neckend in die Rippen. »Aber ich glaube trotzdem, daß du auf dem Weg zur Dorfkirche halb erfrieren wirst.«

Milisant lächelte belustigt. »Nein, das würdest du bestimmt nicht zulassen. Ich bin sicher, du wirst mir den allerschwersten Umhang aufnötigen, den du finden kannst.«

Jhone nickte. »Ja, und ich weiß genau, welcher Umhang ganz wunderbar dazu passen wird, nämlich der doppelte aus weißem Samt, der mit Silberfuchs gefüttert ist.«

Dies war ein weiteres kurzes Zwischenspiel gewesen, durch das sich Milisant bereitwillig hatte ablenken lassen. Ihre Nervosität kehrte allerdings nur allzu geschwind in vollem Ausmaß zurück, und ebenfalls allzu geschwind war Milisant angekleidet und auf dem Weg zur Kirche. Und viel zu geschwind war sie mit Wulfric de Thorpe getraut worden.

Später konnte sie sich nur noch bruchstückhaft an diesen Tag erinnern, weil sie vor ängstlicher Erregung ganz benommen gewesen war. Dieser Tag war der Gipfelpunkt all dessen, was sie gefürchtet hatte, und eine namenlose Angst hatte sich ihrer nun vollständig bemächtigt. Die langsame Prozession zur Kirche, die lange Messe, die Gesänge des Priesters, an nichts davon konnte sie sich später noch genau erinnern. Selbst die Feier, die anschließend im großen Saal stattfand und den Rest des Tages andauerte, war wie ein Nebelschleier aus Trubel und Heiterkeit an ihr vorübergezogen, den alle genossen hatten – außer ihr selbst.

Die entsetzlich peinliche Zeremonie vor der Hochzeitsnacht, bei der sie dem Bräutigam und allen anderen, denen es gelang, sich mit ins Schlafzimmer zu drängen, vorgeführt werden mußte, zwecks der üblichen Suche nach verborgenen Mängeln, die es dem Bräutigam erlaubt hätten, sie zu verstoßen, falls er dies wünschte, hatte wohl niemanden angelockt, denn sie blieb mit Wulfric allein. Milisants einziger Trost dafür, daß sie ihre eigene Hochzeit mehr oder weniger verpaßt hatte, bestand darin, daß ihr auch dies erspart blieb.

»Habe ich dir schon gesagt, wie wunderschön du heute bist?« fragte Wulfric.

Diese Worte waren das erste, was Milisant deutlich vernahm, nachdem den ganzen Tag über nur undeutliches Gebrabbel in ihren Ohren geklungen hatte.

»Nicht daß ich wüßte.«

»Eigentlich sollte das ein Scherz sein, denn ich muß es dir schon mindestens ein halbes Dutzend mal gesagt haben«, antwortete Wulfric. »Weißt du das wirklich nicht mehr?«

»Gewiß, ich habe auch nur einen Scherz gemacht«, log sie und kam nicht umhin, sich zu fragen, was man in den letzten Stunden wohl noch alles zu ihr gesagt hatte, woran sie sich nicht mehr erinnern konnte.

Sie spürte, daß sie ein wenig beschwipst war, obwohl sie sich nicht daran erinnern konnte, überhaupt Wein getrunken zu haben. Trotz der wohltuend entspannenden Wirkung des Weins fand sie es beunruhigend, plötzlich zu merken, daß nahezu der ganze Tag an ihr vorübergegangen war, als wäre sie gar nicht dabeigewesen. Auf einmal fand sie sich zusammen mit ihrem Ehemann im Bett wieder, und sie waren beide vollkommen nackt. Sie fragte sich – *Herr im Himmel*, hatte sie den Liebesakt ebenfalls verpaßt? War es schon vorbei? Und schließlich wünschte sie, in ihren vorherigen Zustand geistiger Abwesenheit zurückkehren zu können.

»Sind wir – hier schon fertig?« fragte sie.

Da lachte er. Sie machte ein böses Gesicht. Das war doch eine ganz vernünftige Frage, dachte sie.

»Einerseits möchte ich warten, bis du nach all dem Wein wieder einen klaren Kopf bekommen hast. Andererseits kann ich kaum noch länger warten, nachdem es mir so vorkommt, als hätte ich bereits eine ganze Ewigkeit mit Warten verbracht. Eine ganz schöne Zwickmühle, findest du nicht?«

»Nein, das scheint mir gar keine Frage zu sein«, sagte sie nach einem entschiedenem Kopfnicken. »Du wartest.«

Er lachte. Sie schaute ihn wieder böse an. Was in aller Welt fand er denn bloß so erheiternd?

Da sie wieder zu sich gekommen war, erinnerte sie sich unglücklicherweise auch wieder an ihre wahren Gefühle für ihn, einschließlich ihres jüngsten Zorns über den Vorfall mit der Hure. Mit einem Mal war sie so wütend, daß sie schon aus dem Bett klettern wollte, und das hätte sie auch bestimmt getan, wenn ihr bei dem Versuch nicht das Leintuch entglitten wäre, das sie beide bedeckte.

Ihr plötzlicher Stimmungswandel war für Wulfric unmöglich zu übersehen. Also seufzte er und fragte: »Was ist denn los?«

Sie wollte ihn nicht wissen lassen, daß sie den Gedanken, er habe diese Frau – oder irgendeine andere Frau – berührt, nicht ertragen konnte. Also sagte sie nur, wenn auch ziemlich unhöflich: »Hast du dich gründlich gewaschen, nachdem du mit dieser Hure geschlafen hast?«

Völlig verblüfft sah er sie an. »Mit welcher Hure?«

»Waren es so viele, daß du dich schon nicht mehr an jede einzelne erinnern kannst?« knurrte sie und fügte hinzu: »Die, mit der du neulich aus dem Saal gegangen bist.«

Er starrte sie eine Weile lang verständnislos an, aber dann lachte er schallend. »Du hast gedacht, ich hätte mit ihr geschlafen?« Er konnte sich vor Lachen kaum halten.

Diesmal verstand Milisant den Grund seiner Heiterkeit auf Anhieb. Jhone hatte sie darauf hingewiesen, daß sie an jenem Tag möglicherweise einen voreiligen Schluß gezogen hatte, und genauso war es offenbar gewesen. Obwohl es ihr peinlich war, fragte sie: »Warum bist du dann mit ihr hinausgegangen?«

»Um herauszufinden, wer sie ist und warum sie an jenem Tag im Saal Dienst getan hat und die Tische zum Essen gedeckt hat, obgleich sie keine Magd aus Shefford ist und folglich dort gar nichts zu suchen hatte.«

»War sie nicht mit einem der Gäste gekommen?«

»Nein, und ihre Angaben meiner Mutter gegenüber waren so unglaubwürdig, daß meine Mutter mich gebeten hat, die Frau zu befragen, Milisant. Sie hat sich Sorgen gemacht, daß dieses Weib Unheil anrichten oder, genauer gesagt, daß sie – dir – nach dem Leben trachten könnte.«

Himmel, mußte dieser Vorfall ausgerechnet etwas mit ihr selbst zu tun gehabt haben? dachte Milisant. Aber eines hätte sie beinahe vergessen.

»Mußtest du denn den Arm um sie legen, um das herauszufinden?«

Er zuckte die Schultern. »Ich habe ihr Unbehagen gespürt, als ich sie aus dem Saal geführt habe, und wollte sichergehen, daß sie sich nicht plötzlich losreißt. Leider ist es ihr trotzdem gelungen, sobald wir den stark bevölkerten Burghof erreicht hatten, und anschließend war sie nicht mehr zu finden. Daß sie davongelaufen ist, beweist, daß sie nichts Gutes im Schilde geführt hat. Aber es ist unwahrscheinlich, daß sie ihr Glück noch einmal versuchen wird, nachdem wir ihr auf die Schliche gekommen sind, und ich habe die Wachen angewiesen, nach ihr Ausschau zu halten.«

»Wie konnte sie denn in die Burg gelangen, wenn sie nicht aus Shefford stammt und auch nicht zum Gefolge der Gäste gehört?«

»Sie hat behauptet, die Base eines Mannes aus dem Dorf zu sein. Er hatte sich als Gegenleistung für ihre Gunst bereit erklärt zu sagen, sie sei eine Verwandte von ihm. Aber er hatte nicht vor, diese Lüge vor anderen als nur seinen Nachbarn aufrechtzuerhalten. Als ich ihn danach fragte, hat er gleich die Wahrheit gestanden.«

Milisant hatte keine weiteren Fragen zu dieser Angelegenheit. Es war ihr peinlich, ihm etwas vorgeworfen zu haben, was er gar nicht getan hatte. Sie sollte sich eigentlich entschuldigen und wollte schon dazu ansetzen, aber Wulfric hatte noch etwas zu sagen.

»Ich gestatte dir zwar deine Wutanfälle und Zornausbrüche, aber nicht hier in diesem Zimmer.«

»Wutanfälle?« zischte sie.

»Wie auch immer du deine Launen nennen magst, du wirst sie nicht in unser Bett mitbringen. Hier wirst du freudig gestimmt und darauf bedacht sein, mich zu erfreuen, und ich werde ebenfalls nur an die Freuden denken, die ich dir in Hülle und Fülle bescheren möchte. Können wir uns darauf einigen? Und ehe du antwortest, denk daran, daß ich dir deine Zornausbrüche auch jederzeit verbieten kann.«

Sie sah ihn ungläubig an. »Du kannst den Zorn eines anderen Menschen nicht beherrschen!«

»Stimmt, aber ich könnte sehr unangenehm werden, wenn du deinem Zorn freien Lauf läßt.«

Der Schluß, den sie aus diesen Worten zog, ließ sie entgegnen: »Hast du vor, ihn aus mir herauszuprügeln?«

»Nein, aber wenn du jedesmal, nachdem du im Zorn deine Stimme erhoben hast, eine gewisse Zeit im Sonnenzimmer verbringen mußt – ich denke, das könnte durchaus dazu beitragen, daß du fortan sehr sanft mit mir sprichst und stets ein freundliches Lächeln zur Schau trägst. Eigentlich ist das gar keine schlechte Idee.«

Das klang so, als wolle er sie necken, doch er hatte auch angedroht, sie einzusperren, und das konnte sie nicht riskieren.

»Ich bin einverstanden«, murmelte sie.

»Wie war das?«

»Ich sagte, ich nehme deine Bedingungen an!« schnappte sie.

»Hmm, und wann hast du vor, damit anzufangen?«

Sie wurde rot und verschloß die Augen vor seinem Lächeln. Augenscheinlich erheiterte sie ihn immer noch, während sie so unzumutbare Kompromisse schließen mußte. Es war verdammt ungerecht. Sie waren noch nicht einmal einen ganzen Tag lang verheiratet, und schon machte er seine neue Macht über sie geltend.

46

Als Milisant weiterhin schwieg und ihre Augen geschlossen hielt, fühlte sie, wie Wulfric zart ihre Schläfe berührte, und hörte ihn mit sanfter Stimme fragen: »Fällt es dir denn so schwer, einmal eine kurze Zeit lang nicht böse auf mich zu sein?«

Sie stöhnte innerlich auf. Aus reiner Gewohnheit wollte sie zunächst ja sagen, aber das wäre eine Lüge gewesen. Es hatte Momente gegeben, in denen sie aus dem einen oder anderen Grund *nicht* böse auf ihn gewesen war, Momente, in denen er sie sogar zum Lachen gebracht hatte, und gewiß auch Momente, in denen er sie – nun ja, so sehr verwirrt hatte, daß sie überhaupt nicht mehr wußte, was sie denken oder fühlen sollte.

Gerade erst hatte sich ihre Wut durch seine Erklärung des Vorfalls mit der Hure in nichts aufgelöst. Sie war nur noch ärgerlich darüber, daß er bereits jetzt Verhaltensregeln für sie festlegte. Aber vielleicht könnte sie diesen Ärger auf später verschieben.

Sie öffnete wieder ihre Augen und sah ein neues, warmes Leuchten in den seinen. Er hatte sie die ganze Zeit über eingehend betrachtet und dabei wahrscheinlich an die Freuden gedacht, von denen er vorhin gesprochen hatte. Sie hatte diesen Worten nicht genau zugehört, weil sie von dem, was er anschließend über ihren Zorn hinzugefügt hatte, abgelenkt worden war. Nun aber fielen sie ihr in aller Deutlichkeit wieder ein. *Ich werde ebenfalls nur an die Freuden denken, die ich dir in Hülle und Fülle bescheren möchte.*

Ihr Magen zog sich zusammen. *Herr im Himmel*, er wollte

ihr Lust bereiten? Wie sie wußte, war er sehr wohl dazu imstande. Das hatte er ja bereits unter Beweis gestellt.

Nach jener Nacht hatte sie mit aller Kraft versucht, nicht wieder an diese Wonnen zu denken, geschweige denn, sie erneut herbeizusehnen. Größtenteils war es ihr tatsächlich gelungen, die Erinnerung daran mit Gewalt aus ihren Gedanken zu verbannen, auch wenn es noch so schwerfiel. Es war so schön gewesen, und so verlockend, dieses Erlebnis zu wiederholen. Andererseits war er dazu imstande, jeden klaren Gedanken aus ihrem Kopf zu verjagen, und davor fürchtete sie sich. Doch eigentlich war dies nur ein geringer Preis, den sie gerne zu zahlen bereit war für die Wonnen, an die sie sich noch allzugut erinnerte – und die sie nun aufs neue erfahren sollte.

Schüchternheit überkam sie. Er wartete geduldig auf ihre Antwort. Aber Zugeständnisse fielen ihr nicht leicht, und ihre Dickköpfigkeit verbot es ihr, solche Zugeständnisse unumwunden zu machen, sofern die Umstände dies nicht zwingend erforderten.

Also sagte sie schließlich: »Ja, es fällt mir schwer.« Doch bevor er an dieser Wahrheit Anstoß nehmen konnte, fügte sie mit einem leichten Lächeln hinzu: »Aber es ist nicht unmöglich.«

Er gluckste. »Wahrlich, ich hätte keine andere Antwort von dir erwartet. Und ich werde jedes Bemühen deinerseits, hier Frieden zu wahren, sehr zu schätzen wissen. Ich meinerseits versichere dir, daß ich alles tun werde, damit du es nicht bereust.«

»Das klingt vielversprechend.«

»Vielleicht möchtest du eine kleine Kostprobe?«

Plötzlich fiel ihr auf, daß Wulfric wie ausgewechselt war, seit ihre Benommenheit soweit nachgelassen hatte, daß sie sich seiner Gegenwart im Bett neben ihr bewußt geworden war. Wie schon früher benahm er sich ihr gegenüber völlig anders, wenn der Verführer in ihm die Oberhand gewann –

denn nur so konnte sie sein augenblickliches Benehmen bezeichnen. Und zu ihrem eigenen Erstaunen gefiel er ihr, wenn er so war.

Es dämmerte ihr, daß es letzten Endes vielleicht doch nicht so schwer sein würde, allen Ärger beiseite zu lassen, wann immer sie das Bett miteinander teilten. Außerdem hatte sie den Eindruck, daß sie es schon bald genauer wissen würde, denn seine Finger fuhren nun langsam von ihrer Schläfe zu ihrem Kinn hinab, und er nahm sanft ihr Gesicht in die Hand, um sie zu küssen.

Es war ein erstaunlicher Kuß – erst zärtlich, dann stürmisch, dann wieder zärtlich und dann so voller Glut, daß sie dachte, ihre Lippen würden gleich unter den seinen dahinschmelzen. Das Erstaunlichste an diesem Kuß aber war die Art und Weise, wie sie umgehend auf jede seiner Nuancen reagierte. Nun, da sie bereit war und sich mit dem Vollzug der Ehe abgefunden hatte, beziehungsweise voll freudiger Erwartung ihrer Hochzeitsnacht entgegensah, war sie auf einmal ganz entspannt, und alle Angst war für den Augenblick vergessen. So war es ihr möglich, sich dem Erlebnis völlig unbeschwert hinzugeben und es mit allen Sinnen zu genießen. Und genau das tat sie.

Langsam und vorsichtig begann sie seine Küsse zu erwidern. Sie konnte gar nicht anders. Sie mußte einfach wissen, wie er schmeckte, wie seine Lippen sich anfühlten, wie feurig seine Zunge war. Es war unglaublich. Je inniger sie seine Küsse erwiderte, desto mehr wuchs ihr Verlangen nach seinen Lippen.

Anfangs hatte sie aufrecht gesessen, ihren Rücken an die Kissen gelehnt und das Leintuch mit beiden Händen vor ihren Brüsten umklammert. Nun, da sich ihre Arme um Wulfrics Hals geschlungen hatten, war das Leintuch herabgeglitten. Es war ihr gar nicht aufgefallen, und es fiel ihr auch nicht auf, daß Wulfric sie langsam hinabzog, bis sie ganz auf dem Bett lag und er sich über sie beugte.

Sein langes Haar fiel zu ihr hinab und kitzelte sie am Hals. Sein Atem wehte ihr heiß ins Gesicht, als seine Lippen auf Entdeckungsreise gingen. Seine Zunge liebkoste ihr Ohr. Leise Schauer jagten ihr über den Rücken, bis sie vor Wonne nach Luft schnappte. Zärtlich knabberte er an ihrem Hals. Sie seufzte schwer, hörte, wie auch Wulfric leise stöhnte, und fühlte, wie sein Körper darum rang, die aufsteigende Leidenschaft in Zaum zu halten.

In Windeseile war jeder klare Gedanke aus ihrem Kopf wie weggeblasen. Nun gab es nur noch ihr Gefühl, ein einziges köstliches Empfinden. Sein Geschmack, sein Geruch und seine Liebkosungen … All dies war in Verbindung mit seinen Küssen beinahe zuviel für sie. Seine Hand umfaßte ihre Brust und drückte sie sanft, dann war da auf einmal sein Mund, schloß sich um ihre aufgerichtete Knospe und saugte sie tief ein, während seine Zunge sie umspielte.

Sengende Hitze breitete sich in ihrem Unterleib aus. Und dann wanderte auch seine Hand dorthin, als habe er den Aufruhr ihrer Gefühle gespürt und wolle ihn besänftigen. Seine Berührung hatte jedoch nichts Besänftigendes an sich, ganz im Gegenteil. Die rasende Leidenschaft, die seine Hände und Lippen in ihr entfachten, ließ sie abwechselnd den Atem anhalten und nach Luft schnappen. Sie warf sich hin und her und wölbte sich ihm entgegen … Sie versuchte, ihn an sich zu ziehen. Es half alles nichts. Er hielt stand. Ganz offenbar wollte er sie rasend machen. Auch in ihm loderten die Flammen der Leidenschaft lichterloh, und seine Hände waren wie Fackeln, die keinen Schmerz entfachten, sondern die süßeste Lust.

Immer weiter liebkoste er sie unermüdlich, und seine Finger fanden wie durch Zauberei jede Stelle ihres Körpers, die ihr Lust bereiten konnte. Sie konnte die Anspannung kaum noch aushalten, denn die Erinnerung an den Gipfel der Lust, zu dem er sie schon einmal geführt hatte, lauerte allgegenwärtig in ihrem Unterbewußtsein, wartete dort voll ungeduldigen Verlangens, und endlich, als seine Finger ihre Scham berührten, kam das Ziel in Reichweite. Ihr wurde gleichzeitig heiß und schwach im Innersten, als die Erregung sie durchflutete. Aber er neckte sie. Er spreizte ihre Beine, um sich leichteren Zugang zu verschaffen, streichelte sie jedoch nur ganz sanft. Sie wand sich, wußte nicht, wie sie ihm zeigen sollte, was sie sich wünschte. Seine Zunge erkundete ihren Bauchnabel und hinterließ dann eine feuchte Spur über ihre Brüste bis hin zu ihrem Hals. Schließlich erreichte sie ihren Mund und tauchte in ihn ein … im selben Augenblick, als auch seine Finger tief in sie eindrangen.

Ihr Körper bäumte sich auf, dem seinen entgegen, verlangte ein Mehr an Berührung. Endlich gab er nach, und sie zitterte am ganzen Leib, als er sich ganz und gar an sie schmiegte. Und doch wollte diese pulsierende Welle der Lust, an die sie sich erinnerte, noch immer nicht kommen. Sie war nahe, zum Greifen nahe, aber jedesmal, wenn sie dachte, gleich wäre es soweit, hielt er in seinen Bewegungen inne, bis sie schließlich das Gefühl hatte, gleich schreien zu müssen.

Sie schrie zwar nicht, aber ihr Gefühl der Ohnmacht erreichte einen Punkt, an dem sie Vergeltung übte, indem sie auf ihn einschlug, erst auf seinen Rücken, dann auf seine Schulter. Sie zielte schon auf seinen Kopf, als er ihre Handgelenke umfing und mit einem leisen Lachen seinen Körper auf den ihren schob und ihr gab, wonach sie verlangte … und doch war es ganz anders, als sie erwartet hatte.

Geschwind drang er in sie ein, tief und mühelos, so sehr war sie für ihn bereit. Im selben Augenblick hob sich der Schleier von ihrem Bewußtsein, und sie konnte wieder klar denken.

Erstaunlicherweise hatte sie gar nicht mehr daran gedacht, daß dieser erste Liebesakt von Schmerz begleitet sein würde. Noch erstaunlicher war jedoch die Tatsache, daß dieser Schmerz so geringfügig war, daß er sie nur kurz überraschte, statt ernsthaft weh zu tun. Ihr Gefühl der Ohnmacht wurde dadurch nur für wenige Augenblicke in den Hintergrund gedrängt. Nun brach es mit aller Macht wieder über sie herein. Sein Körper lag so ganz und gar auf dem ihren, daß sie sich nicht bewegen konnte und keinen Ausweg sah.

Er aber wußte einen ...

»Schling deine Beine um meine Taille und feßle mich an dich, indem du deine Füße über meinem Rücken kreuzt«, sagte er mit mühsam beherrschter Stimme. »Laß mich nicht los. Wie wild auch immer dieser Ritt werden mag, Mili, laß mich nicht los!«

»Nein, das werde ich nicht«, versprach sie, mehr noch sich selbst als ihm.

Sie gab sich ihren Trieben hin und ließ sich von ungezügelter Leidenschaft leiten, als er diesen Ritt begann. Hier war endlich die innige Verschmelzung, nach der ihr Körper so sehr verlangt hatte, die Erfüllung und die Leidenschaft. Und endlich kam auch die Wonne, an die sie sich noch so gut erinnerte. Sie erbebte bereits nach den ersten Stößen, und doch war es ganz und gar nicht das gleiche. Dieser Höhepunkt war tiefgehender, befriedigender, unendlich länger und weitaus köstlicher. Sie verspürte die abklingenden Wellen des Nachbebens, als er mit leisem Stöhnen noch tiefer in sie eindrang und dann auf sie niedersank, bis auf sein schweres Atmen bewegungslos.

Sie wurde gewahr, daß sie ihn noch immer mit beiden Armen und Beinen eng umschlungen hielt. Ihr war zwar keineswegs danach zumute, ihn loszulassen, sie nahm jedoch an, sie müsse es nun tun.

Als sie begann, ihre Beine von seiner Taille zu lösen, hob er gerade so weit den Kopf, um zu flüstern: »Noch nicht!«

Sie lächelte in sich hinein. Konnte er ihre Gedanken lesen? Oder ging es ihm wie ihr, und er wollte sich einfach noch nicht aus dieser wundervollen Umarmung lösen?

47

Milisant hatte zum ersten Mal seit vielen Wochen wieder gut geschlafen. Sie erwachte mit einem Lächeln auf den Lippen, nahm das aber gar nicht wahr, bis Wulfric sagte: »Du mußt etwas Schönes geträumt haben.«

Was für ein Schock, daß er noch immer neben ihr im Bett lag! Sie hatte nicht erwartet, nun, sie hätte nicht gedacht... Sie stöhnte innerlich auf. In der jüngsten Vergangenheit hatte sie sich unablässig vor der Hochzeitsnacht gefürchtet und vor den zu erwartenden Einschränkungen, denen sie nach der Heirat unterliegen würde. Die ganz alltäglichen Dinge, die eine Ehe mit sich brachte, wie etwa allmorgendlich neben Wulfric aufzuwachen, waren ihr nie in den Sinn gekommen.

»Meine Träume waren – eigentlich kann ich mich nicht mehr daran erinnern. Ich habe viel zu fest geschlafen.«

»Ach, dann bin ich so frei, dieses Lächeln mir selbst zugute zu halten. Du hättest sehen sollen, mit was für einem Lächeln ich selbst aufgewacht bin, Gemahlin. Ich habe über das ganze Gesicht gestrahlt wie die helle Sonne.«

Milisant bemerkte mehrere Dinge auf einmal. Er neckte sie. Er war hochzufrieden mit ihr. Er prahlte – wenn auch mit gutem Grund... Und er hatte sie eben ›Gemahlin‹ genannt. All dies zusammen trieb ihr die Röte ins Gesicht. Da gluckste er und rieb sich die Schulter. Zu ihrem Entsetzen wurde ihr klar, daß er sie damit daran erinnern wollte, wie sie ihn in ihrer Leidenschaft geschlagen hatte.

Sie vergrub ihren Kopf unter den Kissen. Er lachte und klopfte ihr aufs Hinterteil.

»Komm, wir müssen unsere Gäste loswerden. Die meisten werden heute abreisen.«

Sie setzte sich auf, dankbar für das unverfängliche Thema. »Auch der König?« fragte sie hoffnungsvoll.

»Ja, er hat keinen Grund, noch länger hierzubleiben. Er hat dich doch nicht noch einmal belästigt?«

Wie hätte er dazu Gelegenheit finden sollen, nachdem sie in den letzten Tagen derart abgesondert und streng bewacht worden war? Aber darauf wies sie Wulfric nicht hin, sondern schüttelte lediglich den Kopf. Sie spürte, daß sie keinen Streit mit ihm anfangen wollte, so kurz nach – der vergangenen Nacht.

Allein beim Gedanken daran wurde sie schon wieder rot. Er sah es und grinste sie an. Dann beugte er sich vor und streifte mit seinen Lippen sanft die ihren.

»Du siehst so ulkig aus, wenn du errötest«, neckte er sie. »Es paßt so gar nicht zu dir.«

»Ich werde mich bemühen, es nie wieder zu tun«, entgegnete sie, und es gelang ihr, ihre Verlegenheit zu überwinden – für den Augenblick.

»Wirklich?«

Sein Blick fiel auf ihre nackten Brüste, die er unmittelbar vor Augen hatte. Da lief sie schon wieder rot an.

Zu ihrem größten Unbehagen und zu ihrer Bestürzung verbrachte Milisant den Großteil dieses Tages damit, immer wieder von neuem zu erröten. Nun, da ihr benommener Dämmerzustand sie nicht länger von der Außenwelt abschirmte, hörte sie jeden anzüglichen Witz, der in ihrer Nähe gerissen wurde, ertrug in peinlichster Scham die traditionelle Begutachtung der Leintücher durch die älteren Hofdamen und mußte mit anhören, wie die sexuellen Begabungen der Männer im allgemeinen und ihres Ehemannes im besonderen in allen Einzelheiten durchgesprochen wurden.

Wulfric schien mit all dem spielend fertig zu werden und nahm sogar daran teil. Aber er hatte auch so umwerfend gute

Laune, daß offenbar nichts in der Welt sie ihm hätte verderben können. Sie fragte sich, warum er so glücklich zu sein schien. Schließlich liebte er doch eine andere, und seine letzte Chance, diese Frau zu heiraten, war nun für immer vertan. Unter diesen Umständen müßte er an diesem Tag doch ebenso unglücklich sein, wie sie selbst … es eigentlich sein sollte.

Herr im Himmel, warum war *sie* denn nicht unglücklich? Sie hatte doch eigentlich allen Grund dazu. Daß sie den Liebesakt mit ihm in vollen Zügen genossen hatte, hieß noch lange nicht, daß von nun an zwischen ihnen alles eitel Sonnenschein sein würde. Wie könnte es auch, da er im Grunde doch noch immer derselbe brutale Kerl war wie zuvor? Sie müßte nur versuchen, ihr Schlafzimmer in Beinkleidern zu verlassen, oder ihren Bogen holen, um auf die Jagd zu gehen, und es würde sich im Handumdrehen herausstellen, was für ein Tyrann er in Wirklichkeit war!.

Es galt als unumgängliche Geste der Höflichkeit, daß sich alle im Burghof versammelten, um den König und sein Gefolge mit guten Wünschen zu verabschieden. Milisant beobachtete Wulfric, wie er König John eine sichere Heimreise wünschte. Dabei wahrte er streng die Form und ließ sich in keiner Weise anmerken, daß er das schmutzige Geheimnis des Königs kannte.

Sie fragte sich, ob sie wohl auch so besonnen sein könnte, und sah sich im nächsten Augenblick schon gezwungen, die Probe aufs Exempel zu machen. Denn nachdem der König aufgesessen war und es den Anschein hatte, als würde er gleich zum Tor hinausreiten, fiel sein Blick auf Milisant, die in der Menschenmenge stand, und er bedeutete ihr unmißverständlich – zumindest war seine Aufforderung für sie nicht mißzuverstehen –, zu ihm zu kommen.

Stieg ihr schon wieder die Schamröte ins Gesicht? Zweifelsohne, denn alle, die sich im Burghof versammelt hatten, beobachteten nun neugierig, wie sie auf den König zuging, und sie haßte es, so im Mittelpunkt der Aufmerksamkeit zu stehen.

Wulfric wunderte es nicht, daß König John sie aus der Menge herauswinkte. Er hatte hinter ihr gestanden, die Hände auf ihren Schultern, und hatte den auffordernden Wink ebenfalls gesehen und sie zunächst zurückgehalten, um ihr etwas ins Ohr zu flüstern, ehe sie vortrat.

»Du brauchst nicht hinzugehen, wenn du nicht willst. Er würde bestimmt kein Aufhebens davon machen.«

Seine Anspannung war deutlich spürbar. Es mußte ihn mit Haß erfüllen, daß er gegen den König nichts ausrichten konnte. Jeden anderen hätte er für eine solche Unverschämtheit, wie König John sie sich erlaubt hatte, zur Rechenschaft ziehen können – aber nicht den König persönlich, es sei denn, er wollte als Verräter gebrandmarkt werden.

Sie flüsterte zurück: »Wenn ich nicht hinginge, würde ich vor Neugierde, was er jetzt im Sinn hat, halb umkommen. Laß es mich herausfinden, Wulfric. Es ist nur zu unserem Besten.«

Sie gab Wulfric keine weitere Gelegenheit, sie aufzuhalten, und überquerte rasch den Hof bis zu der Stelle, wo König John auf sie wartete. Er stieg nicht vom Pferd, sondern beugte sich nur so weit vor, um mit gedämpfter Stimme sprechen zu können, da das, was er zu sagen hatte, offenbar ausschließlich für ihre Ohren bestimmt war.

»Ich weiß, es ist eigentlich nicht nötig«, begann König John und sah ein wenig unbehaglich drein, »doch wir bieten Euch unsere Entschuldigung an, Milisant de Thorpe, für jedwedes Mißverständnis, das es zwischen uns gegeben haben mag. Ich habe mehrere Gespräche mit Lord Guy geführt nach unserer – Begegnung. Ich bin sehr zufrieden, daß er weiterhin zu mir hält und mir treu bleiben wird. Euer Vater hat mir dasselbe versichert. Hütet Euch also davor, aus einer Mücke einen Elefanten zu machen.«

Damit gab er ihr auf seine Weise zu verstehen, daß er ihrer Ehe mit Wulfric nicht länger im Wege stehen würde. Sie wußte ebenso, daß seine letzte Bemerkung eine versteckte Warnung beinhaltete, über den Zwischenfall Stillschweigen zu bewahren.

Er ging also davon aus, daß sie bislang niemandem davon erzählt hatte, oder hoffte dies zumindest, weil niemand ihn darauf angesprochen hatte. Milisant hatte keinen Anlaß, ihn in dieser Annahme zu berichtigen.

»Gewiß, Eure Hoheit«, versicherte sie ihm und bedachte ihn mit einem strahlenden Lächeln. »Ich werde bestimmt niemanden wissen lassen, daß ich den König von England vors Schienbein getreten habe.«

Das war äußerst gewagt. Ihren tätlichen Angriff gegen ihn zu erwähnen, könnte den berühmt-berüchtigten Jähzorn der Angevins heraufbeschwören. Dem war aber nicht so. Statt dessen lachte er schallend.

»Euer Mut gefällt mir, Mädchen. Das habe ich auch meinem Gefolgsmann gesagt, als ich ihn aussandte, um – einem gewissen irregeleiteten, groß angelegten Komplott ein Ende zu machen. Ein Geist wie der Eure sollte nicht vernichtet werden.«

Indem er dies sagte, nickte er und setzte sein Pferd in Trab. Sein großes Gefolge schloß sich ihm an. Sie sah den Davonreitenden noch einen Augenblick lang nach, dann fühlte sie, ohne eine Berührung zu spüren, daß Wulfric wieder hinter ihr stand. Sie hatte sich nicht getäuscht, denn er legte ihr nun den Arm um die Schulter und geleitete sie in die Burg zurück.

Vorläufig sagte er nichts, und das würde er auch nicht tun, solange sie von so vielen Leuten umgeben waren. Doch sie erreichten als erste den großen Kamin, während alle anderen noch im Burghof herumstanden, und er würde die Angelegenheit nicht auf sich beruhen lassen.

Mit einem »Nun?« kam er gleich zur Sache.

»Ich denke, was auch immer hinter diesen Anschlägen auf mich gesteckt haben mag – und ich bin mir nicht mehr so sicher, daß es sich allein um eine Machenschaft König Johns gehandelt hat, auch wenn er davon wußte –, die Sache ist abgeblasen worden«, erzählte sie ihm und wärmte ihre Hände am Feuer. »Soviel jedenfalls hat er mir in Andeutungen zu verstehen gegeben.«

»Bist du sicher?«

»Ich könnte ihn auch mißverstanden haben, aber das bezweifle ich, denn er hat mich auch davor gewarnt, mit irgendwem darüber zu sprechen. Es ist vorbei, soweit es ihn betrifft.«

Wulfric seufzte, und sie hörte Erleichterung darin. Sie wußte, warum sie selbst erleichtert war, aber über ihn wunderte sie sich und sah ihn neugierig an. Eine Frage nahm in ihrem Kopf Gestalt an und ließ sie nicht mehr los. Bislang hätte sie nicht im Traum daran gedacht, danach zu fragen, aber nach der vergangenen Nacht – nach diesem Seufzen – sie mußte es wissen …

Also fragte sie ihn: »Wäre es für dich nicht viel besser gewesen, wenn König John, oder wer auch immer dahinter gesteckt haben mag, Erfolg gehabt hätte, bevor wir miteinander getraut wurden? Warum hast du mich eigentlich so umsichtig beschützt? Wenn sie Erfolg gehabt hätten, könntest du … hättest du …«

Sie konnte nicht weitersprechen, denn außer sich vor Wut starrte er sie jetzt an. »Woher im Namen aller Heiligen hast du diese verrückten Ideen? Glaubst du wirklich, ich könnte aus irgendeinem Grund wünschen, daß dir ein Leid geschieht? Und was für einen Grund könnte es geben …?«

»Es gab einen ganz offensichtlichen Grund«, unterbrach sie ihn schroff. Sie war verärgert, daß er an einer logischen Frage solchen Anstoß nahm – unter den gegebenen Umständen. »Nämlich den, daß du lieber eine andere geheiratet hättest, und zwar die Frau, die du liebst.«

Aus seinem Blick sprach Bestürzung. Anders konnte man das, was kurz an die Stelle seines Zorns trat, nicht beschreiben. Dann aber schwand die Bestürzung, und die Wut kehrte zurück, wenn auch nicht ganz so stark wie zuvor. Zumindest war sein Ton nicht mehr so heftig, allerdings schneidend genug, um sie zu verletzen.

»Falls du auf diese alberne Bemerkung anspielst, die ich als Antwort auf deine Erklärung, *du* liebtest einen anderen, von mir gegeben habe, dann bist du offenbar noch viel schwerer von Begriff, als ich es war. Dein gesunder Menschenverstand hätte dir doch inzwischen sagen müssen, daß es nur hohle Worte waren. Oder benehme ich mich etwa wie ein Mann, der sich nach einer anderen Frau verzehrt? Wahrlich, falls ich das tue, solltest du mir auf der Stelle sagen, woran du das abzulesen glaubst, damit ich mein Verhalten berichtigen kann, denn es gibt keine andere Frau!«

Mit diesen Worten stolzierte er erhobenen Hauptes davon. Milisant bemerkte sein Fortgehen kaum, so verwirrt war sie.

Er liebte keine andere? Das war nichts weiter als eine Retourkutsche gewesen? Aber – was sollte sie nun von ihm halten? Daß er eine andere liebte, war einer ihrer entscheidendsten Vorbehalte gegen ihn gewesen. Diese Annahme hatte sie davon abgehalten, die Vorschläge ihrer Schwester, auf welche Weise sie ihre übrigen Vorbehalte gegen ihn überwinden könnte, überhaupt in Betracht zu ziehen. Wenn er keine andere liebte, war er frei, um – sie zu lieben. Eine Wärmewelle durchflutete sie, die mit dem nahen Feuer ganz und gar nichts zu tun hatte. Sie lächelte.

48

An diesem Abend beobachtete Milisant Wulfric eingehend, sowohl während des Essens als auch danach. Er war noch immer beleidigt, auch wenn dies für einen unbeteiligten Beobachter nicht erkennbar war, denn er bemühte sich, einen anderen Eindruck zu erwecken.

Milisant wußte es jedoch besser und konnte es deutlich spüren. Er kochte noch immer vor Wut, und sie war gleichfalls noch immer reichlich verwirrt. Was er ihr enthüllt hatte, war ihr den ganzen Tag lang nicht aus dem Kopf gegangen, und sie konnte nicht aufhören, darüber nachzudenken, welche ungeahnten Möglichkeiten sich ihr nun eröffneten.

Einen Großteil des Nachmittags hatte sie damit verbracht, mit Roland zu plaudern und in Erinnerungen an ihre gemeinsame Zeit in Fulbray zu schwelgen. Seine Eltern und er würden am nächsten Tag abreisen, so daß sie die kurze Zeit, die ihr mit ihrem alten Freund noch vergönnt war, weidlich ausnutzte.

Natürlich sprach sie mit ihm nicht über das, was sie im Augenblick am meisten beschäftigte, aber es gelang ihr an diesem Nachmittag, auch ein paar Minuten lang mit Jhone allein zu sein, und mit ihr konnte sie über alles sprechen.

Zu dem Thema, das Jhone am meisten bewegte, mußte sie nicht viel sagen. Auf Jhones Frage hin: »Nun, wie hat es dir gefallen?« lief Milisant, wie so oft an diesem Tag, rot an, und das genügte, um Jhone zufriedenzustellen. Sie freute sich für Milisant, ohne daß weitere Einzelheiten erörtert werden mußten.

Jhone hatte allerdings noch andere Sorgen und wollte wissen: »Glaubst du, daß du nun hier leben kannst, ohne zu verzweifeln?«

»Ich denke, das wird davon abhängen, in welchem Zimmer ich mich aufhalte«, antwortete Milisant kichernd.

»Wie sollte das ...«

»Denk dir nichts, ich habe nur einen Scherz gemacht. Wirklich, ich habe etwas erfahren, was mir das Leben hier erleichtern könnte.«

»Was?«

»Er liebt *keine* andere.«

»Aber das sind ja wunderbare Nachrichten!« rief Jhone hocherfreut aus. »Wahrlich, das bedeutet, daß Wulfric dich sicher bald lieben wird – wenn er es nicht jetzt schon tut.«

»Jetzt schon?« Milisant prustete in Anbetracht dieser weit hergeholten Möglichkeit. »Es gibt schließlich auch noch andere Gründe, warum er mich nicht mag. Oder hast du vergessen, wie viele Jahre er gebraucht hat, um meine Hand zu fordern? Und als er in Dunburh ankam, war er alles andere als froh. Er gab sogar zu, daß er versucht hatte, die Verlobung auflösen zu lassen. Wenn das nicht deshalb geschah, weil er eine andere liebte, warum hat ihn dann die Vorstellung, mich heiraten zu müssen, derart aufgebracht?«

»Das ist doch Schnee von gestern und sollte jetzt keine Rolle mehr spielen. Jetzt ist vieles anders, Mili, weil er dich inzwischen kennengelernt hat. Ich habe ihn gestern beobachtet. Er schien ein durch und durch glücklicher Bräutigam zu sein.«

»Es fällt ihm leicht, einen Eindruck zu erwecken, der mit seinen wirklichen Gefühlen nichts zu tun hat.«

»Weißt du denn, daß er immer noch unglücklich ist?«

Milisant zappelte wie ein Fisch an der Angel. »Nein, nicht genau, aber im Augenblick ist er über mich erzürnt.«

Jhone rollte mit den Augen. »Was hast du denn jetzt schon wieder angestellt?«

Auch Milisant verdrehte die Augen. »Ich habe ihn nur nach seiner großen Liebe gefragt. Er hat mich angeschnauzt, daß es nie eine große Liebe für ihn gegeben habe und daß mir das aufgrund seines Verhaltens doch hätte klar sein müssen. Als ob ich erraten könnte, daß er es nur gesagt hat, weil ich so etwas gesagt habe.«

»Habe ich dich nicht darauf hingewiesen, daß er möglicherweise genauso gelogen haben könnte wie du? Ich *wußte*, daß er nicht so wirkt wie ein Mann, der sich nach einer anderen verzehrt.«

Milisant zuckte bei dieser Wortwahl zusammen, da sie der seinen so ähnlich war, aber sie erwiderte nur: »Wie er wirkt, sagt in seinem Fall nicht allzuviel aus. Er kann sich auch absichtlich verstellen. Du warst bei unseren zahlreichen hitzigen Streitigkeiten nicht dabei. Es gab wirklich keine Anzeichen dafür, daß seine Behauptung eine Lüge war, wenn man einmal davon absieht, daß er mich gerne küßt. Unsere fortwährenden Wortgefechte haben seine Lüge untermauert.«

Jhone wurde jetzt genauso hartnäckig wie Milisant und vertrat wieder einen gegensätzlichen Standpunkt. »Oder sie haben das untermauert, was auch immer er gegen dich einzuwenden hat. Hast du ihn je gefragt, was ihn an dir stört?«

»Nein.«

»Das solltest du aber tun. Es könnte nebensächlich sein, auf einem Mißverständnis beruhen und ganz leicht aus der Welt zu räumen sein. Und was hast du sonst noch gegen ihn vorzubringen?«

»Du kennst die Antwort auf diese Frage«, brummte Milisant. »Er hat noch immer vor, jede meiner Handlungen zu kontrollieren.«

»Natürlich wird er das tun«, pflichtete Jhone ihr bei. »Immerhin ist er jetzt dein Ehemann. Aber es liegt an dir, ob du es einfach hinnehmen willst oder ob du versuchst, es durch Liebe in gemäßigte Bahnen zu lenken. Darauf habe ich dich doch schon hingewiesen. Auf welche Art und Weise glaubst du, die größeren Freiräume gewinnen zu können?«

An diesem Punkt wurden sie unterbrochen, und sie fanden keine weitere Gelegenheit, unter vier Augen miteinander zu sprechen. Dieses Gespräch gab Milisant jedoch einiges zu denken. Sich vorzustellen, daß Wulfric in sie verliebt sein könnte, war kein unangenehmer Gedanke. Aber da war immer noch sein anfänglicher Zorn darüber, daß er sie heiraten mußte.

Sie wußte nach wie vor nicht, warum er darüber zunächst so ungehalten gewesen war, doch war sie inzwischen neugierig genug, um das Thema an diesem Abend in ihrem gemeinsamen Schlafzimmer zur Sprache zu bringen. In ihrem gemeinsamen...

Ja, all ihre Habseligkeiten waren an diesem Tag ohne Vorankündigung in Wulfrics Zimmer gebracht worden – abgesehen von ihren Tieren. Die Tiere waren bei Jhone geblieben – auf Wulfrics Anordnung hin? Oder waren die Diener nur unschlüssig gewesen, ob sie die Tiere selbst hinüberbringen oder dies Milisant überlassen sollten? Rhiska konnte ziemlich furchteinflößend wirken, besonders auf einen Diener, der den Umgang mit Falken nicht gewöhnt war, und Knurrer konnte jeden einschüchtern, wenn er anfing zu knurren.

Als sie an diesem Abend hinaufging, um sich zurückzuziehen, war Wulfric noch nicht da. Sein letzter Befehl klang ihr noch in den Ohren, doch im Moment spielte das keine Rolle. Nicht sie war augenblicklich verärgert, sondern er. Und er war es noch immer. Das war offensichtlich, als er steifen Schrittes hereinkam, ein finsteres Gesicht machte und wortlos begann, sich zu entkleiden.

Innerlich schnaubte sie. Glaubte er denn, sie einfach nicht beachten zu können? Seine eigene Wut mit ins Bett nehmen zu können? Bitte schön, dann konnte sie ihre Frage ebensogut jetzt gleich loswerden, auch wenn er sich darüber womöglich genauso aufregen würde wie über die letzte.

Sie ging zu ihm hin und tippte ihm von hinten auf die Schulter. Als er sich umwandte, zog er fragend die Augenbrauen hoch. Sie hatte das starke Gefühl, daß er von ihr eine Entschuldigung erwartete. Dafür, daß er zugegeben hatte, sie belogen zu haben? Pah!

»Ich möchte unser Gespräch von vorhin zu Ende führen«, erklärte sie ihm.

»Es war zu Ende.«

»Für dich vielleicht, aber ich habe noch eine Frage, die einer Antwort bedarf. Wenn es keine andere Frau in deinem Leben gab – nein, unterbrich mich nicht, hör mir zu«, sagte sie, als er ihr ins Wort fallen wollte. »Wenn es keine andere gab, warum bist du dann so wutentbrannt nach Dunburh gekommen? Und versuch nur nicht, das zu leugnen. Du hättest bestimmt lieber eine andere geheiratet.«

»In meiner Erinnerung warst du ein wahrer Zankteufel, Weib. Und welcher Mann würde sich von einer Ehefrau nicht etwas anderes wünschen, als sich in einem fort mit ihren Wutanfällen abplagen zu müssen? Ich mag vielleicht sogar eine andere im Sinn gehabt haben, aber ich war nicht in sie verliebt.«

Mit dieser Antwort hätte sich Milisant zufriedengeben sollen, doch wie er sie beschrieben hatte, war wirklich erschütternd, und das entfachte ihren Zorn. Dennoch hatte sie keineswegs vergessen, worauf sie sich in der vergangenen Nacht geeinigt hatten. Also tat sie, was jeder getan hätte, der in einem bestimmten Raum solcherlei Einschränkungen unterlag. Sie nahm Wulfric bei der Hand und versuchte ihn aus dem Schlafzimmer zu ziehen.

Das ließ er sich jedoch nicht gefallen, und deshalb kam sie nicht weit, ehe er fragte: »Was hast du vor?«

»Ich will nach draußen gehen, um dieses Gespräch zu beenden«, entgegnete sie.

Als er verstand, was sie meinte, lachte er und zog sie an sich. »Nein, ich glaube, das ist nicht nötig.«

Sie stemmte sich gegen seine Brust, wenngleich ohne allzu großen Nachdruck. Sie wollte sich nicht wirklich aus dieser Umarmung lösen, die so feurig war, daß sie Erinnerungen an die vergangene Nacht weckte.

»Soll denn unsere Abmachung, allen Zorn draußen vor der Schlafzimmertüre zu lassen, nur für mich allein gelten?« fragte sie.

Er lächelte schief. »Nein, und ich danke dir, daß du mich darauf hingewiesen hast. Es war sowieso albern, daß ich mich so aufgeregt habe, und dieser Ärger ist es nicht wert, in einen neuen Tag mitgenommen zu werden.«

Seine Hände umschlossen ihre Wangen, seine Lippen näherten sich den ihren. »Ich hoffe, es geht dir ebenso wie mir.«

»Wie meinst du das?« fragte sie atemlos.

»Wenn du nicht weißt, was ich meine – dann läge es mir fern, dich daran erinnern zu wollen.«

49

Zwei Tage nach der Hochzeit waren alle Gäste abgereist, bis auf einen alten Grafen, der kundgetan hatte, noch eine Woche lang bleiben zu wollen. Das hätte Milisant nicht im mindesten gestört, wenn es nicht darum gegangen wäre, daß ihr Hausarrest noch nicht aufgehoben worden war und das, obwohl sie doch jetzt verheiratet war und obwohl Wulfric und sie zu dem Schluß gelangt waren, daß die drohende Gefahr für ihr Leben von König John persönlich »abgeblasen« worden war.

Milisant hatte es zumindest so aufgefaßt, als wären sie beide zu diesem Schluß gekommen. Als sie an diesem Tag jedoch Wulfric gegenüber das Thema anschnitt, erkannte sie, daß sie sich offenbar getäuscht haben mußte. Er sprach gerade davon, wie gut ihm die Fensternischen in Clydons großem Saal gefallen hatten, und fügte hinzu, daß er seinem Vater vorschlagen wollte, auch hier in Shefford solche bauen zu lassen. Sie hörte ihm kaum zu und fürchtete, die Antwort auf die Frage, die sie auf dem Herzen hatte, schon im voraus zu kennen.

An diesem Morgen hatte sie feststellen müssen, daß sie nach wie vor – wenn Lady Anne oder Wulfric nicht zur Verfügung standen – ins Sonnenzimmer gesperrt wurde. Sie hatte Roland auf Wiedersehen sagen wollen, war aber zu spät in den großen Saal gekommen und hatte daraufhin versucht, die Burg zu verlassen, um ihn wenigstens im Hof noch zu anzutreffen.

Wulfric war bereits in den Burghof gegangen und Lady Anne vermutlich auch, denn sie war sonst nirgends zu finden gewesen. Milisant aber hatte nicht hinausgehen dürfen. Als man sie allein im Saal gefunden hatte, war sie schnurstracks ins Sonnenzimmer gebracht und dort eingeschlossen worden, so wie es auch vor der Hochzeit üblich gewesen war.

Nun war es Nachmittag, und sie standen beide am großen Kamin, weit genug von Lady Anne und ihren Hofdamen entfernt, um in normaler Lautstärke vertraulich miteinander sprechen zu können.

Milisant wartete, bis Wulfric mit seinen Ausführungen fertig war. Sie hatte ihren Ärger in Zaum gehalten. Schließlich versuchte sie, den Frieden zwischen ihnen beiden zu wahren, denn dieser Frieden war wirklich angenehm. Aber was sie im Moment zu beklagen hatte, war zu gewichtig, um es unerwähnt zu lassen.

»Du hast wohl gar nicht daran gedacht, daß ich mich heute morgen gerne von Roland verabschiedet hätte?«

Er zog die Augenbrauen hoch. »Nachdem du gestern so viel Zeit mit ihm verbracht hast?«

Aus dieser Frage war ein winziger Funke Eifersucht herauszuhören, doch Milisant wollte darauf im Augenblick nicht eingehen. »Was hat das mit einer ganz normalen Geste der Höflichkeit zu tun?«

»Du hattest reichlich Zeit, ihm Lebewohl zu sagen, bevor die Fitz Hughs den großen Saal verließen«, zeigte er auf.

Sie knirschte mit den Zähnen, da er den Kern ihrer Beschwerde offenbar nicht erkannt hatte. »Selbst wenn es so gewesen wäre – was aber nicht der Fall war, weil ich dafür zu spät kam –, wäre ich doch gerne dabeigewesen, als sie zum Tor hinausritten. Das war mir aber leider nicht möglich. Statt dessen mußte ich feststellen, daß ich nach wie vor in dieses vermaledeite Sonnenzimmer gesperrt werde, wenn du oder deine Mutter nicht in der Nähe sind. Warum haben die Wachen mich dort hineingeworfen, obwohl …«

»Hineingeworfen?« unterbrach er sie mit halberstickter Stimme und ungläubigem Gesichtsausdruck.

»Hineingeschoben«, verbesserte sie sich.

»Geschoben? Sie haben Hand an dich gelegt?«

Jetzt knurrte sie. »Nein, ich will dir nur etwas deutlich machen, Wulfric. Hör auf mit dieser Wortklauberei. Sie bestanden darauf! Klingt das besser? Aber darum geht es gar nicht. Warum muß ich immer noch eingesperrt werden? Wir sind jetzt verheiratet. Ich bin außer Gefahr!

»Du bist so lange nicht außer Gefahr, bis ich mir dessen ganz sicher sein kann«, antwortete er förmlich. »Und solange wir Gäste hier haben, die mit einem großen Gefolge eigener Diener angereist sind, wird es hier allerhand Leute geben, die nicht leicht einzuordnen sind.«

»Und was soll geschehen, wenn neue Gäste eintreffen? Hast du dir darüber schon Gedanken gemacht? Soll ich dann für immer eingesperrt werden, wie ein Kind auf Abwegen?«

»Warum beharrst du darauf, es so zu betrachten? Es ist doch nur zu deinem eigenen Schutz.«

»Vielleicht, weil ich keinen Schutz mehr brauche! Vielleicht, weil wenigstens ich schlau genug bin, um zu erkennen, daß die Gefahr vorüber ist!«

Ihre letzten Worte beinhalteten ganz eindeutig eine Beleidigung, und zwar mit Absicht, so wütend war sie mit einem Mal. Und die Beleidigung hatte gesessen. Seine blauen Augen wurden sehr ernst, ein Muskel spannte sich sichtbar in seiner Wange, und seine Stimme klang jetzt ausgesprochen bedrohlich.

»Manchmal glaube ich, du willst mich bis zur Weißglut reizen, weil du hoffst, daß ich dich dann schlage und du mich anschließend dafür um so mehr hassen kannst. Mich dünkt, es wird Zeit, daß du bekommst, was du verdienst.«

Mit diesen Worten ergriff er ihre Hand, zerrte sie aus dem Saal, die Treppe hinauf, geradewegs in ihr Schlafzimmer, und knallte dort die Tür hinter sich zu. Sie hatte kein einziges Mal versucht, ihn aufzuhalten, weil sie viel zu schockiert war, daß ein paar harte Worte zwischen ihnen zu einem solchen Ergebnis führen sollten. Aber sie hatte ja gewußt, daß es irgendwann einmal so weit kommen und sie ihn dafür verabscheuen würde. Von so einem brutalen Kerl wie ihm hatte sie nichts anderes erwartet! Und weil sie gewußt hatte, was von ihm zu erwarten war, hatte sie ihn ja auch nicht heiraten wollen! *Aber schon so bald nach der Hochzeit?*

Als sie noch immer keine Schläge spürte, zwang sie sich, ihn anzusehen. Sie standen in der Mitte des Raumes. Er hielt ihre Hand fest und starrte sie an. Sein Gesichtsausdruck war undurchdringlich geworden. Sie selbst war bis zum Zerreißen angespannt.

»Worauf wartest du?« fragte sie trotzig. »Willst du mich nun schlagen oder nicht?«

Wulfric antwortete zunächst nicht, dann aber seufzte er: »Die Frage ist weniger, ob ich es will, sondern vielmehr, ob ich es kann, und ich kann es nicht.«

»Wieso?«

»Ich würde mir eher selbst die Hand abhacken, als dir nur das geringste Leid zuzufügen, Milisant.«

Sie starrte ihn mit weit aufgerissenen Augen an. Dann fing sie an zu weinen. Seine Worte hatten sie so tief berührt, daß es ihrem Herzen einen Stich versetzt hatte. Noch nie in ihrem ganzen Leben hatte jemand etwas so – Liebevolles und Zärtliches und ganz und gar nicht Brutales zu ihr gesagt. Und das von einem Grobian wie ihm?

»Hättest du doch nur auch so empfunden, als du noch ein Knabe warst«, flüsterte sie mit zaghafter, bebender Stimme.

»Inwiefern soll ich damals anders empfunden haben? Ich habe dir niemals weh getan, Milisant. Ich habe einmal sogar eine heftige Tracht Prügel einstecken müssen, um dir *nicht* weh zu tun.«

Da runzelte sie die Stirn und wischte sich die Tränen aus den Augen. Es war ihr peinlich, daß sie geweint hatte, aber seine letzten Worte verwirrten sie so sehr, daß sie fragte: »Wann soll das gewesen sein? Ich kann mich nicht erinnern, dir mehr als einmal begegnet zu sein, als wir noch Kinder waren.«

Er lächelte traurig. »Ja, und du mußt zugeben, daß keiner von uns diese Begegnung jemals vergessen hat. Ich möchte mich nachträglich dafür entschuldigen, daß ich an jenem Tag versehentlich deinen Falken getötet habe. Ich habe es erst unlängst von meiner Mutter erfahren. Damals war mir nicht klar, daß der Vogel tot war. Das war ganz bestimmt nicht meine Absicht. Ich wollte ihn nur abschütteln, nachdem du ihn auf mich gehetzt hattest.«

Er entschuldigte sich zwar für den Tod des Falken, jedoch nicht dafür, daß er sie selbst bei diesem Zwischenfall beinahe zum Krüppel gemacht hatte. Aber von ihrem gebrochenen Fuß hatte er natürlich nicht gewußt. Niemand hatte etwas davon erfahren. Doch immerhin hatte er sie brutal von sich weggestoßen und dadurch den Knöchelbruch verursacht. Glaubte er denn, ihr bei dieser Gelegenheit nicht weh getan zu haben?

Sie konnte die alte Verbitterung aus ihrer Stimme nicht ganz fernhalten, als sie zumindest einen Teil seiner Darstellung berichtigte: »Ich habe Rhiska nicht auf dich gehetzt.«

»Aber sicher hast du das getan.«

»Nein, ich wollte ihn auf seine Stange zurücksetzen und einen Wachposten herbeordern, um dich loszuwerden, weil du auf mein Geheiß hin nicht fortgegangen bist. Er hat dich von selbst angegriffen, als er meine Wut spürte. Ich hatte ihn gerade erst gezähmt, und er war noch nicht abgerichtet, so daß ich ihn auch nicht zurückrufen konnte. Ich bin auf dich zugegangen, um ihn von dir loszumachen, aber da hattest du ihn schon abgeschüttelt und getötet.«

»Ich wußte nicht, daß er tot war, Milisant! Sonst hätte ich auf der Stelle versucht, das wiedergutzumachen. Ich nehme an, du bist aus Schmerz über diesen Verlust so erbittert auf mich losgegangen? Oder war es aus Wut darüber zu hören, daß wir heiraten würden? Und warum hat dich das damals so aufgebracht?«

Diese Erinnerungen waren alles andere als angenehm, aber Wulfrics letzte Frage bezog sich noch auf das kleinste Übel damals, so daß sie zumindest dies erklären wollte: »Ein Mann aus dem Dorf hatte in jener Woche seine Frau zu Tode geprügelt. Das allgemeine Echo darauf war, daß sie es wohl verdient haben mußte. Daß es nicht von großer Bedeutung war. Daß er sich nun darum Sorgen machen mußte, wer ihm sein Essen kocht. Sie war tot, und jetzt mußte der arme Kerl doch tatsächlich selbst für sich kochen!«

»Die Leute im Dorf haben andere Sorgen als unsereins«, sagte Wulfric. »Was für sie von Bedeutung ist oder nicht, hat mit dem, was dir und mir wichtig wäre, überhaupt nichts zu tun.«

»Mag sein, aber ich war über dieses Echo so entsetzt, daß ich mir an Ort und Stelle geschworen habe, selbst niemals zu heiraten. Zu diesem Zeitpunkt hatte ich von unserer Verlobung noch nichts gehört und wußte deshalb auch nicht, daß mir die Entscheidung längst abgenommen worden war. Und dann kamst du und hast behauptet, du würdest mein Ehemann werden.«

»Wahrlich, das erklärt, warum du so wütend geworden bist. Mir war nicht klar, daß man dir von der Verlobung nichts gesagt hatte. Ich wußte davon und ging demzufolge davon aus, du wüßtest es auch.«

»Mein Vater war damals über den Tod meiner Mutter noch immer so untröstlich, daß er gar nicht daran dachte, mit mir über solche Dinge zu sprechen. Erst zwei Jahre später hat er es mir gesagt, und es dauerte dann noch einmal zwei Jahre, bis ich überhaupt erfahren habe, wer du bist. An jenem Tag warst du für mich nichts als ein Eindringling, der an diesem Ort nichts zu suchen hatte. Ein völlig Fremder, der behauptet hat, er werde mich heiraten. Ein Fremder, der meinen Falken getötet und der mir selbst …«

»Was?«

Diese Frage kam in einem ungünstigen Moment. Die Erinnerung erdrückte Milisant fast, und sie konnte sich nicht länger zurückhalten.

»Solche Schmerzen bereitet hat! Und drei Monate lang die entsetzliche Angst davor, ein Krüppel zu sein!«

»Ein Krüppel?«

»Du hast ja nicht nachgesehen, was mit mir geschehen war, nachdem du mich weggestoßen hattest. Du bist einfach fortgegangen.«

»Was war denn mit dir geschehen?«

»Ich hatte mir den Fuß gebrochen. Den Knöchel habe ich selbst wieder eingerenkt. Keine Ahnung, warum, aber die Vorstellung, zum Krüppel zu werden, hat mich so in Angst und Schrecken versetzt, daß ich gar nicht wußte, was ich tat. Ich konnte nicht weinen, konnte nicht schreien, konnte keinen Laut von mir geben.«

Er zog sie heran, schloß sie in seine Arme und drückte sie fest an sich. Alle Farbe war aus seinem Gesicht gewichen. Das hatte sie gerade noch wahrgenommen, ehe er ihr Gesicht an seiner Brust vergrub.

»*Herr im Himmel*«, flüsterte er mit belegter Stimme. »Kein Wunder, daß du mich gehaßt hast. Aber ich hatte damals keine andere Wahl, Milisant. Es schien mir die einzige Möglichkeit zu sein, dich abzuwehren. Ich habe so gehandelt, um dir Leid zu ersparen, und nicht, um es zu verursachen!«

»Willst du mir etwa weismachen, ein kleines Mädchen wäre für dich ein ernstzunehmender Gegner gewesen? Hätte dir keine andere Wahl gelassen? Ich mag zwar aus Verzweiflung von Sinnen gewesen sein und kaum gewußt haben, was ich tat, aber du warst selbst damals schon groß, Wulfric, groß und kräftig. Wie hätte ich dir keine andere Wahl lassen sollen, als mich gewaltsam von dir zu stoßen?«

»Möchtest du die Zahnabdrücke sehen, die du auf der Innenseite meines Oberschenkels hinterlassen hast? Du hast mich so fest gebissen, daß davon Narben zurückgeblieben sind. Damals habe ich das allerdings kaum wahrgenommen, denn nachdem du mich durch einen Faustschlag in den Unterleib beinahe entmannt hättest, war jeder andere Schmerz im Vergleich dazu in den Hintergrund getreten. Außerdem hatte mir dein Falke einen ganzen Fetzen aus der Hand gehackt. Willst du auch diese Narbe sehen? Also konnte ich dich mit dieser Hand nicht von mir fernhalten. Nach deinem letzten Treffer war ich in die Knie gegangen, und du hast mir mit deinen Fingernägeln das Gesicht blutig gekratzt. Ja, ich hatte in der Tat das Gefühl, dich abwehren zu müssen. Du hast mir wirklich keine andere Wahl gelassen. Aber anstatt dich zu schlagen, um dir Einhalt zu gebieten – was die einfachste Lösung gewesen wäre –, habe ich dich nur von mir weggestoßen, weil ich dich schonen wollte. Mein Gott, es tut mir so leid, daß ich damit genau das Gegenteil erreicht habe.«

Milisant sagte nichts. Sie versuchte, seine Schilderung in sich aufzunehmen, um sich ein Bild davon zu machen, wie er das Ganze erlebt hatte. Dann verglich sie dieses Bild mit all dem, was sie inzwischen über ihn wußte – und schließlich wurde ihr klar, und zwar ohne jeden Zweifel, daß er die Wahrheit sagte. Er hatte ihr tatsächlich nicht weh tun wollen. Es war einfach nur Pech gewesen, daß sie so unglücklich gestürzt war. Es war ein schrecklicher Unfall gewesen, aber nichtsdestotrotz ein Unfall.

Wulfric drückte sie so fest an sich, daß sie kaum Luft bekam, geschweige denn sprechen konnte. Im Augenblick war er noch mehr außer sich als sie selbst. Seltsamerweise verspürte sie das Verlangen, ihn zu beruhigen. Das kam natürlich nicht in Frage, aber …

»All das habe ich getan?« fragte sie schließlich.

»Das hast du.«

»Gut so.«

Er erstarrte. Dann rückte er ein Stück weit von ihr ab, besah forschend ihr störrisches Gesicht und – fing an zu lachen. Aus irgendeinem Grund fing sie ebenfalls an zu lachen.

Es tat gut, als die Beklemmung in ihrer Brust von ihr wich. Als sie wieder tief durchatmen konnte, wurde ihr klar, daß die Erinnerung an jenen Tag nie wieder seelischen Schmerz in ihr hervorrufen würde. Und das hatte sie Wulfric zu verdanken. Welch unglaubliche Ironie des Schicksals!

50

»Hol deinen Bogen!«

Milisant wandte sich Wulfric zu, um zu sehen, wen er gemeint hatte. Diese Aufforderung hatte gewiß nicht ihr gegolten. Doch er schaute *sie* an, und sie hatte offenbar richtig gehört, war jedoch argwöhnisch genug, um zu fragen: »Wieso? Er gäbe kein gutes Feuerholz ab, das kannst du mir glauben.«

Er lachte. »Weil ich Lust habe, auf die Jagd zu gehen, und ich dachte, du würdest mich vielleicht gerne begleiten.«

Ungläubig starrte sie ihn an. Sie hatten das Mittagessen beendet und saßen noch am Tisch, lange nachdem die meisten anderen gegangen waren. Er war den ganzen Tag über recht ausgelassen gewesen, ja eigentlich schon seit gestern nachmittag, seitdem all die Mißverständnisse, die zwischen ihnen gestanden hatten, endlich ausgeräumt worden waren. Von diesem Moment an war er ihr kaum noch von der Seite gewichen, und sie stellte fest, daß sie überhaupt nichts dagegen hatte.

Sie mußte die Schlußfolgerungen, zu denen sie gestern gelangt war, erst noch vollständig verarbeiten. Es erstaunte sie, daß sie nun keine weiteren ernsthaften Vorbehalte gegen Wulfric hatte, und sie war sich noch nicht ganz schlüssig geworden, was dies alles nach sich ziehen würde. Es gab immer noch einige Punkte, über die sie nicht gerade hocherfreut war, aber die waren kaum der Rede wert. Außerdem genoß sie es, sich zur Abwechslung einmal nicht über irgend etwas ärgern zu müssen, sondern sich an seiner Gegenwart zu freuen und an der Art, wie er sie neckte, der Art, wie er…

Als ihr dieser Gedanke durch den Kopf ging, kam sie nicht umhin, ihn zu fragen: »Du nimmst mich doch nicht auf den Arm, oder? Verstehst du es wirklich, mit Pfeil und Bogen zu jagen?«

»Warum sollte ich nicht?«

»Weil die Falkenjagd schon so lange als die vornehmste Art zu jagen gilt, daß viele Lords, selbst wenn man ihnen einen Bogen in die Hand drückte, gar nicht wüßten, was sie damit anfangen sollten.«

Er gluckste. »Ich versichere dir, daß ich nicht zu dieser Sorte gehöre, Mili. Wahrlich, ebenso wie du ziehe ich es auf der Jagd vor, meine eigenen Fertigkeiten unter Beweis zu stellen. Und deren besitze ich manche, die es nicht erfordern, ein Schwert zu heben.«

»Einschließlich Bogenschießen?«

»Ja. Nun, worauf wartest du noch? Und zieh etwas – Passendes an für die Jagd.«

Er forderte sie auf, ihre Beinkleider anzuziehen? Sie konnte es kaum glauben – aber sie würde ihm keine Gelegenheit geben, seine Meinung zu ändern. In der Tat warf sie so rasch ihre Beine über die Bank, daß ihre Röcke auf der anderen Seite hängenblieben und sie beinahe kopfüber zu Boden gestürzt wäre, als sie das Gleichgewicht verlor. Wulfric fing sie jedoch behende auf und stützte sie, bis sie ihre Röcke über die Bank zerren konnte.

Er lachte nicht, wie es vielleicht zu erwarten gewesen wäre. Doch sie hörte ihren Vater in der Nähe lachen und fragte sich, ob *er* Wulfric womöglich auf den Gedanken gebracht hatte, mit ihr auf die Jagd zu gehen. Im Grunde kümmerte es sie jedoch nicht, wessen Idee es gewesen war. Daß Wulfric überhaupt dazu bereit war, fand sie erstaunlich genug.

Auf der Treppe stieß Milisant mit Jhone zusammen und hätte sie in der Eile beinahe umgerannt. Sie packte ihre Hand und zog sie hinter sich her, nicht bereit, auch nur einen

Moment lang stehenzubleiben, um mit ihr zu sprechen. Und doch wollte sie ihre Begeisterung mit ihrer Schwester teilen.

»Wohin so eilig?« keuchte Jhone, als sie in Milisants Zimmer angelangt waren, wo diese schnurstracks zu ihrer Truhe ging und anfing, alle möglichen Kleider herauszuwerfen. »Du hast jetzt wohl endgültig den Verstand verloren, wie?«

»Wulfric geht mit mir auf die Jagd!«

Das erklärte eigentlich alles, jedenfalls für Milisants Begriffe, aber Jhone fragte: »Und?«

»Ich hatte befürchtet, nie wieder zur Jagd gehen zu können – zumindest nicht so, wie es mir Freude macht. Und jetzt kommt er, schon zwei Tage nach unserer Trauung, und geht mit mir jagen! Verstehst du nicht, was das bedeutet?«

»Doch, natürlich«, antwortete Jhone süffisant. »Die Frage ist nur, ob du es auch verstehst?«

Milisant kicherte, als sie aus ihrem unbequemen Bliaud und der Bluse schlüpfte. »Bestimmt willst du mir jetzt erzählen: ›Ich habe es dir ja gesagt!‹ Das ist eine schlechte Angewohnheit von dir, Jhone, immer recht haben zu müssen – und damit auch noch anzugeben.«

Jhone prustete. »Ich gebe nicht an – bist du sicher, daß du *das* anziehen solltest?«

Milisant hatte nach ihren Beinkleidern gegriffen. Sie hielt einen Moment lang inne und grinste ihre Schwester an. »Ja, er will es so.«

Jhone rollte die Augen, doch sie kam herüber, um Milisant mit der Kreuzschnürung zu helfen, ein weites Obergewand dazu herauszusuchen und zu fragen: »Hat er dir schon gesagt, daß er dich liebt?«

»Bisher nicht.«

»Dann tut er es vielleicht heute.«

»Meinst du?«

»Ich?« Jhone prustete wieder. »Was kann ich schon wissen, nachdem ich doch so selten recht habe?«

Milisant lachte, umarmte ihre Schwester, schnappte sich ihren Bogen sowie einen Köcher mit Pfeilen und rannte zur Tür hinaus.

Jhone rief ihr nach: »Warte! Du hast deinen Umhang vergessen! Es ist immer noch Winter, falls du es nicht gemerkt hast!« Und dann, nachdem Milisant nicht zurückkam, sagte sie lächelnd zu sich selbst: »Macht nichts. Ich bezweifle, daß er dich frieren läßt!«

Milisant war seit Jahren nicht so aufgeregt gewesen – und so glücklich. Man sah es ihr an. Sie konnte es nicht verbergen. Und der Mann neben ihr strahlte ebenfalls über das ganze Gesicht, so als ob er für ihren Jubel verantwortlich wäre – und das war er ja auch. Wer hätte das gedacht?

Als er vor einem Monat ihretwegen nach Dunburh gekommen war, hatte sie geglaubt, die Welt würde untergehen. Nichts käme jemals wieder in Ordnung, es sei denn, sie könnte es irgendwie umgehen, Wulfric de Thorpe zu heiraten. Und nun, da er ihr Ehemann und Liebhaber geworden war, hatte sie auf einmal überhaupt nichts mehr daran auszusetzen. Ganz im Gegenteil. Sie war glücklich. Sie war froh, mit ihm zusammenzusein. In seinem Bemühen, ihr Freude zu bereiten, schien er ein ganz anderer geworden zu sein.

Liebte er sie denn? Wie Jhone war sie mittlerweile geneigt, dies anzunehmen. Sie mußte es nur noch aus seinem Munde hören, um ganz sicher zu sein. Und wenn er es ihr sagte? Sollte sie dann lügen und ihm dasselbe sagen, damit es ihn glücklich machte?

Seiner Liebe bedurfte es, wie Jhone betont hatte, um ihr die Freiheiten zu gewähren, nach denen sie sich so sehnte. Der heutige Tag war der beste Beweis dafür. Aber was ihre eigenen Gefühle betraf... Sie war glücklich, das ließ sich nicht leugnen. Er gefiel ihr inzwischen. Ob ihm das genügen würde? Oder würde er als Gegenleistung auch ihre Liebe verlangen? Würde das für ihn überhaupt eine Rolle spielen, solange sie so glänzend miteinander auskamen wie zur Zeit?

Sie ging ihm voraus durch den Wald. Die Pferde hatten sie ein Stück weiter hinten zurückgelassen. Milisant hatte befürchtet, Wulfric würde zuviel Lärm machen und alles Wild verscheuchen, weil er so groß war, aber er überraschte sie. Seine Schritte waren für ihre Ohren kaum wahrnehmbar. Und dann hörte sie den Pfeil zischen.

Sie wandte sich um und sah, wie er den Bogen senkte. Als sie der Richtung seines Blickes folgte, fand sie eine Taube am Boden liegen. Sie strahlte ihn an und fragte sich, ob er sie aus freiem Flug geschossen hatte. Dann gesellte sie sich zu ihm, um die Beute aufzulesen.

»Kannst du sie rupfen?« fragte sie, als sie erkannte, daß es ein schöner, mittelgroßer Vogel war. »Frisch gebraten würde sie bestimmt gut schmecken.«

»Ich?« Er sah auf den Vogel nieder und lachte. Das war Antwort genug. »Wie ist es mit dir? Kannst du sie rupfen?«

»Ich habe es noch nie versucht«, gab sie zu. »Ich habe meine Beute zum Essen stets nach Hause gebracht.«

Er nickte und steckte die Taube in einen Beutel, den er an seinem Gürtel befestigt hatte. »Wir können ja nächstes Mal einen Küchenjungen mitnehmen, wenn du bei der Jagd essen möchtest. Du hast recht, eine über einem Lagerfeuer frisch gebratene Taube wäre im Augenblick wirklich verlockend.«

Nächstes Mal …

Sie freute sich so sehr zu hören, daß es ein nächstes Mal geben würde, daß sie ihn hätte küssen können. Dann wurde sie still und sah ihn lange an, denn ihr fiel ein, daß es eigentlich nichts gab, was sie davon abhielt. Also tat sie es.

Er reagierte umgehend, indem er sie an sich zog und ihren Kuß erwiderte. Der Beutel war zu Boden gefallen und sein Bogen ebenfalls. Einen Augenblick später hielt er inne und sah sie voller Zärtlichkeit an. Seine Hand ruhte dabei ebenso zärtlich auf ihrer Wange.

Die Augen groß vor Erstaunen sah auch sie ihn an und fragte mit nicht weniger erstaunter Stimme: »Du liebst mich?«

»Hast du so lange gebraucht, um das zu begreifen?«

»Ja.« Sie errötete leicht. »Ich hatte so viel anderes im Kopf.«

Er nickte und lächelte. »Wir wollen hoffen, daß dich diese anderen Dinge in Zukunft nicht mehr ablenken und deine Gedanken von nun an mehr bei Dingen verweilen – wie dem hier.«

Er küßte sie erneut. Die Temperaturunterschiede waren deutlich zu spüren. Seine Nase rieb sich kalt an der ihren, seine Hände waren warm und seine Lippen geradezu heiß. Die übrige bloßliegende Haut war kühl, erwärmte sich jedoch rasch. Milisant kam der Gedanke, daß sie bestimmt bald anfingen zu dampfen, wenn sie so weitermachten …

Da hörte sie den Schlag, ein lautes Klatschen, und spürte, wie Wulfric vornüber kippte. Er fiel und riß sie mit sich, landete auf ihr und dann – völlige Stille. Sie war noch bei Sinnen, auch wenn ihr der Sturz zunächst den Atem raubte. Als sie wieder atmen konnte, bekam sie immer noch kaum Luft, weil sein Gewicht so schwer auf ihr lastete.

Auf einmal fiel ihr auf, daß er viel zu still lag, unnatürlich still. Und in demselben Augenblick fühlte sie warmes Blut von seinem Hinterkopf auf ihren Hals tropfen.

Ein Schrei begann sich in ihrer Kehle zu bilden, da wurde Wulfric von ihr heruntergezogen. Sie selbst wurde auf die Beine gerissen, noch ehe sie einen Laut von sich geben konnte. Voller Entsetzen starrte sie auf Wulfric hinab. Er blutete, war blasser als je zuvor, und soweit sie sehen konnte, atmete er nicht. Dann starrte sie den Mann an, der ihr Handgelenk mit eisernem Griff umklammerte. In der anderen Hand hielt er einen dicken Ast, beinahe so groß wie ein kleiner Baumstamm, mit dem er Wulfric niedergeschlagen hatte.

»Herr im Himmel, seid Ihr verrückt?« keuchte sie bestürzt.

»Nein«, sagte der Mann und grinste sie an. »Ich bin ein Glückspilz.«

Sie verstand nicht, was er meinte, ganz und gar nicht. Aber als er hinzufügte: »Kommt mit, Lady. Unser Zusammentreffen ist schon lange überfällig!« – da verstand sie es doch.

51

Milisant hatte nicht sehen können, wohin sie gebracht wurde. Tränen hatten ihre Sicht getrübt, und da ihre Hände auf dem Rücken gefesselt waren, war sie nicht imstande gewesen, sich die Augen trocken zu wischen. Als sie wieder halbwegs klar sehen konnte, fand sie sich im Inneren einer strohgedeckten Hütte wieder.

Diese Behausung hätte mitten im Dorf stehen können, an dessen Rand oder ganz einsam im Wald – sie hätte es nicht zu sagen gewußt. Ein altes Ehepaar lebte hier. Die Frau war zusammengeschlagen worden und lag halb tot in der Ecke. Der Mann saß neben ihr auf dem mit Binsen bedeckten Boden, unverletzt, aber völlig verängstigt.

Aus einer Bemerkung, die sie gehört hatte, folgerte Milisant, daß der alte Mann unerwartete Besucher abwimmeln sollte. Seine Frau war verprügelt worden, um ihn zur Mithilfe zu bewegen und damit er sich Mühe gab, so zu tun, als sei alles in Ordnung.

Die Hütte war nicht groß. Sie bestand nur aus einem Raum und war überfüllt, weil auch noch andere Leute dort waren. Abgesehen von dem Mann, der sie hergebracht hatte, waren da noch zwei Kerle und diese Frau, die sie für eine Hure gehalten und von der sie angenommen hatte, Wulfric habe mit ihr herumgetändelt.

Ihre Stimme war die erste, die Milisant hörte, als sie unsanft in die Hütte geschubst wurde. »Na endlich! Kann ich jetzt nach London zurück? Ich habe hier sowieso nicht viel ausrichten können, seit dieser Lord mich aufs Korn genommen hat!«

»Du stellst dein Licht unter den Scheffel, Nel. Du hast auch noch andere Talente, als Leute zu vergiften«, antwortete der Mann hinter Milisants Rücken.

»Ja, Ellery, aber du hast ja keinen Wert darauf gelegt«, schniefte sie verstimmt.

Ellery lachte sie aus. »Alger und Cuthred haben dich sehr zu schätzen gewußt. Du hast ihnen die Wartezeit aufs beste versüßt.«

»In der Tat«, sagte einer der anderen Männer, der am Tisch saß und versuchte, Nel auf seinen Schoß zu ziehen. Sie schlug seine Hand jedoch weg.

»Aber ja«, fuhr Ellery fort, »du kannst jetzt gehen. Paß nur auf, daß niemand dich sieht!«

»Meinst du, ich wollte diesen Lord noch einmal am Hals haben? Ich hatte so eine gute Tarnung, nachdem ich diesen Dörfler soweit bearbeitet hatte. Aber als dieser Lord anfing, unangenehme Fragen zu stellen, war alles vorbei. Ich habe noch Glück gehabt, daß ich mit heiler Haut davongekommen bin. Die Leute hier in der Gegend sind einfach zu argwöhnisch.«

»Aber es nützt ihnen nichts«, sagte Ellery mit selbstgefälligem Triumph in der Stimme, »denn jetzt sind sie ihren hübschen kleinen Schatz los, und wir haben ihn.«

»Geduld zahlt sich eben aus«, sagte einer der anderen Männer. »So wie du gesagt hast, Ellery, und wie immer hast du recht gehabt.«

»Und Wachsamkeit!« krähte der andere Mann dazwischen. »Wo hast du sie eigentlich gefunden? War sie wieder auf der Jagd?« Die letzte Frage wurde von einem Kichern begleitet.

»So war es.«

Ein erstaunter Pfiff. »Ich hätte nicht gedacht, daß sie noch einmal so dumm wäre.«

»Man muß ihr zugute halten, daß sie diesmal nicht allein war«, berichtigte Ellery.

»Aha, also doch nicht ganz so dumm – aber immer noch zu dumm für einen wie dich, wie?« antwortete der andere lachend.

»Genau«, pflichtete Ellery bei. »Ich hätte allerdings eher eine neue Reise erwartet, so wie letztes Mal. Wenn sie einmal entfliehen konnte, hätte sie das auch ein zweites Mal tun können – deshalb habe ich ja weiterhin die Tore beobachtet. Ich war auf dem Weg zu meinem üblichen Ausguck, als ich sie im Wald entdeckte.«

Bezeichnenderweise fragte niemand danach, was mit Milisants Begleiter geschehen war. Offenbar waren die anderen davon überzeugt, daß Ellery sich um ihn gekümmert hatte, was für sie soviel bedeutete, daß er nicht mehr lebte.

Wieder stiegen Milisant die Tränen in die Augen. War er tot? Wenn sie nur Zeit gehabt hätte, um nach ihm zu sehen! Sie mußte das Schlimmste befürchten, denn es war nicht erkennbar gewesen, ob er noch atmete, und er hatte viel zu blaß ausgesehen – leichenblaß.

Es brach ihr beinahe das Herz, wie wenig Hoffnung ihr blieb, daß Wulfric diesen fürchterlichen Schlag auf den Kopf überlebt haben könnte. Erst jetzt wurde ihr klar, wie sehr sie ihn liebte. Doch nun war es zu spät. Er hatte sie nicht danach gefragt, aber, oh Gott, sie wünschte, sie hätte es ihm gesagt! Wünschte, er hätte es gehört, bevor er …

Ihre Tränen nahmen kein Ende und rannen in den Knebel, der ihre Wangen einschnürte.

»Wenn Ihr schreit, werde ich Euch sehr weh tun und Euch womöglich die Zunge herausschneiden. Es wäre mir lieber, wenn ich das nicht tun müßte. Lieber würde ich Eure liebliche Stimme hören, allerdings nicht zu laut. Haben wir uns verstanden?«

Ellery flüsterte ihr diese Worte leise ins Ohr, als er den Knebel aus ihrem Mund entfernte. Das Seil, mit dem er ihr die Hände gefesselt hatte, bevor er sie quer über den Rücken seines Pferdes warf, hatte er bereits während des Gespräches mit seinen Komplizen gelöst. Da sie in der Überzahl waren und die Tür verriegelt, war er wohl der Meinung, die Fesseln seien jetzt überflüssig.

Milisant schwieg und hoffte, das wäre ihm Antwort genug. Wenn sie das Gefühl hätte, es könnte etwas nützen, um Hilfe zu schreien, würde sie das auf jeden Fall tun, ungeachtet seiner Drohungen. Aber es wäre sicher nicht sinnvoll, ihm das zu sagen.

Nun wandte sie sich um und schaute ihn an. Sie hatte ihn bisher nicht näher betrachtet, weil sie zunächst vor lauter Entsetzen ihren Blick von Wulfric, der in seinem eigenen Blut auf dem Boden lag, nicht hatte abwenden können, und danach war sie von Weinkrämpfen geschüttelt worden und hatte überhaupt nichts mehr sehen können.

Überrascht stellte sie fest, daß er ein großer, auf seine Art gutaussehender Mann war. Auch Mörder konnten offenbar die unterschiedlichsten Gesichter haben.

Die beiden anderen Männer waren untersetzt und bärtig und sahen aus wie typische Söldner. Sie lachten und trieben ihre Späße miteinander, vielleicht stellten sie ihren Auftrag in Frage, vielleicht auch nicht. Dieser eine jedoch, dieser Ellery, war eindeutig aus anderem Holz geschnitzt und machte einen weitaus bedrohlicheren Eindruck.

Er wirkte auf sie wie jemand, für den es keinen Unterschied machte, ob er eine Fliege totschlug oder einem Baby den Hals aufschlitzte. Weder die eine noch die andere Tat würde in ihm ein Gefühl hervorrufen, das ihn davon abhalten könnte. Ein Mann ohne Gewissen, der mordete, verstümmelte, vergewaltigte und sich um die Gesetze des Landes einen Dreck scherte, weil er es sich leisten konnte. Insofern war er gefährlicher als ein durchschnittlicher Söldner und bei weitem gefährlicher als seine beiden Komplizen.

Cuthred und Alger beobachteten Milisant aufmerksam von dem wackligen Tisch in der Mitte des Raumes aus. Der alte Mann in der Ecke wagte offenbar nicht, zu ihr hinzusehen.

Nel stopfte einige verstreut herumliegende Sachen in einen Beutel. Sie wollte fort, und zwar so schnell wie möglich. Sie hätte Milisant also vergiften sollen? Wulfric hatte mit seiner Vermutung tatsächlich recht gehabt.

Allerdings konnte Milisant nicht verstehen, weshalb diese Leute immer noch hier waren und warum sie es immer noch auf sie abgesehen hatten – tot oder lebendig. Und sie mußte doch wohl annehmen, daß man sie umbringen wollte, wenn Nel eigens hierhergebracht worden war, um sie zu vergiften.

Hatte sie König Johns Andeutungen völlig falsch verstanden? Wenn dies nicht die Leute waren, die zurückgepfiffen werden sollten, wer dann? Oder hatte der Gefolgsmann des Königs sie nur noch nicht aufspüren können, um ihnen Bescheid zu sagen? *Herr im Himmel*, war Wulfric ganz umsonst gestorben, nur weil ein Bote sich verspätet hatte?

»Ihr habt Euch geirrt«, sagte sie heiser und mit belegter Stimme.

»So?« Ellery lächelte sie an. »Obwohl ich nie einen Fehler mache?«

»Hier habt Ihr einen Fehler gemacht!« beharrte sie. »Was auch immer Ihr vorhaben mögt, wißt Ihr denn noch nicht, daß der König die Sache abgeblasen hat? Er will nicht mehr, daß mir ein Leid geschieht.«

Daraufhin zuckte Ellery nur mit den Schultern und sagte: »Wir arbeiten nicht für den König.«

»Für wen dann?«

Da ging die Tür auf, und eine neue Stimme erklang: »Sie arbeiten für mich.«

52

Er war ein Lord oder ein reicher Kaufmann, zumindest seinem Gewand nach. Er trug Ringe und Ketten aus Gold, feine wollene Beinkleider und einen Rock aus dickem Samt. Stolz und überheblich stand er da, so als ob er erwartete, daß sich alle vor ihm verbeugten. Aus dem Blick, mit dem er Milisant bedachte, sprach Schadenfreude.

Aber Ellery ließ den augenscheinlichen Triumph dieses Mannes zerplatzen wie eine Seifenblase, als er mit unverhohlener Verachtung fragte: »De Roghton, wie schafft Ihr es bloß immer wieder, uns aufzuspüren?«

Der Lord versteifte sich. »Soll das etwa heißen, Ihr habt Euch absichtlich vor mir versteckt?«

»Ja, das heißt es wohl, was sonst?«

Glutrot schoß de Roghton die Farbe ins Gesicht und dies um so mehr, als er bemerkte, wie sehr es Milisant überraschte, daß er so mit sich reden ließ. »Und wie wollt Ihr zu Eurem Geld kommen, wenn ich nicht weiß, wo Ihr seid?« entgegnete er bissig.

Ellery schnaubte verächtlich. »Vielleicht, indem wir Euch ausfindig machen? Aber wie kommt es, daß Ihr gerade jetzt hier auftaucht, da wir die Frau endlich in Händen haben?«

»Vielleicht habe ich Euch ebenso beobachtet, wie Ihr nach der jungen Dame hier Ausschau gehalten habt, um zu sehen, ob Ihr Euren Auftrag erfüllt – wenngleich reichlich verspätet.«

Auch Ellerys Gesicht verfärbte sich jetzt leicht. Der Tonfall des Lords war beleidigend gewesen. Aus seinen Worten hatte Milisant jedoch keine Beleidigung heraushören können. Ellery hingegen schon, worin auch immer sie bestanden haben mochte. Dann ging ihr ein Licht auf …

»War meine Ergreifung an eine bestimmte Frist gebunden?« fragte sie, obwohl sie nicht wirklich eine Antwort erwartete. »Ihr könntet mir wenigstens sagen, worum es überhaupt geht.«

Der Lord schenkte ihr keine Beachtung. Sie war dem Tode geweiht. Erklärungen wären reine Zeitverschwendung.

Aber Ellery sagte: »Ja, sie verdient es, den Grund zu erfahren. Ich wüßte ihn selbst gern. Also antwortet ihr, Lord Walter.«

Sie kannte keinen Adeligen, der sich von einem gemeinen Söldner derartige Befehle erteilen ließe, und auch dieser Lord hätte das unter anderen Umständen nicht ohne weiteres hingenommen. Ebenso wie Milisant war ihm die durchaus ernstgemeinte Drohung in Ellerys Tonfall nicht entgangen, eine versteckte Warnung. Er versuchte jedoch, nicht darauf einzugehen, und wollte wissen: »Warum ist sie noch am Leben?«

Da zog Ellery seinen Dolch hervor. Milisant spürte, wie ihr alles Blut aus dem Gesicht wich. Aber die Waffe galt nicht ihr – jedenfalls vorläufig nicht. In aller Seelenruhe säuberte Ellery ganz langsam mit der Spitze der Klinge einen seiner Fingernägel. Dann sah er wieder zu de Roghton hinüber. Er starrte ihn an und wandte den Blick nicht wieder von ihm ab.

Nachdem auf diese Weise einige Augenblicke größter Anspannung vergangen waren, beantwortete der Lord Milisants Frage und funkelte sie dabei zornig an. »Ihr hättet vor Eurer Hochzeit sterben sollen. Der Zusammenschluß der Familien Crispin und de Thorpe hätte verhindert werden sollen.«

»Weil König John dagegen war? Das war also seine Idee? Und Ihr seid nichts weiter als sein Lakai?«

Sie hätte nicht versuchen sollen, ihn zu beleidigen. Ellery lachte laut, was Walter de Roghton seinerseits noch mehr aufbrachte. Das war nicht zu übersehen, als er jetzt Ellery zornig anfunkelte. Der Haß zwischen diesen beiden Männern war geradezu mit Händen greifbar. Und doch arbeitete der eine für den anderen?

Trotz seiner neu entflammten Wut antwortete ihr Walter de Roghton. »Nein, es war meine Idee. Aber ich hatte König Johns stillschweigende Zustimmung. Er war bereit, dem Grafen von Shefford meine Tochter als Braut für seinen Sohn vorzuschlagen.«

»Der Zusammenschluß der Familien hat bereits stattgefunden«, sagte Milisant. »Ihr kommt zu spät!«

»Nein, es ist noch nicht alles verloren. Die Dinge stehen jetzt zwar nicht mehr ganz so ideal, doch der junge de Thorpe wird eine neue Ehefrau brauchen – wenn Ihr tot seid.«

Sie schüttelte den Kopf und konnte es kaum glauben. Außerdem hatte König John seine Meinung doch geändert! Darauf wies sie ihn hin. »Ihr täuscht Euch. Ihr werdet sehen, daß der König seine Zustimmung zurückgenommen hat. Er hat sowohl den Bund mit dem Grafen als auch den mit meinem Vater bekräftigt und folglich meiner Heirat seinen Segen erteilt. Er hat einen Boten ausgesandt, um den Leuten, die mir etwas antun wollten, Einhalt zu gebieten. Dann seid Ihr es also, nach dem sein Gefolgsmann sucht und den er bis jetzt nicht hat finden können?«

»Ihr lügt!« schnarrte Sir Walter, aber in seinen Augen flackerte Zweifel auf. Deshalb verlieh Milisant ihren Worten weiteren Nachdruck.

»So? Und was wird König John wohl tun, wenn er erfährt, daß Ihr seinen Anweisungen direkt zuwidergehandelt habt? Meint Ihr, daß Ihr dann noch viel länger lebt als ich? Und wozu das Ganze? Ich soll sterben, damit Eure Tochter mit Wulfric vermählt werden kann? Ist es denn so schwer, einen Ehemann für sie zu finden, daß Ihr dafür über Leichen gehen müßt?«

Diese Beleidigung hatte ihn getroffen. »Es geht um vielmehr als das, du kleine Hexe. Lady Anne hätte schon die Meine werden sollen. Viele Monate lang habe ich damals um sie geworben. Ihr Reichtum hätte der meine werden sollen. Aber de Thorpe wurde mir vorgezogen.«

»Ach so, jetzt verstehe ich! Ihr wolltet also nur noch einmal versuchen, Euch diesen Reichtum unter den Nagel zu reißen, weil Ihr es offenbar nicht zuwege bringt, Euch selbst ein Vermögen zu erwirtschaften.«

Das war eine Beleidigung zuviel für ihn. Er trat einen Schritt vor und versetzte Milisant eine Ohrfeige. Sie hatte das erwartet, ja sogar herausgefordert. Und was machte es schon, nun da Wulfric tot war? Überhaupt lag darin der Widersinn. Dieser aufgeblasene Lord wußte wohl nicht, daß der Kerl, den er angeheuert hatte, um sie zu töten, auch den Mann ums Leben gebracht hatte, der nach ihrem Tod sein Schwiegersohn hätte werden sollen.

Das würde sie ihm sagen und ihm die Wahrheit ins Gesicht schleudern! Daß sein ganzes mieses Komplott durch einen Schlag mit einem dicken Ast zunichte gemacht worden war. Sie würde es ihm sagen, sobald sie den Aufruhr ihrer Gefühle, der durch die Erinnerung an Wulfric erneut entfacht worden war, soweit bezähmen konnte, daß sie einen klaren Satz hervorbrachte.

Aber dazu sollte sie keine Gelegenheit mehr bekommen. Aus irgendeinem Grund nahm Ellery Anstoß daran, daß der Lord sie geohrfeigt hatte. Er riß ihn herum, schlug ihm mit dem Handrücken ins Gesicht, ein Genuß, auf den er offensichtlich schon lange gewartet hatte, und rammte ihm seinen Dolch in den Bauch. Milisant hatte recht gehabt. Nicht die leiseste Gefühlsregung huschte über sein gutaussehendes Gesicht, als er den Adeligen ermordete.

Seine Komplizen waren da weitaus weniger abgebrüht. Sie sprangen beide auf, der eine ungläubig, der andere entsetzt.

»Bist du verrückt?« fragten sie nahezu einstimmig.

»Wohl kaum«, sagte Ellery ungerührt, als er sich bückte, um seinen Dolch am Rock des Toten sauber zu wischen, und ihn anschließend in seinen Stiefel zurücksteckte.

»Du hast gerade unseren Auftraggeber umgebracht!«

»Einen Lord!«

»Wer soll uns jetzt bezahlen?«

»Ja, du hättest doch wenigstens warten können, bis er uns ausbezahlt hat!«

»Ein Lord, Ellery?« Das kam von Nel. »Das wird dich teuer zu stehen kommen!«

Er sah Nel an und lachte. »Und wie sollte irgendwer davon Wind bekommen, was diesem hochnäsigen Bastard zugestoßen ist? Meint Ihr, auch nur einer aus diesem Raum würde die Geschichte herumerzählen?«

Diese Bemerkung ließ so tief blicken, daß Milisant schweißnasse Hände bekam. Ellerys Worte ließen darauf schließen, daß das alte Ehepaar hier nicht mehr lebend herauskommen würde. Ebensowenig wie sie selbst. Seine Kumpane würden den Mund halten, davon war er aus gutem Grund überzeugt. Wahrscheinlich hatten sie genauso große Angst vor ihm wie Milisant.

»Aber was ist mit unserem Geld?« murrte einer der Männer noch einmal verdrießlich. »Wir haben mehr als einen Monat mit diesem Auftrag vertan. Soll das alles umsonst gewesen sein?«

Ellery schnaubte verächtlich. »Genug gejammert, Cuthred. Ich werde Euch selbst bezahlen. Ihr werdet hier in der Tat nicht länger gebraucht, also geht nach London zurück. Nehmt Nel mit und auch die Leiche. Ladet sie unterwegs irgendwo ab.«

Dieser Vorschlag schien die beiden Männer zu beschwichtigen. Nel war schon halb zur Tür hinaus. Einer der Kerle packte de Roghtons Füße und schleifte ihn nach draußen.

Der andere starrte Milisant einen Augenblick lang an. Dann fragte er Ellery: »Kann ich sie nicht wenigstens einmal schlagen, als Vergeltung für die Wunde, die sie mir verpaßt hat?«

»Nein, ich will hier kein Blut sehen, es sei denn, ich vergieße es selbst. Jetzt geh schon! Ich werde hier alles zu Ende bringen und treffe Euch dann in London. Sie wird für die Wunden bezahlen, keine Sorge.«

Der Mann schien sich damit zufriedenzugeben. Wenig später schloß sich die Tür, und Ellery wandte Milisant seine ganze Aufmerksamkeit zu. Der alte Mann hatte sich neben seine Frau gekauert, verbarg das Gesicht an ihrem Körper und zitterte. Offenbar erwartete er, im nächsten Moment sterben zu müssen. Doch Ellery hielt ihn für so unbedeutend, daß er ihn keines Blickes würdigte. Sein Blick war auf Milisant geheftet und ließ nicht von ihr ab.

Ihr gefror das Blut in den Adern, und ihr Atem stockte. Alles wäre nur halb so schlimm, wenn sie wenigstens vernünftig mit ihm reden könnte. Aber mit einem Mann ohne Gewissen, der für Geld tötete, und zwar ohne jede Regung, mit dem konnte man nicht vernünftig reden. Es war nicht ein Funken Gefühl in diesen kalten Augen, die sie nun anstarrten … Und es bestand nicht die geringste Hoffnung.

53

Das anhaltende Schweigen war nervenaufreibend. Ellery stand noch immer an der Tür und starrte Milisant an. Sie wußte, daß sie schreien würde, sobald er sich bewegte. Und selbst wenn er sich nicht bald bewegte, würde sie anfangen zu schreien. Sie stand so unter Anspannung, daß sie auf jeden Fall anfangen würde zu schreien …

»Auf diesen Augenblick habe ich schon lange gewartet.«

Sein Tonfall ließ erkennen, daß er vor Genugtuung beinahe platzte. Milisant empfand es nahezu als Erleichterung, daß dieser Alptraum nun bald ein Ende haben würde, aber eben nur nahezu.

»Verschafft es Euch denn solche Befriedigung, zu töten?« fragte sie ihn.

»Zu töten?« Das klang überrascht. »Nein, ich hätte Euch schon viele Male töten können. Statt dessen habe ich Euch am Leben gelassen.«

»Warum?«

»Warum wohl, Mylady? Weil ich Euch vorher haben will. Nur deshalb lebt Ihr noch. Wenn ich Euch nur hätte töten wollen, hätte ich reichlich Gelegenheit dazu gehabt.«

Ihr wurde übel. »Vorher« bedeutete, daß er sie nichtsdestotrotz töten würde, nachdem er sie vergewaltigt hatte. Aber sein Auftraggeber, für den er sie ursprünglich hatte töten sollen, war gerade eben tot aus der Hütte geschleift worden. War ihm das noch nicht in den Sinn gekommen?

»Ich hätte diesem übergeschnappten Schweinehund selbst gerne gezeigt, was eine Harke ist, und bin Euch durchaus dankbar, für das, was Ihr getan habt. Folglich werde ich bestimmt niemandem von seinem Ableben erzählen. Warum sollte ich also sterben müssen?«

»Das werde ich mir noch überlegen. Ich rühme mich, daß ich eine Arbeit, die ich anfange, auch zu Ende bringe, und ich hatte den Auftrag, Euch zu töten. Nachdem de Roghton nun allerdings nicht mehr in der Lage ist, mich zu bezahlen ... Ja, ich werde darüber nachdenken. Aber das hat reichlich Zeit. Ich habe mich schon viel zu lange auf Euch gefreut und darauf, Euch zu besitzen. Es könnte sein, daß mir *eine* Kostprobe nicht genügt.«

Das hätte ein Hoffnungsschimmer sein können, doch Milisant fand den Gedanken, daß er Hand an sie legen würde, genauso entsetzlich wie die Vorstellung, daß er sie töten würde. Es wäre ihr lieber, wenn er sie gleich umbrachte. Er mochte ja ein gutaussehender Mann sein, aber nach Wulfric und seinen zärtlichen Liebkosungen könnte sie es nicht ertragen, sich von einem anderen Mann berühren zu lassen, und schon gar nicht von diesem kaltblütigen Mörder.

Er tat den ersten Schritt auf sie zu. Sie schrie nicht. Sie hatte ihn in ein Gespräch verwickelt und wollte damit weitermachen. Nicht, um das Unausweichliche hinauszuzögern, sondern weil sie eine Möglichkeit zu finden hoffte, ihn vielleicht doch noch umzustimmen. Sie konnte sich zwar nicht vorstellen, wie das gehen sollte – vielleicht durch ein ganz bestimmtes Wort oder einen ganz bestimmten Satz, sie hatte keine Ahnung –, aber versuchen mußte sie es.

«Einer Eurer Männer hat gesagt, ich hätte ihn verwundet. Wie hat er das gemeint?«

Er rieb sich die Schulter. Er lächelte. Wenn er lächelte, sah er gar nicht aus wie ein Mörder.

»Ihr habt uns alle mit Euren Pfeilen verwundet. Wie kann es sein, daß Ihr Euch daran nicht mehr erinnert?«

»Ach das.«

Er lachte. »Eure Fähigkeiten im Bogenschießen sind entweder ganz erbärmlich oder ganz hervorragend. Ich neige zu der Annahme, daß letzteres der Fall ist. Warum habt Ihr also versucht, uns nur zu verwunden, statt uns zu töten? Das war dumm von Euch.«

Viel dümmer, als sie an jenem Tage hatte wissen können! »Ich dachte, Ihr wärt vielleicht eine Patrouille aus Shefford.«

»Ach so, dann haben wir also Glück gehabt. Wir hatten nicht erwartet, daß Ihr uns angreift, und waren darauf nicht vorbereitet gewesen. An manchen Wunden ist man selbst schuld.«

Ärger klang aus ihrer Stimme: »Und trotzdem wollt Ihr mich dafür bestrafen?«

»Nein, Wunden verheilen, Tote aber erholen sich nicht wieder. Ich bin überaus dankbar dafür, daß Ihr so dumm wart.«

War das der rettende Strick, den sie zu finden gehofft hatte? Sie griff mit beiden Händen danach und sagte: »Wenn Ihr mir dankbar seid, dann erweist auch mir einen Gefallen. Laßt mich gehen.«

Er lachte über diese Bitte und machte damit den winzigen Hoffnungsfunken zunichte. »Ich habe Euch schon einen Gefallen getan. Schließlich seid Ihr noch am Leben, oder nicht?«

Bitter antwortete sie: »Wahrlich, ich wünschte, ich wäre es nicht. Ihr habt meinen Ehemann getötet! Mein Leben hat keinen Sinn mehr. Also macht Schluß damit!«

Nun stand er unmittelbar vor ihr. Er fuhr mit einem Finger über ihre kühle Wange. Dann lächelte er wieder. Ihre leidenschaftliche Ansprache hatte ihn völlig kalt gelassen. »Ich will lieber Euren warmen Körper spüren, Lady. Legt Eure Kleider für mich ab.«

Sie schlug seine Hand weg. »Zur Mithilfe werdet Ihr mich nicht bewegen können!«

Er zuckte mit den Schultern und zog wieder seinen Dolch aus dem Stiefel hervor.

»Wie Ihr wollt«, sagte er. »Es spielt keine Rolle, wie ich Euch nehme, Hauptsache, ich kriege Euch.«

Sie hätte vor ihm zurückweichen sollen, als noch Gelegenheit dazu bestand. Aber er war schon zu nahe und auch zu behende. Im Handumdrehen drückte er die Spitze seines Dolches an ihren Hals und preßte gewaltsam seine Lippen auf die ihren. Ihr Schrei wurde im Ansatz erstickt. Sie versuchte, sich gegen den harten Stahl zu lehnen, doch der Dolch sollte sie nicht verletzen, sondern nur ihr Gewand aufschneiden.

Die scharfe Klinge zerschlitzte den Stoff mit Leichtigkeit. Das Reißen klang in Milisants Ohren wie eine Totenglocke. Darum hörte sie das leise Scharren zunächst gar nicht, das unmittelbar darauf folgte.

Ellery hingegen hatte es vernommen. Er ließ sie los und starrte zur Tür. Nun hörte auch sie ganz deutlich ein kratzendes Geräusch, wie von den Krallen eines Tieres.

Dann flog die Tür auf, und zwar mit solchem Schwung, daß die ganze Hütte wackelte, als sie gegen die Wand krachte. Ein Wolf sprang herein, und ein Mann stand im Türrahmen. Das Tier konnte die Angst in dem Raum wittern und bewegte sich geradewegs auf den Mann zu, der Milisant bedrohte. Mit hochgezogenen Lefzen ging der Wolf knurrend in Angriffsstellung, bereit, den Feind in Fetzen zu reißen.

»Pfeif ihn zurück, Mili!« rief Wulfric von der Tür aus. »Ich will mir den Kerl selbst vorknöpfen!«

»Knurrer!«

Der Wolf kam zu ihr, halb winselnd, halb knurrend. Sein Tötungsinstinkt war erwacht, und es fiel ihm schwer, ihn gleich wieder zu unterdrücken. Den Mann erfüllte dieselbe instinktive Regung, er aber würde sich nicht davon abbringen lassen.

Wulfric war für einen Kampf nicht gewappnet. Er hatte nur schnell sein Schwert geholt und Knurrer mitgenommen, damit er Milisant aufspürte. Er hatte sich nicht einmal die Zeit genommen, seine Kopfwunde zu verbinden. Eine Blutspur zog sich über seinen Nacken. Zum Teil war das Blut bereits eingetrocknet, zum Teil floß es noch immer in sein ohnehin schon blutgetränktes Obergewand. Aber, oh Gott, noch nie in ihrem ganzen Leben hatte sie sich so sehr über ein Wiedersehen gefreut. Er lebte!

Ellery war über die Unterbrechung zwar keineswegs erfreut, doch sein Selbstvertrauen war so unerschütterlich, daß er Wulfrics Erscheinen offenbar für kein allzu ernstes Hindernis hielt. Zuerst warf er seinen Dolch in seine Richtung, war aber nicht allzu überrascht, als Wulfric ihm auswich. Dann zog er sein Schwert. Wulfric hielt seines bereits in der Hand.

»So sieht man sich also wieder, Mylord«, sagte Ellery so ungerührt, als hätten sie schon manchen Krug Bier miteinander in der Schänke getrunken.

»Ja, aber zum letzten Mal.«

Ellery lachte. »Das denke ich auch. Und ich habe den Vorteil, daß ich schon oft auf so engem Raum gekämpft habe, während Ihr an die Bewegungsfreiheit auf dem offenem Schlachtfeld gewöhnt seid.«

»Nur zu«, antwortete Wulfric. »Aber ich wette, Euer einziger Vorteil liegt in den wenigen Schritten, die ich von Euch entfernt stehe.«

Als Wulfric nach diesen Worten auf ihn losging, konnte von einem Vorteil keine Rede mehr sein. Schon Sekunden später klirrten die Waffen aufeinander. Wulfric zuckte bei dem Geräusch zusammen. Milisant wurde klar, daß ihm der Kopf weh tat, daß er vielleicht sogar große Schmerzen hatte und daß darin Ellerys Vorteil bestand. Darin und auch in der Tatsache, daß er den Lederrock eines Söldners trug.

Ansonsten waren die beiden Männer nahezu gleich groß und etwa gleich stark, so daß es ein Kampf zwischen ebenbürtigen Gegnern war – so nahm Milisant wenigstens an. Dabei vergaß sie, daß sie Wulfric einmal im Burghof beim Training mit seinem Bruder beobachtet hatte. Bei dieser

Gelegenheit hatte sie den Eindruck gewonnen, daß er im Schwertkampf allen anderen haushoch überlegen war. Das stellte er jetzt unter Beweis, und im nächsten Augenblick wurde dies auch Ellery klar.

Ein Gefühl kannte er also doch, nämlich Angst! Dieselbe Angst, die Milisant verspürt hatte und die auch Wulfric überfallen haben mußte, als er im Wald wieder zu sich kam und feststellte, daß sie fort war. Ellery stand die Angst ins Gesicht geschrieben, als jeder einzelne seiner Hiebe und Ausfälle pariert wurde, während ihm selbst dies keineswegs gelang. Er begann zu bluten, hier und dort, an einem halben Dutzend Stellen auf einmal, und von seinem Blut wurde schließlich sogar der Griff seines Schwertes ganz glitschig. Und dann flackerte Todesangst in seinen Augen auf, als seine letzte Parade mißlang und er Wulfrics Schwert auf sich zukommen sah, denn diesmal wußte er, daß es nicht mehr aufzuhalten war...

54

Die Hütte lag nicht weit vom Dorf entfernt. Sie war auf allgemeines Drängen hin ein Stück weit in den Wald versetzt worden, weil der alte Mann so laut schnarchte, daß er dadurch die Ruhe seiner Nachbarn erheblich gestört hatte. Man konnte die Hütte vom Dorf aus zwar noch sehen, doch im Lauf der Jahre war so viel Gestrüpp um sie herum gewachsen, daß sie für Ellerys Zwecke, nämlich unbemerkt kommen und gehen zu können, hinreichend verborgen lag.

Wulfric trug die alte Frau ins Dorf zu ihrer Tochter, die sie würde pflegen können. Der Weg zur Burg zurück zog sich allerdings hin, denn Wulfrics Kopf schmerzte zu sehr, um zu reiten. Also gingen sie zu Fuß, Hand in Hand, und blieben recht häufig stehen, um sich zu umarmen – zumindest Milisant tat das.

Sie konnte es nach wie vor kaum fassen, daß er wirklich noch am Leben war und so mußte sie ihre Freude darüber mit ihm teilen, wieder und wieder, und er schien nichts dagegen zu haben.

Als sie in der Burg angelangt waren, beeilte sie sich, alle Hilfe herbeizuholen, die er brauchte. Sie schickte nach Jhone, damit sie die Wunde nähte. Sie schickte nach Wasser und Verbänden und postierte eine kräftige Wache am Fuß der Treppe, um sicherzugehen, daß der Bader nicht zum Aderlaß in ihr Schlafzimmer hinauf käme. Es peinigte sie, daß sie selbst so wenig für Wulfric tun konnte, aber sie zog ihm vorsichtig das Gewand aus, setzte ihn in einen Sessel am Feuer, versorgte ihn reichlich mit Wein und hatte ihm, als Jhone eintraf, bereits so gut sie konnte das Blut abgewaschen.

Ihr Schlafzimmer wurde zum Versammlungsort, während Wulfric verarztet wurde. Seine Eltern kamen und umsorgten ihn. Sein Bruder und ein halbes Dutzend Freunde gingen ein und aus, um sich zu vergewissern, daß es ihm an nichts fehlte. Lady Anne blieb nicht lange, denn sie konnte kein Blut sehen. Doch Lord Guy verweilte in seiner Nähe und lauschte Wulfrics Bericht über all das, was geschehen war.

Als Jhone seine Wunde nähte und er bei jedem Stich vor Schmerz zusammenzuckte, rang Milisant verzweifelt die Hände. Immer wieder ermahnte sie ihre Schwester, vorsichtiger zu sein, und fragte sie, ob er auch bestimmt wieder gesund werden würde. Sie wurde so lästig, daß Jhone schließlich ihre Arbeit unterbrach, mit dem Finger auf die Tür zeigte und zu ihr sagte: »Hinaus mit dir!«

Daraufhin zog Milisant beleidigt ab, kam aber schon nach weniger als einer Minute zurück, um Jhone weiterhin auf die Nerven zu gehen, denn jedes Mal, wenn Wulfric zusammenzuckte, tat ihr das in der Seele weh. Schließlich kniete sie sich vor ihn hin, legte ihren Kopf an seine Brust und schlang die Arme um ihn. Das war die einzige Art, wie sie ihm im Augenblick Trost spenden konnte.

So fand Sir Nigel die beiden vor, als er hereinkam. Wulfrics Wange ruhte auf Milisants Kopf. Jhone rollte mit den Augen, als Sir Nigel fragend die Brauen hochzog. Milisant hatte ihn nicht kommen hören und wußte nicht, daß er nun dastand und Jhone bei der Arbeit zusah, bis er in vollem Ernst sagte: »Ich könnte wahrscheinlich eine sehr viel geradere Naht nähen – sofern ich bei all dem Blut und Grind überhaupt sehen würde, wo ich hinsteche.«

Jhone klappte den Mund auf. Völlig entgeistert starrte sie ihren Vater an. Sie hatte Milisants Bericht über seine Fähigkeiten im Nähen keinen Glauben geschenkt, aber jetzt ...

Milisant jedoch, die nur gehört hatte, was er mit Worten beschrieb, jammerte: »Mir wird übel.«

»Mir auch«, pflichtete Wulfric ihr bei, woraufhin Jhone sich aufregte: »Na bitte! Siehst du, was du ihm antust? Hör auf damit!«

»Ich lasse ihn nur seine Schmerzen vergessen, wenn du mich fragst«, sagte Sir Nigel und lachte. Dann ging er zu Lord Guy hinüber, um nicht länger im Weg zu stehen.

Die beiden Väter lächelten einander vielsagend an, während sie ihre Kinder beobachteten, und sie machten mit gedämpfter Stimme ein paar Bemerkungen, von denen jeweils nur ein paar Worte zu verstehen waren, wie: »Wußt ich' s doch« und »dickköpfig« und »nur eine Frage der Zeit«.

Endlich hatte Jhone ihr Werk beendet, und der Verband war angelegt. Wulfric kleidete sich wieder an. Er lehnte es ab, sich am hellichten Tag ins Bett zu legen, nur weil er eine Naht am Kopf hatte. Er ließ sich jedoch dazu überreden, sich wenigstens auf das Bett zu setzen, solange Milisant ihm dabei Gesellschaft leistete. Sie scheuchte alle anderen hinaus, verriegelte die Tür und kam seinem Wunsch nach. Sie schmiegte sich sogar an ihn, einen Arm um seine Taille, den Kopf auf seine Schulter gelegt.

Sie wollte nicht mehr über das sprechen, was geschehen war, auch wenn er noch nicht alles erfahren hatte. Er hatte seinem Vater Bericht erstattet, aber nur aus seiner Sicht der Ereignisse. Walter de Roghton war darin nicht vorgekommen, da er ja schon vor Wulfrics Eintreffen weggeschleppt worden war.

Sie würde später, wenn er sich besser fühlte, noch genügend Zeit haben, um ihm den Rest der Geschichte zu erzählen. Und er würde ihr sicher zustimmen, daß es nicht notwendig wäre, seine Mutter wissen zu lassen, daß ein alter, eifersüchtiger Verehrer von ihr mit seinen hochfliegenden Ambitionen beinahe ihrer aller Leben ruiniert hatte.

»Habe ich dir schon gesagt, daß ich dich liebe?« fragte sie nach einer Weile behaglichen Schweigens.

Sie hatte sich endlich beruhigt und kuschelte sich entspannt an ihn. Im Zimmer war es warm und still, und sie dachte flüchtig daran, ihm das Essen ans Bett zu bringen. *Er* mochte vielleicht glauben, er brauche keine Bettruhe, aber sie war da ganz und gar anderer Ansicht. Und sie war zuversichtlich, daß sie von nun an mindestens in der Hälfte ihrer Meinungsverschiedenheiten obsiegen würde, falls sie überhaupt noch Meinungsverschiedenheiten haben sollten – von Gesundheitsfragen einmal abgesehen.

»Ich glaube, du hast es mir auf unserem Rückweg nach Shefford so an die hundert Mal gesagt – ja, ich glaube du hast es schon erwähnt.«

Sie lächelte über seinen trockenen Humor. »Du wirst es mir nachsehen müssen. Dieses Gefühl ist etwas völlig Neues für mich.«

»Ja, für mich auch, aber gemeinsam werden wir uns in diesem Neuland schon zurechtfinden.«

Sie küßte ihn leicht auf die Brust, schmiegte sich noch enger an ihn und sagte aus heiterem Himmel: »Ich wünsche mir ein Kind.«

Er lachte schallend und stöhnte dann auf, weil das Lachen ihm Schmerzen bereitete. Einen Augenblick später sagte er: »Aber du wirst doch bestimmt die erforderliche Zeit abwarten können, die solche Dinge brauchen, um sich auf natürliche Weise zu entwickeln, oder?«

Sie seufzte. »Wenn es sein muß.«

Er sah ihr tief in die Augen und zog sie zu sich heran. »War das kein Scherz? Wünschst du dir wirklich ein Kind?«

»Ja – wenn *er* so aussieht wie du.«

»Ich denke, wir können ihn ja zurückgeben, falls er dir nicht gefällt. Aber mir wäre es lieber, wenn *sie* so aussieht wie du.«

Sie grinste ihn an. »Es könnte ja auch von jeder Sorte eines sein.«

Er sah sie lange an, dann rollte er mit den Augen und lachte. »Herr im Himmel, mir war noch gar nicht in den Sinn gekommen, daß wir ja auch Zwillinge bekommen könnten.« Und dann fügte er zärtlich hinzu: »Du hast viel mehr mit in die Ehe gebracht, als ich erwartet hätte.«

»Zwillinge sind immer eine Überraschung und keine leichte Aufgabe«, bemerkte sie.

»Ich habe deine Liebe gemeint.

»Oh!«

Sie errötete, doch innerlich strahlte sie. Sie umschlang ihn noch fester und hatte das Gefühl, sie müsse bald platzen vor Glück.

»Wir könnten gleich damit anfangen«, sagte er nach einer Weile.

»Womit anfangen?«

»Ein Kind in die Welt zu setzen.«

Sie setzte sich auf, lächelte, schüttelte jedoch den Kopf. »Oh nein! Erst muß du dich erholen. Glaub ja nicht, daß du dich in irgendeiner Weise anstrengen darfst.«

»Kinder zu zeugen ist doch nicht anstrengend!« Das sagte er so entrüstet, daß sie beinahe kichern mußte. Sie schmiegte sich wieder an ihn.

»Vielleicht, wenn der Schmerz nachgelassen hat«, gab sie nach.

»Welcher Schmerz?« fragte er, ohne eine Miene zu verziehen.

Diesmal mußte sie wirklich kichern. Sie küßte ihn zart, sanft und mit unendlich tiefem Gefühl. Dann beeilte sie sich, das Zimmer zu verlassen, bevor dies eine der Gelegenheiten wurde, bei denen *er* seinen Kopf durchsetzte. Sie würde ohne Zweifel dafür sorgen, daß er wieder ganz gesund wurde. Und vielleicht fühlte er sich ja heute abend schon besser …